SAY NO TO JOE?
by Lori Foster
translation by Kiyomi Shirasu

# さざ波に寄せた願い

ローリ・フォスター

白須清美［訳］



ヴィレッジブックス

# さざ波に寄せた願い

## おもな登場人物

| | |
|---|---|
| ルナ・クラーク | 占い師助手 |
| ジョー・ウィンストン | ボディガード |
| クロエ・コールダー | ルナのいとこ |
| ウィロー | クロエの娘 |
| オースティン | クロエの息子 |
| パトリシア | ウィローとオースティンのおば |
| ダイナ | コールダー家の家政婦 |
| ジュリー | 教師 |
| クレイ・オーエン | ウィローの友人 |
| クインシー | クレイの義父 |
| スコット | ヴィジテーションの警官 |
| ジェイミー・クリード | 謎の男 |
| ブルーノ・コールドウェル | ジョーの仇敵 |
| アリックス | ジョーの妹 |
| ゼーン | ジョーのいとこ |
| タマラ | ゼーンの妻。占い師 |

# 1

腹ばいになった巨体が、フルサイズのベッドを端から端まで覆っていた。その体の上に、ぼんやりと二人の女の姿が見える。横たわる男の体に触れながら、小声でウーンとか、アーンとか言っていた。夢中になるあまり、ルナのノックにも反応せず、入ってきたことにさえ気づいていない。ルナは首を振った。でも、その気持ちもわかる。本当によくわかった。だって、ジョーは生まれたままの姿なのだから。

それに……お尻にタトゥー？

ふうん。ルナは目を細めて、立体的に描かれたハートの周りの飾り文字を読もうとした。〝アイ・ラブ・ルー〟と書いてある。ルナは眉をひそめた。どういうこと？　ジョー・ウィンストンが興味があるのは、男じゃなくて女のはず――現にこうして、バービー人形のような二人の女に、ほしいままにさせている。

そのうちのひとりが、祈るように言った。「目を覚ましてくれればいいのに」

もうひとりが言った。「三十分もこうしているのよ。見込みないわ」

ルナは咳払《せきばら》いした。驚き、気まずそうに顔を上げた二人に言う。「玄関に、鍵がかかっていなかったわ」

女たちは突然訪ねてきたことを問い詰めもしなければ、出ていけとも言わず、視線を交わして顔を赤らめた。胸の大きなブロンドなどは、ジョーの背中をなでていた両手を下ろした。

赤毛の女が、神経質そうに唇を嚙《か》んだ。「ええと……あなた誰?」

ジョーが動かないのは、彼女たちの言う通り、ぐっすり眠っているだけらしい。ルナはそのチャンスを逃さなかった。わざと軽蔑のまなざしで二人を見て、ばかにしたように顎《あご》を上げ、とんでもない出まかせを言った。「この人の妻よ。出てって」

二人がそれを疑わなかったことで、全部わかった。彼女たちは、ジョーにとってはどうでもいい存在なのだと。でなければ、彼が結婚を毛嫌いしていることを知っているはず。あわてて出ていく女たちを見て、ルナは笑いそうになった——けれどその笑みは、サイドテーブルの上の薬瓶を見て引っこんだ。

大股で近づき、ラベルを見る。かなり強い鎮痛剤だ。顔をしかめて瓶を脇に置く。彼は間違いなく意識を失っている。何があったの? なぜ薬なんか飲んでるの?

「ジョー?」

彼は動かなかったが、かすかに鼻を鳴らし、ほんの少し身じろぎした。戦車のように広くてがっしりした肩に、吸い寄せられるように手を伸ばす。指で触れ、張りつめた肉体の、熱いシルクのような肌触りを感じた――わたし、震えてる。自分の使命に緊張したからじゃない。そんなことありえない。でも、ジョーは裸だった。血の通った女なら、これを見て震えが来ないはずがない。

三カ月もの間、彼と会っていなかった。最後に誘われたとき、断るならもう誘わないと言われた。

ルナは断った。

彼のブルーブラックの豊かな髪が乱れ、雪のように白いしわだらけの枕カバーに鮮やかに映えている。濃いひげを生やした顎は歯を食いしばっているようで、もっとよく見ると、目の周りに紫色のあざがあった。怪我《けが》してるの？

ベッドの端に座って、ルナは彼の肩を揺さぶった。「ジョー、起きて」

ルナの近くで、鼻がひくひく動く。それから、かすかに顔をしかめ、ゆっくりと、深く息を吸った。ひどく面倒臭そうに、濃いまつげに縁取られた片目が開く。見つめ合ったまま、しばらく時が過ぎた。

不意に、もう一方の目がぱちりと開いた。ルナは彼の冷たい、深いブルーの目に心を揺さぶられた。寝起きで低くかすれた声で、彼は言った。「どこかで嗅《か》いだ匂いだと思った」

ルナはぎょっとして体を引いた。「悪いけど、香水なんかつけてないわ」

ジョーが苦しそうにうめきながら寝返りを打つと、ルナは言葉を詰まらせた。姿勢を変えたことであらわになったのは、ショッキングな眺めだった。ひどい怪我。さまざまな打撲傷に、胸や顔、お腹の擦り傷。

誰かにやられたんだわ。

怒りがこみ上げたが、それはあっという間に静まった。一糸まとわぬ堂々とした肉体が目の前にある——何てすてきな眺めなの。

ジョー・ウィンストン、本当に憎らしい男。とんでもない女たらしだけれど、実際、その体は文句なしだ。頑丈そのもので、背が高くて、髪は黒く、筋肉はたくましい。そして、セックスアピールときたら……。

目をそらすのよと自分に言い聞かせようとしたとき、ジョーに二の腕をつかまれ、引き寄せられた。

「香水なんかいらないさ」誘惑しているとしか思えない声で、彼は言った。

警戒心が背中を駆け上がる。「だめよ、じっとして……」

痛めつけられ、薬漬けになっていても、ジョーの力はルナを軽く上回っていた。体だけは大きいんだから。結局、ルナの胸はジョーの毛深い胸に密着し、脚は彼の両脚の中におさまっていた。ジョーは苦痛のうめき声を漏《も》らし、それから、満足げな声を上げた。

「ジョー」抵抗しようとしたルナの唇が、唇でふさがれる。

体に回される腕の力強さにぞくぞくしながら、危険も感じていた。お腹に当たる勃起したもの、熱く湿った、優しくむさぼるような唇。外の暑さも、ジョーにはかなわない。とても熱い。彼といると、いつも熱く感じる。触れられると、理性が吹き飛んでしまう。自分でも知らないうちに、ルナは目を閉じ、ほんの一瞬だけ譲った。キスを返して彼を味わい、自分を味わわせた。

ジョーは飢えたようにうめき、大きくて固い手を広げ、ホルターネックの服からほとんどむき出しになっている背中に触れた。ごつごつして、温かい指先。ルナがその感触を味わう前に、手は下に滑り、お尻をすっぽりと覆った。その手に優しく力がこもる。

ルナはぱっと飛び起き、彼を見下ろした。息もつけない。くやしいけれど、やっぱり食べてしまいたいくらいすてきな男だ。

深いブルーの目が、彼女を見て細まった。感情のこもった情熱的なまなざしだ。「戻ってこいよ」

まるで、相手がそれに従うと信じきっているようだ。ルナはもう少しで、その通りにするところだった。勇気を振り絞り、誘惑に耐えて言う。「薬を飲んでるわね」

彼は手を自分の膝《ひざ》へ持っていき、自分自身に軽く指で触れた。歪《ゆが》んだ笑みを浮かべながらささやく。「それでも、機能に問題はないさ」

ルナはぽかんと口を開けた。何てこと。わたしを動揺させるのは並大抵のことじゃないのに、見事にそれをやってのけるなんて。ルナは気を失いそうになった。ほてった顔を扇《あお》ぎたい。それに、彼に触れたい。力強い体に、シルクのような肌に、カールした髪に。

信じられない。いくら自信過剰な大男でも、こんなふうに息もできず、まともに考えることもできないほど、わたしの心を揺さぶるなんて。ルナはごくりと唾を飲み込んで、顔から目を離さずに言った。「こんなことのために来たんじゃないのよ、ジョー」

「へえ？」

「話があるの」

「話なら、ベッドの中でしょう」

甘い声が骨まで染み込み、決意を鈍らせる。ルナは無理して、からかうような笑みを浮かべた。「鎮痛剤で興奮する人なんて初めてよ」

ジョーの目が、きらきら光るビーズに縁取られた、派手な色のホルターネックに包まれている胸に注がれた。「薬なら三日前から飲んでる。けれど、それで興奮したんじゃない」

疑念が湧《わ》いてきた。「薬は切れていると思ってたけど、そうじゃないのね？」

彼はウーンと言って身をすくめ、少しだけ起き上がろうとした。「いいや、もう切れてる。痛むんだ。手を貸してくれないか？」

ルナは唇をぎゅっと結び、彼から目を離さないようにしながら、両手を太い二の腕に回した。手の中で筋肉がはずみ、引き締まると、ますます油断ならない。

ジョーは彼女を支えにベッドに起き上がり、パイン材のヘッドボードに背中をもたせかけた。たったそれだけのことで顔は青ざめ、疲れきってしまったようだ。ルナの警戒心はほんの少しやわらいだ。

「くそっ」ジョーはつぶやいた。「あばら骨が痛くて死にそうだし、膝はクソみたいにうずきやがる」

ルナにもわかった。痛みで体がこわばっているし、額は汗ばんでいる。でも、ジョーに甘い顔を見せるのは禁物だ。特に、裸でベッドにいるときには。

ジョーは体を起こし、ゆっくりと息をついた。

ルナは興味よりも慎重さを優先して、膝の上にシーツをかけた。

ジョーはそれを見て、目をパチパチさせた。「興奮させたかな？」

そうよ。「いいえ、ちっとも」長くて毛深い脚が、まだむき出しになっていたので、下半身にシーツを広げて脚をくるんだ。わかったような笑顔と、半分勃起したものでテントを張っているシーツを、できるだけ見ないようにしながら。

「ありがとう」ジョーは皮肉たっぷりに言うと、注意深く体を伸ばして、少し姿勢を正した。「来てくれてうれしいよ」

「でしょうね」ベッドと、長くてがっしりした腕から、ルナは安心できる距離まで離れた。「二人の女に体じゅう触られて、困ってたみたいだったから」

「困ってた？　ああ、その通りだ。どうして狸寝入りだとわかったんだ？」彼は足でシーツを緩めた。右脚がふたたびあらわになり、白いお尻が見える。「あの貪欲な暴君どもは、おれがただの人間で、怪我をしていることをわかってくれないんでね」

自分を見失わないように、ルナは彼の顔から目を離さなかった。「つまりあの娘たちは、ここにセックスをしにきたわけ？」

「あいつらの片方でも、フローレンス・ナイチンゲールに見えるかい？　それに、おれは金持ちじゃないから、それ目当てでもない。セックス以外に何の用がある？」

ルナは目を丸くした。「自分がここへ来たのが信じられないわ」

「ああ、おれもだ。ところで、何しにきたんだ？　いや、待てよ、きみはおれの妻だったんだよな？」

その顔に意地悪な笑みが浮かんだ。わずかに曲がった鼻と、小さな金のイヤリングが、魅力を引き立てている。わたしがどぎまぎするのを見て楽しんでいるんだわ。でも、戸惑っている暇はない。あれこれ考えている余裕はなかった。

気を強く持とうと息を吸い、断られませんようにと願いながら、ルナは言った。「実を言うと、ジョー……あなたが必要なの」

ジョーは、全身の筋肉と骨と関節が痛みにうずくのを、できるだけ隠そうとした。時計を見ると八時近い。もう永遠にベッドに横たわっているような気がする。まるで猫に引っかかれ、殺されて、引きずり回されたような気分だ。だが、今は痛みに気を取られている場合じゃない。

ルナがわざわざ探しにきたのだ。そのチャンスを、死んでも逃すものか。

「覚えている限りじゃ」不快感の波に逆らって言った。「きみはおれに消えろと言ったはずだ。あれは本気だと思ったが」

ルナ・クラークは顔を赤くした。めったにないことだ。いつもは肝っ玉のすわったフェミニストなのに。

ルナは顎を上げた。一度だって、気弱なところを見せたことがない。

「理由はわかっているでしょう、ジョー」

「きみが冷たい女だから？」言ったと同時に、片手を上げた。「おっと、手荒なことはしないでくれよ。もうさんざん痛めつけられているんだ。あと一発殴られたら死んじまう」

ルナはまさしく殴りかかろうとしていたが、殴られるようなことはしていない。彼女のそばにいると、憎まれ口を叩くのを抑えられないのだ。理性も、欲望もコントロールできない。けれど、断られっぱなしでいらいらがつのると、いつもよりもひどく振る舞ってしまう。

気まずくなって、ジョーは体を動かした。その拍子に、思わずうめき声が漏れる。

ルナが少しだけ近づいてきた。「とにかく、何があったの？　どこかの女を誘惑して、バットで殴られたとか？」

ジョーは笑みが浮かぶのを隠した。「ちょっと尻をつかんだくらいじゃ、誘惑にならないさ」よりによってこんなときに、ルナに笑わされるとは。しかもようやく、来てほしいところに来てくれたというのに。

昨日、いとこのゼーンが電話をしてきて、ルナが行くかもしれないと言った。何か困っているようで――ゼーンにはそれくらいしか説明できなかった――ジョーの特別な能力を必要としていると。もちろん、ジョーは助けると答えた。何といっても、ルナはいとこの妻の親友だし、そうなれば家族も同然だ。家族のためなら何でもする。

そうとも。それはとても自然なことだ。

だが、彼女は思ったより早くやってきた。どうせ何日か先になるだろうから、彼女と知恵比べをしなければならなくなる前に、体を回復させようと思っていたのに。

男をうっとりさせる彼女の目が、困惑と、信じられないという気持ちを物語っていた。

「ジョー、あなたのことはほとんど知らないわ。だって、サンドウィッチを持ってきたら、三十秒と経たないうちに全身を触られていたんだもの」

ジョーは痛みにさいなまれていても、それを思い出すと興奮した。目と目を合わせたまま反論する。「あんないい尻をしているからだ。まん丸で、柔らかくて」

彼女はますます赤くなった。「まったく、しょうがない人ね――」

「抵抗できるわけがない」ジョーは本気で言った。「男の手を惹きつける。それに――」ジョーは機転をきかせてその話題をやめ、怒りが爆発しそうになっている彼女の気をそらそうとした。「言っておくが、女にぶちのめされたりはしない」彼は鼻で笑った。「ありえないだろ？」

「知らないわ」ルナの体が緊張に震えた。「わたしなら、喜んでぶちのめすけど」

ああ、こっちへ来て、そうしてほしいものだ。彼女を引き寄せ、ぴったりと体を重ねたら、きっと生き返るだろう。目が覚めるに違いない。こんなに飢えた気分になったのは……そう、最後にルナに触れて以来だ。ちくしょう。

けれど、彼女は距離を取ったままだった。頭のいい女だ。「詳しく聞きたければ言うが、どこかの卑劣漢《ひれつかん》につけられて、不意打ちを食らわされたんだ。だが、あれはバットじゃなくて、角材だったと思う」

「ひどい」

ようやく、自分に見合った同情が得られたようだ。ジョーはブツブツ言った。「まったくだ。最初の一撃は頭に食らって、今もこぶができている。それで、尻もちをついた」左耳の後ろの柔らかい部分に、そっと手を触れる。「それから後は覚えていない。やっとのことで、家に帰り着いたんだ」

控えめすぎるくらいの言い方だ。アパートメントの二階まで上がるのは、途方もない快挙といえた。とりわけ、この役立たずの膝のせいで。誰かが手を貸してくれたとしても、かなり骨が折れただろう。

女らしい、心から気づかう表情を、明るい茶色のきれいな瞳に浮かべて、ルナはさらにベッドに近づいた。「医者には見せたの?」

「ああ。レントゲンを撮られて、あちこちつつかれた。体の半分がバラバラになった気がしていたが、どこも折れていなかった。最終的な診断は、命に別状なし。適切な場所に氷嚢《ひょうのう》を当てて、休養をとり、鎮痛剤を飲んでいれば、一週間かそこらで良くなるとさ」

心配そうな目が、彼の全身をさっとなでた。「ちゃんと動けるの?」

いいぞ。会話になってる。「腰はばっちり動くぜ、ハニー。もちろん、もっと手っ取り早いのは、きみが――おい、待てよ、ルナ。ただの冗談だ」どうにか笑いをこらえた。「行かないでくれ」

ルナは向きを変え、ずかずかと戻ってきた。ジョーは怒りの嵐に備えた。だが驚いたことに、彼女は一度、二度と、深呼吸をした。それからもう一度。

ジョーはため息をついた。あの怒りっぽくて感情豊かなところがおもしろかったのに。ジョーは眉を上げた。「落ち着いたか？」

ルナは乱暴にうなずいた。

嘘だ。こん棒で殴りたいと思っているに違いない。「そりゃよかった」ジョーはベッドの自分の隣、お尻のあたりをポンポンと叩いた。「で、〝あなたが必要〟って話を聞かせてくれよ。耳をかっぽじってよく聞くから」

「ジョー、あなたって本当に腹の立つ人ね」彼女は髪をかき上げた。今日は柔らかい茶色で、肩までのつややかなストレートだ。けれどルナはカメレオンのように姿を変える。明日は赤毛に、あさってはブロンドになっても、ジョーは驚かなかった。これまで、ありとあらゆる色と髪型を見てきたから、本当の色がどんなものか想像もつかない。裸にすればわかるだろう。その時が待ちきれない。

一方で、あれこれ想像するのも悪くなかった。その目新しさには心惹かれる。そう、それだ。目新しさだ。

初めて会ったときから、ルナには心惹かれていた。それに、さっきのは嘘じゃない――彼女はたまらなくいいお尻をしていた。手伝っていたいとこのコンピューターショップに、さっそうと入ってきたルナを見た瞬間から気づいていた。ゼーンのためにレジを見ていたジョーのところへ、彼女が昼食を持ってきたのだ。

初対面のルナは感じがいいというよりも、まるで誘っているみたいだった。今ではジョーにもわかっていたが、それは彼だけに向けたセックスアピールではなく、もともと持っている性質だったのだ。だがあのときは、切れ長の金色の目の中に、ジョーは望み通りのものを見たと思った。誘惑を。

普通の状況なら、ジョーはどんなときでも冷静でいられた。だがルナが一緒だと、普通なんてことはありえない。彼女はいろんなやり方で、ジョーの気持ちを惑わせた。あの日、背中を向けてレジカウンターに昼食を置いた彼女の、おいしそうなお尻がまる見えになると、結果も、起こりうる可能性も考えずに、ジョーは……それに触れていた。

ほんの少し触っただけだ。ポンと叩いて、それから手のひらで包み込みはしたが。柔らかくて、温かくて、弾むようで……。ちょっと触れただけで、たちまちもっと欲しくなった。もっと。

だが、ルナは猛烈に怒り、次の瞬間、ジョーは昼食を口に入れる代わりに全身に浴びていた。謝る間も、説明する間も、うまくなだめて機嫌を直してもらう間もなく、彼女は店を飛び出していた。

簡単にはいかなかったが、ルナはようやく許してくれた。いずれにせよ、お互いを憎からず思っているのは確かだ。ゼーンの結婚式で、ジョーはやっとキスするまでにこぎつけた。長くて湿った、激しいキスのことが、三カ月経った今でも夜ごとに思い出される。

その後、ジョーは何かにつけ、彼女と二人きりになろうとした。あろうことか、品行方正に振る舞おうとさえした――といっても、たかが知れていたが。三十六歳の今まで、好きなことしかしてこなかった。それに仕事――ボディガード、賞金稼ぎ、私立探偵――のせいで、あさましく、汚いといってもいい性格になってしまった。それも職務のうちで、仕事によっては絶対に必要なものだったのだ。

だがルナのために努力し、そのためにひどく窮屈な思いもした。

それでも、ルナは受け入れてくれなかった。

ジョーはしめしめと思った。今こそ、運命が彼女をつかまえたんだ。ゼーンの話では、おれのような男を必要としているらしい。無節操で、タフで、恐れを知らない男を。

荒っぽい仕事を引き受ける前には、体を回復しなければならない。だがルナのために、そして、この激しい欲望を鎮めるためなら、何とかやってやる。

ルナは迷っているようだった。ジョーは気を引き締め、息をひそめて待った。三十秒ほどして、彼女が決意を固めるのを待っていたら窒息してしまうかもしれないと思ったとき、ルナが近づいてきた。

彼女はベッドの脇に腰を下ろした。お尻とお尻が触れそうになる。「変なことしないわね、ジョー」

「もちろん」ジョーは待ったが、その先は出てこなかった。「で?」

ルナは彼を見て、顔をしかめ、また目をそむけた。

へえ、こいつはいい。「怖いのか?」低い声でからかった。「変わり者のルナが? 月の女神のルナが? それに――」

「わかったわよ!」ルナは眉をひそめ、険しい表情で言った。「わたしには、子供が二人いるの」

ジョーは声を詰まらせた。さらにいまいましいことに、傷が痛んで息もできない。あばら骨を押さえ、息をつこうとする。どうやら誤解していたらしい。ゼーンは、彼女がジョーしか解決できない問題を抱えていると言ったし、ルナ自身も彼を必要としていると言った。だがそれは、脅迫とか、厚かましい恋人とか、短気な大家とか、あるいは金銭トラブルか何かだと思っていたのだ。そんなことならお手のものだ。だけど、子供だって? そんなものは欲しくないという以外に、子供についておれが何を知ってるというんだ?

ジョーは目に涙を浮かべて、吐き捨てるようにいった。「何だって? ずいぶんすばやく作ったんだな」

「まじめに話す気があるの、どうなの?」

ジョーは痛むあばらを押さえた。「信じてくれ、スイートハート、おれは日曜日の尼僧のようにまじめだ」

彼女は大きく息を吸った。「わたしには、二年前に亡くなったいとこがいるの。二人の子供を残してね。父親が誰なのかわからなくて、保護者が必要なのよ」膝に置いた手をじっと見つめ、一瞬、泣き出しそうになった。

ジョーは哀れみの気持ちが芽生えるのを感じた。典型的な男の反応だ。涙に暮れる女を見ると、普段より男らしくなったような気がする。頼りになる、たくましい男。か弱い女を守る強いヒーロー。そのか弱い女というのが、ルナだとは……。そう、いつもは心臓に毛の生えた自信家のようだったから、そういう女だと思っていた。これほどぶちのめされ、弱っていなければ、そばに引き寄せて胸に抱き、背中をさすってやったのに……。きっとすばらしい心地がするだろう。だが、弱気になって、女らしいところを見せているルナをそばに引き寄せたりしたら、殴られるようなことをしてしまうに違いない。

やめておいたほうがよさそうだ。

けれど、落ち着くのを待つ間に、少なくとも手を握ることはできた。爪を赤紫に塗り、銀の指輪をいくつもしている。ほっそりした手は、今にも折れてしまいそうだ。

何てこった。ルナが折れてしまいそうだなんて。いつでもセクシーな女でいてほしかった。熱く、刺激的な女。

おれのものだ。

彼女に求められるところをあれこれ想像していたが、これは考えてもみなかった。こんな、感情に訴えるようなやり方じゃない。今度は体ではなく心を締めつけられて、小さなうめき声が漏れた。

「どうして死んだんだ？」優しく、低い声で訊いた。

「交通事故よ。夜、食料品店に買い物に行ったまま、帰ってこなかったの」ルナは鼻をくすんと言わせた。「子供たちには辛い経験だったわ、ジョー」

ジョーは首を傾けて、うつむいた彼女の顔をのぞき込もうとした。ここは、冗談めかしたほうがよさそうだ。「きみが泣いたら、こっちまで動揺しちまう。そうなったらどうする？」

彼女はそれを聞いて、鼻を鳴らした。次の瞬間、か弱さを捨ててしゃきっとした。「何人かの保護者が面倒を見たけど、長続きする人はいなかった。クロエの娘のウィローと、三十分くらい話をしたわ。まるで……絶望しきっているみたいだった。そんなの嫌なのよ」

「クロエってのが、きみのいとこか？」ジョーは親指で彼女のこぶしをなで、その柔らかさに驚いた。胸に押し寄せてくる感情から、何とか気をそらせようとする。

ルナはうなずいた。「昔、何度か会ったことがあるけれど、ほとんど覚えていないわ。亡くなったことさえ知らなかったの。お葬式のことを、誰も教えてくれなかったから」

「だったら、どうして今になって連絡が来たんだ？」

「わたしが最後に残った親類だったの。ウィローは十五歳にもならないのに、ずっと大人だわ。弟の面倒を見て、目まぐるしく変わる環境に合わせようと頑張ってきた。もう限界よ。わたしが行かなくちゃ」

「そうだな」ジョーは手を握った。自分が同意したことを、ルナがどう思ったかはわからない。ああ、おれは家族思いだし、そんなにひどい男ってわけじゃない。「それで、おれは何をすればいい？」

「じゃあ、助けてくれるのね？」

ばかげた質問だとばかりに、ジョーはまっすぐに彼女を見た。「わからなかったのか？きみは月の女神ルナで、何でもお見通しだと思ってたけど……」

またしても、彼女は殴りかかりそうになった。

ジョーは笑った。「もうやめよう、ハニー。ここへ来る前から、おれが力になるとわかってたんだろ。でなきゃ、頼まなかったはずだ」

彼女は肩をすくめて答えた。「あれこれ考えた末、あなたなら頼りになるんじゃないかと思ったのよ」

なるほど。ジョーはうぬぼれた笑みを浮かべた。「つまり、お互い性的に惹かれ合っているからってわけか」

ルナは真面目な顔だ。「いいえ。よくよく考えてみたら、わたしの知っている男の中で、あなたが一番だったの」静かな声に、ジョーは面食らった。「ゼーンは、あなたをとても信頼しているわ」

何てこった、すっかり警戒心が解かれてしまった。性的な冗談なら受け流したところだが、悪く取られがちなこの性格をほめるなんて反則だ。

戸惑うジョーを尻目に、ルナは平然と続けた。「でも、引き受けてもらう前に、あの子たちが難しい立場にいることを言っておかなくちゃならないわ。ウィローにちょっと聞いたんだけど、たいしたことのないいたずらのせいで、近所の人ににらまれているみたいなの。今では、そのうちの何人かは……二人がやることなすことに目くじらを立てるようになって、いつも辛い思いをしてるみたい」

「辛い思いだって？」ジョーは顔をしかめた。それ以上に違いない。でなければ、ルナは自分を連れていかないだろう。決して無力な女性ではないし、普段なら、うるさい隣人くらい何とかできるはずだ。現にジョーをうまくあしらい、彼と関係を持ちたくないとはっきり伝えている。今、ここへ来たことが、彼女の立場を物語っていた。

それはまた、ジョーの力を信頼しているということでもあった。わたしの知っている男の中で、あなたが一番。これに勝る言葉があるか？　ここへ来たのはおれが欲しいわけじゃなく、高潔な男と誤解しているからだ。ジョーは歯を食いしばった。少しも高潔でないと知ったら、ルナはかんかんに怒るだろう。おれがかかわるのは——彼女にとっても、子供たちにとっても——いいことじゃない。

だが、子供の二人くらい何だっていうんだ？　ただのちびじゃないか？　乱暴といったって限りがある。ジョーも妹も結婚していなかったから、母親の嘆きをよそに、家には長いこと子供がいない。だが、四人のいとこには、十八カ月からもうすぐ十五歳の子供まで、ありとあらゆる年齢の子供がいた。いとこの家を訪ねると、ジョーは子供たちと楽しく遊んだ。自分のでない限り、子供というのはかわいいものだ。

心を決めると、まだ続いている体のうずきに耐えて、ルナに向き直った。「わかった。聞こうじゃないか」

「聞くって?」

「最新情報だよ。そのガキどもは何をやったんだ? どんなトラブルを起こしたんだ?」

「トラブルと言えるかどうか」ルナは言葉を濁した。「一部の人たちが、あの子たちを追い出そうとしているの」

「どんなやつらだ?」

ルナは彼を見上げていった。「有力者よ」

「有力者?」

「それに、怖い人たち」

ジョーはにやりとした。「本当か?」

「それに、卑劣だわ」

「おれは卑劣じゃない」

「そんなこと言ってないわ。子供を困らせている人たちが、卑劣だって言ったのよ」

「なるほど。で、目には目をとばかりに、おれをそいつらのところへ送り込もうってわけか?」

今度は彼女のほうが笑った。「相手がどれほど厚かましくて恥知らずでも、それと張り合う必要はないわ、ジョー。あなたがゼーンを助けるところを見ているし、いとこたちから何もかも聞いたの。何だろうと、誰だろうと、うまくさばいてしまうって」

「かもな」それから、顔をしかめた。「でも、おれは卑劣じゃない」なぜ、そのことにこれほどこだわるのか、自分でもわからなかった。

「あなたは完璧よ。弱いものいじめをする人たちは、どんな人間を相手にすることになるかわかっていないのよ」

「子供たちが何をしたのか、まだ聞いていないぞ。その連中は、なぜ彼らをいじめるんだ？」

ジョーのたくましい左胸の下についた、とりわけひどい傷を見て、ルナは眉をひそめた。触れたがっているように見えたし、ジョーはそれを待っていた。まだ、セックスはできそうにないのはわかっていたが。けれどルナは、視線を顔に戻しただけだった。「ウィローが言うには、母親が結婚していなくて、自分たちが孤児だからだということだけど」

「それで、父親が誰なのか、全然わからないのか？」

「ええ。子供の世話をしたこともなければ、寄りつきもしなかったみたい。詮索《せんさく》する気はなかったけど、ウィローは自分から、父親などいないし、いたこともないと言ったわ」

「何てこった」

「ひどいでしょ？　父親がいないとか、孤児だからといって、町の人に責められることがある？　それなのに、保護者の誰ひとり、引っ越してきて、子供たちを引き取ろうとしないの。あれこれ言い訳をしては、子供たちを置いてどこかへ行ってしまうだけ」

ジョーは胸が悪くなった。だが、小さな町ほど、その手のことに過剰に反応すると知っていた。いろいろな意味で、大都市よりもたちが悪いのだ。少なくとも大都市なら、無名の人間になれるし、誰だろうと、何をしようと関心を持たれずに済む。「今の保護者は?」

「おばのひとりよ。わたしが行くまではそこにいるけれど、気が短いたちだからとはっきり言われたわ。その前は、別のいとこだった。奥さんが転勤するので、子供を連れていきたくないって。その前は、半分引退した大おじで、あの子たちは手に負えないと言ったわ。おばは三人目なの。結婚の予定があって、婚約者は子供まで背負い込みたくないというわけよ」

支えをなくした小さな子供たちの気持ちを想像して、ジョーは顔をしかめた。だが、ルナがそれを引き継ぐとなると……。

どこから見ても自由人のルナは、母親というにはエキゾチックで、大胆で、セクシーすぎる。それだけじゃない。仕事は占い師だ。というか、占い師の助手だった。本当に呪いの力を持っているんじゃないかと、ジョーは何度も思ったことがある。ときには、知らなくてもいいようなことまで知っているような気がした。とりわけ、自分のことで。

心の中を読んだように、ルナは髪を払って、ゆっくりと続けた。「経歴調査はパスしたんだけど、向こうへ移ったら、家庭訪問を受けなくちゃならないの。それについては、さほど心配していないわ。わたしは理想的な母親じゃないかもしれないけど――」

「おれはそんなこと言ってないぜ」

ルナは話を途切れさせることなく彼の腕をつねり、ジョーはびくっとした。「――児童保護局は手一杯で、子供が親類に引き取ってもらえる可能性があると見ると、極力そうしようとするの。ソーシャルワーカーが言ってたわ。わたしは遠縁で、ほとんど顔を合わせたこともないけれど、それでもそっちのほうがいいのよ」

「へえ？　どっちのほうがいいって？」

彼女の目に金色の炎が宿り、もう一度つねられそうな予感がした。彼女の手を取り、それを阻《はば》んだ。「ソーシャルワーカーは、きみの乱暴な性格を知ってるのかな？」

「子供みたいなこと言わないで、ジョー。痛くなんかなかったくせに」

その通りだ。これだけ痛めつけられていたら、つねられるくらい何でもない。それでも、これ以上はごめんだ。

「わたし、引っ越すわ」

ジョーはまたしても不意を突かれた。「どこへ？」

「ノースカロライナよ」

ジョーははっとした。何だって？　今もルナの家は、ケンタッキー州トーマスヴィルの彼の家から一時間も南にあるというのに。これ以上離れたら遠すぎる。何とかして、引っ越しをやめさせなくては。

彼女をベッドに引き込みたかった。どれほど長い間、ぐずぐずしていたことか。だが、そうなるまでは、すぐに会える距離にいてほしかった。子供ならどうにかなる。意地悪な連中も何とかできる。

ルナを組み伏せたらどんな感じなのか……。いろいろと考えなくては。

# 2

「たぶん、話し合ったほうがいい」

「もう心は決まってるの。あの子たちは二人きりなのよ、ジョー。二年間も不安定な生活をして、大人の間をたらい回しにされて。わたしも最初は、あの子たちをここへ連れてこようと思ったけど、遺言で家は丸ごとあの子たちに残されることになっているの。ただし、保護者がそこに住むという条件で」

ジョーは顔をしかめた。なぜ母親は、子供たちを同じ場所にとどめようとしたのか？　大人が引っ越してくることがどんなに難しいか知っているだろうに。ただでさえ、他人の子供を育てる責任があるのに、その要求は大きすぎる。

またしてもその考えを読んだように、ルナが言った。「クロエはそれを餌にしようと思ったに違いないわ。支払いは済んでいるから、無料で貸すという形にしてね。たぶん、家を売らせたくなかったのよ。保護者が家を売り、そのお金を使い果たして、また子供たちを見捨てるのは簡単だもの。それに、子供たちの環境はもうじゅうぶんなくらい変化してきたわ。あの子たちの家だし、引っ越す必要はない。この二年間、それだけが彼らの生活の中で変わらなかったのよ」

ルナは引っ越す気まんまんだ。ジョーはやけになりそうだった。その気持ちを振り払い、苦い顔をした。「ここでの生活はどうする？　タマラの店での仕事は、家族は、友人は？」それにおれは？　口には出さなかったが、考えただけでむかついた。少しくらい、気にかけてくれてもいいだろう。

ルナは少しも気にしていないように、平然と肩をすくめた。「家族なんて、あちこちに散らばっているわ。近くにいたことなんてない。わたしが何をしようと関心ないわ」

「本当に？」家族が無関心でいるなんて、ジョーには信じられなかった。だが、自分が仲のいい大家族で育ったせいかもしれない。そこから別のことに気づいた。おれはルナの生い立ちを、ほとんど知らない。

ルナはうなずいたが、詳しくは話さなかった。「仕事はどこでだって見つかるわ。それにいつだって、タマラやゼーンや、ほかの友達を訪ねることができる」

ジョーは怒りに目をむいた。どうやら、彼と離れることを少しも悲しんでいないようだ。だが、どうにかして彼女の気を変えなければ。「それで、おれの役目は何なんだ？　子供たちをいじめる連中を、やっつければいいのか？　誰か痛めつけたいやつでもいるのか？」

その申し出に、ルナは驚いたようだ。「やめてよ、ジョー。そんなことはさせないわ」

「だったら?」うまいとはいえなかったが、何とか平然としたふりをした。「あなたがそんなばかなことを言い出すんじゃないかって、ゼーンも言ってたわ。何かといえば、自分のことを大きく見せようとするだろうって」

ゼーンのやつ、おれの楽しみを台無しにしやがって。だがジョーは、ゼーンに殺し屋と責められたときのことをまだ覚えていた。多少は、大げさに言っているのかもしれない。ジョーはにやりとした。「で、おれの役割は?」

「わたしを後押しして、攻撃してくる人たちを威圧してほしいの」見上げるルナの視線が、彼の胸と肩に止まった。その目がやわらぎ、女らしい賞賛のまなざしに変わる。「痛めつけられて、怪我だらけで、息をするたびにうめいていても、あなたにけんかを売るばかはそういないと思うわ」

ジョーは歯をむき出して笑った。「きみは遠慮せずにそうしてるじゃないか」

からかわれて、ルナはむっとした。「あなたのことは避けていたはずよ」

ジョーはさりげなくシーツを蹴り下げた。彼女の視線が動き、下腹部に釘づけになったところを見ると、それほどさりげなくはなかったかもしれない。「避けてたって?」視線に気づいているのを気取られないようにしながら尋ねた。「ということは、あれはきみじゃなかったんだな? ゼーンの結婚式のとき、暗い廊下でキスをし、背中に爪を立て、弓なりに体をそらせていたのは——」

ルナは顔を真っ赤にしてベッドを離れた。「もう少し、礼儀をわきまえたらどうなの」

「礼儀は弱いやつらのためのものさ」さらにシーツを蹴る。あと少し下がったら、丸見えになってしまうだろう。

強情なルナは、それを見ようとしなかった。「わかったわよ。たしかにキスしたわ。一瞬、理性をなくしたのよ」

ジョーは、そうだろうというようにうなずいた。「おれにかかると、たいていの女はそうなる」

彼女は冷たい目をした。「だから、われに返って立ち去ったのよ」

ジョーは反論できない事実を指摘して、大いに満足した。「でも、戻ってきた」

「必要に迫られただけよ」ルナはチラチラと彼のほうを見た。自分でもどうにもならないようだ。息を詰め、頰《ほお》を赤くしている。彼女は静かに言った。「否定したってしかたないわね、ジョー。あなたはすてきだわ。でも、ベッドの柱に刻み目を増やすようなことはさせないわよ」

おれがすてきだって。欲望が押し寄せ、ほんの少し痛みがおさまった。「わかってるさ」

彼はなだめるように言った。「そう身構えなくていい」

「身構えてなんかいないわ」ルナは彼に背を向け、胸の下で腕を組んだ。ひどく身構えているように見える。

「きみがベッドに刻み目をつけるのはどうだ？　こっちは構わない。二度はつけなきゃならないだろうがね。自慢でも何でもないが……」

またしても、ルナは怒りがこみ上げてきたようだ。食いしばった歯の間からうめき声が漏れる。「一緒に来てくれるの、どうなの?」

浅く穿《は》いた黒いジーンズはぴったりしていて、この上なくすばらしいお尻を完璧に包んでいる。振り返って、ちょっと右へ動いた拍子に、ジーンズと派手な色のホルターネックの間に、お腹がチラッと見えた。豊かな胸とお尻の割に、腰は驚くほど細く、お腹はほんの少し丸みを帯びていた。彼女は何より、古き良き時代のピンナップ・ガールを思い出させる。豊満な曲線美の持ち主。セクシーな女。

「まだ考え中だ」彼女を裸にして、そのすばらしい体をもっとよく見たいという考えに夢中になって、完全に上の空で答えた。

「お金は払うわ」

楽しい想像が台無しになった。「やめてくれ。金なんかいらない」

ルナは両手をお尻に当ててた。「今、無一文だって言ったじゃないの」

ジョーは手を振ってさえぎり、痛みにあばらを押さえた。「女に夢を抱かせないために、いつもそう言ってるんだ。セックスがお粗末だと言うより効果がある。といっても、女たちが信じてくれるかどうかは疑わしいが」

ルナは険悪そうに目を細めた。「じゃあ、嘘だったの」

「違う」ジョーは傷ついたような顔をしてみせた。「ただ、大げさに言っただけさ。つまり、金持ちじゃないということだ。けれど、ひとりでまあまあの暮らしはできているし、仕事にあぶれたことはないし、何をやってもうまくこなす。快適に暮らすためのたくわえは、じゅうぶんある」

「嫌な人ね」

「現実主義者なのさ」ジョーは訂正した。「ずいぶん前から、女たちがおれを祭壇へ引きずっていこうとするんでね。貧乏だとわかれば、長くつき合うよりも、ひとときの関係で終わらせようとするだろう」

「どっちでもいいわ。ほかの女性がどうなのか、わたしには何の関係もないもの。でも、あなたの時間を使うからには、お金を払わせてもらうわ」

「だめだ」金を貸してくれと言われるほうがまだましだ。その貸しを振りかざしてベッドに引きずり込むつもりはないが、頼りになるところを見せれば、彼女の態度もやわらぐだろう。たぶん、これほど強く反発することはなくなるはずだ。

「頭を冷やして、ジョー。これからどんなことに首を突っ込むかわからないのよ。あなたを必要とするのが一週間なのか、一カ月になるのかわからない。そんなに長く仕事を離れて大丈夫なの？」

自分の能力はよくわかっている。一週間か、長くとも十日あれば、新しい場所で問題を明らかにし、すべてを解決できると踏んでいた。その後でルナに――彼女の感謝の気持ちにつけ込めばいい。

彼は不敵に笑った。「ああ、大丈夫さ」ふたたび反論しようとするルナを、手で制した。

「これで決まった。どっちにしろ、この家は出るつもりだったんだ。あまりにも多くの連中が、予告なしに出入りするし――」

「その連中っていうのは、女ね」

にらみつける彼女に、ジョーは笑いで答えた。

「鍵をばらまくのをやめれば……」

「そいつは言いがかりだ。鍵をばらまいたりはしていない」その反対だ。プライバシーと独身という身分は、家族を除けば何よりも大事だった。

「じゃあ、あのバービーは、どうやって入ったの？」

「バービー？」笑みが広がり、あばらと同じくらい顎が痛んだ。「ベスのことかな？　アメリアと一緒に来たんだろ。ちょうどきみが入ってきたとき、おれの体の手触りを楽しんでいたほうさ。聞かれる前に言うが、アメリアにも鍵は渡していない。襲われた夜、彼女とデートしていたんだ。おれを病院へ連れていき、家まで送ってくれたのさ。たぶん、その鍵を持っていったんだろう。鍵を替えるほどの元気はなかったからな」

怒っていたルナの顔が、興味を惹かれ、考え込むような表情になった。「一緒にいるところを襲われて、彼女は無事だったの？」

「そのときには、離れたところにいたんだ」それは不幸中の幸いだった。自分がいながら女性に怪我をさせるなんて、耐えられない。

ルナは頭を垂れて考え込み、ゆっくりと部屋を見回した。怪我をした夜に脱ぎ捨てた服が転がっている以外は、きれいなものだった。ジョーは襲われてから服も着なければ、ほとんど食べてもいなかった。ベッドを出るのは、朝、歯を磨くときと、何か飲むときくらいだ。ベスとアメリアが来たときに、食べものをせがもうと思っていた。

もちろん、彼女たちはジョーに食べさせようという気などなかった。ここ数日で、たっぷり三キロは体重が減っただろう。

「それで、アメリアはあなたとデートしていながら、暴漢に襲われたときにはそばにいなかったってわけ？」ルナは足を踏み鳴らした。「ずいぶん都合がいいんじゃない？」

「誰にとって？」

「彼女にとってじゃないの？」

ジョーは面食らった。あまりにもあからさまな当てこすりだ。「そんなに疑り深い女だとは知らなかったな」

ルナは肩をすくめて、その先を待った。

彼女の皮肉に腹が立った。「何か企んでいたとは思えない。忘れてるかもしれないが、アメリアは今もおれが好きなんだ。もっと深刻な理由で、彼女を振った後でさえもね」

「深刻な？」

ジョーも肩をすくめた。「女は誰でも結婚を考えたがる。けれど彼女はいいと言ってくれたんだ。ただの……」

「体の関係だけでも？」

ジョーはにやりとした。

「ばかなこと訊いちゃったわね」月の女神らしい、ひどく冷たい声で彼女は言った。それから、まだ疑っているように続けた。「それで、ジョー、実際には何があったの?」

ジョーは観念して言った。「雨が降ってきたから、駐車場に車を取りにいったんだ。知っての通り、おれは紳士だからね」

「まったくその通りね」

どうしてそんなにおどけた言い方をされなきゃならないんだ? 「ちょうどトラックの鍵を開けたとき、後ろから殴られた。倒れたところをさらに何発かやられたが、そのときには意識がなかったから、どれくらいの時間が経《た》ったのかわからない。おれがレストランに戻ってこないものだから、アメリアが探しにきて、地べたに倒れているのを見つけたってわけだ。彼女は男がおびえて逃げ出すタイプなのかもしれないな。でなければ、おれは殺されてたかもしれない。殺すつもりだったのは間違いない」

ルナの目には焼けつくような不安が浮かんだが、彼女は先を続けた。「彼女が警察に電話したの?」

「彼女が来たときには、意識を取り戻していた。彼女はおれを病院へ連れていった。治療が終わってから、おれは警察と話をした。警察に何かできるとは思えないがね。相手の顔を見ていないから、捜査は進まないだろう」

ルナは少しも信じていないようだった。「アメリアも見ていないの?」

「ああ。駐車場で物音を聞いたが、来てみるとおれしかいなかったそうだ」

「ふうん。ずいぶん長い間、気絶してたものね」ジョーがにらみつけると、彼女は言った。「オーケー、アメリアは結婚を断られても、あなたをあがめてる。そうじゃない人に心当たりはないの？」

「ああ、犯人がわかったぞ」怒りでジョーの筋肉がこわばり、不快感が増した。あの野郎、今度つかまえたら、これ以上の目に遭わせてやる。

「どういうこと？」

ジョーは身震いした。今は仕返しのことを考えている場合じゃない。手の届くところにルナがいるってのに。「たぶん、ブルーノ・コールドウェルのしわざだ。おれの膝を撃ったやつさ」

ルナは目を見開いた。「ときどき脚を引きずっているのはそのせい？　撃たれたの？」

ジョーはうめくように言った。「ソフトボールで怪我をしたとでも思うか？」

「わからないわ」ルナはものも言えないほど驚いているようだった。「わからない……考えたこともなかったわ。危険な仕事をしているのは知ってたけど……」

ジョーは笑い出しそうになった。おれのような暮らしが、時にどれほど危険なものか、知るはずがない。「チャンスがあったときに、ブルーノを消しておけばよかった。警官意識が働いて、警察に引き渡しさえしなければ……」

「警官意識？」

ジョーは肩をすくめた。「その怪我がもとで、警察を辞めるしかなかった。それで……落ち込んでね」控えめな言い方にもほどがある。数カ月というもの、はらわたが煮えくり返っていた。「確かに、少しばかり無茶もした」

「辞めさせられたの？」

「もっと悪い。おれにデスクワークをしろと言ってきたんだ」それには耐えられなかった。警官になったのは現場で働きたかったからだ。事件が終わってから果てしない書類仕事をするためではない。「あの頃のおれは、かなり自堕落になっていた。それから警察を辞めて、賞金稼ぎになったんだ」

「脚が悪いのに賞金稼ぎ？」

「いいや。脚を引きずるのは酷使したときだけさ」じゃあ、どうしろっていうんだ？　じっと座って、だらだらしていろと？　ありえない。ひと月もしないうちに、頭がおかしくなってしまうだろう。

「わかったわ。ブルーノをつかまえて、警察に引き渡したのね」

ややや端折《はしょ》りすぎているような気がするが、ジョーは何も言わなかった。つかまるのを嫌い、身を隠す手段も持っているやつを追いかけるのがどれほど大変か、ルナにはわからないだろう。特に、ブルーノのように卑劣で非情な男を相手にするのが。「そんなところだ」

「ずいぶん深い因縁があるようね」

「そうとも言える。おれはやつを逮捕し、そのときに撃たれた。やつは保釈中に行方をくらまし、しばらく後でおれがまたつかまえた。刑務所へ入ったが、作業中にトラックを奪って、またも雲隠れしやがった。おれを邪魔者として消そうと決意するまでは、行方知れずだった」

「ひどい。本当に、彼はあなたを殺す気なの？」

それは大した問題じゃないとばかりに、ジョーは肩をすくめた。事実、二度と不意を突かれる気はない。これからは、ブルーノの襲撃に備えておける。そして、もう一度やつをつかまえたときには、報いを受けさせてやる。「自由に暮らしたければ、やつに選択肢はない。結局はおれにつかまると知っているからな」

ルナはドレッサーに寄りかかり、か細い声で言った。「彼のほうが、先にあなたを仕留めない限りはね」

見るからに心配そうなルナを、ジョーは利用した。「その通り。きみと一緒にしばらくノースカロライナにいれば、やつの手も届かないだろう」少なくとも、仕返しできるほど体力を回復するまでは。「ブルーノは、おれがそこにいるなんて考えもしないだろう。それに、しつこい女たちを振り切ることもできる。姿が見えなければあきらめるだろうからな」

ルナはまた歩きはじめた。「あなたが戻ってくるまではね」歩きながら、ジーンズとTシャツ、靴下を拾い上げる。

彼女のとげとげしい声に、ジョーは愉快になった。焼きもちか？　だといいが。「ああ、どっちにしろ、ケンタッキーに引っ越そうとは思ってたんだ。いとこたちのそばにね」それに、きみのそばに。「知ってるだろ、ゼーンはおれが行かないと寂しがるから」ジョーの出まかせに、ルナは口をつぐんだ。せせら笑うのをこらえたか、本当のことを言うのをこらえたかだろう。ゼーンは一年前よりはジョーのことを好きになっているかもしれないが、今も気を許していない。若い頃には女性を巡って何度も争い、たいていジョーが勝っていたからだ。

今、ゼーンは恋をしていて、それ以外のことは考えようとしない。ジョーは人の女を盗むような人間じゃないと知っているし、かわいい妻のタマラを信頼してもいる。それでも、ジョーが必要以上に近づくとやきもきしているようだ。

ここ最近では、ゼーンをからかうのが何よりおもしろい。

「ジョー」ルナは服を丸めて、ベッドの下に置いた。「お返しに、わたしにしてほしいことがあると言いたいようね」

「あるさ」きみをくたくたにさせるチャンスをくれ。

ルナは胸の下で腕組みした。「そんなのはばかげていると、わかってるでしょ。だめよ、議論には乗らないわ。わたしも素直になる。自分ではどうにもならないから、あなたの助けが必要なのよ。だから、ほかの人たちと同じように、あなたにお金を払いたいの」

ジョーは顔をしかめた。「素直になってほしいというんだな、ハニー？　だったら、そうしてやる」

きちんと向き合おうと、ジョーは少し身を起こした。動くと傷が痛んだ――いまいましいことに、息をしても痛い――だが、このチャンスを逃すのはもっと痛かった。禁欲生活には慣れていなかった。最悪だ。もううんざりだ。けれど、ルナが欲しい気持ちは、ほかの女たちとは違う。三カ月前に心に忍び込んでから、彼女はいつ終わるともしれないうずきのように、そこにとどまってしまった。頭がおかしくなりそうだ。

ジョーは体を起こし、歯を食いしばるのをやめて、ルナをまっすぐに見た。「何が欲しいかわかってるだろ」

ルナは心配そうに近づいてきた。「ジョー、大丈夫なの？」手が彼のほうへ伸びてきた。

「今もきみが欲しい」

手が止まった。

「おれのものにするまで、欲しい気持ちを止められない」

彼女は一歩、後ずさりした。

口にするだけで、ジョーに火がついていた。ルナのエキゾチックな瞳が驚きに見開き、かげる。唇は開いていた。ジョーは声を低くした。「十二の違ったやり方で、十二回はしたい、ルナ。それでも足りないくらいだ」

ルナは口を閉じた。

ジョーは肩をすくめたが、とうてい紳士とは言えない自分を感じていた。「わかってると思ったが」

数秒が過ぎ、ぞっとするような冷たいささやき声で、ルナは言った。「それが条件なの？

あなたと寝たら、助けてくれるってわけ？」

ジョーはかっとなった。「まさか。とんでもない。嫌がる女をベッドに引きずり込むほど困っちゃいない」

「まあ」ルナはその剣幕に目をしばたたかせ、またしても顔をしかめた。「じゃあ、他意はないってこと？」

「あきらめる気はないということさ。これから家族のふりをして、ひとつ屋根の下で仲良く暮らすんだ。それを有効に使わせてもらうつもりだ」

ルナにゆっくりと笑顔が浮かんだ。「それで、わたしが抗《あらが》えなくなるとでも思ってるの？笑っちゃうわ、ジョー。その体に抱えきれないほどのうぬぼれを持ってるのね」

ジョーも笑った。挑戦を受けるのは大好きだ。「おれに逆らわなければ、最高の気分にさせてやるよ」

「忠告ありがとう。油断しないように気をつけるわ」まだおもしろがっているように首を振り、汚れた服を拾い上げて部屋を出ようとした。戸口で立ち止まり、肩越しにジョーを見る。「何か食べるものを作ってくるわ。まるでわたしより痩せちゃったみたい。その後で、いつ出発するか相談しましょう」

「ありがたい。腹ぺこなんだ」

「いいえ、わたしのほうこそありがとう、ジョー」ルナはほっとしたように、心からの笑みを浮かべた。「力になると言ってくれて、本当によかった」

彼女は感謝している。完璧だとジョーは思った。望み通りに事が運んでいる。

ルナは落ち着いた笑みを浮かべたまま、彼から見えないところまで来た。それから小さくうめき、ごくりと唾を飲んだ。胸の下では、心臓が激しく、異常なまでに高鳴っている。ジョー・ウィンストンに出会ってから、人生がすっかり変わってしまった。それが気に入らない。ジョーなんて大嫌い。

嘘だわ。

問題は、自分が生まれつき他人を受け入れない性格だということだ。きっちりとした設計に基づいて、人生を生きていた。自立し、有能で、分別があり、自分に満足している。

それでも、今はジョーが必要だ。

フェミニストとしては、ジョー・ウィンストンのような男はとうてい受け入れられない。彼らは、女というものは自分たちより弱いから、守ってやり、時にはかわいがってやらなければならないと思っている。でも、決して対等だとは思わない。

けれど、体はそんなことはお構いなしだった。

今の状況には、彼がうってつけだった。そして、思うたびに震えが来るほど危険な男だった。もう三カ月、心が揺れていた。電話して、そばに来てほしかった。心の中では、彼とベッドを共にしたいと思い、目覚めたときに彼に触れたかった。

いつも自由なセックスを楽しんできたけれど、今となっては興味が持てる男はいない。ジョーの、うぬぼれと言っていいほどの自信と並外れた能力に比べれば、ほかの男たちはちっぽけで、青白くて、取るに足りない存在に思えた。彼にかなう人なんていない。

子供たちのことを話したときには、彼も一瞬おとなしくなった。ジョーの反応を見るのはおもしろい。でも、くやしいことに、ジョーはわたしよりも子供のことを知っている。四人のいとこにはさまざまな年齢の子供がいて、ジョーはその誰とも仲良くしていた。赤ん坊を抱き、よちよち歩きの子供と会話し、ティーンエイジャーにもなじんでいる。どんなときでも気楽に振る舞っているけれど、それはいい家庭で育ったからだ。だから、家族で暮らすことのよさを知っている。

わたしは違う。

ジョーはいろいろな点で、これまで会ったことのないタイプの男だった。性的な魅力だけなら、問題はなかっただろう。セックスを楽しみ、別れればいい。

でもジョーは誠実でもあった。おかしなことに、家族を守るためなら冷酷にでもなれる。それに……彼といると、まるで女らしくなってしまう。型にはまったかわいい女のように、見るからに強い彼に対してひどくか弱くなって、たくましい男にぬくぬくと守られている気になる。

そんなの、男たちの汚い策略よ。

けれど、彼に抵抗するのは難しかった。自分をしっかりと保って、ジョーは相手にするような男じゃないと何度も言い聞かせた。ちょっとした火傷では済まないだろう。気を許せば、地獄の炎のように焼き尽くされてしまうに違いない。ジョーには、ほどほどという言葉はなかった。彼が与える肉体的な喜びにも、彼が呼び起こす感情にも。

そして、たった今言われたように、彼にとってはチャンスだった。ルナはまたうめいた。別のことで頭をいっぱいにしなくては――二人の子供のことを考えよう。

狭いキッチンでは、さらに多くの洗濯物が待っていた。皿の詰まった食器洗い乾燥機が、食料棚にきちんとおさまっている。男にしては、ジョーはきちんとしていた。服はかごに入っているし、シンクに置いてある数枚の汚れた皿と、テーブルの上の紙くずのほかは、キッチンはきれいだった。ルナは震える息を吸い込み、仕事にかかった。

彼は助けになってくれると言った。けれど、まずは彼を助けなければ。洗濯物の山を片づけ、チーズのホットサンドをカウンターに置いたとき、電話が鳴った。

彼の気を惹きたい女に決まってる。ルナは身をくねらせて寝室に向かった。足音を忍ばせる。わずかな嫉妬《しっと》心から、自分らしくない行動をしていた。けれどジョーは、ベッドの脇にある電話を取ろうとしない。目を閉じ、苦しげな表情を浮かべている。

本当にひどくやられたんだわ……。

ルナは甘い声で言った。「取りましょうか?」

返事が返ってくる前に、留守番電話が作動した。案の定、聞こえてきたのは鼻にかかった女の声だ。「ジョー? どこにいるの? もう何日も出ないけど。電話して、いいわね?」

ジョーは目を開かなかった。

歯ぎしりしながら、ルナは言った。「別の信奉者?」

それに答える代わりに、彼は鼻をひくひくさせた。「何か食いものを作ってくれているはずだったよな?」

「チーズのホットサンドは? 食べものがほとんど見当たらなかったから」

「いつもは外で食べるんだ」それから感謝と、ほんの少しもどかしさを込めて言った。「うまそうだ。きみが料理をするなんて知らなかった」

シーツがさっきよりも下がってない? 布は彼のプライバシーをほとんど隠していないし、柔らかい木綿が覆っている箇所も、隠れているとは言いがたかった。膨らみがくっきりと浮かび上がっている。それを見て、ルナは体の内側がとろけてしまいそうに感じた。黒々とした醜い傷があっても、最高に魅力的だ。なめらかで、張りつめた分厚い肩。胸は巻き毛に覆われ、茶色の乳首が隠れている。胸の筋肉は盛り上がり、ベッドに横になっていても、腹筋がはっきりとわかった。黒々とした毛が体の真ん中を通り、シーツの奥へと延びている。その下にあるのは、胸毛よりも細く、つややかな毛だった。

ルナは咳払いした。「チーズサンドくらい、ちっとも難しいことじゃないわ。でも、参考までに言っておくと、料理はするわよ。レシピが読めるんだから、驚くことじゃないでしょ」両手で自分のお尻を叩いた。「見ての通り、栄養が行き届いてるわ」

ジョーの片方の目が開き、面白そうにきらめいた。「きみは小さい女の子じゃなくて、立派な女なんだぞ。その危険なくびれを見たら、頭がおかしくなっちまう」

その言い方があまりに真剣だったので、怒りも消え去ってしまった。でも、どう答えればいいの？　ルナは話題を変えた。「ベッドで食べる、それともテーブルで？」

ジョーはようやく両目を開けて、顔をしかめ、体の調子を確かめた。「ベッドを出たほうがよさそうだな。オールドミスの上唇みたいに、体が固くなっている」苦労して両足をベッドから下ろして、座った。背中から引き締まったお尻にかけての長いラインを、ルナはじっと見つめた――すると、彼がうめき声を上げた。

ルナはますます心配になってきた。いつだって、ジョーは無敵だと思っていた。たぶん本人もそう思っているだろう。大喜びで危ないことに首を突っ込む。身の危険などこれっぽっちも考えず、何だろうと、誰だろうとさばけると固く信じている。仕事とあれば、相手を死ぬほど震え上がらせる。

傷だらけになっていても、何者にも負けない強さを持っている印象は失われていない。けれど、彼もただの男だ。しかも、今は怪我をしている。「ベッドにいたほうがいいわ。食事はここへ持ってくるから――」

「シャワーを浴びたいんだ」脇腹を押さえながら、低い声で言った。「熱いシャワーを浴びれば、筋肉の痛みも楽になるだろう」彼は立ち上がり……シーツがベッドに残った。

ルナはぽかんと見とれていた。自分でもどうにもできなかった。

ジョーは素っ裸なのにも気づかず、自分の体が岩のように固い、男として最高の彫刻作品だと自覚してもいないようだ。「十分くらい待ってもらえるか？」

ルナはごくりと喉を鳴らした。それから彼を見つめた。それから、さらに見つめた。

「ルナ？」

彼はまっすぐに立っていなかった。痛む脇腹をかばい、怪我をした膝のおかげで身をかがめている。ひげは三日間剃《そ》っていないし、髪には櫛《くし》を入れていない。そしてブルーの目は、部屋の反対側からでも燃えているように見えた。

ジョーはにやりと笑って、ぎこちなくシーツを取り上げ、下半身を隠した。「これでいいか？」

ルナはわれに返った。うぶなバージンではないし、裸の男を見たことがないわけでもない。ジョーみたいな男はいなかったけれど……。近づいて、彼の腕を取った。「座って待ってて。シャワーの用意をしてから、手を貸すわ」

ジョーは片手をフットボードについて、もう片方の手で前を隠すと、マットレスに横になった。怪我をした脚をまっすぐに伸ばし、荒く息をついた。しばらくして尋ねた。「手を貸すって、どんなふうに？」

「何もかも準備しておくから、あなたは熱いシャワーの下に入るだけでいいってことよ」

「背中も流してくれるか？」

期待を込めた言い方に、ルナは笑みを浮かべそうになった。動くたびに歯ぎしりするような状態なのに、まだ誘惑する気だなんて。「自分でできるようになるまで、背中を洗うことはないわ。でも、シャワーを出して、浴室に入るまでは手を貸してあげる。それでどう？」

「一緒にシャワーを浴びるほうがいいんだが……だめか？　わかった、それで手を打とう。今までは、歯を磨くかトイレに行くだけだったからな。それ以上は無理だった」

ルナは話をそらせた。「三日間、何も食べてないの？」

ジョーがうなずくと、彼の髪が目に入った。濃くて、黒々として、つややかだ。思わず、ルナは額にかかった髪に手を伸ばしていた。見上げたジョーの目が、興奮できらきらしている。視線がぶつかり、見つめ合った。

ルナはさっと手を引っこめた。

ありがたいことに、彼は何も言わなかった。「最初の一日は、薬を飲んで寝ていた。二日目には腹が減りすぎて、キッチンまで脚を引きずっていったが、すぐ食べられるものがなかった。料理するほどの体力もなかったし」

またしても、ルナのが全身に怒りがみなぎった。「ここを出入りしてた女たちは？　誰も食事を作ろうと言わなかったの？」

その剣幕に驚いて、ジョーは片方の眉を上げた。「連中の中には、マーサ・スチュアートはいなかったみたいだな」

「女の趣味が悪いのね」

ジョーは顔を上げた。こんな体調のくせして、官能的な表情を浮かべている。「そうかな。おれの趣味は、ものすごくいいと思うけど」

どう答えていいかわからず、ルナは代わりに訊いた。「下着はどこにしまってあるの？」

ジョーはたじろいだ。「下着はいらない。あれを脚の上に引っぱり上げるのに、うんざりするほど時間がかかるんだ」

「手伝うわ」裸のままでいられたら、とても耐えられないだろう。大人になってからというもの、ルナはこれほど裸でいることに無頓着《むとんちゃく》な人を見たことがない。ジョーは裸でいても、服を着ているのと同じくらい快適そうだった。

「しらけること言うなよ」彼はなじったが、続けて言った。「三番目の左の引き出しだ」

ルナは黒い木綿のボクサーショーツを出し、ジョーのところへ戻った。「ひとりで歩ける？」

「ああ、そう願いたいね」不機嫌に言うと、痛みをこらえながら脚を出し、ゆっくりと歩き出した。「年は取りたくないな」小声で言った。

ルナはあわてて、小さな浴室に先回りした。ドアを大きく開け、シャワーをひねり、ちょうどいい温度に調節する。体を起こしたとき、ジョーが背後からのっそり入ってきた。シーツを床に落とし、無言で注意深くバスタブに入る。

ルナはぱっと後ろを向いたけれど、その前に、湯気を上げるシャワーの下に大きな体が入ってくるのが見えた。気持ちよさそうな、官能的なため息が聞こえてくる。

同情心がこみ上げてきた。ルナは浴室を出て、タオルと浴用タオルを探した。彼は数分間、熱いしぶきの下に立ち尽くして、それからようやく石鹸で体を洗い出した。

廊下で待ちながら、ルナはやきもきしていた。「大丈夫？」

「ずっとよくなった、ありがとう」

「次に薬を飲む時間は？」

「一時間前だ」

ばかもいいとこだわ……。カーテンを少し開けた。ジョーは髪を洗っていて、石鹸の泡ががっしりした肩を伝い、胸から下腹部へと流れていた。ルナはひとしきり文句を言った――ジョーが片目を開けて、不思議そうに見た。「何だって？」

「どうして鎮痛剤を飲まなかったの？」

「おれが狸寝入りをしてたのを忘れたのか？」

ルナは目をむいた。「シャワーを終えたら、食べものと薬をとるのよ」

「わかったよ」

ルナは勢いよくカーテンを閉め、その場を離れようとした。

「女房ってのは、こんなふうに小言を言うものなのかな？」

「たぶんね」

ジョーは笑った。「そいつは困るな」

どうやら元気を取り戻したみたい。少なくとも、ルナにはそう見えた。顔をそむけたまま、ルナはまたカーテンを開け、両方の蛇口をひねった。「これでいいわ。次は――」

「体を拭《ふ》くのを手伝う？」彼は濡れた手をルナの肩に置き、それを支えに浴室を出た。動くたびにブツブツ言ったり、うめいたりしている。大きな足の周りに水たまりを作り、ルナを見つめて待ち構えた。

ルナはためらったが、それはただ、信じられなかったからだ。ジョーが助けを求めるなんて、思ってもみなかった。プライドが高そうだったし、男らしさにこだわっているみたいだったから。本当に、自分じゃできないの？　ジョーといると、いつも正反対の感情と欲望に心が乱される。

「いいよ」最後に、彼は穏やかに言った。がっかりしているような声だ。「わかった。今言ったことは忘れてくれ」歯を食いしばって身をかがめ、タオルを拾い上げると、腰の周りに巻きつけた。

ルナは自分が身勝手で、意地悪で、ひどい人間になったように感じた。家にずかずかと入ってきて、ガールフレンドを追い出し、とんでもない頼みごとをしても、ジョーは文句ひとつ言わなかった。助けてくれると言ってくれた。しかも無償で。たったひとつの条件は、ルナを求める気持ちをわかってほしいということだけだ。

わかってる。だって、わたしも彼が欲しいのだから。けれど、誘惑の言葉とは裏腹に、今の彼は何もできない。わたしが必要としているのと同じくらい、彼もわたしを必要としている。

ルナは手を伸ばし、もう一枚のタオルを拾い上げた。

# 3

一分もしないうちに、ジョーは戦略を間違えたことに気づいた。だが、後戻りはできない。ルナはぴったりと寄り添い、タオルで肩から胸、両腕を拭いてくれている。彼女の頭のてっぺんが見え、花のような髪の香りと、それより自然な体の匂いが立ちのぼっていた。体温と、軽くかかる吐息も感じられる。

信じられないことに、膝がガクガクしてきた。ジョーは両脚を広げ、片手をタイルの壁に伸ばして体を支えた。こんな目に遭わされたら、すぐにタオルじゃ隠しきれなくなる。しかも、素っ裸のおれにルナがどんな感想を持ったかもわかっていた。どうやら気に入らないらしい。

それとも、気に入りすぎたのかも。どちらにしても、あまりあせってはいけない。失望して、立ち去るのがおちだ。

ルナがためらいがちに訊いてきた。「大丈夫?」

いいや。「ああ」

ルナは、タオルをさりげなく下へ移動させ、下腹を拭き始めた。

ジョーは自分の自制心を大いに買いかぶっていたことに気づいた。息子が頭をもたげ、顔をのぞかせようとする。

もちろん、ルナも気づいているだろう。白いタオルに覆われていても、ピンと勃《た》ったものに気づかないはずがない。ルナは顔をしかめた。「我慢してなきゃだめでしょ」

「できない」ジョーはそう言ってから、つけ加えた。「特に、きみがその話をするなら」

「唇を閉じておくわ」

「唇の話もするな」

彼女は腹を立てなかった。実際、笑っていた。

ジョーはまっすぐに立っていられず、ルナはそれを面白がった。「背中を」彼は言った。そんな言葉にも欲望をかき立てられたが、興奮しているのを隠し、痛がっているふりをした。女とふざけ合うのには慣れていたはずだ。ぎりぎりで自制心を保ったまま、じらすのには。ルナが相手だと、凶暴な略奪者になったような気がする。欲望をコントロールすることもできない。利用するなどもってのほかだった。

ルナが背後に回った……が、またしても手を止める。ジョーが息を詰めて待っていると、彼女が言った。「ねえ……ルーって誰?」

いまいましいタトゥーに、ジョーはかっとなった。「誰でもない」今は、それにまつわるくだらない話を、延々としたくはない。

タオルが背中を拭《ぬぐ》い、背骨に沿って下りていった。前を拭いているときには、ルナはぶっきらぼうで無関心な態度を取っていたが、背中を拭くときには、まるで仕事を長引かせようとしているかのように念を入れている。「ここへ来てすぐに、タトゥーに気づいたのよ。彼を愛してるって書いてあった」

すさまじい怒りが、喉元までこみ上げてきた。「彼じゃない。くそっ、女だ。変なうわさを立てないでくれ」

「消えない言葉をお尻に刻みつけているのは、わたしじゃないわ」

ちくしょう、結局は説明しなくちゃならないのか。いつもなら、わざわざ説明しようなんて思わない。だが、誤解されるのはまっぴらだ。「笑うなよ」

ルナは約束しなかった。彼女が身をかがめて脚を拭き始めると、ジョーの思いは別の意味で乱れてしまった。男の妄想を描いた本で見たことがある行為だが、とうてい楽しめるものじゃない。「ルイーズも、おれと結婚したがったガールフレンドだった」

「だった？」

しゃべっていると少しはましだった。彼女の感触や匂い、温かさ以外に、集中できるものがある。「そんなばかげた考えを、やめさせられると思っていた。聞いてるか？」

「聞いてるわ」

ジョーは目を閉じて話に集中し、背後にいるルナと、彼女が触れている場所のことを考えまいとした。おれをじらすためだけに時間をかけてるんじゃないか？　だとしても驚かない。お互いに関心があるくせに、三カ月も肘鉄《ひじてつ》を食らわせ続けているルナは、かなり意地が悪いともいえる。実際、彼女の吐息は、怪我をした膝の裏にかかっていた。

「ジョー？」

しかたなく、ジョーは早口でしゃべりはじめた。「ルイーズと会うのをやめたのは、あまりにしつこかったからだ。面と向かって、おれは永遠の愛を誓うタイプじゃないと言ったのに。アメリアと違って、おれの独身主義を受け入れようとしなかった。押しの一手で迫ってきたんだ。だから、ずらかった」

「二度と会わなかったってこと？」

「ああ。一カ月くらいして、同じパーティで顔を合わせた。彼女はしおらしかった。つまり、腹に一物あったんだ。なぜなら、自分の思い通りにならないと、ルイーズは本当にひどい女になるからだ。その夜、ルイーズはおれのビールに何かを入れて、目が覚めたらタトゥーの店にいた。テーブルに寝そべって、ジーンズは足首まで下ろされ、ひょろっとしたイタチみたいな男がおれの尻に〝アイ・ラブ・ルイーズ〟と入墨してやがった。完成する前に意識が戻ったんだ」

背後で忍び笑いが聞こえ、ルナが立ち上がった。意地悪そうな笑みを浮かべていたが、笑い声は上げなかった。まるで男でないかのように扱われ、ひどく腹が立つ。特に、こっちからやり返せないのだから。彼女はセクシーだ。そのことは全身で感じていた。彼女への思いは、どんな理性も打ち負かす。

「わたしが触りたくないところを除いて、全部拭いたわよ」

ジョーは熱い目で彼女を見た。「臆病なんだな」

「用心深いだけよ」

ジョーが手を伸ばすと、ルナはタオルを放って、背を向けた。少し照れながら、ジョーはそそくさと最後の部分を拭いた。一枚を床に落とし、もう一枚で彼自身を隠す。ズキズキするような性的欲求に加えて、筋肉が引きつり、痛んだ。熱いシャワーで楽になったが、まだじゅうぶんじゃない。

動いた拍子にちょっと顔をしかめると、ルナが言った。「パンツを穿かせてあげるわ」

「やめろ。あっちを向いててくれ」一日で、これほど責められればたくさんだ。もしルナが、正面で身をかがめたら――男なら誰だって、その姿勢にみだらな想像を抱くだろう――そうなったら、耐えられるかどうか……。

小さなののしり声と、押さえたうめき声を上げて、ジョーは下着を穿いた。ルナは隣に来ていた。見られてはいないが、彼女がそこにいることでジョーは火がつき、気持ちが高ぶった。弱みを認めたくなかったが、ちゃんと服を着ろと言われなかったのはありがたかった。

ジーンズとシャツを着たら、かなり不快だろう。

キッチンに用意された食べものへと向かう間、ルナは彼の手を取っていた。彼のためにゆっくりと歩いてくれている。必要なことだったが、それも気に障った。何てざまだ。最初、手を貸してくれと言ったのは、彼女にそばに来てほしかったからだ。本当に助けが必要だとは思いもしなかった。

チャンスが来たら、おれの能力を見せつけてやる。

「それで、目が覚めて何が起こっているかを知って、どうしたの?」

二人は廊下にたどり着き、もう少しでキッチンというところにいた。「まだぼんやりしてたから、まずは店をめちゃくちゃにしてやった」

「まずは?」

ジョーは横目で彼女を見た。「そのすさまじさを詳しく聞きたいか?」

「どれほどすさまじいかによるわ。女を叩いたり、罪もない人を殴ったりはしなかったでしょうね」

「きみの言う罪もないってのは、おれの考えとは違うようだが、彫り師を殴ったりはしなかったさ」それ以上のことをしてやった。「やつは、意識を失った相手にはタトゥーを入れないことを覚えたとだけ言っておこう」

「それで、女のほうは?」

ジョーはうめいた。知る限り、ルイーズはほんの軽いお仕置きで済んでいた。「彼女は金持ちの家の出でね、有力者の父と社交界に出入りする母を持っていた。世間体をひどく気にする連中さ。自分の娘は、汚れを知らないいい子だと思っていたんだ。たぶん、上院議員の息子か何かとくっつける、壮大な計画を持っていたんだろう」苦笑して、かぶりを振った。

「おれに夢中だなんて、想像もしなかったに違いない」

「それの何がいけないの？」

ルナは本気でおれに同情しているようだ。ジョーは笑った。「ママが夢に描いた義理の息子と違うのは確かだ。ルイーズには、どんな理由があろうとも、もう一度近づいたら、おれたちの仲をひとつ残らずぶちまけると言った。それと、彼女のささやかな秘密を暴露するとな。彼女はぎょっとして、すぐに謝ったよ」

ルナは目を輝かせた。「秘密って？」

ジョーは首を振った。「それをばらせっていうのか？　ひどい女だな」やっとのことで、背もたれのまっすぐなキッチンの椅子に座った。座り心地がいいとは言えなかったが、ベッドに寝ているよりはいい。特に、ひとりで寝ているよりは。ルナがもう一脚の椅子を持ってきたので、脚を載せた。それで少し楽になった。「ありがとう」

ルナは座らなかった。立ったまま、胸の下で腕を組み、足を踏み鳴らしている。

そんな彼女を見て、ジョーはにやにやした。彼女はいつものように冷静だったが、後には引かないようでもあった。彼女に教えてやろうか。その反応を見るのは、きっとおもしろいだろう。「ルイーズは乱暴にされるのが好きなんだ。ゲームみたいなプレーに目がないのさ」

「セックスのゲームってこと？」

ジョーは首をかしげ、背後で顔を赤くしている彼女を見ながら、ささやいた。「近いうちに教えてやるよ」

顔を真っ赤にして、ルナは後ずさった。「興味ないわ」

「嘘だ」

ルナはそれを無視して、とがめるように言った。「じゃあ、彼女は性的なファンタジーをあなたと分け合い、あなたはそれを利用して、今度は彼女にしっぺ返しをしたというのね」

「おれの尻に、タトゥーを入れやがったんだぞ！」

ルナは唇を歪めて言った。「オーケー、つまり、正当化してるのね」

「そうだ」だが、こうつけ加えずにはいられなかった。「普段は、シーツの中で起こることは黙っておくさ。それに、本当にしゃべったわけじゃない。ただの脅しだ」

「タトゥーを消したら？」

考えただけでぞっとする。「やめてくれ。この代物とともに目を覚ますだけでもじゅうぶん辛いんだ。レーザーで消すなんて考えられない」

「敏感なお尻なのね？」尻のことはもう言うなと告げる間もなく、ルナは続けた。「これを見た女性がどう思うか、考えたことはないの？」

ジョーは彼女をにらみつけた。「おれのパンツを下ろす頃には、心は決まってるさ」

「悪かったわ」静かに笑いながら、ルナは両手を上げた。「この質問は忘れて」

「いいよ。で、食いものは……？」

家事の女神のように、ルナはフライパンでチーズサンドを二つ焼いていた。パンが黄金色になり、チーズがおいしそうに溶ける。背の高いグラスにミルクを注ぎ、チップスがないかあたりを探した。

　ジョーは椅子にもたれ、その眺めを楽しんだ。ルナはまるで誘惑するかのように、流れる動作で期待通りにお尻を振り、胸を揺すっている。へらを片手にオーブンに向かう彼女は、まったく新鮮な眺めだった。ほとんど家庭的といってもいい姿を見て、パニックを起こしそうだ。しかし代わりに、彼は微笑んだ。ルナが自分のために食事を作っている。こんな日が来るとは思ってもみなかった。

　食事ができたら、一緒のテーブルにつくものだと思っていた。ところが彼女は、鎮痛剤を取りにいってしまった。ありがたく飲みながらも、つい文句を言ってしまう。「これを飲むと、眠くなっちまう」

「だったら、うとうとする前に食べることね」サンドウィッチを切り、半分を自分に、半分をジョーに差し出した。食べる間、沈黙が訪れたが、ルナがこっちを盗み見ているのに気づいていた。何を考えているのだろう？　とうとうルナが言った。「彼女に手荒なことをしたの？」

　ジョーは口をあんぐりと開けたまま、動きを止めた。「まだそのことを考えてたのか？」

　ルナは肩をすくめたが、無関心な態度は見せかけのようだ。それに気づくと、自分の頭にもその場面が浮かんでくる。相手はルナだ。

　体が元通りになったら、そんな荒っぽい遊びも、彼女から自由になるのに必要かもしれない。だが、彼女を傷つけたくないし、ルイーズを楽しませたような手荒なまねをする気もない。

ジョーは咳払いした。「言っておくが、おれはいつも女を楽しませることを考えている。けど、自分がそれに心から夢中になれなかったときもあると認めるよ」首をかしげるルナを見て、ジョーは肩をそびやかせた。「もちろん、きみが望むなら……？」

赤くなるまいとしながら、ルナが訊いた。「ずいぶん気前がいいのね、ジョー。でも遠慮しとくわ。わたしの好みじゃないもの」

ジョーはサンドウィッチを食べ終えた。「わかった」

熱いシャワーと食事、薬のおかげで、ずっと気分がよくなった。すっかり元気になったとは言えないが、よくなったのは確かだ。ある程度満足し、少なくとも一カ所は緊張したまま、ルナがキッチンでかいがいしく片づけをし、コーヒーをいれるのを見た。悔しいけれど、彼女がここにいるのが嬉しい。欲しい気持ちもあったが、嬉しさがそれを上回っていた。動き回るのを眺め、会話を楽しみ、からかわれるのが好きだ。「ごちそうさま」

「どういたしまして」

不思議なことに、ほかの女性といるときに感じる居心地の悪さはなかった。もちろん、ルナは彼の弱みにつけ込もうとはしなかった。別の女たちからも、料理や掃除をしてあげると言われたことがある。けれど、それは決まって、ジョーの生活に入り込もうとしてのことだった。ルナは、自分の人生にジョーを必要としていない。少なくとも永遠には。ここへ来たのは、必要に迫られてのことだ。「思ったほど悪くないな」

「何が？」湯気の立つコーヒーカップを彼の前に置くと、ルナはテーブルにちょこんと腰かけた。

「きみに甘やかされるのが」

ルナの笑いはかすれていて、温かく……刺激的だった。「こうしてること？　わたしはただ、早く戦闘態勢になってほしいだけよ」

ジョーは目を細めた。本当に、欲得ずくで心配したのか？　そうは思えなかった。

彼はコーヒーを味わった。ルナが訊いた。「いつごろ出発できそう？」

挑戦を受けたような気がした。「いつでもいい」ただし、今すぐはやめてくれ。

ルナは優しく寄り添ってきて、あばらの傷をなでた。ジョーは固まった。ルナは同じようにさりげなく、ジョーのまだ濡れている髪をかき上げる。「まだ旅に出られるような体じゃないでしょ？」

ああ、欲得ずくなんかじゃない。

ジョーは彼女を見つめ、離れかけた手をつかまえた。「本当のことを言ってもいいか？　助けになれるほど回復するには、数日かかる」

落胆の色が見えたが、彼女は納得した。「好きなだけ時間をかけて」

ジョーは手を握ったまま告白した。「正直言って、おれを連れずに、トラブルが待っているようなところに行ってほしくない」

彼女は怒りを爆発させるだろう。最初から、ルナは自立心旺盛な性格だとわかっていた。

好きなように行動し、しゃべり、ひとりでは無理だとほのめかしただけでも髪を逆立てるに違いない。

そんなルナがうなずいたのを見て、ジョーは椅子からすべり落ちそうになった。「わたしはここにいて、あなたがよくなるまで手を貸すわ。それから一緒に出かけましょう。数日後でいいの？」

ショックのあまり、しばらくの間、舌が口に貼りついてしまった。「そうしてくれるのか？」

「あなたはわたしの助けになってくれるんだもの」ルナは言った。「わたしにできるのは、あなたの助けになることだけだわ」

頭のてっぺんからつま先まで、さまざまな痛みを感じていた。息をするだけでも痛いし、椅子に座っていても痛い。だが、そんなことはどうでもいい。頭に浮かんだある考えに、ほかのことはすべて吹き飛んでしまった。ここにはベッドがひとつしかない。ルナを見て微笑んだ。「いい考えだ」

彼女はほっとした気持ちを隠そうとしなかった。「よかった。その間、荷造りを手伝うわ」

すると、おれの分まで荷造りしてくれるのか？　ジョーはコーヒーを飲みながら、考えを改めた。ひょっとして、ルナは思っていたよりも家庭的なのかもしれない。

「どっちにしても、あなたの身上調査が済むまで時間があるんだもの」

彼はコーヒーを噴き出した。「何だって？」

「身上調査よ」ルナは顔をしかめて紙ナプキンを取り、ジョーに渡した。「子供たちと暮らすのに必要なの。心配しないで、児童保護局には先週、あなたの名前と住所、電話番号を知らせておいたから。あの子たちのところへ行くと最初に決意したときにね。出発までには、調査は終わると思うわ」

「おれの身上を探られるなんてごめんだ！」

ルナは眉を上げた。「隠すようなことがあるの？」

「ああ、おれの人生だ」ジョーは怒りに駆られて立ち上がった。この体で、しかもボクサーショーツ一枚で怒ってみせても迫力がない。足を踏み鳴らすなんてもってのほかだ。せいぜい脚を引きずる程度だろう。

「落ち着いて、ジョー」

反論しようと口を開きかけたとき、電話が鳴った。「くそっ」

ルナが眉を上げげた。「出てあげましょうか？」

「いいや、無視してくれ」

「大事な用かもしれないわ」

「それはない」

いら立たしげに彼女は言った。「児童保護局からかもしれないじゃないの。たぶん、承認がもらえたのよ」ルナは電話に手を伸ばしたが、その前に留守番電話が作動した。

女の声がした。「ハイ、ジョー。アリックスよ。そっちへ行きたいけど、この前みたいなことになるのはお断りですからね。寿命が縮まったわ」かすれた、楽しんでいるような笑いが続いた。「誰もいないの？」

ジョーはにやりと笑ったが、電話の主を嫌っていないわけを話す前に、ルナが受話器を取り上げた。

「いいえ、いるわよ」すさまじい顔でジョーをにらみつける。相手の返事を聞くと、こう言った。「わたしはジョーの妻よ。いいえ、冗談で言ってるんじゃないわ。今ではジョーは既婚者ですから、もう電話していただかなくて結構。わかった？」

ジョーは魅入られたように立ち尽くしていた。ルナを見るのは、列車事故を目の当たりにしているようだ――破壊的で、止められない。「なあ、ルナ……」

ルナの唇は、意地悪な笑いに歪んでいた。「いいえ、彼は電話に出ないわ。なぜって？　わたしが出るなと言ったからよ。さあ、いい子にして、どこかへ消えちゃって。いいわね？」

ルナは電話を切った。それから、何事もなかったかのように言った。「身上調査は通りいっぺんのものよ。逮捕歴や借金、麻薬中毒の記録がなければ、晴れて合格となるはずよ」

ジョーは呆然として、目をしばたたかせた。それから数秒経って、笑い出した。腹を抱え、笑いすぎて壁にぶつかるほどだった。めちゃめちゃに苦しかったが、どうにも止められない。

「何が」ルナがただした。「そんなにおかしいの？」

「今のはアリックスだったんだ」笑いながら、何とかあえぐように言った。片方の眉が吊り上がった。「特別な人だって言いたいの?」

「ああ、そうとも言える」ルナを見ると、またしても笑いがこみ上げてきた。ルナは身を固くした。「どう特別なの?」

ようやく笑いが止まったが、まだにやけてしまう。ルナはひどくいら立ち、がっかりし、そして……妬《や》いているように見えた。ジョーは思わず、その頬に触れていた。「とても特別なんだ」

ルナは火を吐きそうに見えた。「そう、恋路の邪魔をして悪かったわね」あざ笑うように言った。「女に本気になるような人だとは思わなかったから」

認めたくはなかったが、ルナにはかなり本気になっていた。面白いことになりそうだ。

「アリックスは、おれの妹だ」

ルナははっとした。「あなたの……?」

「妹だ」

「ちょっと、どうして教えてくれなかったのよ?」

ジョーは彼女を引き寄せ、抱きしめた。「言うチャンスをくれなかったじゃないか」ルナは驚きのあまり、抗議する気もなくなったようだ。ジョーの胸に顔をうずめ、うめき声をあげる。彼女を抱いているのが好きだった。だから、ローラーにひかれたような気分でも、椅子に座ろうとはしなかった。「気にすることはない、ハニー。また電話してくるさ。大丈夫。

あと一分もしないうちに――」電話が鳴った。「ほらね」

ルナをそばに置いたまま、片手で肩を抱き、受話器を取った。発信者の番号を見て微笑み、相手に向かって言う。「アリックスも手回しがいいな。いいや、ママ、何の問題もないさ」

ルナはぞっとしたように彼を見て、声を出さずに言った。ママ？

ジョーはうなずきながら、電話に向かって言った。「いいや、監禁されたりしてないさ」彼は笑った。「ただのルナだよ。ああ、彼女は正気だ。だけど、ときどき変なことを言い出すんだ」

ルナは脇腹を突こうとしたが、傷を見て、代わりに怖い顔でにらみつけた。ジョーは彼女を抱きしめた。

「ばかなこと訊かないでくれよ」彼は目尻を下げていた。「彼女の言ったことは知ってるけど、結婚はしていない。ほかの女たちを遠ざけようとしただけさ。そう、独占欲が強くてね。いいや、おれは関係ない」ジョーはまた笑った。「何事もないさ」

ルナは明らかにいら立って、彼から離れようとした。そこでジョーはあきらめ、不自由な脚で椅子へ向かった。腰を下ろし、脚を伸ばして、腹をかいてみる。

ルナは目をむいて彼を見ていた。腹に置いた手を見ていたと言ったほうがいい。いいぞ。

「アリックスには悪かったと伝えてくれ。でも、来ても無駄だよ。町を出るんだ。訊かれる前に言っておくけど、これを伝えたのはママが最初だ」ルナを見て、目をくるりとさせた。

三十六にもなって、母親をやきもきさせている。「どうなるかわからないけど、着いたら連絡する。いいね？　ああ、おれも愛してる。おれの代わりに、アリックスにキスを送ってくれ」ジョーはにやりとした。「それじゃ」

テーブルに置いた電話を切り、ルナに向き直った。打ちのめされたような顔をしている。

「なあ、どうかしたか？」そんなに困らせるほど、からかっただろうか？「大丈夫か？」

彼女は背を向け、シンクでカップを洗い始めた。緊張した声でつぶやく。「大丈夫に決まってるわ。そうじゃないわけがある？」

わからないが、その声には何かがあった。何かに心を悩ませている。ジョーは立ち上がって、彼女の背に寄り添った。かすかな、女性らしい香りが、頭の中を満たす。ジョーは深く吸い込んだ。

少しずつ、人心地がついてきた。鎮痛剤が効いてきて、痛みをやわらげ、くつろいだ気分になる。けれど、これまでのようにベッドに倒れ込み、意識を失いたくはない。ここにはルナがいる。彼女と一緒にいる時間を、一秒たりとも無駄にしたくない。

彼女のそばに行ったが、まだ安心できない。ルナのことだ、いつ尖《とが》った肘が飛んでくるかわかったものじゃない。「アリックスはすっかり混乱してるぞ。彼女がどう思ってるかわかるか？」

「わたしの気がふれてるとか？」

彼女の腰に手をかけ、背中が触れるくらいに引き寄せた。くそっ。全身がペニスと同じくらい敏感ならいいのに。「たぶんな。だがそれだけじゃなくて、おれが誰かに殺されたか、監禁されたとでも思ったようだ」

ルナは力を抜いて、背中をあずけた。「つまり、結婚するなんてばかなことはありえないというわけ？」

「今のところは、そうだな」ルナの髪に鼻を押しつけると、たちまちまた欲望に襲われた。

「アリックスのことをわかってやってくれ。おれたちはとても仲がいいんだ。自分に何も言わずに結婚するはずがないと知っているから、狂言だと思ったのさ」

「あなたが痛めつけられたことは知ってるの？」

「まさか。知ってたら、アリックスは自分で犯人を探そうとするだろう。そうなったら、ほかの何よりも心配しなけりゃならない」ジョーは両手を彼女の腰に回した。

「ジョー……」ルナはうらやましそうにつぶやいた。

ジョーは唇を彼女の首筋に当てた。首のつけ根の、敏感な場所に。指を大きく広げる。

「家族に秘密を作っちゃいけないわ、ジョー」

彼は片手を上にずらし、もう片方の手を下にずらした。「おれの家族を知らないんだな」低い声で言った。「異常なくらい心配性なんだ。みんなはおれの仕事も、時にどんな危険な目に遭うかも知っている。だから細かいことは、なるべく知らせないほうがいいんだ」

ルナはため息をついた。「いいわね」

誘惑する手を止め、ジョーは身をかがめて彼女の顔をのぞき込んだ。「いい？」

「そんな家族がいるってことがよ。心配して……気づかってくれる」

一瞬、気持ちをそらされて、ジョーは彼女の頭に顎を載せた。一九〇センチの自分と比べて、ルナがどれほど小さいか、今まで気づかなかった。一六五センチくらいだろう。存在感があるから、もっと背が高いかと思っていた。「きみにはいない？」

「本当の意味ではね」ルナは自分の気持ちを落ち着かせるように彼の腕の中で振り向くと、たしなめるようにかぶりを振った。「ちょっと、立っていることもできないくせに、何やってるの」

「おれは元気だ」ルナの唇を見て言った。「いろんな意味でね」

彼女は無理に笑顔を作った。「こんな話、したことがなかったわね」

「これまではね」固くなったものに気づくほど、彼女をそばに引き寄せて、ささやいた。「でも、今は……」

「だめ」ジョーの胸に両手を当てて、彼を見上げた。美しいキャラメル色の瞳に、金色の炎が燃え上がっている。「身上調査の話を終わらせなくちゃ」

ジョーの笑顔が、しかめ面に変わった。「ああ。その話にはうんざりだ」

「犯罪歴はある？」

生意気な質問に、彼女を叩きたくなった。「あるわけないだろ。おれが昔、警官だったのを忘れたのか？　何度かパクられたことはあったが、それはただの――」

「逮捕されたことがあるの？」ルナはまたしても驚いて目を見開き、考えてもみなかったというように首を振った。

ジョーは顎を引き締めた。「混乱してくると、どれが善人でどれが悪人なのかわからなくなるんだ」

ルナが皮肉な目で見た。「それで、あいまいにしておくのが好きなのね？」

「ときどきはね」片方の肩を回した。「警察は、慎重にならなきゃならない。だから一度か二度は引っぱられたことがあるが、いつだって放免された」

ルナは彼から離れ、テーブルの反対側に行った。「じゃあ、何も心配しなくていいの？逮捕されたことはないし、隠すことは何もないのね」

「そうは言ってない」

ルナは目の前の椅子をつかんだ。「だったら、隠し立てすることがあるの？」心配で瞳が曇った。「あなたが合格しなければ、わたしひとりで行かなきゃならないのよ。それなら、あなたのために時間を無駄にするより、すぐに出かけるわ」

こんな歯ぎしりするような会話を続けていたら、奥歯が粉々になってしまうだろう。「おれ抜きで行くことはない」

「本当？」ルナはまた、部屋を行ったり来たりしはじめた。

ジョーはその手を取って、引き寄せた。「おれは合格する。わかったな？　職業は感心されないだろうが、まともな仕事だ。だからって、きみに詮索される義理はない――」

「本当は、どんな仕事なの？　以前は警察官で、それから賞金稼ぎになったというのは知ってるけど」

「いろんなことさ」違法すれすれの道を歩いたことも一度ならずあったので、ジョーははぐらかすように言った。「私立探偵とか、用心棒とか。今は、ボディガードだ」

「ボディガード？　誰の？」

「保護が必要な人間のだ」こんな話にうんざりして、部屋を出ようと背を向けた。「話の続きは、ベッドでしてもいいか？　もうくたくただ」

「ええ、もちろんよ」ルナはあわててついてきて、先にベッドに着くと、彼が寝転がれるようにシーツをめくった。「少しはよくなった？」

「きみも一緒に寝てくれたら、もっとよくなる」

「一緒に寝たら、死んじゃうわよ」

ジョーは笑った。「ベッドでのテクニックを自慢してるのか？　先回りしなくたっていいよ、ベイビー。もうわかってるから」

「違うわ！　わたしはただ……」ルナは彼を見て、首を横に振った。「ばかなこと言うのはやめて」

「おれは喜んで死ぬよ、ハニー」

彼女はため息をついた。「今のあなたには無理よ、ジョー。わかってるでしょ。だから、やめなさい」

「そっちの気を楽にしてやろうと思っただけさ。もうすぐ元通りの体に戻るから、そのときには心の準備をしておけよ。これまでたくさんの時間を無駄にしてきたんだから」

「わたしは何も――」

ジョーは彼女の手を取った。「シーッ」マットレスまで引き寄せ、隣に座らせた。「守れもしない宣言はしないほうがいい。おれはきみが欲しいし、きみはおれが欲しい。安静なんて、どうにでもなるさ」

ルナは顔を赤らめ、手をふりほどいて立ち上がった。「車から、自分のものを取ってくるわ」彼の全身をチラッと見た。今はマットレスの上で、ヘッドボードからフットボードまで伸びている。彼女の声はかすれていた。「もう遅いし、疲れたわ」

ジョーはうぬぼれたような訳知り顔で彼女を見た。「ボディガードの仕事のことを聞きたかったんじゃなかったのか？」

「明日でいいわ。朝食のときで」

「ベッドの誘惑はいいのか？」

意外にも、彼女はうなずいた。「結構よ。もう寝たら？　わたしはシャワーを浴びて、電話を何本かかけてから、長椅子で寝るわ」

そんなのはありえない。「おい、ここで寝ないのか？」自分の横のマットレスを叩いた。

「こっちのほうが寝心地がいい」

ルナは裸の胸と腹、腿を見て、長々とため息をついた。「いいえ。今あなたと一緒に寝たら、不満がつのるし、とても居心地が悪くなってしまう。あなたには休息が必要で、わたしには……とにかく、ひとりで寝たほうがいいの」そう言って、部屋を出ていこうとした。

「欲しいものがあったら、呼んでちょうだい」

ほとんどささやくような声で、ジョーは訊いた。「きみが欲しいと言ったら？」

ルナは背を向け、片手をノブにかけたまま、戸口で動きを止めた。「様子を見たほうがいいわ——体が元に戻るまで」

彼女の背後で、ドアが小さな音を立てて閉じた。ゆっくりと、ジョーは笑みを浮かべ、やがて笑い出した。彼女はおれのものだ。誘惑にまんまと乗ったも同然だ。しかも、まだ全快していないというのに。百パーセント元に戻ったら、そのときには本気で火をつけることができるだろう。

一瞬、痛みを忘れて、いつもナイトテーブルに置いてあるバリソンナイフに習慣的に手を伸ばした。閉じていると、細くて無害な道具に見える。だが開くと、凶暴な刃が現れる。そんなナイフを、もう何年も前から持ち歩いていた。

手首を軽く振っただけで、それは蝶が羽を広げるように開いた。柄が後退し、鋭い刃が伸びる。ジョーは同じようにたやすく、刃を閉じた。ナイフとして使いたいときには、正しい位置で柄を留めればいい。暇なときにはこれをもてあそび、タイミングを計り、敏捷《びんしょう》さを磨いた。開く、閉じる、開く、閉じる。カチッ、パチンというすばやい音は慣れ親しんだ響きで、気持ちが落ち着いた。

シャワーの音が始まり、裸で濡れているルナの姿で頭の中がいっぱいになった。豊かな胸、大きなお尻、蜂蜜色の肌……カチッ、パチン。カチッ、パチン。心臓がゆっくりと、大きな音を立てて打った。これから数日間、自分のアパートメントで彼女と二人きりになる。シャワーを浴びて食べものを口にしただけで、ずっと気分がよくなった。ナイフをやすやすと使えるようになったのが、その証拠だ。ほんの二日前には、あれほど身についていたなめらかな動きもできなかったのだ。

あと何日かすれば、彼女が三カ月という長い間拒んできたものを、味わわせてやることができる。欲望が激しく押し寄せ、ルナが長椅子に横になった音が聞こえてからも、ジョーは目を開けたままそのことを考えていた。十二時少し過ぎに、鎮まりそうにない欲望にさいなまれたまま、ようやくうとうとしはじめた。

しばらくして、小さくきしむような音に目が覚めた。最初、ルナがやってきたのかと思った。全身が緊張する——続いて、静かなうなり声と、忍ばせた足音がして、本能が目覚めた。流れるように音もなく、ジョーはベッドを出た。痛みは動きの邪魔にならないように、意識の外に追い出した。

何者かがアパートメントに忍び込んでいる。そして、ルナはひとりで長椅子に眠っている。侵入者が彼女を脅し、指を触れでもしたら——必ず殺してやる。それだけだ。

# 4

がっしりとした手に口をふさがれて、ルナは目を覚ました。パニックが生々しい現実感をともなって押し寄せ、叫び声を上げようとした。けれど、覆いかぶさった大きな体のせいで、それができなかった。

耳元で、ささやく声がした。「シーッ、おれだ」ルナは動きを止めた。心臓は高鳴っていたけれど、懸命に事態を見極めようとした。ジョーはゆっくりと口から手を離し、ほとんど聞こえない声で命令した。「動くな」

仰向けになったルナは、天井に映った月明かりの影しか見えないまま、一瞬動きを止めた。いったい、何が起こったの？　なぜ声を潜めてるの？　ジョーが離れようとしたとき、はっと気づいた。何か恐ろしいことが起こっている。キッチンでかすかな物音がして、ジョーはそれを調べようとしていた。

彼を引き止め、危険から守ろうと、手を伸ばした。自分が何をしているかもわからずに、ひとりでに動いていた。両手が温かくてたくましい体に触れたとたん、彼が反応した。ジョーは大きく広げた片手を彼女の胸の上に当て、もう一度寝椅子に横たわらせた。「動くんじゃない」

いけない。ジョーの声は怖かった。いつものジョーとは違う。セックスアピールの塊で、人をとろけさせる官能に満ちている彼じゃない。必要とあらば見せる顔、ルナがノースカロライナで必要としている彼だった。

非情で、止めることができなくて、凶暴。どんな状況ものともせず、興奮に笑いながら危険に飛び込む男。

そんなジョーの一面を、前にも一度見たことがある。いとこのゼーンが脅迫者と対決するのを助けたときだ。あのときの彼はとても破壊的で、危険だったので、ルナは知らないうちにその力に反応していた。

今ではもう、怖くない。けれど、彼を助けたいと思った。彼の体は完全に治っていないのだ。助けてあげたい。

影もなく、音も立てずに、ジョーはその場を離れた。ルナは片肘をついて身を起こしたが、耳の中にこだまする自分の心臓の音以外、何も聞こえなかった。手のひらに汗がにじんでくる。長椅子から滑り下り、両手両足をついて丸くなった。あなたが傷つくようなことがあったら、ジョー・ウィンストン、わたしは……。そう、わたしはどうすればいいの。すでに傷つき、痛めつけられた彼の体が脳裏に浮かんだ。その怪我だって、まだ回復していない。いつもの、無敵の彼じゃない……。

　慎重に、二歩進んだあたりで、大きな音とともに男たちの体が転がり込んできた。「ジョー！」ルナはぱっと立ち上がって、脇のテーブルの上にあるスタンドに手を伸ばした。明かりがついたが、ジョーが覆面をした大男に突進し、男の体がテーブルにぶつかった拍子にスタンドが落ち、すぐに消えてしまった。ルナは驚いて、いささか威厳に欠ける悲鳴を上げていた。スタンドは床に落ち、電球がパンと音を立てて破裂した。

「もうっ」小声で毒づき、キッチンへ走った。慣れないアパートメントの暗闇の中、つまずきそうになりながら手探りで進み、壁のスイッチに触れる。蛍光灯がまたたきながら点《とも》り、目がくらんだ。斜めに差した光に、二人の男の歪んだ影が映った。

　ジョーは倒れていた。馬乗りになっている大男は、黒い革手袋をはめ、黒っぽいスキーマスクをつけている。振り上げた大きなこぶしが、ジョーの顔を狙っていた。

　ルナの体を、奇妙な感情が駆け抜けた。怖さはどこかへ行ってしまい、猛烈な怒りが溶岩流のように押し寄せてくる。心臓がゆっくりと、荒々しく打ちはじめた。気がついたときには前に出て、落ちていたスタンドを振り上げ、侵入者の頭に振り下ろそうとしていた。

　結局そのチャンスは訪れなかった。相手の男を蹴り上げたジョーの体が、だしぬけに玄関のドアのほうへ飛んでいった。鈍い音を立てて壁にぶつかり、めまいを起こしたようだ。ゆっくりと、大きな体が床に崩れ落ちる。

「ジョー！」ルナは手を差し伸べたが、ジョーはふたたび起き上がり、怪我などしていないかのように突進していった。脚を引きずってもいなければ、あばらをかばってもいない。胸は膨らみ、肩は盛り上がっている。全身から危険な香りがした。恐ろしい笑みは、不吉な前兆だった。

男っぽくて、強く、腕の立つ彼を目の当たりにして、ルナは驚きで息をのんだ。侵入者も同じことを感じたのだろう。すでに逃げ出し、ドアのところまで来ていた。必死で鍵を開け、ドアをぱっと開く。逃げ出す前に、ジョーがその体をつかまえた。肩に手をかけて振り向かせ、胸が悪くなるような音を立てて鼻面を殴りつけた。侵入者はわめき声を上げ、後ずさった。玄関の壁にぶつかり、バランスを崩してよろめく。

ジョーは追いかけようと、玄関へ向かった。

「ジョー！」

彼は足を止めなかった。

もうじゅうぶんだというのが、わからないんだわ。ルナは急いで後を追った。パニックと恐れといら立ちが混ざり合った声で、必死に叫ぶ。「待って、ジョー・ウィンストン」

ジョーは立ち止まり、充血した目で、一瞬だけ彼女を見た。その視線が、すぐにまた彼女に戻る。目をますます細め、頭のてっぺんからつま先まで見下ろすと、もう一度見上げた。そのときになってようやく、ルナは自分が服を着ていないことに気づいた。ベッドに入ったときには、銀の文字で〝直観力〟と書いてある黒いTシャツと、黒いサテンのパンティーだけしか身に着けていなかった。けれど、それが功を奏した。ジョーが一瞬気をとられている間に侵入者が階段を駆け下りていく足音が聞こえた。

ジョーは集中力を取り戻した。「中にいろ」

「嫌よ」ルナは手を伸ばしたけれど、裸も同然の彼には、つかむ場所がなかった。パンツのお尻の部分に手をかけたけれど、彼は足を止めず、ほとんどむき出しになりそうになる。お尻を丸出しにさせるよりはと、ボクサーショーツから手を離した。「ジョー……」人に懇願するのは大嫌いだったのに、いつの間にか、口をついて出ていた。「お願いよ」

ルナは彼の前に先回りし、行く手をふさいだ。沈黙。一瞬のうちに、背中が壁に押しつけられた。必死のまなざしで、ルナは大きな岩のような力こぶに両手を回した。「あなたが追いかけるなら、わたしもついてくわ」彼女は脅した。「聞いてるの、ジョー・ウィンストン？　ぴったり後をついていくわよ」

ジョーの体から怒りが立ちのぼった。彼女を抱きすくめ、情熱と怒りで包み込む。「言われた通りにしろ」吠えるように言われると、その怒りが髪の毛を二分したような気がした。「嫌よ」息を切らせながら挑戦的に言うと、彼の出方を待った。ジョーは歯を食いしばり、怒りで鼻の穴を膨らませている。

アパートメントの入っている建物の玄関が閉まる音が聞こえた。男は逃げてしまった。今頃はこの暗闇の中に消えているに違いない。逃げ込める路地はいくらでもあるし、隠れられる建物もある。ルナはほっとして、膝から崩れそうになった。けれど、それもほんの一瞬だった。

ジョーは片手をルナの首の後ろに回し、彼女の顔を真剣に見つめた。息づかいは熱く、裸の体はそれよりも熱かった。心臓の高鳴りが、胸に伝わってくる。彼の不満な気持ちが、息苦しいほどの波となって押し寄せてきた。

「もうとっくに逃げちゃったわよ、ジョー。あきらめなさい」それでも、まだ追いかけたがっている彼に、ルナは続けた。「警察に電話したほうがいいわ」

「つかまえられたものを」

あきれた。こんな彼を見るとは思わなかった。つかまえられたかもしれないけれど、こんな気分にさせられる理由はない。ルナは彼を説き伏せようとした。「怪我をしてるのを忘れたの？　外に仲間がいたらどうするのよ？　銃を抜かれたら？」いら立たしさで、つい顔をしかめてしまう。「それに、下着のままだわ」

「だから？」

つまり、ジョーはそんなことは気にしないらしい。「その、近所の人が見てるわ」

ジョーが見回すと、アパートメントの左右から、近所の住民の興味津々の顔がのぞいていた。首の後ろに回された手に力がこもり、ルナはつま先立った。ジョーが年配の男に向かって、呼びかけた。「警察に電話してくれないか、ロブ？　誰かがおれの部屋に押し入ったんだ」

「よしきた、ジョー」ロブはこの一幕に加われるというので、わくわくしている様子だった。

「マリリン」ジョーが四十がらみの女性に言った。彼女の後ろからは、二人の子供も顔を出している。「起こしちまって悪かったな」

「いいのよ、ジョー」彼女は二人の間を見た。「大丈夫？」

「ああ」

「そうは見えないけど」

「大丈夫じゃないわ」ルナはそう言って、また彼ににらまれた。すまなそうに肩をすくめてみせたけれど、それほど悪いとは思っていない。一番いいと思ったことをやったのだから。必要ならば、もう一度やるだろう。

「おれは平気だ」ジョーはもう一度言い、それからマリリンに言った。「邪魔して悪かった。ベッドに戻ってくれ」

女はルナにもの珍しそうな、どこか哀れむような目を向けて、中に引っこんだ。

「どうして彼女は、あんな目でわたしを見たの？」今もジョーの手で壁に釘付けにされていることを考えまいとして、ルナは訊いた。首に回された手は決して痛くはなかったけれど、愛情にあふれた抱擁とも言いがたかった。

「たぶん、彼女はきみよりも頭がいいからだ」ジョーはそう言って向きを変え、彼女をアパートメントに入れた。中に入ると、ドアを足で蹴って閉めたが、彼女を解放しようとはしなかった。ルナはまたしても壁に押しつけられ、今度はジョーも容赦しなかった。

「もう二度とおれの邪魔をするんじゃない。わかったか？」

こんな状態の彼を怒らせるのは、愚の骨頂といえるだろう。彼をなだめ、落ち着かせなくては……。「あなたはわたしのボスじゃないわ」

ジョーの目が怒りに燃えた。激しい憤《いきどお》りに、青い瞳がギラギラしている。「怪我をするところだったんだぞ」

怒鳴り声に、心臓が止まりそうになった。それでもルナは肩をすくめた。「しないわ」

歯を食いしばりながら、彼は言った。「ルナ――」

ルナは手を伸ばし、軽く愛撫するように顎に触れた。温かい。生きている。無事だったんだわ。ささやく声が震えていた。「ジョー、死ぬほど心配したのよ」

ジョーのこめかみのあたりの筋肉が引きつった。燃えるような目が彼女の瞳を見て、唇を見た――そして、そこにとどまった。短く息を吸い、もう一度吸うと、だしぬけに彼女にキスをした。

というよりも、彼女をむさぼった。

ルナは腕の中で、彼の体温と唇、岩のように硬い手触りに、理性を粉々にされていた。舌が入ってきて、唇が乱暴と言っていいほど押しつけられた。熱い手のひらが胸を覆い、揉《も》みしだき、つかむ。うめき声は苦痛のせいなのか、喜びのためなのか、ルナにはわからなかった。

冷静になろうとしても、あまりにも頭が混乱していた。彼が欲しかったし、彼もルナを欲しがっていた。骨盤がぶつかり合い、セックスを思わせるような動きをすると、さらに抑えがきかなくなった。

顔をそむけ、息をしようとあえぎながら、彼の熱い、男らしい匂いを吸い込んだ。「ジョー」

彼は動くことも、体を引くことも許さずに、もう一度唇を求めてきた。その勢いに圧倒されて、ルナはあきらめ、両手をたくましい首に回した。すごい。彼のキスがこんなにすてきだとは思わなかった。抵抗するにはあまりにも心地よすぎる。

自分を許したことで、すべてが一変した。ジョーは腕に力を込め、がっしりとした手で彼女の体をぴったりと密着させた。けれど、それは拘束というよりも、大切にしているという感じだった。優しいキスは、少しずつ情熱的に、時間をかけたものになっていった。彼の荒い息づかいと、自分の速い心臓の音が聞こえた。

予告もなしに、ジョーは熱い手のひらを下へ動かし、そのままパンティーの中に入れた。長い指に触れられた衝撃で、ルナは体をそらせ、小さく声を上げた。けれど、ジョーはやめなかった。声を聞き流し、彼女の反応にますます火がついたようだった。

指をすぼめ、お尻の割れ目に挿し入れる。大胆でじらすような動きで、秘められた場所を探った。それに反応して、ルナは身を震わせた。

ジョーは勝ち誇ったように低く笑って、顔を上げた。とろけるようなルナの視線と、燃えるような彼の視線がぶつかった。ゆっくりと、指を彼女の中に入れる——そのとき、ドアにノックの音がした。

「警察だ。開けろ」

じっとしたまま、ジョーは目をきつくつぶった。「くそったれ《ファック》」

ルナは頭の先からつま先まで震えていた。指はまだ中に入ったままで、熱く、深く、じらしている。「あ……あなたはそれをしたがっているのかと思ってたけど」

「まさか」二度、深く深呼吸して、もう一度ルナを見た。手をほんの少しだけ動かし、感じやすい部分をこする。「きみとしたいのは、ただのファックじゃない。それをはるかに超えたものだ」視線をとらえたまま、ゆっくりと、愛撫するように手を引っこめた。「そのことを覚えておいてくれ、いいな？」

どういう意味なのか、ルナにはわからなかった。けれど、その考えは不安でもあり、わくわくするものでもあった。ジョーは一歩離れ、ルナを脇へやると、ドアを開けた。

ドア。

ルナは息もできず、これまでになく興奮していた。そして今、二人の若い制服警官が、目の前に立っている。

どうしよう。顔が真っ赤になった。この夜を何とかやり過ごしたら、必ずジョーの首を絞めてやるわ。「失礼」この状況でかき集められるだけの威厳をかき集めて、ルナはつぶやいた。頭は混乱し、体はうずいて、慎みを保っているのがやっとだった。ふらつく足で長椅子に近づき、シーツを取って体に巻きつけた。ジョーはそこに立ったまま、誰が見てもわかるほど勃起していた。

警官が、すばやく彼を観察した。「通報があったのは、ここでいいのかな?」

「ああ、入ってくれ」ジョーは一歩下がり、ドアを大きく開いて彼らを通した。ボクサーショーツだけなのに、さっき裸でいたときと同じぐらいくつろいでいる。服も着ず、傷だらけで、髪には寝ぐせがついているというのに、どういうわけか二人の警官よりも堂々として、その場を仕切っているように見えた。

「わたしはクラーク巡査です。こっちはデンター巡査。押し込み強盗ですか?」

「そうだ」ジョーは焼き焦がすような目でルナを見た。「もう少しでつかまえるところだったんだが、おとなしく引っこんでいることを知らない人間に邪魔されてね」

侮辱され、警官の視線にますます戸惑って、ルナはツンと顎を上げた。「マッチョマンを気取る体じゃないくせに」

巡査のひとりが同意した。「わたしもそう思いますね。まるで、象に踏み潰されたみたいに見える」

「でも、今やられたんじゃないでしょう」もうひとりの巡査が言った。「古い傷ですね」

「ああ。そして、やったのは今夜ここに忍び込んできたクソ野郎と同じやつに間違いない」

ジョーはごく簡単に、事情を説明した。

デンターが、胸の前で腕組みをした。「それで、死にそうになるほど殴られたにもかかわらず——」

「それよりひどい気がするが」

「――にもかかわらず、今夜その男と格闘し、取り逃がしたと？」

ジョーは肩をすくめて、それを認めた。「仕事なんだ。自分のしていることはわかってる」

それから、多少脚色しながら、自分がかかわってきたさまざまな仕事について巡査に説明した。

ルナにとって腹立たしいことに、二人とも感心し、尊敬しているようだ。

「それで、誰かがあなたのことを気に入らなかったというわけですね？」

「彼を嫌う人は山ほどいるわ」ルナは顔をしかめた。「今じゃ、わたしもそのひとりよ」

デンターは長椅子に作った寝床を顎で指して「なるほど」と言った。ジョーがうめき声を上げると、デンターは彼に注意を戻した。「大丈夫ですか？」

ジョーは脚を引きずりながら長椅子に向かい、柔らかいクッションに注意深く腰を下ろした――さっきまで、ルナが寝ていた場所だ。「幸い、まだ生きている」

もうひとりの警官が彼に歩み寄った。「救急車を呼びますか？」二人に向かって言いながらも、目はジョーの傷だらけの腹から離れなかった。

「大丈夫だ」ジョーは言い張った。「やつはキッチンの窓から忍び込んだんだろう。何も取る暇もなかっただろうし、何も言わずに逃げていった」

「すると、強盗未遂ということですか？」

ジョーは首を振った。「いいや、やつは全然違う理由でここへ来た」

「とどめを刺しに？」

「そうは言っても、指紋は採れないだろう。

「ありえるね」

ジョーがあまりにも無造作に言ったので、ルナは震え上がった。

「スキーマスクをかぶり、黒い革手袋をしていた。だから、指紋は採れないだろう。そうは言っても、確認するんだろうな」

警官は顔を見合わせた。「通報したのは正解でした。しかし……」

「ああ、わかってる。誰かが何かを見ていなければ、そっちも手の出しようがないだろう」

「目撃者を探してみます」デンターはそう言うと、キッチンのほうへ向かった。クラーク巡査が後をついていく。

そのすきに、ルナはジョーのそばへ行った。勢いよく隣に座ったので、椅子が沈み、ジョーはうめき声を上げた。ルナは首を振りながら枕を彼の膝に置き、彼が好むと好まざるとにかかわらず、多少の慎みを持たせた。「そのざまを見なさいよ。さっきまで世界チャンピオンみたいに床でレスリングをしてたのが、今は息をすることもできないじゃないの」

「一分前までは、アドレナリンが高まってたんだ」ジョーは長椅子の背に頭をもたせかけ、ぎゅっと目をつぶった。「それに、やつがきみを傷つけるんじゃないかと心配だった。痛みは二の次だった」

わたしを心配してた？　どうして？　今だって手に負えない、厚かましい男なのに――

「本当？」

ジョーは愉快そうに言った。「そう驚いたような声を出すなよ、ベイビー。傷つけたくないに決まってるだろう。それに、いざというときは、何とか体が動くものだ」姿勢を変えず、横目でルナを見た。その声は、ささやきほどに低くなっていた。「怒りと欲望。それは同じように働く。エンドルフィンがほとばしり、自然の鎮痛剤の役割をするのさ」

「でも、そのせいで今は痛むんでしょう」

彼は体をすくめ、腹に触った。「ああ」

警官が戻ってきた。「窓から侵入したようですね。大型のゴミ箱を使って壁を伝い、窓枠に手をかけてよじ登るのは、それほど難しいことではないでしょう」

「おれもそう思った」ジョーは言った。

「トラブルを抱えているのを知っていて、なぜキッチンの窓に鍵をかけておかなかったんです？」

「本当にかかっていなかったの？」

「こじ開けられたようには見えません。網戸を切って、そのまま入ってきたようです」

ジョーは肩をすくめた。「鍵はいつもかけていた。外の気温は三十五度だし、ここにはエアコンがあるから、窓を開けたことなんかない。だが、女たちのひとりが、開けたままにしたのかもしれない」

「女たち？」警官がルナを見た。

ルナは声に嫌悪感をにじませて言った。「彼には何人もの女がいるのよ」

クラークが手帳を取り出した。笑いをこらえ、真面目な顔をしようとして、口元が引きつっている。「ああ……あなたも含まれているのですか？」

「いいえ」ルナは強調するようにかぶりを振ったが、ほとんど同時にジョーが言った。「そうだ」

胸の前で腕を組み、ルナは彼をにらみつけた。「いいえ」

ジョーはウィンクした。「あと二、三日したらわからないぞ」

男たちは共謀するように目を見交わして、笑った。クラーク巡査が咳払いした。「あなたをやっつけたのは、女性ですか？　そうだと言われても驚きませんが」

「わたしもそう言ったのよ」ルナは満足そうにうなずいた。

ジョーは目をくるりとさせた。「ばかげてる。おれの知ってる女は、おれを殺そうとは思わないさ。その点は信じていい。それに、やつに馬乗りになられたとき、女じゃなくて男だとわかった」二人の警官を横目で見た。「信じてくれ、違いはわかる」

デンターが笑い出した。「女性を甘く見ちゃいけませんよ。女性は物事をお膳立てするのがうまいし、男を使ってあとをつけさせますからね」ルナが全女性を代表して、恥をかかされたことをどう訴えようかと思っているうちに、デンターは部屋を出ようとしていた。「アパートメントの残りの場所もチェックしてみます」

「いいとも。だが、見るべきものはあまりないだろう。あとは寝室と浴室だけだからな」

「相手はキッチンを出なかったのですか？」

「ああ。うとうとしていたら物音が聞こえたので、調べてみた。やつは、ちょうどキッチンのドアを開けようとしていた」

「どっちにしても、確認してみます。決まりなので」デンターが部屋を出ていくと、ジョーはクラークと話した。自分をこんな目に遭わせたと思われる、ブルーノ・コールドウェルのことを。コールドウェルとのいきさつを話し、身長と、でっぷりとした体格を含めた、だいたいの容貌を説明した。それは、今夜の侵入者と一致していた。ほんの一瞬しか見ていないから、それ以上詳しく説明できないのはわかっていた。凶悪な性格と、ひどく醜い顔のほかに、際立った特徴はわからないと伝えた。また、数日前に襲われたことも詳しく話した。その傷は今も生々しく残っている。

そばに立って耳を傾けていたルナは、だんだんと不安をつのらせた。ブルーノ・コールドウェルは本当に凶悪な男のようだ。前にジョーに怪我をさせ、もう一度やるかもしれないという事実に、不安で胸が締めつけられそうになる。たぶん、ジョーの言ったことは正しいんだわ。彼を連れていくのは、ルナだけでなく、彼にとってもいいことなのだ。

クラークがノートを閉じた。「がっちりしていて浅黒く、品がないというだけでは、われわれが追っている連中の半分に当てはまりますよ。しかし、注意しておきます」

「それに不細工なんだ。ものすごく不細工だ」

「わかりました」クラークは考え込むように上唇を噛んだ。「それでも、別の線を捨てるわけにもいきません」

「女とか？」ルナが訊いた。

クラークは如才なく肩をすくめた。「わたしがあなたなら、じゅうぶん気をつけるとだけ言っておきましょう。それと、二度と窓は開けないように」

「その心配はないわ」ルナはきっぱりと言った。「ジョーの体が元通りになるまで、これ以上女を近づけないから」

「ほっとけ」ジョーはそう言って、苦しそうにうめきながら立ち上がった。「その点については疑問の余地があるな。おれたちはここを出るんだから」

「町を離れるんですか？」戻ってきたデンターは、眉を上げた。「ナイトテーブルに違法なナイフがあったほかは、何もありませんでした」

「そのナイフはおれのだ」

「持ち歩いているんですか？」

「いつもね」

「使い慣れてる？」

「すごく」

「違法なものだと知っていますね」

「ああ、知ってる」

デンターはクラークを見て、二人して肩をすくめた。つまり、ナイフのことは不問にするということだろう。それから、デンターが言った。「持っているところを見られたら、没収されますからね」

ジョーはうなずいた。「数日したらここを出る予定だったが、すぐにルナを安全な場所に移したほうがよさそうだ。だから、夜明け前には出発する」

ルナは口をあんぐりと開けた。「でも、ジョー、ほとんど歩けないじゃないの……」

ジョーは何も言うなというように、厳しい顔で彼女を見た。「トラックまでなら立派に歩けるさ。きみが運転すればいい。それと、ゼーンを呼んで、荷造りの手伝いをさせる」二人の警官と握手をした。「協力してくれてありがとう。何かわかったら、携帯に電話してくれ」

ジョーが番号を言い、クラークがそれを書きとめた。

「それがいいでしょう」デンターは油断なくルナを見た。「この二つの事件が関連していると、本気で思っているなら」

クラークもうなずいた。「過剰に反応することはないと思いますが、いずれにせよ、どこかへ出かける予定なら……」そしてやはり、ルナにうなずきかけた。「全員の無事が確認されている、今のほうがいいでしょう」

「ばかげてるわ」男たちが揃いも揃って、もったいぶった態度でドアへ向かうのを、ルナは追いかけた。シーツが引きずられ、脚にもつれて転びそうになる。「自分の身は自分で守れるわ。それに、わたしは誰にも追いかけられていないのよ。狙われているのはジョーで、旅に出られるような状態じゃない。何もできないのよ」

クラークは笑みを隠すように、上唇をこすった。「ああ、わたしには何とも言えませんが」

「彼は大丈夫ですよ」デンターは笑いを隠そうともせずに言った。「何とかなるでしょう」

ジョーの肩をピシャリと叩いた。「だが、無理はしないでくださいよ。何かわかったら連絡します」

二人きりになると、ルナは怒りを爆発させた。「ジョー、これは遊びじゃないのよ」

ジョーは彼女の首の後ろに手を回し、またキスを奪った。それも腹立たしい。ののしってやろうと口を開いたとき、ジョーが言った。「きみが一緒なのに、危ない橋を渡るつもりはないよ、ルナ」大きな親指が、温かく、優しくうなじをこすった。「きみに怪我をさせるようなことはしない」

ルナが声も出せずにいると、ジョーは脚を引きずりながら、キッチンの電話に向かった。彼の声から、決して譲らないのがわかったので、あきらめて両手を上げた。

ジョーは受話器を耳にして、相手が出るのを待っている。ルナは時刻を教えてやった。

「今が午前二時だってわかってる？」

ジョーは肩をすくめ、何か言いかけて、にやりと笑った。「よう、ゼーン。どうしてる？本当か？　ああ、気づかなかった」図々しくとぼけながら、ルナにウィンクする。「で……もう寝てたのか？　へえ？　悪いが、頼みたいことがあるんだ。来てくれないか」

ジョーは心の底から楽しんでいた。ルナはきびすを返し、キッチンを出た。怖さと、期待と、不安が入り混じり、頭を悩ませる。子供たちと一緒にいたい。後ではなく今、わたしを必要としている。それに、ジョーを傷つけようとする誰かから、彼を無事に逃がしたい。けれど、これ以上痛む体を酷使させたくない。自分が彼をいたわろうとしていることに、ルナは気づいた。

ばか、ばか、ばか。これまで思っていたような無敵のタフガイじゃないからといって、ジョーが急に素直になって、協力してくれるとは限らないのよ。

わたしの身を心配したからといって、見返りを求めているわけじゃない。いつも知っているジョーは、女が優しくするそぶりを見せると、捨ててしまう男だ。

そのことを、肝に銘じておくべきだった——あの大男に恋をしてしまう前に。ルイーズのように、彼がセックスしか求めていないのを知って苦しみたくない。それにアメリアのように、誠意のない態度を許すつもりもない。それは、すぐさま頭から追い出したくなるほど辛い考えだった。

十五分ほど経ってジョーが探しにきたときには、ルナは黒いジーンズと光沢のある紫のタンクトップに着替えていた。イヤリングは孔雀《くじゃく》の羽根と銀の輪だ。浴室の洗面台で、歯を磨いていた。

この二時間で築いた親しみを込めて、ジョーは髪に手を入れ、うなじを温かい指で包んだ。「ゼーンはあと二時間くらいで来る。今、こっちへ向かってるところだ」

ルナは口を歯ブラシと泡でいっぱいにしながら、できる限り怖い目でにらみつけた。ジョーはまだまともに立てないでいるし、ブルーの瞳の周りにできたくまは、いよいよひどくなっている。体は痛めつけられ、疲労困憊《こんぱい》し、回復には時間がかかる。長くてきついドライブをさせたくない。それでも、いったんこうと決めたらブルドーザーみたいな男だし、ルナには何が一番いいのかわからなかった。追い詰められたような気分だ。それが腹立たしい。

返事をしないでいると、ジョーが言った。「タマラがよろしくって」

ルナは口をすすぐのに気持ちを集中した。歯を磨いているときにそばに来て、ぼんやり首を揉むような男を、ほかに見たことがない。それを言ったら、ジョーみたいな男を見たことはないけれど。

歯磨きを終えると、彼の横を回り込んだ。彼の手が脇に落ちる。「わたしの荷造りはもう済ませたわ。車から降ろしたのはほんの少しだから。どうすればいいか教えて」

ジョーはうなずいた。厳しく、決然とした表情だった、同時に、誘惑しているようにも見える。「わかった。服を脱いで、ベッドに入れ」

ルナはきっと振り向いて彼を見た。

ジョーは唇の片側を歪めていた。まるで、ルナの不機嫌な反応だけが見たいかのように。「ああ、出かける用意のことだろ？」ルナの鼻先を軽くはじいた。「わかってるよ」

二人して、ジョーのスーツケースを引っぱり出した。ルナがジーンズとTシャツ、パンツを詰めている間、ジョーは着替えをした。動きがずっと機敏になってきたので、少しは良くなったのだろう。いつもの筋肉美は失われていたけれど、うめき声も悪態もさほど出さずに着替えを終えた。

それを見ながら、ルナは訊いた。「もっと鎮痛剤を飲む？」

「とんでもない。頭ははっきりさせておきたいんだ」分厚い黒の革ベルトを手早く締めた。

「やつが戻ってこないとも限らないからな」

「そんなに嬉しそうに言わなくてもいいわ」

ジョーは彼女をチラッと見て、ナイトテーブルからバリソンナイフを取り上げ、前ポケットに入れた。「言っとくが、おれが何より満足を覚えるのは――きみが裸で誘うときを別にすれば――ブルーノをつかまえるそのときだ」

もう少しで、殴りつけるところだった。「ジョー、いやらしいことを言うのは、もうやめてくれない？」

ジョーは背を向けてナイトテーブルの引き出しを開け、コンドームの箱を引っぱり出した。スーツケースに詰めた服の一番上に、それを放る。「おれがきみを欲しがっていることを、知っておいてほしいんだ。そういう話だったろ？　一緒に行く以上は、誘惑に負けないように気をつけろよ」

「誘惑ですって？　その気になったら、いつだってわたしの頭を殴りつけて、髪の毛を引きずっていけるくせに」

「そんなにうまくいくかな？」

ルナは歯がみした。「まさか。とにかく、どうしてわたしなの？　わたしが来たときには、あなたの言う信奉者が二人もいたじゃないの。どうしてもっと簡単にやらないの？」

ジョーは油断ない目をルナのほうに向けながら、スーツケースを閉じた。「女にありがちなずるい質問か？　こっちが何と答えても不利になる」

「かもね」腕を組み、彼の前に立ちはだかった。「わたしがノーと言ったからなんでしょう？　断られるのに慣れていないものだから、やりがいがあるってわけね」

ジョーは歯をむき出しにした。「おれの腕前を、ずいぶん信用してくれてるんだな」

「あなたに何度も聞かされている話を繰り返したまでよ」

「嘘をつく理由があるか？　けど、少し話を大きくしたかもしれないな」ルナの唇を見て、目をそらした。「おれをはねつけた女は、ほかにもいるさ」

「ジョー・ウィンストンにノーという変わり者が？」ルナは笑ったけれども、ジョーは、まるで愛撫するように、真剣な目で見つめていた。「本当なの？　信じられない」

「そんなに大騒ぎすることじゃない」手を伸ばし、ルナの頰に触れた。熱いまなざしと、恋人のように優しく触れるしぐさが混ざり合う。「ノーと言う女もいれば、イエスと言う女もいる。セックスはセックスだ。だが、きみに会ってから、ほかの女とする気はなくなった」

ルナはすっかり落ち着きをなくしていた。だって、もう三カ月も経っているのよ。ジョーのような男にとっては、一生に等しい時間だ。「それを信じろっていうの……」

「信じたいことを信じればいい、ベイビー」身をかがめ、ルナの頰にキスをした。そして一瞬、彼女が目を閉じて唇を開けるのを待った。「だが、そんなことはどうでもいい。何とかしてきみのパンティーを脱がせたら、その後はたっぷり時間があるんだから。約束する」

彼は去っていった。ルナをまごつかせ、興奮させ、そして不意に……好奇心をかき立てて。いったいどんな感じなのかしら――だめ。

そんなことを考えている場合じゃない。この旅は二人の子供に会うためで、男を手に入れるためじゃない。しかもジョーなんかを。彼に手を出せば、傷ついて終わりに決まってる。それは間違いない。

どういうわけか、ジョーはすでに、これまで知り合ったどんな男よりも強い印象をルナに与えていた。ルナは地に足がついている自分を誇りに思った。今は、愛に飢えている二人の子供のことを考えなくては。たとえ自分が傷つくことになっても、子供たちをジョーになつかせてはいけない。ジョーはひとつのところにとどまる人間ではない。何よりも望むのは、彼が子供たちと仲良くし、暮らしが落ち着くのを助けてくれたら、あまり辛くならないうちに別れることだ。

それには、プラトニックな関係でいなければならない。ジョーが何を望もうと、そして、自分が心の奥底で何を望んでいても。

「ルナは何でも知っている、何でもお見通し」彼女は自分の心を偽ってつぶやいた。「そしてルナには、この先に待っているたくさんの悲しみが見えるわ」かぶりを振って、決意を固め、ルナはぎゅうぎゅうに詰め込んだスーツケースをベッドから下ろして、居間へ引きずっていった。

朝の六時には、出かける用意はできていた。

# 5

ジョーがルナのそばに立っている間、ゼーンはトラックの後部扉を閉め、ルナの小さなコントゥアとの連結部をもう一度確かめた。ルナが自分の車も持っていくと言い張らなければ、今頃はもう出発していただろう。ジョーに頼らず、自分の移動手段が欲しいというのだ。ジョーも同じ考えだったので、ゼーンはちょうどいい連結器を貸し、ルナの車を彼のダッジ・ラムとつないだ。

二人の計画に、ゼーンはいい顔をしなかったが、ぼやきながらやってきてからは手を止めることがなかった。茶色の髪は乱れ、目はしょぼしょぼしていて、寝心地のいいベッドからジョーに引っぱり出されてきたことがわかる。それに、さらに居心地のいい妻から。女には貪欲なゼーンだったが、タマラと結婚してますますそれに磨きがかかったことが、ジョーをひどくおもしろがらせた。

さらにいとこをいじめようと、ジョーは言った。「くそっ、ゼーン。おまえは婆さんみたいに口やかましいぞ。タマラの尻に敷かれてるんだな？」

ゼーンとルナが二人してにらみ、ジョーは大声で笑いそうになった。今、機嫌がいいのは自分だけのようだ。そうは言っても、これからルナと冒険に出るのだ。ジョーに言わせれば、状況は上向いている。

「ああ、心配して悪かったな」ゼーンはブツブツ言った。「これだけこてんぱんにやられていながら、誰にも言わなかったなんて。いまだに理解に苦しむよ」

「おまえに何ができる？　駆けつけてお守りをしてくれるか？　ベッドでスープを飲ませてくれるか？　頭に湿布でも貼ってくれるのか？　熱でも測ってくれるか？」

ゼーンはむくれた。「ひと思いに楽にしてやったのに」

ジョーはそれを聞いてクスクス笑った。「ありがとう。だが必要ない。おれなら大丈夫だ。実際、みるみるよくなっている」鍵を探そうと近づいてきたルナにキスをし、案の定叩かれた。いまいましいが、怒っている彼女は魅力的だ。そして、出かけると言った瞬間から、彼女はずっと怒っていた。

だが少し前に、理性を失って壁に押しつけたときには、彼女はひどく興奮していた。痛みも忘れて、何時間でもセックスしていられただろう。そして、彼女の中に入れた指が締めつけられたとき……だめだ。あの熱い、貪欲な部分が、ペニスを包むときを待ちきれない。

「おい、ジョー」

はっとして、ジョーはゼーンに注意を向けた。さっきよりもかすれ、興奮した声で、ジョーは言った。「どこかのばかのラッキーパンチが当たるたびにやきもきしてたら、きりがないぞ」

ゼーンはうんざりしたように首を振った。「そっちはもう——四十近いんだろ?」

「いい加減なことを言うな! おれは三十六だ」ジョーは年齢のことを苦々しく思った。二十代の頃なら、これしきの怪我など治っていただろう。だが今は、背筋を伸ばしているのに集中力を総動員しなくてはならなかった。

「タフガイを気取るには年を食いすぎてる。どこかの幸運な野郎に殺されないうちに、落ち着いたほうがいい」

「落ち着いたりしたら、一週間も経たないうちに退屈であくびが出るだろう。お断りだ、ゼーン。おれは今やってることが好きなんだ」だが、ルナと長い休暇をとるのは構わない。

六月も終わりの夜明けの光はまぶしく、暑かった夜の闇を追い出した。ゼーンは手でひさしを作った。「旅行の間、そのことを考えるんだな」サングラスをかけるのに余念のないルナを、チラッと見た。「結婚という幸せがあることが、わかるかもしれない」

ジョーはにやりとし、トラックの助手席のほうへ向かいながら、ゼーンに腕を回した。親しげなしぐさに見せて、その実、いとこの支えが必要だったのだ。ずっしりと体重をあずけられ、ゼーンは顔をしかめた。「結婚した男ってやつは、どうしてほかの男も自分と同じように首に縄をかけられるのを見たがるんだ?」

「分別からだろ?」

「つい最近まで、同じ感情を分かち合っていた男の口から出るとは意外だな」

ゼーンは肩をすくめた。「自分にふさわしい女性に巡り合ったからさ。見てろよ。あんたにふさわしい女性が現れたら、同じように感じるから」

ジョーもそれは正しいと思った。だが、ルナがひそかに耳をそばだてているので、口には出さなかった。彼女はゼーンの意見に何も言わなかったが、顔を赤らめたのをジョーは見ていた。怒ってるのか、それとも戸惑ってるのか？　おれには関係ない。どっちにしても、彼女は魅力的だった。

トラックの屋根越しに、ジョーは言った。「本当に、最後まで運転できるのか？」

「男だったらよかったと言いたいの？」サングラス越しで目は見えなかったが、ルナの口調には棘《とげ》があった。

「いいや……そうじゃない。だけど、ルナ、きみは男じゃないだろ」

「いい加減にして、ジョー」ルナはドアを開け、トラックの運転席に滑り込んだ。ジョーは笑った。相当かっかきてる。

ゼーンに向かって、彼は言った。「彼女、すごく面白くないか？」

「ごくたまにね」エンジンがうなりをあげてかかった。ゼーンはそのチャンスをとらえてこっそり言った。「はったりは抜きにして、本当に大丈夫なのか？」

「子守りのことか？　ああ、もちろんだ」

「そう簡単なことじゃないのはわかってるだろ。おれが知る限り、町の半分を巻き込んだトラブルに首を突っ込もうとしてるんだぞ」

「そうかな？」ルナはおれを騙《だま》したのか？　だったらどうした？　聞いていたより悪い事態だとわかっても、彼女のそばにいようという決意を強めるだけだ。彼女を守り、助けたい。そしてひょっとしたら、うまくいくかもしれない。

「ブルーノ・コールドウェルという男とやり合ってるのを知ってたら、ルナに勧めはしなかった」

「なら、おまえが知らなくてよかった……」ジョーは身を固くした。いつもの勘が働き、言葉が途切れる。脅威に備えて筋肉を緊張させ、辺りを見回すと、すぐに道の反対側に停まっている車に気づいた。運転席に座っているのは大柄な男だ。ブロンドの髪は、目深にかぶったキャップにほとんど隠れ、サングラスが顔を覆っている。今はこっちに目を向けていないが、鋭い視線は手に取るようにわかるものだ。ジョーは、それに気づいていた。見張られている。

車と運転手から目を離さず、同時にゼーンを黙らせて、ジョーはこれからどうするかを決めようとした。だが、男はすでに助手席に置いたものを再調整しはじめている。ジョーをチラッと見上げ、車のギアを入れた。

「くそっ……」ジョーは道へ駆け出そうとしたが、一歩踏み出すか踏み出さないかのうちに、車は石ころとほこりを巻き上げて走り去った。訓練のたまもので、ジョーは逃げていった車の車種とナンバープレートを頭に叩き込んだ。

ゼーンが小走りで追ってきた。「何があったんだ?」

「紙とペンをくれ」振り返ったジョーは、ルナとぶつかりそうになった。彼女が転ばないように二の腕をつかみ、言った。「AM768U」

「何ですって?」

「覚えてろ」彼女を押しのけ、トラックの中から携帯電話を出した。「紙とペンを持ってきてくれ、ハニー」番号を押し、二度目のコールで相手が出た。「やあ、ジョーだ。ああ、調べてほしいナンバーがあるんだが」

ゼーンとルナが、そばで声をひそめてうかがっているのがわかった。二人の目にも、自分がさまざまな仕事を通して知り合った相手にかけているのが明らかだろう。人脈があるところを見せつけることができる。

「いいか?」ジョーは、ルナが差し出した紙とペンを受け取った。話しながら、ナンバーを書き留める。「銀のセブリング・コンバーティブルだ。オハイオのナンバー。エ《A》イミー・メ《M》アリー・768・ユ《U》ニコーン。ああ、携帯に電話してくれていい」番号を告げ、電話を切った。

ルナが腕をつかんだ。「ジョー、どういうこと?」

ジョーは紙をポケットにねじ込んだ。「見張られていた」

「確かなの?」新たな不安といら立ちを感じて、ルナは周りを見回した。

ジョーは自分に悪態をつきたくなった。彼女を怖がらせるつもりは決してない。だが同時に、彼女を守るためなら何でもするつもりだ。警戒心を持たせておいて損はないだろう。

「いいや。だが、偶然とは思えない」

「あのブルーノ・コールドウェルってやつ？」

ルナは彼のためなら暴力も辞さないように見えた。ジョーはかぶりを振った。「よく見えなかったが、もっと若いやつだ。濃いブロンドの髪が、肩くらいまであった。ブルーノにはほとんど毛がないし、色もかなり黒い」

ルナは唇を歪めて考え込んだ。今もおれを惹きつけているのを、自分でわかっているのだろうか。「警察に通報する？」

彼女の肩に手を回し、守るように抱き寄せながら、ジョーは言った。「で、何て言うんだ？　誰かが道の向こうからこっちを見ていたと？　それを取り締まる法律はない」ルナを促《うなが》して、トラックの運転席に戻らせた。できるだけ早く出たほうがいい。「おれのやり方で何とかする」

ゼーンが口元を引き締めた。「どういう意味だ？」

「ほかの誰よりも自分を、そして自分の腕を信用しているってことさ」

「気に入らないな」ゼーンは胸の前で腕組みした。一八七センチのゼーンは、ジョーより三センチ背が低く、体重は十八キロは軽かったが、今はとても大きく見える。彼はジョーの手元を顎で指した。「やつをつかまえたら、そいつを使うのか？」

ジョーは、自分がいつの間にかバリソンナイフを握っているのに気づいて驚いた。その刃を出し入れするほど、いら立っていたのだ。刃は長く、カミソリのように鋭くて、握ると手の一部になったように感じる。投げるためのものではないが、刃を固定すれば、恐ろしい正確さで投げることができる。使い慣れたナイフは、飛び出しナイフよりもすばやく刃を出せるほど手に馴染《なじ》んでいた。

さっきアパートメントに侵入者が忍び込んできたとき、ナイフはわざと置いてきた。夜目はききすぎるほどきいたが、ルナが長椅子で寝ているか、こっそり動き回っているかもしれない。偶然傷つけることになってはいけなかった。

ジョーはナイフをパチンと閉じて、しまい込んだ。「ああ、必要なときには使うさ」そのとき、ルナと目が合った。不安そうだ。ジョーは顔をそむけ、低い声でゼーンに言った。「くそっ、ルナが怖がってるじゃないか。気をもむのはやめて、おれの家を頼む。いいな?」

「気をつけると約束してくれ」

ジョーは唇を歪めて言った。「わかったよ、母ちゃん」思いがけず、いとこに心配をかけるなんて、最高に気まずかった。「そうだ、アリックスに電話しておいた。もうすぐ手伝いにくるはずだ。どれがおれの持ち物で、どれがアパートメントのものか知っている。妹を絶対にひとりにするなよ。どんな性格かわかってるだろ。誰かがこの部屋をのぞいているのを見たら、すぐにそいつのところへ、自首しろと言いに行くだろう」

不機嫌だったゼーンは笑顔を見せた。「今も怖いもの知らずなのか?」

「怖いもの知らずだし、生意気だし、図々しい」妹の性格が、何から何まで自分そっくりだということは考えたくなかった。きっと、かなり悪い影響を与えているに違いない。「あいつは男を震え上がらせる。そのせいで結婚できないんだろう」

「その点、ルナと少し似ているな」

ジョーはさらに声を低くした。「いや、ルナはおれを震え上がらせたりしないさ。おれなら彼女を操れる」

「恋に目がくらんだ男の言い分だな。結局は前言を取り消さなきゃならないのがわかってるのか？」ゼーンは首を横に振って、笑った。「ああ、それを見てみたいよ」

「そいつは期待薄だな」ゼーンを軽くこづいて、トラックまで連れていってもらった。「おれの荷物をまとめたら、大家に鍵を渡して、とっとと帰ってくれ。家賃はひと月分前払いしているが、何かあったら知らせてくれ。荷物はアリックスが預かってくれる。わかったか？」

ルナが窓から顔を出した。「今日のうちに出かけるの、それとも顔つき合わせて、一日じゅう噂話に花を咲かせているつもり？」

こんなふうに、彼女はたやすく場の雰囲気を明るくする。「口うるさい女だな」ジョーはいとこをぎゅっと抱きしめて、驚かせた。あばらが抵抗するように痛んだが、ゼーンの反応を見ればその甲斐があった。あれこれ文句を言いつづけるゼーンに背を向け、離れる。ルナの隣に座ると、ジョーはシートベルトを締め、弱々しくうめいた。「きみが車を走らせてる間、少し仮眠を取ってもいいか？　疲れきってるんだ」

ジョーの思惑通り、彼女は怒りを静めた。ルナが世話好きところをひた隠しにしているのは妙なことだった。そんなところが好きなのだが。彼女が好きだし、心配されても嫌な気はしない。ほかの女だと息が詰まるが、相手がルナだと……いい気分だった。

彼女はあれこれ世話を焼きはじめた。「鎮痛剤はいる？　バッグに入れてきたわ。それと、枕がいるだろうと思ったから持ってきたの」ジョーがシートを倒し、脚を伸ばしている間に、彼女は枕を頭の後ろに押し込んだ。「くつろいで、ゆっくり休んでね。給油で止まったときに起こすわ。それでいい？」

ゼーンが車の中に顔を出した。「甘やかすことないよ、ルナ。ますますいい気になるから」

「わかってる」優しい声でルナは言った。「でも、相手がたとえヘビでも、苦しんでるのを見るのは嫌なの」

ゼーンは笑った。ジョーは傷ついたふりをしたが、本当はそんな皮肉は何でもない。ルナがいろいろと努力しているのはわかっている。生意気な口をきくのは、魅力を高める彼女のやり方だ。おれは盲目じゃない。彼女も同じくらいおれを意識している。

ルナはおれを欲しがってる。だが、そんな気持ちを恐れている。おれを恐れている。そして、ルナのような女にとって、恐れというのは受け入れがたい感情なのだ。

彼女の気持ちを楽にしてやらなければ。自分を抑えきれればの話だが。これほど怒りっぽくて、魅力的で、セクシーな女を目の前にして、それは難しいことだった。シートにもたれ、目を閉じた。「じゃあな、ゼーン」

「ああ。ノースカロライナに着いたら、忘れずに知らせろよ」

「電話するわ」ルナが約束した。「いろいろありがとう、ゼーン」

「どうってことないさ」彼は一歩下がった。「子供たちのことで、何か手伝えることがあれば知らせてくれ」

「そうする」彼女はトラックのギアを入れた。

「それと、ジョー。背後に気をつけろよ」

ジョーは敬礼し、ルナが車を発進させた。驚いたことに、ジョーは眠気を感じていた。たぶん、少しは休んでもいいだろう。ルナには方向感覚があるし、手助けしなくても安全に運転できるはずだ。

数分後、ジョーが軽い寝息を立てはじめるのを聞いて、ルナは微笑んだ。両手は腹の上で組んでいる。頭が枕からずり落ち、窓にくっついていて、早朝の光が耳につけた小さな金の輪に反射していた。長くて黒々とした眉が表情をやわらげ、ひげの生えたがっしりした顎や、一度折られてわずかに曲がっている鼻と、好対照をなしていた。

山のような大男でも、弱さを見せるところがあるのね。ルナはため息をついた。どうして、それがますます魅力的なのかしら？

地味な服と粗末な家からして、ジョー・ウィンストンは金持ちではないと思っていた。だが、値段も性能も高そうな黒いトラックが、待ち伏せしていた通りを走り抜けていくのを見て、考えを改めた。ジョー・ウィンストンはトラック貧乏か、大金を注ぎ込む対象を選ぶタイプのどちらかだろう。うわさから判断して、後者に違いない。あの男はばかじゃない。

ひそかに細かい部分に注目しながら、派手なトラックが走り去るのを見送った。すでに〝大耳《ビッグ・イヤー》〟のスイッチは切り、ヘッドホンは外していた。そうしておいて助かった。あの強力なエンジンの爆音では、耳が聞こえなくなっていただろう。この盗聴器は、大きな音がすると切れることになっているが、ときどきそれが間に合わず、頭がガンガンさせられることがある。

〝大耳〟を買ったばかりの頃は、どうすれば効果的に使えるのかを知るのに少し時間がかかった。遠く離れたところの、ほんのかすかな音でもキャッチできる。だが、ほかの音も全部拾ってしまうので、ごみごみした場所では使えない。今朝は運がよかった。ウィンストンは夜明けとともに出発することにしたからだ。目を覚ました鳥の声に多少は邪魔されたが、聞きたいことは聞かせてもらった。

すると、ウィンストンはブルーノに気づいていたのか。それほど驚くことじゃない。頭がよくなければ、ウィンストンがここまで生きてこられるはずがなかった。彼が知っていたとなると、仕事がややこしくなるが、それに邪魔されるわけにはいかない。

今回ばかりは。

あたりに人気《ひとけ》がなくなったところで車を降り、前に回って偽のナンバープレートを外して、本物に付け替えた。後ろのプレートも同じようにし、偽物は〝大耳〟やほかのいろいろな道具と一緒に鞄《かばん》に入れた。この仕事のために、五百ボルトの電流で攻撃者の気勢をそぐ電気棒、暗視ゴーグル、殺傷力のない武器、スチール製、ナイロン製を含めた手足の拘束具一式を持ってきていた。

一瞬、動きを止めた。あいつら、子供のことを何か言っていたな。胃が冷たくなり、少し痛んだ。良心などとっくに錆びついていたが、子供を怖がらせるのが平気なほど図太くはない。罪もない人間を窮地に陥れるのは嫌だ。相手が子供ならなおさらだ。

こぶしを胃に押し当てた。ウィンストンが彼らを巻き込まないと信じるしかない。もっと大事なことに集中しなくては。例えば、やつがノースカロライナに行くと言っていたことだ。時計を見た。追いつくには、急がなければならない。

セブリングは通りに乗り捨てた。こうしておけば、警察官がすぐに見つけ、本当の持ち主に返すだろう。一、二分あれば、匿名でチップをやってもよかった。だが、今回はやめておこう。

今朝、張り込みを始める前に、古くて特徴のない茶色のセダンを、ほんの数メートル先に停めておいた。車は必要な装備のひとつだ。分厚い金網が運転席と後部座席を仕切っていて、人質を運ぶのにおあつらえ向きの檻になっている。内側にはドアの取っ手がなく、脱出するのは不可能だ。後部座席に閉じ込められたら、こっちが出してやるまでそこにいるしかない。ウィンストンも、昔は同じような車を持っていたに違いない。

すべてが整っていることに満足し、さっきまでかぶっていたいまいましいキャップも一緒に、すべてをトランクに詰め込んで町を出た。ウィンストンと連れの女が向かったのと同じ、州間道路七五号線を走る。窓を開け、湿った空気を入れて頭をはっきりさせた。ブロンドの髪が顔にかかり、そろそろ髪を切らなければと思い出させる。そのうち切りにいこう――この仕事が終わったら。

二十分もしないうちに、トラックの姿をとらえた。赤いコントゥアを引っぱっているせいで、低速車線を走っている。そして同じ理由で、とても目立っていた。仕事がやりやすくてありがたい。

どこから見ても、ウィンストンは切れ者だ。だがこれまでのところ、次々とミスを連発している――数日前の晩に、丸腰で襲われたのを皮切りに。

運悪く、あのいまいましいアメリアが顔を出し、こっちが動く前にウィンストンを心配してギャーギャー騒ぎ立てた。あの女のおかげで、仕事をやり損ねた。だが、二度とチャンスは逃さない。

ジョー・ウィンストンがどれほどの腕利きでも構わない。

おれのほうが上なのだから。

「いったいどの辺だ？　もうずいぶん走っただろう」

ルナは自分を励ますように息を吸った。ジョーは明らかに疲れ、いら立ち、不機嫌だった。ルナは彼に同情した。その気持ちに嘘はないけれど、彼だって同じように同情してくれてもいいはずだ。彼の態度にはうんざりだった。八時間も運転して、背中と首が痛くなっていたし、お腹も減っていた。油っぽい匂いとこってりした味つけのファーストフードじゃなくて、ちゃんとした食事がしたい。ピーナッツバターとジャムでもいい。でも、ドライブスルーのハンバーガーは、もうひと口だって喉を通らない。オエッ。

「それほど遠くまで来てないわ」食いしばった歯の間から答えたが、本当のところはわからなかった。何時間か前、そろそろ誰もが起きている時間だと思って、パトリシアに電話してみた。パトリシアは待っているみたいだけれど、ジョーが何度となく車を停めろと言うので、思ったよりも待たせることになりそうだ。「このまままっすぐ南東に向かって、ウェルカム郡に入れということよ」

ジョーは助手席のサイドミラーから目を上げた。「ウェルカム郡だって？」

「言いたいことはわかるわ。気のきいた名前じゃない？」ほとんど一日じゅう、ジョーは食べるか寝るかしていて、目的地のことを話す暇がなかった。男って、信じられないほど食欲があるのね。ここ数日間、ものが食べられなかった埋め合わせをしたいと言うので、ルナも——それこそ何度も——いろいろなレストランで車を停めるのに反対しなかった。自分はほほんの少ししか食べていない。ファーストフードが大好きというわけじゃない。

「そこにいたことがある」ジョーは言った。「賞金稼ぎだった頃の話だ。たまたま、おれが追ってた男と一緒に、もうひとり別の男をつかまえたんだ。その男には逮捕状が出ていたから、地元の警察に連絡した。おれがそいつを見つけたというので、彼らは喜んだなんてものじゃなかった。担当の警官が言うには、やつが逮捕を逃れたので、面目丸つぶれだったそうだ。やつを引き渡すと、警察はおれに感謝して、村に招待してくれた。おれには休暇が必要だったから、ありがたく受けたのさ」

「それで、お酒を飲んで、女を口説いてたんでしょ?」

ジョーは笑った。「違うね、生意気なお嬢さん。何人かの女に口説かれはしたが、ほとんどの時間は釣りをしたり、ボートに乗ったり、ただぶらぶらしたりしていた。追っていた男をつかまえるのに六週間以上も費やしたんで、休みに飢えてたのさ」

「あなたが釣り?」

ジョーは笑った。「悪いやつらをつかまえた武勇伝ばかりを話したから、それしか知らなかっただろう? ああ、釣りもするさ。チャンスがあればね。名人でも何でもないが、釣りをするとすごくリラックスするんだ」

ルナはその答えに喜んだ。「だったら、これから住むところがきっと気に入るわ。家はクワイエット湖にあるの。十四エーカーくらいあって、あの子たちの持ち物なのよ」

今度はジョーが驚く番だった。「湖を持ってるのか?」

「そう。子供たちを養うために使っていたみたいだけど、あの子たちのおばが来てからは、閉鎖したという話よ」

「でも、それじゃ――」ジョーはサイドミラーを見て、黙り込んだ。それから、ようやく言った。「なあ、あそこに〈クリーミー・ホイップ〉がある。アイスクリームを買おう」

ルナは額をこすった。「ジョー、まだお腹が空いてるの？」

「アイスクリームなんて腹の足しにならないさ。外は三十三度だぞ」手をルナの腿《もも》に置き、誘うように力を入れた。「暑くないのか？　おれは暑い。麦芽乳なんか最高だな」

確かに彼の言う通り、冷たいものが必要だった。ジョーがすぐ隣にいるものだから、彼のことが頭を離れない。「この調子じゃ、いつまで経っても着かないわ。このいまいましいトラックを早く降りたいのよ」

「おれのトラックは乗り心地が悪いか？」

ルナは道を離れ、混雑した駐車場に車を停めた。「わたしのコントゥアのほうが、ずっと快適よ。この車じゃ、めいっぱいシートを前にしないと、ペダルに足が届かないんだもの」

何か言い返してくると思ったのに、ジョーは彼女の文句も耳に入っていない様子だった。ぼんやりと腿をさすりながら、またサイドミラーを見ている。ようやく、彼が何かを見ているのだとわかった。それとも、誰かを。

はっとして、鋭く言った。「ねえ、ジョー、何をしてるの？」

「うん？　ああ、何でもない。ただ、つけられてるだけだ」

ルナは呆然と彼を見た。「だけ？」

「怖がらせたくないから言わなかったが、そうだ」二人はシートの中で身をよじり、車の行き交う背後の道路を見た。「誰かは知らないが、抜け目のないやつだ。気づかれたのを知って、そのまま行っちまった」

怒りが爆発しそうだった。「どうして気づかれたとわかったの？」

「何度も車を停めたからさ」ジョーは〝よしよし〟という目で彼女を見た。「やつの様子を見ていた。用心深いと見えて、すぐ後ろに車を停めるようなことはしなかったが、おれたちが何度停まろうと、どれほど長い時間そこにいようと、常に適度な距離を保ってついてきた」

その論理に、ルナは感心した。「偶然かもしれないわ」

ジョーは首を振りながら言った。「偶然は信じないんだ」

それは何度も聞いた。疲れきって不機嫌になっていたルナは、彼の肩を突いた。「ひどい人ね」

「おい、待てよ」彼はその手を取って、自分の引き締まった腿に押しつけた。「何でおれを攻撃するんだ？」

ルナの指がぴくっとした。ジョーに押さえつけられた手は、彼の一番男らしい部分に触れんばかりだった。こんな状態で答えろっていうの？　彼の体温と、岩のように固い筋肉が引き締まるのを感じる。ジョーはまるで悪魔だわ。けれど、そうやすやすと勝たせはしない。決意を固め、言った。「どうして教えてくれなかったの？」

ジョーはあたりを見回し、みんながこっちを見ていると知らせた。ルナの口調とは反対に、静かな、動じない声で言う。「きみに何ができた？」ルナの手を、じわりと上に移動させた。「それに、びくびくしてバックミラーばかり見ていたら、事故を起こしたかもしれないだろ?」

「事故なんか起こさないわ」だけど、びくびくしてはいただろう。悔しいけれど当たってい
る。「これからは、何でもわたしに言って。何もかもよ、ジョー。わかった？」

「ああ、わかったよ。きみの言うことなら何でも聞く」あまり信用できない口ぶりだった。ルナがそう言おうとしたとき、彼は身を乗り出して、温かくて力強いキスをした。ルナの指が彼の腿をつかみ、知らないうちに唇が開いていた。

ジョーは舌で彼女の下唇をもてあそぶと、ほんの少し引っこめた。押しつけられた唇が笑っているのをルナは感じた。「何が欲しい？　おれ以外にはってことだけど。すごくたくさんメニューがあるみたいだ」

何気ない会話に性的な意味合いを込めるジョーに、ルナはほとんどついていけなかった。ようやくジョーの手が離れたが、腿をつかんだルナの指は、股間すれすれのところにあった。ジョーを押しやり、勝ち誇ったような笑いをできるだけ無視しようとする。「つけていた男はどうするの？」

ドアを開けて車を降りたジョーは、車に顔を寄せて言った。「これから先はおれが運転する。やつにはついてこさせない」

「でも……」

「でもはなしだ。さて、チョコレート味の麦芽乳を買ってくる。きみにも買おうか？　それとも、二人で分けるか？」体を起こして、ドアから離れた。「分けることにしよう。そのほ

うがいい。じゃあ、荷物を見ててくれよ」

ルナの返事も待たずにドアを閉め、アイスクリーム店の窓口に並ぶ列についた。足取りはぎこちなかったが、今朝のように脚を引きずったりはしていない。運転中は静かでくつろげたのと、ときどき眠っていたのが幸いしたのだろう。一時間ごとによくなっている気がする。

ルナは唇をまだジンジンさせながら、彼を見た。順番を待つ子供たちや親に混じっていると、ジョーは凶悪な海賊のように見える。屈託《くったく》のない子供たちに囲まれて、ますます強そうだ。石炭のように黒い髪が、額のあたりでそよ風に吹かれ、濃い眉とひげのせいで鋭さを増したブルーの目が、駐車場とその場にいる全員を見ていた。手足を柔軟にし、備えている――あらゆることに。けれど、危険な雰囲気を発しながらアイスクリームの列に並ぶジョーは、何だかおかしく見えた。

誰かにつけられている。

その事実を思い出して、ルナはあたりを見回した。そして、尾行者がどんな外見をしているのかすら知らないことに気づいた。相手も知らないで、どうして見張り役がやれるというの？

考えているうちに、ジョーが窓を叩いた。ルナはびっくりして、一瞬はっと身をすくめた。ジョーはにやりとした。「驚かせたかな？　さあ、行くぞ。おれが運転する」

「ジョー、わたしで大丈夫よ」

「だめだ」

ルナはかっとなった。わたしに言うことを聞かせようというなら、もっと口のきき方を学ぶことね。

「どうした？」にらみ続けるルナに、ジョーは無邪気そのものの口調で尋ねた。窓越しに手を伸ばし、顎、喉、胸の上を優しくなでる。こんなとき、こんな場所には似合わないほど夢中になって。「失礼なことをしたか？」

ルナはすでに負けを認めて、かぶりを振った。「礼儀正しい人間じゃないと、自分でもわかってるでしょ」

「そんなことはない。だが、どっちにしろ、おれの言うことに間違いない。特に、こういうときにはな」ルナの髪を耳にかける。またしても優しいところを見せられて、胸がドキドキしはじめる。「少しは信用しろ、な？　難なくまいてやる。それに、もう近いんだろ？」

ルナはためらったが、結果は変えられなかった。もらった道案内を引っぱり出す。「そう遠くはないわ」

「そりゃいい」運転席のドアを開けて、大きな体を運転席にねじ込んだので、ルナは座席の真ん中の折りたたみ式の物入れをぎこちなくまたぐしかなかった。「シートベルトをしろよ」

肩越しににらみつけると、ジョーが後ろから見ているのがわかった。ルナは食いしばった歯の間から言った。「いつもしてるわ」乱暴にシートに座り、シートベルトに手を伸ばした。

彼はひどく横柄《おうへい》だったので、言うことを聞くのをやめようかとも思ったけれど、ジョーを困らせるためだけに危険を冒したくない。「麦芽乳をちょうだい」

ジョーは笑った。「わかりました、マダム」彼女が受け取ると、ジョーはすぐさまシートをめいっぱい後ろに下げ、長い脚に合わせた。

ルナは元気をつけようと麦芽乳を飲んだ。おいしい。「それで、わたしたちを追ってるのはどんな男？」

「見間違えようがない。地味な茶色のセダンで、だいたい十台から十二台置いてついてきている。だが、絶対に町まで来させない。子供たちの安全をおびやかすことになるし、彼らを危険な目に遭わせたくない。そうなったら、おれはさっさと引き返す」

考えるだけでぞっとしたが、そういうことになれば、ジョーを行かせるしかない。ジョーは自分の身が守れるけれど、子供たちにはルナが必要だ。幸い、ジョーがいくつか回り道をすると、茶色い車の影は見えなくなった。

何度かカーブを曲がると、少しずつ景色が違ってきた。広くて車通りの多い道が、ほとんど人気のない細い道になり、やがてでこぼこしたアスファルトの道路になった。誰かがつけてくれれば、すぐにわかるだろう。けれど、背後の道はがらんとしたままだった。

ウェルカム郡に入ったのに、目的地を知らせる看板は出ていなかった。ヴィジテーション（訪れ）という、変わった名前の町だ。背の高い木に囲まれ、人が住んでいるらしきものは、ときおり見える家やトレーラーハウスだけだ。まるで、どこか知らないところに迷い込んでしまったようで、ジョーは明らかに気に入らない様子だった。

ジョーは眉をひそめながら、黒縁《くろぶち》の読書用眼鏡を取り出した。ルナから案内書と地図を受け取り、二人の間の物入れの上に広げた。「くそっ、地図通りならこの辺のはずなんだが」ルナも地図を見ようとして、二人の頭がくっつきそうになった。指で地図をなぞり、今いる場所を特定しようとする。「まっすぐ行くしかないようね。というか、道がまっすぐである限りは」

「そいつは気に食わないな。ヴィジテーションを示す標識を一度も見ていない。標識のない町なんてあるか？」がらんとした周囲を見回した。「映画『脱出』のサウンドトラックが、頭の中で聞こえてきた」

ルナは笑いそうになったが、ジョーが急に身を固くしたので、それをこらえた。目が合う。とても冷たく、険しい目を見ると、不安で胸がいっぱいになった。実際、髪の毛が逆立っているのがわかる。危険を嗅ぎ付け、うなる犬のように。

いったい何があったのと訊こうとしたとき、彼がさっと振り向いた。ほとんど目にも止まらない動きで、バリソンナイフが手の中に現れる。賞賛と驚きの間で、ルナはシートに体を押しつけた。

男がいた。ジョーの側の窓のすぐ外で、にやにやしている。黒いひげに黒曜石の目、別世界の人間のような雰囲気は、邪悪さを形にしたみたいだ。心臓が縮み上がり、止まりそうになった。体がすっと冷たくなる。

ジョーがそれに気づかなかったなんて。

# 6

今までに、これほどのドジを踏んだ経験は思い出せない。知らない間に、誰かに忍び寄られていた。年を取って鈍くなったのか。これほど何度も驚かされるようじゃ、そろそろ引退の潮時かもしれない。

車のドアを開けた。男はルナからじゅうぶん離れている。二秒が過ぎる。太い木の幹まで追い詰め、太い腕で喉をつかんで、空いているほうの手に持ったナイフを男の腹に押しつけた。「誰だ?」

まったくの無表情で、男はジョーを見返した。ジョーの見当違いでなければ、男はおもしろがっていた。笑みを浮かべてもいなければ、険しい表情をやわらげてもいないが、黒い瞳がそれを物語っていた。明らかに、怖がってはいない。

「おれが誰だか知らないなら」男は静かに言った。「なぜ手荒なまねをする?」

くそっ。ジョーは何と答えていいかわからなかった。禁欲生活による極度のストレスと、ルナを守ろうとする気持ちで、本能的に動いていたのだ。守勢に回ったのを感じて、ジョーは男を押さえた手にさらに力を込めた。「おれたちをつけてただろう」

「いいや」しゃべるたびに喉仏《のどぼとけ》が動くほかは、男は身じろぎもしなかった。「話をしようと思って、車に近づいただけだ」

「音も立てずにか？」

男の黒い目が光った。動くつもりはなかったが、ジョーは思わず一歩下がっていた。「たぶん」男は低い、どこか不気味な声で言った。「聞き逃したんだろう」

その通りだが、認めたくなかった。「最初の質問に戻ろう。おまえは誰だ？」

「ジェイミー・クリード。山の上に住んでいる」

ジョーは男の向こうに広がるうっそうとした森を見た。高い山の上まで続いている。道路はない。けもの道すら見えなかった。ジェイミーはただ……現れたように見えた。どこからともなく。やってきたことを知らせる小枝の音すら立てずに。

「欲しいものがあってね」

「どんなものだ？」

「尋問か？」口調はあくまで物静かで、目はまっすぐに見ていた。「オーケー。おれが欲しいのは食べものと、武器と、電化製品だ。それと、訊かれる前に言うが、武器が必要なのは食べものを狩るためだ」

「ここには歩いてきたのか？」ジョーは男の全身を見た。色あせたジーンズに、丈夫な編み上げ靴、袖なしシャツの上にワークシャツをはおっている。シャツのボタンはかけず、袖は切りっぱなしだ。痩せているがたくましく、清潔そうだったが、ひげは剃っていなかった。世捨て人のようなひげだ。たぶん、そうなのだろう。

ジョーがそう思ったとき、ジェイミーが笑い出した。普通の笑いにしてはずいぶん荒々しく、粗野だった。「おれがどんな暮らしをしようと関係ない。ヴィジテーションを探してるんだろう」それは質問ではなく、意見だった。「もうすぐだ。あと三キロも行けば、道は深い下り坂になり、地球からはみ出てしまうような気分になるだろう。やがて、左への鋭いカーブが見えてくる」それから、なぜか言葉を切ってジョーの顔を見つめ、目を細めた。「子供たちのために来たんだろう?」

どうしてそれがわかるんだ？　ジョーは身を固くした。「子供って?」

漆黒《しっこく》の瞳が、ジョーの顔から肩にかけてをなぞった。間近でじろじろ見られて、ジョーは居心地が悪くなった。男は面白そうにささやいた。「ウィローとオースティン・コールダーのことさ。しばらく前に母を亡くした。母親が必要だ」ジョーの体越しにトラックを見ると、険しい表情はほとんど変えなかったものの、男として賞賛するような目つきをした。指で鼻の上をなぞり、じっとルナを見つめるので、ジョーはうなり声を上げた。低いささやき声で、ジェイミーは言った。「そう、あんたは子供のために来たんだ」

あたかもジェイミーの視線に惹きつけられたかのように、ドアが開く音がして、ルナがやってきた。安全なところに引っこんでいることができないのか？　トラックに戻ってろと言おうとしたとき、ジェイミーが視線を戻し、鋭い目で釘づけにした。

「やつは危険な人間じゃないよ」ジェイミーが言った。

ジョーの隣ににじり寄って来たルナを、ジョーは背後にかばった。ナイフはまだ手の中にある。すべての無事を確かめるまで、このままにしておくつもりだ。今度ばかりは、ルナも聞き分けたようで、後ろに控えていた。「誰が危険じゃないって?」

「あんたたちをつけてきた男さ」ジェイミーはジョーの肩のあたりを見つめ続けていた。そこからは、つま先立ちしたルナが顔をのぞかせている。「彼は違う」

ちくしょう。こんなわけのわからない話があと二分も続けば、殴りつけてしまいそうだ。

必死で歯を食いしばってこらえながら、ジョーは言った。「いったい、何が言いたいんだ?」

ジェイミーは平然と肩をすくめ、片手をルナに差し出した。「ジェイミー・クリードだ」

ルナがクスクス笑ったので、ジョーはかっとなった。思わず、そのセクシーな尻を、地面につかせたい気分になる。何がそんなにおかしいんだ?

ルナはジョーの体越しに手を伸ばし、真っ黒に日焼けした手を握った。「ルナ・クラークよ」

ジェイミーはもう一度言った。「子供たちのために来たんだろ?」

ルナは、その言葉にさっきジョーが見せた反応の埋め合わせをするように言った。「ええ、そうよ。あの子たちを知ってるの?」

「ああ。きみが来てくれてよかった」ジェイミーはルナの手を自分の胸元に持っていき、しばらく胸に当てながら、まじめな、真剣そのものの面持ちで見つめた。まるで、彼女の心を見透かすことができるかのように。

ルナが息をのむ音がした。しばらくして、ジェイミーは満足げにうなずいた。「きみならあの子たちにぴったりだ」

ルナはまたしても気に障る笑い声を上げた。嫉妬にも似た気持ちのせいで怒りが倍増し、ジョーはルナの手を男から引き離して、守るように自分の手に握った。おれの前でルナといちゃつくなんて、いったい何を考えてるんだ？　おれがからかってもいいような男に見えるか？　しかもルナはそれを許し、促してすらいる。

ジョーは不満がつのって、うなり声を上げそうになった。「おれたちのことを、ずいぶんよく知ってるようだな」

ジェイミーはまたしても、ゆっくりとうなずいた。「おれはいつでも、いろんなことを知っている」明るい青空を見上げ、顔をしかめる。「そろそろ行ったほうがよさそうだな。暗くなる前に家に着かなきゃならないし、ここからはかなり遠いからね」

「助けてくれてありがとう」ルナがあわてて言った。

ジョーは信じられない思いで、ぱっと振り向き、ルナを見下ろした。「助けだって？　こいつが何を助けたっていうんだ？　知らなくてもいいことに首を突っ込み、あいまいで不吉な言葉を吐いたことか？」

毒づくジョーに驚いて、ルナは目をしばたたかせた。「その、彼が言ったのは……わからないわ。子供たちにはわたしが必要で、わたしはあの子たちにぴったりで、わたしたちを追ってきた男は危険じゃないとは言ったけれど」

ジョーはあざ笑った。「で、それを信じるわけか?」

彼女は肩をすくめた。「信じちゃいけないの?」

その無邪気さにうんざりして、ジョーはジェイミーに視線を戻した——だが、彼はいなくなっていった。

「くそったれめ」ジョーはルナから手を離し、足早に近くを探したが、男は文字通り消えていた。どこにも気配はない。目の前の道はがらんとしていて、道端は荒らされた形跡がなく、ジェイミー・クリードが現れた場所と同じように、うっそうと木が茂っていた。ジョーは懸命に集中したが、何も見えなかったし、木の葉の音や枝が折れる音もしなかった。あの男は生霊《いきりょう》か、あるいはひどく危険なやつだ。

ルナが背中に手を触れた。ささやき声は低く、尊敬の念に満ちていた。「不思議な人じゃない?」

嫉妬心がむき出しになり、ジョーは息が止まりそうになった。慣れない感情に直面して、自分をコントロールしなければならなかった。「行くぞ」手のひらをルナの背中に当て、トラックへと導く。まだジョーの険悪な気配に気づかないのか、それとも気にも止めていないのか、ルナは口笛を吹きはじめた。

自分を連れてきたわけを思い出させようと、ジョーは激しくキスをした。まつげを伏せ、半分目を閉じたルナの表情がやわらぐ。おれのためか？　それともまだ、あのいかれた野郎のことを考えてるのか？

わからないまま、ジョーは彼女のお尻を叩いた。「トラックに乗るんだ」ルナは両手でお尻をさすりながら、厚かましく笑った。

幽霊だろうが人間だろうが、そんなことは関係ない。もしまたジェイミー・クリードに会ったら、答えを引き出してやる。それまで、ルナは彼を急《せ》かさないだけの分別を持っているだろう。

張りつめた沈黙の中、さらに三キロほど走ると、突然下り坂になった。あまりに急なので、ルナもジョーも息を詰めた。けれど、クリードが言ったとおり、鋭いカーブを曲がるとふたたび道に出た。急な坂道を下りきってしまうと、丘があり、また平地になっているのが見える。坂は実際よりも険しく見えた。そこには家が立ち並び、大きな手書きの看板に〝愛される町ヴィジテーション〟と書いてあった。

「地図によれば、家は町の外れにあるそうよ。大通りを行かなくちゃいけないわ」

十分ほど走ると、家に通じる長い砂利道にたどり着いた。七十メートル以上はある道は、林を抜けて小さな空き地へと続いていた。

道は二百メートルほど左へ延び、キイチゴや低木の藪《やぶ》とわずかな常緑樹のせいで、ほとんど見えなくなっていた。右手には、たくさんの巨大な木々がうっそうとした森を作っている。湖は見えなかったが、それでもあたりは絵のように美しく、隠れ家のように見えた。

森の真ん中に、大きな家が建っていた。かなりの修復が必要に見えるが、それでも堂々としたたたずまいだ。一階の三方にはポーチが巡らされ、二階では四方をぐるりと取り囲んでいる。上の階でドアが開け放たれているのは、たぶん寝室だろう。その両側にある窓の鎧戸《よろいど》が、二つなくなっていた。

屋根板はめくれ上がり、風雨にさらされていて、雨漏りがするのではないかとジョーは思った。ポーチは信じがたいありさまで、少なくとも、ペンキを塗りなおす必要があった。二本の大きな木が枝を広げ、家の正面と横に木陰を作っている。見晴らしと呼べるものはなく、雑草また雑草だった。

ルナはよく見ようと身を乗り出した。この荒れ果てた様子を見ても、嫌気がさしているようには見えない。「少しお化粧すれば、きっときれいになるわ」

ジョーはトラックを駐車場に入れ、エンジンを切った。「幸運だな。おれは腕がいいんだ」

「自慢、自慢、自慢。男ってみんなそうね」

ジョーは笑った。「ベッドでのことを言ってるんじゃないぞ」

「おあいにくさま。あなたを働かせるために連れてきたんじゃないわ」

「おい、嫌だなんて言ってないじゃないか。とはいえ、どっちも得意だけどな」ルナの金茶色の目がこっちを向くのを待って、ウィンクした。「きみを叫ばせてから、ちょいと修理をしてもいい」

ルナはフンと鼻を鳴らした。「もう叫んでるわ――いらいらのせいでね」自分でドアを開け、車を降りた。

ジョーは後からついてきた。「ノーと言ってばかりいるからだ」もう一度、家を見た。ああ、おれならずっときれいな家にしてみせる。いつだって、おがくずの匂いを楽しみ、手を動かすことが好きだった。それに、ルナを助けるという目的に反するわけじゃない。どれだけ役に立つかがわかれば、あのクリードとかいう男にため息を漏らすこともなくなるだろう。

ジョーが一歩踏み出したところで、騒々《そうぞう》しい口論が聞こえてきた。開け放した玄関のドアから庭に流れてくる大声に、ルナは眉をひそめた。「口げんかの真っ最中みたい」

ルナの腕を取って、前へ促した。「行ってみよう」

スクリーンドアの前で、ルナはノックをしたが、返事はなかった。女性の口げんかのようだ。ひとりは泣き言を言っているようで、もうひとりは断固としている。さらにもうひとりは、うんざりしているようで、意地悪そうだった。ルナは掛け金のかかっていないドアを開け、声をかけた。「こんにちは」

声がやみ、代わりにこっちへやってくる足音が聞こえてきた。二人は中をのぞき込んだ。最初に出てきたのは、ひどく背の高い四十歳前半の女性で、肉感的な体にエプロンを巻いている。魅力はあるが、それは冷たく、皮肉っぽい魅力だった。ジョーを見ると、あからさまに値踏みし、好意を持ったようだった。「あなた誰？」

ルナは肩で道を切り開き、ジョーの前に回って手を差し出した。「ルナ・クラークよ。子供たちのためにここへ来たの」女は彼女を無視した。濃いブロンドの髪をなでつけ、唇を舐めて、ジョーに微笑む。

もうひとりは、あか抜けてほっそりした女性だ。上品なシルクのパンツスーツに身を包み、黒髪を肩にたらして、急いで部屋に入ってきた。「来てくれてよかったわ。これであの子たちの面倒を……」ジョーを見てはっとすると、身なりを整えた。「こんにちは」

ルナが大きな音を立てて鼻を鳴らすのが聞こえた。だが、今度はジョーがお返しする番だ。何といっても、ジェイミー・クリードといちゃついてたんだから。彼は手を差し出した。「ジョー・ウィンストンです。ルナと一緒に来ました」

エプロンを着けた女性が、先に握手した。「ようこそ。家政婦のダイナ・ベルです」手を握ったまま、明らかに誘うように彼を見た。「ここにいる間に何か必要になったら、ジョー、いつでもわたしのところへ来てね」

ジョーが精一杯の作り笑いをすると、それに答えるように彼女の唇が開いた。「ありがとう、ダイナ。感謝するよ」何とか手を引っこめようとしていると、もうひとりの女性が割って入ってきた。

「子供たちのおばの、パトリシア・アボットよ」ジョーに向けた視線は、胸のあたりをじっと見つめていた。「あらあら。ルナが男の人を連れてくるとは思わなかったわ」

「いけませんか？」

パトリシアはクスクス笑って、同じように彼の手を握った。「いいえ、とんでもない。ちょうど昼食に間に合ったわ。ここを出る前に、みんなで食べておこうと思ってたの」

「もう行ってしまうの?」ルナが訊いた。

ダイナが顔をしかめた。「昼食? 何時にですか? 昼食のことなんて聞いてませんけど」

パトリシアはいらいらして、意味ありげにダイナをにらんだ。笑顔というよりは歯をむき出して、彼女は言った。「今、聞いたでしょ」

家政婦にしては、ダイナは昼食くらいのことで迷惑顔をし、雇い主をこれっぽっちも尊敬していなかった。フンと鼻を鳴らし、パトリシアに向かって唇を尖らせた。

また別の女性が「コホン」と大きく咳払いした。戸口でほっそりした腕を組み、気の強そうな顔をしている。二十代後半か三十代前半といったところで、最初の二人と違って、ルナだけを見ていた。「じゃあ、あなたがルナ・クラーク?」

ルナは前へ出た。「そうよ」

「わたしはジュリー・ローズ。夏の間だけ、この地区の教員を代行しているの。子供たちのことを話し合いたくてここへ来たところよ。話を聞いてもらうまでは、てこでも動かないわ」

パトリシアは大げさに舌打ちした。

ダイナは首を横に振った。

ルナは微笑んだ。「よかった。お会いできてうれしいわ、ミズ・ローズ。わたしもそれを話したかったの。ところで、子供たちはどこにいるの？　早く会いたいわ」

ジュリーはパトリシアをにらみつけた。あからさまに彼女を責めている。「不思議なことに、ここにいる誰も知らないみたい」

ジョーはまたしても手を引っこめようとしたが、運悪く、ルナはこっちを少しも見ていない。つまり、女たちがどれだけ自分に甘えているかを見せつけることができないのだ。ルナが気づいて、やきもきしなくては、少しもおもしろくない――実際、腹立たしい。ようやく自由になったジョーは、二人から離れてルナのそばへ行った。彼女たちの手の届かないところへ。

ルナは眉を上げてパトリシアを見た。「子供たちは？」

投げやりに手を振って、返事をしたのは家政婦だった。「どこか外にいますよ。どこへ行ったか、誰にわかります？　行き先を知ることなんてできやしない。いつだって逃げ出して――」

ルナは顎を引き締め、不穏に声を低めた。「逃げ出す？」

「遊びよ」パトリシアがあわてて説明し、いら立たしげにダイナを見た。わざとらしい笑い声を上げる。「湖の近くとか、その先の森の中で遊ぶのが好きなの。そのうち戻ってくるわ」

ジョーは顔をしかめた。もともと用心深いたちだが、危険な仕事を長年やってきたせいで、ますますそうなっていた。子供はちゃんと守り、目の届くところに置いておかなければ。自分が子供だった頃から、どこにいて、何をしているかわからないときには、してはいけないことをしているのだということがわかっていた。「そいつは少し危ないんじゃないか？　まだ十四歳と九歳なんだろ」

ジュリーがうなずいた。「そうよ。もっと行動を制限して、規則正しい生活をさせなくては」

「ばかげてるわ。オースティンには遊び仲間がいるし、ウィローはいつも若い男に囲まれているもの」パトリシアは声を低め、共謀するような、どこか悪意に満ちた声で言った。「その点、母親とよく似てるわ」

ジュリー・ローズが、立ち向かうように胸を張った。「彼女はとてもいい子で、頭がよくて、感受性の強い女の子だわ」

その場を取り繕《つくろ》おうと、ルナは言った。「ミズ・ローズ、昼食を一緒にいかが？　あなたのお話が聞けるし、子供たちのことがわかるもの。あの子たちのことを、何もかも聞きたくてたまらないの」

教師はパトリシアを反抗的ににらみつけてから、うなずいた。「そうさせていただくわ。それと、どうぞジュリーと呼んで」

パトリシアが目をむいた。「そんな必要はまったくないわ、ルナ。ジュリーは法外なお金を取って、子供たちの家庭教師をしようとしているの。だから、そんな出費は家計が許さないと話したのよ。時間の無駄だということは言うに及ばずね。あの小さな怠け者たちは、勉強になんか興味がないんだから」

ダイナも同意した。「あの子たちが一所懸命になるとしたら、トラブルを起こしつづけることだけよ」

ジュリーはそれにかっとなり、三人はまた口論を始めた。ルナは怒ったようにジョーに向き直った。「あなたは信じる?」

彼女はジョーと同じくらい腹を立てているようだった。女たちの口ぶりでは、子供たちはまるで怪物で、心配する価値などないかのようだ。愛情にあふれた家庭に育ったジョーは、そんな態度に胸が悪くなった。

ルナの肩に触れると、怒りで震えているのがわかった。相手の首をもぎ取りそうな勢いだ。こんなに怒っているのを見たのは、初めて出会ったとき以来だ。あのとき、彼女はサンドウィッチを投げつけた。

ジョーは身をかがめ、こめかみにキスをしてささやいた。「まだ誰も殺しちゃだめだ、いいな? パトリシアはすぐに出ていく。そうしたら、きみが子供たちのために何をしてやれるか決めればいい」

ルナは返事をしなかった。けれど、だしぬけに「昼食?」と言った。よく通る声に、口論が静まった。

ルナの管理能力を見て、ジョーはにやりとした。その気になれば、その場を仕切ることができる。ベッドの中でもそうなのだろうか。

そうかもしれない。

ダイナはまた鼻を鳴らし、きびすを返すと、これ見よがしにお尻を振りながら出ていった。パトリシアは黒髪を手でなでつけ、ジュリー・ローズを露骨に無視した。「ええ、そうよ。荷物を運んできたら。三十分もすれば、昼食の用意ができるでしょうから」

「わたしたちの部屋はあるの？」ルナが訊いた。

パトリシアはうなずいた。「ルナ、あなたは二階の部屋を使うといいわ。上がって最初の部屋よ。主寝室で、居心地は上々よ。もちろん専用の浴室も付いてるし。でも、あいにく子供たちの部屋が近いのよ」

「あいにく？」ルナは不快感をあらわにして言った。

「そう。夜になるとふざけ出すの」パトリシアは首を振った。「とうとう、安眠のために耳栓を買う羽目になったわ」

「耳栓を買った？」

おっと。ルナがまたしても嚙みつこうとしている。ジョーはそれを静めようと、背中をさすった。

「さっきも言ったように、あそこが一番いい部屋だから、当然わたしが使わせてもらっていたの。広いし、湖の見えるすてきなバルコニーもあるのよ。わたしはもう荷造りしたし、今日ウィローにシーツを替えさせたから」それから、興味津々といった感じでジョーに笑いかけた。「あなたたち二人で、その部屋を使う？」

ジョーはそのことについて考えてはいなかったが、言わせてもらえば、ルナとの関係はプライベートなものだった。ルナは相手を非難しようと口を開きかけたが、ジョーは先回りして言った。「いいや。もし空いていれば、自分用の部屋が欲しいんだが」

パトリシアは嬉しそうな笑顔をゆっくりと浮かべた。「いいわ。じゃあこの奥の部屋を使ったら。小さいけれど、プライバシーは守れるわよ。荷物を持ってきたら、案内するわ」

ジョーは感謝祭の朝の七面鳥になったような気分で、ルナの体に腕を回した。彼女は身を固くし、敵意に満ちていた。「お構いなく。自分で探すよ」ルナに攻撃される前に、トラックへ促した。ルナの所有欲の強さに、悪い気はしなかった。奇妙なことだ。自分のためにやきもきするルナを見ると、とても満足する。拒むくせに、ほかの女と一緒にいるのも嫌なのだ。それには何か意味があるのだろう。

中庭に出ると、ジョーは単にからかうつもりで言った。「落ち着けよ」

ルナはさっさと離れた。「あの二人、あなたに色目を使ってたわ」

「ああ」ジョーはにやりとした。「気づいてたよ」

「わたしなんかまるで眼中になかった。透明人間になった気分よ」

「きみは透明なんかじゃないさ、スイートハート。おれを信じろ」

「信じろですって？　黙って誘惑されてたくせに」

「おいおい、しかたないだろ。女たちが――もちろん、きみを除いて――おれに抵抗できないのは」ジョーは真顔で言いながら、トランクを開けて荷物を出した。

「そんなにいい気になって、うれしがることはないんじゃない、ジョー」ルナは目を細めた。「それに、脚を引きずってないのはどういうこと？　あなたの信奉者に、いい格好を見せたいわけ？」

「なあ、ルナ」ジョーは彼女に向かってかぶりを振った。「おれがここに来たのは、住み込みの用心棒ってことだろ？　そういう印象を持たせなきゃならない。女ってのはうわさ話が大好きだから、きみが連れてきたのが役立たずだって評判が町じゅうに流れたら困るだろ？そうなったら、どれだけの意味がある？」

ルナはしばらく、その言葉について考えた。ようやく態度をやわらげて、額をこすった。

「その通りね」

「そうさ」

彼女はまた口元を引き締めた。「わたしを責めるのはやめて、ジョー」

「ベッドの中だけにするさ、ハニー」彼は視線で彼女をとらえた。「もうだめって言うまで責めてやる」

ルナは息をのみ、小さくののしり、それからうめいた。「信じられない。本当はどうなの？　もう大丈夫なの？」

彼女は話題を変えていたが、ジョーは何も言わなかった。「こわばっているし、少し痛むけれど、きみの親切な看護のおかげで回復の一途だ」それからまたしても、からかうためだけにつけ加えた。「そうやきもきするなよ。言い寄ってくる女の二人くらい、うまくあしらってみせる。彼女たちに押し切られる心配はしなくていいよ」

「つまらない話ね、ジョー」

「そう言うなよ」おもしろくなさそうに顔をしかめるルナを見て、もう少しで笑い出しそうになった。ルナは荷物を持ってずんずん歩いていったが、ポーチに立っているパトリシアを見て、ジョーをひとりにさせておくのはよくないと考えたようだ。肩越しに振り返り、怒鳴るように言った。「早く、ジョー」

「わかったよ、ハニー」いまいましいスーツケースは一トンもあるように思えたが、ほとんど顔もしかめずに運び上げた。さっき言った通り、パトリシアには弱みを見せたくない。婚約しているくせに、欲望に満ちた目でずっと見ている。ジョーに言わせれば、それが信用ならない証《あかし》だった。

ジュリー・ローズがルナのそばにやってきた。ルナよりも背が高いけれど、ずっと痩せていて、肩までのつやのない茶色い髪と、ほとんど特徴のない顔をしている。今は鉄の意志をたたえている柔和な茶色の瞳を除けば、これほど地味な女はいなかった。肉感的すぎることも、魅力的すぎることもない――ただただ地味だった。

「手伝うわ」ルナの一番大きいスーツケースを取り、階段を上がりはじめた。「荷ほどきをしながら話し合いましょう」

ルナに選択の余地がないのを見て、地味な上に押しが強い女だとジョーは思った。ルナは困ったようにジョーを見てためらっていたが、すでにパトリシアが彼の腕を取って、廊下の向こうにある部屋へ連れていってしまった。

ジョーはルナに向かって首をすくめ、大丈夫だというように投げキスをして、パトリシアにさらわれるままに去っていった。

使われていないためにほこりっぽくなっている正食堂を通り過ぎ、キッチンに入ると、ダイナが長方形のテーブルで小さなサンドウィッチを作っていた。ジョーの姿を見かけて、いたずらっぽい笑みを浮かべる。「チキンサラダはお好き？」

「ああ」

「たっぷり作ったわ。あなたみたいに大きな男性は、とっても……旺盛でしょうから」そう言いながらジョーを上から下まで眺めた。何が旺盛と言いたいのかははっきりしていた。

実のところ、ダイナではどんな欲望も満たすことはできないだろう。今、欲しいのはルナだけだ。どんなに世話を焼かれても、ほかの女はいらない。それに、ドライブの途中で何度もルナに車を停めさせたせいで、腹も減っていなかった。とはいえ、体力を元通りにすることが必要だったので、食べものを拒むわけにはいかない。家政婦のせりふは無視して、こう言うにとどめた。「ありがとう」

パトリシアの手に力がこもり、あばらが痛んだ。彼は広いキッチンの左側にある、端っこの小さな部屋に連れていかれた。ジョーは好奇心とともに足を踏み入れた。中庭のドアは、家の裏手のポーチに向かって開いている。遠くに見事な湖と森が見えた。

部屋はほこりっぽく、みすぼらしくて、かび臭かった。ドレッサーがひとつと、子供が横になったらいっぱいになりそうな、むき出しの簡易ベッドがひとつ。このぺちゃんこで薄いマットレスに、怪我をした体を横たえるのかと思うと、先が思いやられた。

パトリシアが笑い声を上げ、そばに寄り添ってきて、胸をあばらに押しつけた。「心配しないで、ジョー。子供たちに言って、オースティンのベッドをここへ運ばせるわ。あの子はこのベッドでいいのよ」

ジョーは顔をしかめ、一歩離れた。「その必要はない」運がよければ、毎晩ルナの部屋で、彼女の柔らかい体をクッションにできるかもしれない。だがどっちにしても、オースティンのベッドを取り上げるつもりはない。ジョーからすれば、あの少年はすでにじゅうぶん多くを失っていた。

「あら、あの子は気にしないわ。外でキャンプするのが大好きなのよ。湖のところでね。ときには床で寝ることもあるわ。さっきも言ったように、夜更かししてうろつくのが好きなの。それに、あの子はまだ子供よ。大人のほうがちゃんとしたベッドに寝るべきでしょ？」

彼女は色っぽい目つきでジョーを見上げた。

胸が悪くなり、ジョーは目を細めて歯を食いしばった。「いいや」

きっぱりとした、礼儀を忘れた口調に、パトリシアは自分の提案がどう受け取られたかを悟ったようだ。「あら、そのう……」口ごもっているうちに、ジョーはその腕を取ってドアへ連れていった。

「すぐに荷ほどきをして、数分で昼食に行く」彼はパトリシアを部屋から追い出そうとした。

彼女は振り返り、広げた手のひらをジョーの胸に当てて微笑んだ。シャツ越しに、指先が乳首をかすめる。彼女は唇を開けて、彼の口元を見た。「よければ手伝うわ」

ジョーはまたしても容赦ない口調で断った。「いいや」手首をつかんで胸から手を離すと、抵抗する彼女を押し出した。彼女と結婚しようというばかな男が哀れだった。

「でも――」

ジョーは目の前でドアを閉めた。くそっ、嫌な気分だ。これほど冷酷で計算高い女が、小さくて弱い二人の子供の保護者だなんて。ルナがお節介を焼こうと決めたのが、今となってはよかったと思える。物事がきちんとするまでは手助けしよう。それから、家に帰るようルナを説得する――自分のそばにいるように。子供たちを連れてきたいというなら、それは何とかなるだろう。

荷ほどきよりも、中庭のドアから外が見たかった。湖は美しかった。うっそうとした木立ちに囲まれ、湖面には小さなさざ波が立っている。日の光が水に反射し、見事なダイヤモンドのようにきらめいている。まぶしすぎて目がくらみそうだ。遠くでは、魚が暖かい日差しを楽しむように跳ね、水しぶきを上げて落ちた。

湖畔から六メートルほど先に、長方形の、ボロボロの建物があった。納屋だろうか？　それにしては大きいし、屋敷のデザインを模している。大きなカラスが一羽、建物の上をグルグル回り、それから屋根に止まった。

ジョーは奇妙な感情で胸がいっぱいになった。それは……心の安らぎと言ってもいいかもしれなかった。ああ、そうだ。怪我をしていても、自分が足を突っ込んだ状況に嫌悪を感じていても、ルナに拒まれ続けていても、ここ一年で感じたことのないくつろぎを覚えていた。自然の中にいると、いつもそうだ。釣りが好きなのもそのためだ。水辺で森に囲まれていると、穏やかな、世界と一体になったような気持ちになる。すがすがしい風と鳥の鳴き声、木の葉のささやきは、普段の生活につきものの醜《みにく》さを締め出してくれる。

振り返って、新しい部屋を見回した。簡易ベッドはむき出しのままだったので、どこかでシーツと枕を調達してこなければならない。ドレッサーはがたがきていたが、服をかけることはできるだろう。だが、まずは重要なことから始めなければ。中庭に通じるドアを開けて新鮮な空気を入れ、自分の荷物をあちこちに置きはじめた。クロゼットのドアだと思ったのは、小さなバスルームに通じていた。

ジョーはひげ剃り道具を出し、顔を洗って、獰猛な女たちと顔を合わせる準備をした。運良く、ルナも同時にキッチンに入ってきた。彼女は明るい笑顔を向け、ジュリー・ローズも満足そうだった。どうやら、話し合いはうまくいったようだ。ジョーはほっとした。

二人の女性のために椅子を引いてから、テーブルの上座にひとつだけ開いていた席に座った。ダイナが大皿に載ったサンドウィッチを回し、背の高いグラスにアイスティーを注いだ。

「うまそうだ」礼儀正しくしようと決めて、ジョーはいった。チキンサラダをひと口食べ、おいしそうにうなずきかけた――そのとき、誰かの足が膝に置かれた。

ジョーは喉を詰まらせた。

助けを求めようとルナを見ると、彼女は心配そうに眉をひそめていた。「大丈夫?」ジョーがうなずき、あえいでいるうちに、両足のつま先が股間をつかみ、それから腿に沿って移動して、やがて離れた。

ジョーは呆然としたまま、アイスティーのグラスをつかんで、ゴクゴクと飲んだ。いったい誰が……?

左側に座っているパトリシアが手を伸ばし、背中をさすりながら甘い声で言った。「あらまあ、ジョー。大丈夫?」さすり続けるうちに、その手が下へ伸び、お尻のあたりまで来る。

反対側では、ダイナが立ち上がってナプキンを差し出した。「はい、これを使って」身をかがめ、ジョーの耳元に胸を押しつける。

ジョーの全身をもてあそびながら、二人とも何食わぬ顔をしている。あの足はルナのものだったことを期待して彼女を見たが、ほかの二人の注目を浴びているジョーを、ただにらみつけただけだった。

本気で、ジュリー・ローズを疑った。彼女は関心なさそうに眉を上げた。「ちゃんと嚙まなきゃだめよ」

「ああ……」女たちから逃げ出そうと、ジョーは急いで椅子を押しやり、立ち上がった。パトリシアとダイナは体を起こした。ジュリーとルナがじっと見ている。「今日は一日座りっぱなしだったから、立っていようと思ってね」

「食べている間?」ルナが訊いた。

「ああ」皿を取り、カウンターへ向かった。「食事を続けてくれ。おれは大丈夫だ」

パトリシアは彼の態度に驚いたようだったが、すぐに気を取り直した。「さっきも言ったけど、一時間以内にここを出ようと思ってるの。フィアンセの顔が見たくてしかたないのよ。イリノイでわたしを待ってるの」

「それはいい」ジョーがそう言ったのと同時に、ルナが言った。「そんなに早く行ってしまうの?」ジョーをにらみつけ、続けた。「子供たちがジョーとわたしに慣れるまで、少し時間が必要なんじゃない?」

ダイナがやめてくれというふうに手を振った。「パトリシアをこれ以上引き止めたくないわ」ジョーに微笑みかける。「それに、わたしはまだここにいますから。でも実際、無駄なことでしょうけど。あの子たちは本当に難しいから」

「父親がいないからよ」パトリシアがつけ加えた。「本当の父親が誰かも知らないし、あの子たちを受け入れようっていう男の人もいないんだから」

「でも、力強い手が必要だわ」ダイナが言った。「町じゅうの鼻つまみ者なの。わたしたちみんなが、町でどんな扱いをされているかといったら、ひどいものよ」

ジュリーがナプキンを投げつけた。「違うわ。あの子たちはただ——」

ドアがバタンと開く音が、ジュリーの言葉をさえぎった。廊下を走る足音がして、まもなく小さな、亜麻色の髪の子供がキッチンのドアの隙間からすべり込んできた。シャツも着ていないし、裸足の足は汚れている。大きな、深い茶色の瞳でジョーを見上げ、それからパトリシアを見た。「この人、誰?」

ジョーは微笑みかけた。ぶかぶかのズボンは、少年の小さなお尻の辺りまでずり下がっている。ボサボサの髪は、太陽と風と水によって乱れ、肌は木の実のような褐色に日焼けしていた。小さな暴君は、本当はかわいいに違いない。少年をまじまじと見たジョーは、怒りにかっとなった。

泥だらけの少年の顔には、目の周りにつけたばかりのように腫《は》れあがっているあざがあった。誰かに殴られたんだ。ジョーの保護本能は、最高潮に達していた。

# 7

ジョーはガタンと音を立てて皿を置き、決然として前へ出た。オースティンの前まで来ると、少年は一歩下がって、両足を広げてにらみつけた。反抗的な態度に、ジョーは立ち止まった。背後がしんと静まり返り、ジョーはためらった。少年の顎に手を当て、上を向かせる。容易なことではなかったが、努めて静かで、穏やかな声で言った。「どうしたんだ？」

小さな顎をさらに持ち上げ、少年は目を細めた。「何でもない」

パトリシアが、あわてて席を立った。「オースティン・コールダー！　またけんかしたのね？」

オースティンはそっちをチラッと見た。「違う」

ダイナが乱暴に言った。「素直じゃないし、その上、嘘つきだわ」

「もういいわ」ルナが立ち上がり、ジョーのそばへ行った。もつれた髪の毛をなでて言う。

「オースティン、わたしはいとこのルナ・クラークよ。会えてうれしいわ」

オースティンは敵意に満ちた目を彼女のほうに向けた。「ふうん？　なんで？」

挑戦的な言い方に、ルナは微笑んだ。「あなたたちをもっと知りたいからよ。これから一緒に暮らすんだもの、いい考えだと思わない？」

「さあね」

ひとりの少女がキッチンにやってきた。オースティンと違ってきちんとした身なりで、長くてまっすぐなブロンドの髪は、もつれることなくサラサラしている。ショートパンツにタンクトップ、サンダルという格好だ。けれど、その目は弟と同じように暗く、不安そうだった。

ルナが驚いたように顔を上げた。「ウィロー？」

少女はうなずいてキッチンに入ってくると、部屋にいる人々をすばやく値踏みするように見た。弟の前に来ると、ジョーがやったように彼の顎を上げ、舌打ちするような音を立てた。「ちっとも懲《こ》りないのね、オースティン」

オースティンはこぶしを振り回した。「あいつには、もっとひどい怪我をさせてやった」

ジョーは笑いをこらえた。このちび、けっこうおもしろい。どこか、同じ年頃の自分を思い出させる。九歳にしては小さくて、豆のつるを絡《から》ませる支柱みたいに痩せこけていた。だが、ルナが来たからには、肉でも食わせてやれるだろう。

ウィローはため息をついた。オースティンの手を取って磁器製のシンクへ連れていき、冷たい水で布を濡らした。それを絞って、弟の目に当てる。オースティンはされるままに布を押さえた。

彼女のことをどう考えたらいいか、ジョーにはわからなかった。弟が九歳にしては子供っぽいとすれば、ウィローは十四歳にしてはずっと大人だった。彼女に近づく男をルナが追い払うところを想像して、肩をすくめる。間違いなくかわいい子で、あいにく少年たちが彼女を見てどう思うかがわかった——自分もかつてはそうだったから。

ウィローはジョーに目を止めた。「あなた誰？」

女性を前にして礼儀を正し、ジョーは手を差し出した。「ジョー・ウィンストンだ。ルナと一緒に来た」

小さな手はひんやりとして柔らかかったが、しっかりしていた。「恋人？」

「に、なろうとしているところだ」

ルナはやけに大きな声で笑って、気まずい話題を追い払った。「彼はただの友達よ、ウィロー。ここでトラブルがあると言ったわよね。ジョーはトラブルを扱う名人なの」

「ここにいる弟と同じくらいにね」ジョーはオースティンの肩をつかんだ。

「頼むから、この子たちをいい気にさせないでちょうだい」パトリシアが腹立たしそうに言った。

ジュリーが小声で言った。「神は励ます者を許さず」

ジョーはジュリーのことがだんだん好きになってきた。歯に衣着せず、強情で、ルナと同じように心から子供たちのことを気づかっている。今は、彼女と組むのが得策だ。

ルナはオースティンのそばに膝をついた。「わかったわ、坊や。話してちょうだい。どうしてそんな怪我をしたの？」

「たぶん、誰かを怒らせたんでしょ」ダイナがせせら笑ったが、ルナがあの金茶色の目でにらむと口をつぐんだ。

オースティンはもじもじしていたが、ウィローが助け舟を出した。「わたしが歩いて家に帰る途中、男の子たちに嫌がらせされたの。オースティンはいつも、番犬みたいに後をつけてくるから」姉が非難するように見るのを、弟はあからさまに無視した。

ジョーは胸の前で腕を組んだ。「なぜ弟は、きみを守らなくちゃいけないんだ？」

彼女は肩をすくめた。「それは……ママが死んでから……」気まずそうに、しかし意志の強い目で、部屋を見回す。「男の子たちは、わたしをからかうのにいい相手だと思ったみたいで」

「この子がそういう印象を与えるからよ」パトリシアがなじった。

ウィローがパトリシアに向けた軽蔑しきった目つきは、この年の女の子にしてはひどく冷めていた。「一度、ある男の子とデートしたの。それを自慢げに言いふらされて。ほとんどでたらめだったけど、みんなは彼のほうを信じたわ」もう一度、おばのほうを見た。「パトリシアおばさんも含めてね」

パトリシアが口をひらく前に、ジョーが言わずもがなのことを言った。「デートするには早いんじゃないか？」

「もうすぐ十五よ」

ジョーはうなずいた。「まだ早すぎる」

ルナは彼の手首に触れて黙らせた。「それで、男の子たちがあなたのところへ来て、嫌なことを言ったのね。それでオースティンが中に入ったの？」

ウィローは値踏みするように、ルナを見つめた。そして、またため息をついた。「全部聞きたければ、座ったほうがよさそうね」

ダイナが文句を言った。「あなたは昼食の邪魔をしてるのよ、お嬢さん」

ジョーはあんぐりと口を開け、それからすばやく閉じた。もうたくさんだ。「ダイナ、今後きみにいてもらう必要はなさそうだ。ルナは料理がうまいし、家の仕事はおれが手伝う」

「何ですって？」ダイナがあわてて言った。

ルナは回りくどい言い方はできなかった。「あなたはくびよ」

ダイナはぽかんとジョーを見て、すぐさまルナに目を戻した。「そんなのってないわ！」

ジョーは、ルナが彼女に恐ろしい魔法をかけるか、それとも笑い出すかと待ち構えた。見込みは五分五分だ。しかしルナはどちらもせずに、こう訊いただけだった。「荷造りを手伝いましょうか？」

一瞬、ダイナの顔が真っ赤になり、ジョーは彼女が破裂するんじゃないかと思った。やがて彼女は、意地の悪い、悪意に満ちた目で子供たちをにらみ、大股で出ていった。

パトリシアが片手で胸を押さえた。「嫌だわ。とっても不愉快。それに軽率だわ」彼女はジョーに訴えた。またルナが怒るのは間違いない。「確かにダイナは少し厚かましいけど、立派な推薦を受けてわたしのところへ来たのよ。毎日休むことなく来てくれるし、子供たちにだって、あまり文句は言わないわ。この二人がどれほど面倒で手に負えないか、あなたたちは知らないのよ。湖から泥だらけになって帰ってきて、洗濯物の山を作り、いつでもお腹を空かせて――」

「ああ」ジョーはさえぎるように言いながら、注意深くルナを見ていた。彼女のやることは予想がつかない。「それと、急いで行かなくちゃいけないんじゃなかったか？」

子供たちは二人とも、ぽかんとした表情でジョーを見た。ルナが不意に笑い出し、ジョーを驚かせた。パトリシアの手を取り、哀れむように軽く叩く。「それがいいわ。落ち着いて、子供たちと仲良くなる時間を取りたいの。それに、婚約者が待っているんでしょう。これ以上待たせることがある？」

風向きが変わったところで、ジュリーが澄ましてテーブルを離れた。「行きましょう、パトリシア。お見送りするわ」二人がゆっくりと立ち去ると、ジョーとルナは子供たちと残された。

ジョーは両手をこすり合わせた。行動的なルナを見ていると、とてもわくわくする。次々に驚かされるし、いちいち楽しませてもらえる。「さてと。じゃあ、ここで何が起こっているのか聞かせてもらおうか」

ここまで完全に後押ししてくれたジョーを、ルナは抱きしめたい気持ちだった。最初はパトリシアを引き止め、子供たちが新しい保護者に慣れるまでいてもらおうと思っていた。けれど、彼らに親密な関係がないことはすぐにわかったし、パトリシアには子供たちへの繊細《せんさい》な気づかいがなかった。離れることで、ごたごたを避けたほうがいい。

ジョーは子供たちにうなずきかけた。「もう怒ってないよ。腹は減ってるか？　食べながら話そう。座って、食べたらどうだ」椅子に座って、小さなサンドウィッチを口に放り込み、食べながらにっこり笑った。

ルナはオースティンを椅子に座らせようとした。あまり心配して、息苦しい思いをさせたくない。だけど、どうしても目の周りの黒いあざを見てしまう。「痛む？」

「何が？　ぼくの目？」うんざりしたような口調から、自分の気づかいがどう受け止められているかがわかった。「別に。何でもないさ」オースティンはルナの手をすり抜け、椅子に座った。

ジョーは彼を指さした。「痛くないと言うのは、男らしいことだ――おれだって、いつもそうしてる。けれど、心から気にかけてくれる女性がいるときには、ちょっとくらい甘えたほうがいい」

オースティンは顔をしかめた。「まさか。そんなの弱虫のやることだ」

ジョーは笑った。「おれをばかにするのか、坊や？」

オースティンは怯えたようだったが、ルナはあわててとりなした。「ジョーも最近、痛い目に遭ったのよ。それで、わたしに面倒を見させてくれているの」

二人の子供は驚いて目をパチクリさせ、最初にルナを、次に、疑わしげにジョーを見た。

ウィローが用心深く尋ねた。「それは、心から気にかけているから？」ルナはそれを聞いて、口を開けたまま何も言えなくなった。確かにジョーのことを気にかけているけれど、それを認めればつけ上がらせるだけだ。

オースティンが、ジョーに質問したので助かった。「本当に痛い目に遭ったの？」その声はひどく疑わしげだった。それも無理もない。これほど大きくて、威圧的で、強そうなジョーの上を行く人間がいるなんて、すぐには信じられないだろう。

「ああ」ジョーは立ち上がり、シャツをめくった。「どこかの卑劣な野郎に、不意打ちを食らったのさ」

オースティンが感心したように口笛を吹いた。ジョーの怪我は紫や黒、黄緑色に変色していた。「へえ、ずいぶんたくさん不意打ちを食ったんだね」

「それは、彼が気絶しちゃったからよ」

ジョーはピクルスの切れ端をルナに放った。「気絶したんじゃない。ちょっとクラクラしただけだ。その違いは大きいから、覚えておいてほしいね」

ウィローは興味津々に二人を見た。「二人とも、変わってるわ」

「ルナはたしかに変わってる。だけど、それも魅力のひとつさ」ジョーは投げ返されたピクルスをつまみ、口に入れた。「じゃあ、何があったか話してくれるか？　力になりたいんだ」

オースティンがすばやく席を立ち、またしても小さなこぶしを振り回した。「どっかのクソ野郎がウィローのことをあばずれだって言うから、ぶん殴ってやったのさ」

ルナとジョーは、九歳の子供の口から出た激しいせりふに、言葉を失った。

ウィローが息をのみ、みるみる顔を赤くした。「オースティン！　言葉に気をつけなさい」

「あいつはクソ野郎だ」オースティンが高らかに言った。「大っ嫌いだ。今度会ったら、鼻をへし折ってやる」

ルナは思わず声を出して笑った。咳払いをして、笑いをこらえる。「ええ、そうね、お姉さんのことをそんなふうに呼ばれたら無理もないわ。でも、そんな言葉を使うことはないでしょう」

ほとほとうんざりしたように、ウィローは椅子の背にもたれた。「ママは絶対にそんな言葉を使わせなかったわ。でも、パトリシアは何も言わなかった」

オースティンがにらみつけた。「それはパトリシアが――」

またしてもひどい言葉が出るに違いないと、ジョーはそれをさえぎった。「そういうやつを、おれなら何て呼ぶかわかるか？」彼は椅子に深く腰かけた。「卑劣漢のほかにだぞ？」

オースティンはすぐに興味を引かれた。「何？」

「虫けら、げす野郎、深海魚――」

「チンカス野郎」オースティンが応酬した。

ジョーはまた笑った。オースティンの無邪気な顔を見て、涙を拭かなくてはならないくらい笑った。ルナもこみ上げる笑いを何とかこらえて、ジョーをにらみつけた。「ジョー……」彼女は警告するように言った。

「すまない」口の端にまだ笑みを浮かべながら、彼はオースティンに言った。「だめだ。そいつはクソ野郎と同じくらい下品だし、そんな言葉を使うのは早すぎる。それに、女性の前で言ったら失礼になる。失礼な男にはなりたくないだろ？」

オースティンは二人の女性をチラッと見て、どうでもいいというように肩をすくめた。

「もちろん、なりたくないよな。だったら、人を侮辱《ぶじょく》するには想像力を使うんだ、いいな？」

オースティンは耳をかいて、しばらく考え込むと、言った。「ごろつきとか、爪の垢とか、鼻たれとか？」

ウィローはうめき声を上げたけれど、ジョーは目を輝かせて笑い、うなずいた。「完璧だ。汚い言葉を使わずに、身のほどを思い知らせることができるのが男なんだ」

「でも」ウィローが割って入った。「わたしにひどいことを言った相手に、毎回食ってかかるのは男じゃないわ」

「次は太い棒を見つけるさ。石でもいい。それとも……」

ウィローは見るからにむっとした。ルナに向かって、彼女は言った。「毎日歩いて町に行くんだけど、どういうわけか男の子たちはわたしを見つけるの。今日みたいに、森を抜けてきても。わたしをからかうのは、決まってオースティンが怒るからよ」

「やつらが嫌がらせをするのは、姉さんがかわいくて、ちょっかいを出したいからさ」オースティンは念を押すように、ジョーを鋭く見た。「かわいいと思わない?」

ジョーは表情をやわらげ、軽くうなずいた。「すごくね」

オースティンは満足げに、ルナに向き直った。「ウィローはママに似てるんだ」

ジョーは真面目な顔で言った。「なら、きみたちのママはすごくきれいだったんだな」

子供たちが沈んだ顔になったので、ルナは話を進めた。「どうして町へ?」その質問が出たとたん、ウィローは逃げるように顔をそむけた。「ウィロー?」

「ウィローはピアノのレッスンを受けてるんだ」オースティンが言った。

「本当?」なぜそれを隠しているのか、ルナには不思議だった。「じゃあ、ミュージシャンというわけね? すごいわ」反応はなかった。ルナはため息をついた。「なぜ歩いていくの、ウィロー? 特に、そんなごたごたに巻き込まれるのがわかっているのに?」

「誰も車で送ってくれないからさ」

ウィローは弟の首を絞めそうな勢いだった。「わたしにだって口があるのよ、ネズミ、だから黙ってて」

オースティンはジョーのほうを見た。「ネズミっていうのも、なかなかいい侮辱だよね?」

「ああ、使い方によるがね。姉さんは愛情をこめて言った。だが、いじめっ子に言ったら、すごくひどい言葉に聞こえるだろう」

オースティンはそのことをよく考えた。「わかった」彼は疑わしげに眉をひそめた。「でも、ウィローがいい意味で言ったとは思えないな」

「その通りよ」ウィローは手を伸ばし、弟の腕を取って揺さぶった。「あの男の子たちは、あんたがけんかを売るには大きすぎるわ」

オースティンは小さな顎を突き出した。「あいつのケツに蹴りを入れてやる……」ジョーをちらっと見た。「つまり、お尻にってことさ」

「蹴りを入れて逃げるにしても、あんたの逃げ足は速くないわ」ウィローは目の下の傷をつつき、弟をひるませた。

ジョーは姉と弟を優しく引き離した。「そいつらは何歳なんだ？」

ウィローは椅子に戻った。「十六よ」

ルナが見ている前で、ジョーははっとし、それから怒りに身を固くした。「何だって、ちくしょう！」彼はだしぬけに席を立った。

オースティンが眉を上げた。「それって失礼だよね」

「何が？」

責めるようにオースティンが説明した。「ちくしょうって言ったじゃないか」

「ああ」ジョーは素直な表情で、黒髪に手を滑らせた。「その通りだ。悪かった」

「まあいいさ。気にしてないよ」事実、オースティンは少し満足しているようだった。

ジョーは何かひらめくかと天井を見上げたが、助けにはならなかった。「どこへ行ったら、そいつらに会える？」

ウィローは彼を見て、ひそかに決意を固めたようだった。そして、無関心を装《よそお》って片方の肩を回した。「たいてい、わたしが帰ってきてすぐにここへ来るわ。いつもパトリシアおばさんに、オースティンとけんかしたことを告げ口するの。それでおばさんは、この子を外出禁止にするのよ」

今度はルナがぎょっとする番だった。「何をするって？」

「どうってことないけどね」オースティンは得意げに言った。「どっちにしても、こっそり抜け出すんだから。抜け出すのは得意なんだ」

「困ったやつだ」ジョーは顔をしかめて、オースティンを立たせた。少年の骨ばった肩に手を置き、厳しいが悪意のない声で言った。「これからは新しいルールを作る、いいな？　まず、姉さんは今後、歩いて町へ行かない。ルナかおれが運転する」ルナを見上げた。「いいな？」

「もちろんよ」ルナは、オースティンがついてこようとこまいと、ウィローがひとりで歩くと考えると胃が痛んだ。自分でも、若くてきれいな女の子が陥る危険についてはよくわかっている。不安を飲み込み、オースティンに言った。「あなたも一緒に乗っていってもいいわ。でも、やっぱりひとりで出かけるのはだめよ」

「どうして？」

どうして？　この子たちは、母親を亡くしてから監督されたことがないのかしら。「危険だからよ」

「あんなクソ野……いじめっ子なんか、怖くないさ」

「それはわかってる」ジョーは彼の肩をぎゅっとつかんだ。「だが、危険というのはほかにもあるんだ。そしてルナとおれは、きみたちのどっちも危険な目に遭ってほしくない」

「わたしたちのことを知りもしないくせに」ウィローは注意深く表情を隠していたけれど、その声はうつろで、冷ややかと言ってもよかった。

「それは関係ないわ」ルナがあわてて言った。「大人は子供を守るためにいるのよ。わたしたちは、そうしようとしているの」

ウィローは顔をそむけた。何も言わなくても、疑っているのは明らかだった。

こんなとき、悲しみをいやす魔法の言葉があればいいのに。自分に本当に霊能力があって、ウィローの心が読めれば。ルナは少女の肩に手を伸ばした。「ウィロー、今では少しはわかってるし、お互い好意を持っているはずよ」

「そうね」

皮肉な言い方だ。ルナの胸が痛んだ。「すぐにわかるわ。人の心を読むのは得意なの」

「それは本当だ」

ジョーがすぐに同意すると、ルナは笑顔になった。「きみの弟が立派なのはわかってる。自分より年上の男が相手でも、きみを守ろうとしたんだからな。それに、そんな弟に怪我をしてほしくないと思うきみは、大人だってこともわかってる。二人とも、すごく勇気があって、頭がよくて、立派だ。それはすばらしいことだ。特に、子供にしてはね。こんなことも身についていない大人たちを、山ほど知っている」

「パトリシアおばさんとかね」

ルナもウィローに賛成だったが、そう言うのが正しいかどうかわからなかった。親戚が面倒を見なかったことを認めたら、逆効果になるかもしれない。「パトリシアは、保護者に向いていないんだと思うわ。わたしたちはわたしたちよ。彼女は精一杯やったわ」

オースティンが横目でルナを見た。期待するように、ほんの少し不安そうに。「ルナは保護者に向いてる？」

ルナは胸がいっぱいになった。「わたしは、自分の面倒しか見たことがないわ。でも、途中であきらめることのできない、頑固な性格なの。こうと決めたら、何がなんでもベストを尽くす。でも、わたしは完璧じゃないわ、オースティン。至らないところがあったら、あなたもウィローも教えてちょうだい。話し合って、みんなが幸せになれるような解決法を見つけましょう。いいわね？」

ジョーはうなずいた。「おれも同じ意見だ」

ルナは彼に向かって目をしばたたかせた。何を言ってるの？ 長居はしないくせに。

ジョーはその事実を気にしているそぶりもなかった。「誰かが姉さんを侮辱したり、きみをばかにするようなことをしたら、おれに知らせるんだ」

「どうして？」

子供たちがこれほど質問好きだとは思わなかった。ルナやジョーが何か言うたびに、決まって質問攻めに遭う。彼女はジョーの答えを待った。

ルナと違って、彼の答えにあやふやなところはなかった。「なぜなら、おれはそういう類のことが得意だからだ」

ウィローがショートパンツのすそをいじった。「どういうふうに？」

ルナは自分も知りたいと思った。相手が大人の男だったら、ジョーは難なく対処できるだろう。けれど、未成年者を脅すことはできないはずだ。十六歳といえば、大人になる寸前だけれど、いろいろなことを大目に見てもらえる年でもある。それなら、ジョーはどうするつもりだろう？

「まずは、相手とじっくり話し合う。それでもだめなら、親のところへ行く」

ああ、未成年者は迂回《うかい》して、大人へ行くわけね。それは筋が通っている。どっちにしても、息子の行動を把握するのは父親の役目だ。「ジョーはとても迫力があるのよ」そのために、一緒に連れてきたのだから。

ジョーの答えにがっかりして、オースティンは足元に目を落とし、汚れたつま先で床をこすった。「親は何もしないよ。やっぱり、ぼくたちのことが嫌いだから」

ジョーはふたたびオースティンの顎を上げさせた。「それはどうしてだ？」

オースティンは首をすくめた。「知らない」

「嘘よ」年よりもずっと大人びて見えるウィローが、ため息をついた。「オースティンがあちこちで、面倒を起こしてるからよ」

「そうなの？　面倒って？」

ウィローは指を折って数え上げた。「校長先生の椅子に犬のウンチを置いたり、司書の車の窓を石で割ったり、食料品店のおじさんの自慢の薔薇《ばら》を踏み散らしたり……」

ルナは信じられない思いでオースティンを見た。こんなにかわいくて無邪気に見える子が、そんないたずらをするなんて。

言い訳をしようと、オースティンはこぶしを腰に当て、ひとりひとりを見た。「車に石を投げたのは、司書の子供に通りすがりに唾を吐きかけられたからさ。母親の車じゃなくて、本人のだと思ったんだ」それから、小声で言った。「やつが引き返してきたら、ケツ……じゃなくて、お尻を蹴り上げてやろうと思ってさ。だけど、そのまま行っちゃった。臆病者さ」

ジョーはたちまち眉を吊り上げた。「唾を吐いたって？」

その反応に気をよくして、オースティンはしっかりとうなずいた。「そうさ。でっかいやつを。ぼくのほっぺたにさ。お尻を蹴り上げたっていいだろ？」

ジョーは、たしなめるのを待つようにルナを見たが、ルナは肩をすくめただけだった。彼女が誰かに唾を吐かれたら、石を投げるよりもっと過激なことをしただろう。ルナが助けにならないと知って、ジョーは訊いた。「パトリシアには言ったのか？」

「言っても無駄だよ。外出を禁止されるだけさ。あのいまいましい花壇に、たまたま入ったときもそうだった」

「たまたま？」

「ああ。ただ、窓の中をのぞきたかっただけなのに」

ルナは質問するのが嫌になってきた。「なぜ窓の中をのぞきたかったの？」

オースティンが答えないので、ウィローが彼の手を取った。さっきは嘘つきと言ったのに、今は支えになろうとしている。「そこでパーティがあったの。子供たちはみんな招待されたけど、オースティンだけは……」

「どっちみち、あんなパーティなんか行くもんか！」

激しい口調も、傷ついたまなざしを隠せなかった。ひどい。事態はますます悪くなっている。かわいそうなオースティン。きっと心が踏みにじられたに違いない。でも、だからといって、彼の行為を大目に見るわけにはいかなかった。あまり好ましい事態ではない。自分がいかに無力で、何も知らないかを思い知らされる。結局、一番いいのは何もかもオープンにすることだと決めた。どうするかは、後で考えよう。「それで、校長先生の椅子のことは？」

いたずらな笑みを隠そうと、オースティンは鼻と耳をこすった。「先生はその上に座ったよ。ズボンから下着までベトベトになった」突き出した口から、忍び笑いをした。「あの叫び声を聞かせたかったな。それにあの臭い……一日じゅう臭ってた」

ジョーはにやりとしたが、オースティンはルナににらまれてしゅんとした。子供のことはよく知らないが、ルナたちが自分のいたずらをおもしろがっていると知ったら、オースティンをいさめることはできないだろう。「じゃあ訊くけど、オースティン。どうしてそんなことをしたの？」

オースティンもウィローも、しっかりと口を閉ざしてしまった。

ジュリーが部屋に戻ってきた。手をパンパンとはたいて、パトリシアを追い出したことを知らせる。「わたしは知ってるわ」招かれたかのようにやってきて、ふたたび椅子に腰を下ろした。「わたしはこの町に来て、まだ数週間しか経っていないの。普段はここから一時間ほど東にある名門の私立校で教えているのだけど、ここでサマースクールの教師を探しているというので立候補したのよ」

「それは親切なことだ」

彼女がジョーの言葉を鼻で笑うのを見て、ルナは驚いた。「そんなことはないわ。わたしが教師になったのは子供たちとかかわりたいからで、お金持ちの子供の子守りをするためじゃないから」テーブルの上で両手を組んだ。「それに、少しの間、婚約者から離れていたかったの」

あからさまな告白に、ジョーとルナはすっかり当惑して顔を見合わせた。ジュリー・ローズが婚約してる？　ルナの目には、独身主義者に映っていた。たぶんジュリーには、秘められた部分があるんだわ。

「何か問題があるなら……」

ジュリーはルナの心配を振り払うように、手を振った。「婚約者はガチガチの朴念仁《ぼくねんじん》だけど、それはあなたには関係ないわ。わたしが言いたいのは、ここへ来て三日と経たないうちに、クレイ・オーエンが勘違いした若者だとわかったってことよ。服装もそうだし、ウィローの気を引こうとする努力もそう」

「あいつは姉さんをあばずれと言った！　ひどいことを言ったんだ」

ジュリーはその言葉には少しも動揺せず、首をかしげてオースティンを見た。「ええ、わかってるわ、オースティン。もちろんそれは許しがたいことよ。でも、気の毒なことに彼はそれをきちんと教わっていないの。彼が悪いことをしたら、義理の父親がそれをもみ消し、彼のために言い訳するの」

「じゃあ、あなたの目にあざを作ったのも、同じ子なの？」ルナが訊いた。

「あいつは卑怯者だ」オースティンが言った。「前はウィローと友達だった。ママがいた頃は、いつも一緒に遊んでた。でも今じゃ、姉さんを泣かせてる」

ウィローが息をのんだ。「やめて、オースティン！」

ジョーは胸の前で腕を組んだ。「おれに言い訳は通用しない」

ジュリーはジョーの自信たっぷりな態度に、少しも感心していないようだった。「男って」軽蔑したように言った。「この町で暮らしたいなら、ミスター・ウィンストン、クインシー・オーエンとうまくやっていくしかないのよ」

「それはどうしてだ？」

「町の有力者だからよ。このあたりのほとんどの人に尊敬されている」

「ほとんど？」

ジュリーは鼻を鳴らした。「わたしはまだ、彼がどれほどご立派かわからないから、判断は差し控えているの」

弟が余計なことを言ったので、ウィローはふてくされているようだ。けれど、ようやくにらみつけるのをやめた。「クレイの義理のお父さんは消防署の基金集めをやっているし、町の評議員や学校の役員もしてるわ。高校のフットボールチームのスポンサーだし、大学の奨学金も出してる。町の人たちはみんな、何かしてほしければ彼のところへ行くの。わたしたちは行かないけど。彼はわたしたちが嫌いなの」

「若い女にはキスをし、おばさん連中とはいちゃついてる」オースティンは嫌悪感をあらわにして言った。

「クインシーは町のほとんどを牛耳ってるわ」ジュリーが続けた。「いくつかお店が入っている小さなショッピングセンターを持っているし、工場も経営しているから、ここで暮らしている人たちは何らかの形で彼に雇われていることになるのよ。みんなが彼に頼ってる。だから、義理の息子が大目に見られているってわけ」

「それで」と、ジョーがまとめた。「校長はクレイがしてはいけないことをしても、見て見ぬふりをしているのか。たとえば、ウィローをののしったことも」

ジュリーは悟りきったように肩をすくめた。「クインシー・オーエンには影響力があるのよ」

ジョーが歯をむき出すと、ほんの一瞬、笑い顔のように見えた。「言っておくが、おれにだって影響力はある」そのとき、ジョーの携帯電話が鳴り、迫力がそがれた。ポケットから電話を取り出し、パチンと開いて話す。「ウィンストンだ」

ルナは息を詰めて待った。自分たちをこっそり見張っていた車を、警察が見つけたの？ だったらありがたい。心配事がひとつでも減るのはいいことだ。

「何だって？」ジョーは口元を引き締め、うなり声を上げた。「偽のナンバープレートってのは確かなのか？ 盗難車？」それから、不満を隠そうともせずに言った。「くそっ」

オースティンが目を細め、ルナとジュリーに言った。「礼儀正しくないよね？」

頭をかきながら、ジョーはぶらぶらとテーブルを離れ、また戻ってきた。「ああ、わかった。とにかくありがとう」電話を折りたたみ、尻ポケットに戻した。「悪いが、残念なニュースだ」

「誰かに車を盗られたの？」そう訊いたオースティンの声は、まるでわくわくしているようだった。

「そうじゃない」ジョーの淡いブルーの瞳が、ルナを見た。「ナンバープレートは盗まれたものだった。だから、警察には何もできない。もっと変なのは、おれたちが見た車に合致した車も、やはり盗難車だったそうだ。おれが電話で報告した後、友人はその地域にパトカーを出した。そこで特徴が一致した車が見つかったが、それには本物のナンバープレートがついていた」ジョーは顎をさすった。「おれの考えでは、茶色いセダンの男は、今朝見た男と同じだと思う。つけてくる車を変えただけだろう」

ジュリーはわけがわからないというように黙っていた。オースティンとウィローは、恐れをなしたように身じろぎもしない。ジョーがどれほど危険な男になれるか、みんなに知られたくなかった。ルナは明るい声を出し、無理に笑顔を作った。「ねえ、その話は後にしましょうよ」ほかの人たちを怖がらせても、どうにもならない。自分は保護者として来たのだ。トラブルを増やすためではない。「まずは、スケジュールを確認しましょう」

「スケジュールって？」

小さな男の子がこんなに警戒心をあらわにすることに、ルナは驚いた。「お姉さんのピアノのレッスンと、サマースクールのスケジュールを合わせなくちゃならないでしょ」

ウィローは瞳の中に興奮が浮かぶのを注意深く隠しながら、身を乗り出した。「サマースクール？　本当に？」

オースティンは反対に、うめき声を上げて一歩下がった。「サマースクール？」

おどけたしぐさに、ルナはクスクス笑った。オースティンはまるで撃たれたようによろめいている。

「二人とも参加してほしいわ」ジュリーは言った。「ほかの生徒より少し遅れているけど、それはあなたたちのせいじゃない。点数とテストの成績、宿題を見させてもらったわ。結論を言わせてもらうと、するべき課題を与えられなかっただけだと思うの」

オースティンは胸をつかんだ。「課題なんかいらない！　もっと勉強しなきゃならなくなる」

「いいえ。勉強は勉強にすぎないわ。あなたくらい利口なら、すぐに片づくわよ」彼女はルナを見た。「二人とも、すごく頭がいいの」

ルナは自慢するように微笑んだ。子供たちにはまだ会ったばかりなのに。

ジュリーはそっけない口調で続けた。「オースティン、あなたには生まれつき算数の才能があるって知っていた？ 色々な面で、同じ年の子より二学年は上のレベルを行ってるわ。ただ、テストが得意じゃないだけ。でも、わたしはテストで評価するのは好きじゃないわ。天才でも、テストの成績はさんざんだってことはよくあることなの。少し指導を受ければ、その問題は解決するはずよ」

オースティンはよろめくのをやめ、興味を引かれたように背筋を伸ばした。「本当？」

「もちろんよ。それに、算数の技術を使って、ほかの科目も克服できるのよ。算数というのはとても用途が広いから、日常生活のいろいろなことに応用できるの」

「じゃあ、全部の科目でほかのやつらを追い越すことができるんだ」その考えに、何より夢中になったようだった。

ジュリーはうなずいた。「一所懸命努力すれば、きっとできるわ。それに、あなたは努力が嫌いじゃないはずよ」

「え？」

ジョーは身をかがめて言った。「おまえは弱虫じゃないと言ってるんだ」

「ああ、そうさ」彼はにやりとした。「弱虫じゃない」

「それから、ウィロー、あなたの語彙《ごい》力と文法力は驚きよ。教師になって何年か経つけれど、本当に感心したわ。中でも一番感心したのは、社会倫理に関する論文ね。洞察力にあふれていて、頭を刺激される。あの論文を読んで、わたしも勉強になった。自分の考えをとてもうまく伝えているわ。ほんの少しの指導で、優秀な成績が取れるでしょう」

喜びと興奮で、初めてウィローの頬が赤くなった。けれど、すぐに頭を垂れ、足元に目を落とす。美しいブロンドの髪がカーテンのように顔を覆い、表情を隠した。しかし、その声には間違いなくあきらめが感じられた。「わたしたち、校長先生に嫌われてるの。トラブルメーカーと呼ばれてるし、オースティンなんか不良って言われてる。パトリシアに、私立のとても厳しい学校へ行かせたほうがいいとまで言ったのよ」

「どこへも行かせないから安心して」ルナは唇を尖らせた。「それに、その侮辱に関しては、校長先生と少し話をしなくちゃね」

その光景を想像して、ジョーはうなった。

「校長のことはわたしに任せて」ジュリーが膝に手を置き、断固とした、頼もしい口調で言った。「わたしが何とかするわ」

ルナは自分でも何とかできると思ったが、ジョーがひどくほっとしている様子なのを見て微笑んだ。「ありがとう、ジュリー。感謝するわ」

「じゃあ、決まりね。わたしがあなたたち二人の担任になるわ。それと、オースティン、もう一度死にかけの牛みたいな声を出す前に言っておくけど、普通の学校の授業みたいにはならないと約束する。その上、楽しいことになると賭けてもいいわ。わたしは楽しく学ばせるコツを知ってるの」

ルナは、信じられないという顔の子供たちを見た。どっちにしても、ジュリーはどちらかと言うと堅苦しくて、取り澄ました感じに見える。けれど、さっきも彼女が言ったように、ジュリー・ローズは人を指導するのがうまそうだし、闘志もあった。子供たちを魅了し続けているのは、彼女が心から、子供と自分の仕事を愛しているからだろう。「すてきね」

ウィローがうなずいた。「ピアノのレッスンは午後にあるの。それなら大丈夫でしょ?」

「誰にレッスンを受けてるの?」ルナはその先生にお礼を言いたいと思った。少なくとも、ウィローの生活に建設的な影響を与えてくれているのだから。勉強と音楽のレッスンが、うまく調和できるような時間割が組めればいいけれど。

ジュリーが眉を上げた。「あら、わたしよ。ウィローはすばらしい教え子だわ」

「パトリシアおばさんに、レッスン料を払う余裕なんかないと言われたの」ウィローが打ち明けた。「ミズ・ローズは、ただで教えてくれているのよ」

驚いたことに、ジュリーは顔を赤らめた。それを隠すかのように、ますますつんとして言った。「好きでやってるの。あなたはいい子だし、才能もあるわ。それを放っておく教師がいる?」

ルナは感動して、彼女に笑いかけた。「本当に、すばらしい先生ね」

「ええ、そう思ってるわ」

「それと、これからは授業料を払うわ」

ジュリーは反対しなかった。「ありがとう」それから、ウィローに向かって首をかしげた。「これからもレッスンを続けられるのはうれしいわ。でも、あなたが町まで歩いて往復しているのが、前々から気になっていたの。決していいことじゃないわ。今日こそはと思って、パトリシアに直談判に来たの。彼女は、それを問題にしたがらなかったから」

パトリシアを追い払ったのはいいことだった。ルナは怒りで爆発寸前だったからだ。とうてい笑う気にはなれなかったけれど、何とか微笑んでみせた。「わたしはパトリシアとは違うわ」

ジュリーの目が、派手な孔雀の羽根のイヤリングと、テカテカした紫のタンクトップ、指にはめた山ほどの指輪を見た。「ええ、そのようね」

ばかにしているような口調ではなかったので、ルナはただうなずいた。「あなたがいいと思う時間に、必ずウィローを車で送っていくわ」

「よかった。学校は次の月曜から始めましょう。そうね、九時でいいかしら？　一週間あれば、子供たちと打ち解けるにはじゅうぶんでしょう」

「申し分ないわ」

ジュリーは立ち上がった。「じゃあ、もう行くわ」ルナに手を差し出す。「あなたと会えてよかった」

「わたしもよ」

次に、ジョーに向かって手を出した。「ミスター・ウィンストン。ありがとう」ぶっきらぼうな、男同士のような握手の後、ジュリーは出ていった。おざなりなあいさつからして、ジュリーがジョーに何の興味を持っていないことがわかり、ルナはほっとした。

ジョーもほんの少し脚を引きずり、歪んだ笑みを浮かべながら、戸口までついてきた。歩きながら、ジュリーの報酬について話し合った——ルナは決して高くないと思った——そして、いつでも訪ねてきてくれるように彼女に言った。ジュリーはこのあたりでは新顔でも、いい情報源になってくれそうだ。

玄関のポーチでウィローがジュリーに近づいてきて、どんな勉強をするのか、どれくらい一緒に過ごせるのか、心配そうに訊いていた。オースティンはまだ乗り気ではなさそうだったが、ジュリーが手始めに理科の授業として、この付近の虫を採ってきて観察しようと言うと、態度が変わった。

ウィローとオースティンの質問全部に辛抱強く答えたため、ジュリーはさらに十五分は足止めを食った。やっと彼女の車が視界から消えたと思ったら、今度は派手なジープが車寄せを曲がってきた。砂利《じゃり》やほこりを蹴散らし、カーステレオから騒々しい音楽をまき散らしている。

ウィローは近づいてくる車を、警戒するように見た。ヘッドライトに立ちすくむウサギのように、身動きもできない様子だ。その声は、ささやきほどに小さくなっていた。「クレイ・オーエンと、仲間のダレンとリーだわ」

ルナは彼女の体を抱いた。「今日、あなたをからかった子たち？」

ウィローはうなずいた。

期待に目を輝かせて、ジョーは手をこすった。「絶好のタイミングだ」ポーチのステップを下り、若者たちを迎えた。

ジョーがまたひどい言葉を吐くのがわかっていたので、ルナは子供たちに向き直った。

「あなたたちは、中へ入ってなさい」

「やだね」オースティンはポーチのステップを一気に飛び降り、ジョーの隣に立った。ジョーの格好を真似て、痩せた脚を広げ、裸の胸の前で腕を組む。

ウィローは首を振って、弟を見た。「この子が十歳になるまで生きてたら、奇跡だわ」

この子は本当に大きな責任を負わされていたんだわ。ルナは驚きと同情を感じて、彼女を抱きしめた。ウィローは身を固くしたものの、離れようとはしなかった。進歩ということにしておこう。「これまで大変だったのね。でも、わたしがここに来たからには、助けになれると思うわ」

「かもね」ジープが停まった。ウィローは軽蔑に満ちた目で少年たちをにらむと、玄関へ戻った。「家の中にいる」振り向きもせず、ルナに言った。「幸運を祈るわ」スクリーンドアが、彼女の後ろでバタンと閉まった。

確かに運が必要ね。楽しげに笑うジョーを見て、ルナはそう思った。そばについていようとステップを降り、オースティンを挟んで反対側に立つ。

これから始まる対決のことなど知らず、クレイ・オーエンはエンジンを切った。騒々しい音楽が突然静まり返ったので、張りつめた雰囲気がいよいよ増した。しばらくの間、クレイは運転席に座ったまま、不思議そうにジョーを見ていた。

ルナは彼がハンサムな若者だと認めないわけにはいかなかった。暗い茶色の髪、日焼けした顔、運動選手のような強靭《きょうじん》な体。ほとんどの女の子は夢中になるはずだ。プロボクサーがチャンピオン・ベルトを巻くように、思い上がった生意気な雰囲気を身につけている。

クレイの隣の助手席には、ひとりの少年が座っている。筋肉質の長い腕を、シートの背中に回していた。もうひとりの少年が後ろに乗っていて、シートベルトもせず、両足を友人が手を置いているシートの上に投げ出していた。彼らはコークを飲み、飛行士の眼鏡のようなサングラスをかけ、野球帽を逆さにかぶっていた。

とうとうジョーから視線を外し、クレイはウィローを探すようにあたりを見回した。ジープのドアを開け、地面に降りる。片手でひさしを作って、家を見上げた。「ウィローは？」誰にともなく言った。

オースティンが、巣の中のめんどりを守るおんどりのように、威勢よく言った。「覚悟しろよ、クレイ」

クレイがサングラスを外すと、深いグリーンの鋭い目があらわになった。「何だと、このガキ？」彼は笑って、オースティンの怒りをよそに、気取った足取りで家へ向かおうとした。

だが、すぐにジョーが何気なく前へ出て、道をふさいだ。クレイは急に立ち止まり、コークがこぼれた。「やあ」

クレイは背が高く、肩幅も広かったが、立ちはだかるジョーは身長一九〇センチの筋骨隆々たる体だ。クレイはあわてて一歩下がった。「何だよ、おっさん？」

「おれの名前はジョー・ウィンストンだ。おっさんじゃない」生意気な口調に、ジョーがにやりと笑う。「それに、おまえは不法侵入をしている」

ジョーの言い方は親しげといってもいいほどだったが、それでもクレイは怯えているようだった。「不法侵入？　まさか。パトリシアは別に気にしてない」

「おれが気にする」

グレイは唾を飲み込んだ。「で、パトリシアは？」

「出ていった」ジョーの笑みには、悪魔のような喜びが凝縮されていた。「これからは、おれが相手だ」

「わたしもよ」対等でないのが気に入らなくて、ルナは言った。「ウィローのいとこの、ルナ・クラークよ」彼女が手を差し出すと、ジョーは顔をしかめた。

クレイは目を丸くして、そそくさと握手した。「ウィローとオースティンの面倒を見にきたのか？」

「そうだ」ジョーはそう言って、じっと待った。

クレイはまた周りをきょろきょろ見はじめた。「どういうことかわからない」

「簡単なことだ」ジョーは眉を吊り上げた。「おまえはウィローに無礼なことをして、オースティンに手を上げた。許しがたい行為だ。おまえが礼儀を学ばないうちは、家に迎えるわけにはいかない。さあ、車に戻って帰るんだ」

クレイはぽかんと口を開けた。友人を振り返ると、彼らも驚いたようにこっちを見ている。信じられない気持ちと、精一杯の強がりを見せて、クレイはふたたびジョーを見た。

「おれを脅すのか?」

ルナは目をくるりとさせて笑った。「まさか。ジョーは子供を脅したりしないわ」ジョーは、あえて答えなかった。

子供と呼ばれて、クレイはぐっと詰まった。「でも……」

ルナは彼を侮辱してしまったことに気づいて、無理に笑顔を作った。「つまり、わたしはウィローが侮辱されるのも、オースティンが怪我をさせられるのも嫌なの。あの子の目を見た?」

オースティンはクレイをにらみつけた。問題の目は、意地悪く細めている。

クレイは答えずに、オースティンを指さした。「このちびのほうが、今朝、ごたごたを起したのさ。ウィローと話をしようとしただけなのに、こいつが背中に飛びついてきたんだ」

「悪口を言ったじゃないか」オースティンが非難した。小さな体で、またしても飛びかかろうとしている。

神経質に笑って、クレイは言った。「今に始まったことじゃないだろ。それに、おれたちはただ、彼女と遊んでいただけだ」

ジョーはオースティンが動く前に腕を取った。そばに引き寄せ、そこに立たせる。「帰るんだ、クレイ。ウィローがいいと言うまで、ここへは来るな」

クレイはほんの一瞬ためらってから、肩をそびやかせて、低い声で言った。「その前にウィローに会わせてくれ。話があるんだ」

ルナがかぶりを振った。「だめよ。あなたの姿を見て、家に引っこんでしまったわ」

彼の目が不満で曇った。「ほんのちょっとだけ呼んでくれよ」

「彼女は、あなたに会いたくないのよ」

クレイは悪態をつき、コークの缶を地面に投げつけた。「いいか、このガキのことを言ってるなら、怪我をさせるつもりはなかったんだ。こいつが飛びかかってきて、もみ合ってるうちに怪我したのさ。たまたま肘が当たったんで、おれのせいじゃない」

クレイのばかげた言い訳を聞いて、友人たちがまたこっそり笑った。

ジョーは首を振った。かがんで、まだ半分入っているコークの缶を拾い上げ、クレイの車の運転席に放った。高価な革張りの内装にコークが飛び散り、クレイはパニックになった。

「くそっ！」彼はシャツを脱ぎ、ジープに駆け寄って汚れを拭いた。二人の友人も、あわてて手伝う。困っているところを見せまいとしていたが、ルナにはすぐにわかった。たぶん、ジョー・ウィンストンのような人間に会ったのは初めてなのだ。どうすればいいかわからないに違いない。

ルナがジョーに初めて会ったときにも同じように感じたから、彼らの気持ちはわかる。ジョーは畏敬《いけい》の念や恐れをかき立てる。女性ならば大いに興味を惹かれる相手だ。

不平不満をまったく無視して、ジョーはジープの少年たちに近づいた。オースティンもそれと並んで、すっかり有頂天の様子だった。「敷地にゴミを捨てるな。それと、オースティンの悪口を言うな」

クレイはびしょびしょになったシャツを持って、きっとジョーを振り返った。「おれの父親は、きっとかんかんに怒るぞ。今に見てろよ」

「へえ？　そりゃいい」ジョーは彼のために、ジープのドアを開けてやった。「おまえの尻を蹴飛ばすかもな。それがふさわしい」

クレイの怒りは、こっけいに見えた。「おれにじゃない。あんたにだ！」

ジョーは顎で車を指した。「乗れ」

親しげな口調はとっくに消えていた。ルナはため息をついた。しかたなく、クレイは言われた通りにした。ジョーはバタンとドアを閉め、身を乗り出して言った。「おれに電話しろと親父に言っておけ。話すのを楽しみにしている」

「おれの父親だぞ」クレイが念を押した。

「誰でもいい。ところで、ウェルカム郡の警察に通報しようと思っている。おまえたちが今日、この場でいくつかの法律違反をしているみたいだからな」

クレイの目が、ルナとジョーの間を行ったり来たりした。高慢にあざ笑おうとしたが、うまくいかなかった。「していない」

「騒々しい音楽、スピード違反、それにシートベルトを着けていない、敬意を払わない、ゴミを散らかす……まだいくつかは思いつくぞ。おれは昔、警官だったから、法律のことはよく知ってるし、目撃者としても優秀だ」ジョーは体を起こし、少年たちを順番に見た。「おれがひとこと言えば、警察がおまえらの家に行くからな」

クレイは深く息を吸って、顔をしかめた。

「罰金だけで済むかもしれないし、手錠をかけられるかもしれない。どっちにしろ、おまえの義理の親父さんは気に食わないだろ？」

クレイは黙ったままだった。

ジョーはかぶりを振った。「いいか、クレイ、おまえはじゅうぶん大人だし、たぶん頭もいいはずだ。不良の真似なんかせず、男らしくしろ。そうすれば、人生がもう少しやりやすくなる」

ルナが前に出た。「でも、そうするまでは、ここへ近づかないで。汚い言葉を使ったり、悪さをしているうちは」

クレイは唇を噛んだ。それから家のほうに顔を向けた。しばらくして、小声で悪態をつくと、ジープを出した。今度はスピードを出さず、音楽もすぐに小さくした。

オースティンがそっちへ向かって、小石を蹴った。「弱虫め」

ジョーは雷雲のような表情で身をかがめ、オースティンの脇を抱えて目の高さまで持ち上げた。あばらがどれだけ痛むだろうと、ルナははらはらした——けれど、手助けはしなかった。ジョーは自分ひとりで、うまくやってのけるだろう。腕も震えていないし、少しもこたえているようには見えなかった。

「いいか」ジョーは真剣そのものの口調で言った。「本物の男は、得意がったりしないものだ」

オースティンは力なく抱えられ、足は地面から離れていた。「どういう意味?」

「負けた人間に向かって、石を蹴ったり、悪態をついたりしてはいけないってことだ。そうすることで品がなくなり、弱虫の仲間入りをするんだ」

「ぼくは弱虫じゃない」

「そうか? だったら、やつらのまねをして、自分を同じレベルに落とすんじゃない。おれが警察に話すときには、おまえは最高に礼儀正しかったと断言したいんだ。どんないざこざも、おまえとではなく警察と解決する。わかったか?」

真面目に、そして心から、オースティンはうなずいた。けれど、汚れた顔には、大きな笑みが広がっていた。「でも、見ていてすごくおもしろかった」

ジョーは三秒ほど笑いをこらえてから、吹き出した。「ネズミめ」オースティンの体を下ろし、乱れた髪をくしゃくしゃにした。ほこりが舞い上がる。

ジョーは自分の手に目をやり、さらに宙を舞うほこりを見て言った。「ルナの車を切り離すのを手伝ってくれるか? その後で、湖を見にいこう。泳いだり、軽く魚釣りをするんだ。どう思う？」

「もちろん！　でも、餌の虫を掘り出さなきゃならないよ」

ルナはそれを想像して鼻の頭にしわを寄せたが、ジョーが振り返って首の後ろに手をかけ、体を引き寄せて額にキスした。「構わないかな？」

こんなふうに何気なく、わがもの顔で触られ続けたら、すぐに参ってしまうだろう。オースティンが体をうずうずさせているのを見て、ルナはうなずいた。「いい考えね」

ジョーは彼女を離さなかった。代わりに、軽く唇にキスして微笑んだ。「一緒に来るか？」

それから、耳元で言った。「きみのビキニ姿を見てみたい」

ルナは彼の胸をピシャッと叩いた。「わたしは周りの様子のほうを見たいわ。でも、二人で行って。楽しんできてね」

「ノリが悪いな」もう一度キスをしてから、ジョーは去っていった。

二人の男が並んで歩いていくのを見ると、ルナの胸に奇妙な感情が芽生えた。オースティンの笑い声を聞いて、自分も笑みを浮かべたくなる。

憎らしいジョー・ウィンストン。どうして何もかもがそんなにすてきなの？　言葉にできないくらいセクシーなだけでなく、優しくて丁寧だし、男らしくて勇敢で、理解があって理性的で、それに……思わず息をのんだ。わたしが男性に求めているものを、全部持ってる。

けれど、わたし向きの男じゃない。

振り向いて家に戻ろうとしたとき、窓のカーテンが閉じるのに気づいた。まあ。ウィローは自分で言ってるほどクレイに興味がないわけじゃないんだわ。あの男の子は、彼女が見ているのに気づいたかしら？　クレイはあきらめないだろう。

ルナははっとした。霊感がなくても、トラブルになるのは目に見えている。でも少なくとも、ウィローとの共通点はできた。

間違った相手に恋をする……そう、まさにルナがそうだった。彼女とウィローは、お互いに同情する部分がある。ただし、少なくとも、ウィローは夢中になっているにすぎない。

ルナにとっては、それはずっと多くを意味していた。

## 8

ルナたちのいる家に面した小高い丘の上で、低木や雑草の陰に隠れて男が首を振った。レンズで太陽を見ないように気をつけながら双眼鏡を下ろし、それから〝大耳〟のヘッドホンを外して、鼻筋をもんだ。ジョー・ウィンストンは、ちゃんと家に落ち着いたようだ。

結局、後をつけるのは簡単なことではなかった。ウィンストンに早いうちに気づかれたので、さらに距離を置かなくてはならなかった。車を替えることもできたが、そうすれば彼らを見失ってしまう危険がある。それに、ウィンストンに正体がばれたらおしまいだ。そうなったら計画を変えなければならない。だが、結果は変わらない。こっちのほうが簡単だというだけのことだ。

今のところは。

腕で目から汗を拭う。夏の日差しは容赦なく、波のように押し寄せてくる。ウィンストンとあの子供が計画していたように、目と鼻の先にある湖に飛び込めないのがいまいましかった。

藪に身を隠したまま、背筋を伸ばした。スミス&ウェッソンの九ミリ口径が、背中のくびれに当たる。固くてわずらわしかったが、決して肌身離さなかった。ウィンストン同様、いつでも備えを忘れない。だがウィンストンと違って、彼はナイフの代わりに銃を持っていた。

武装していることは、数多い共通点のうちのほんの一例だ。非情なところもそのひとつ。たぶんウィンストンとは、最初に思ったよりもずっと似ているのかもしれない。

ダイナはせっかちな、いらいらした様子で、とある屋敷の裏に立っていた。屋外プールのそばにある小さなゲストハウスの陰に身を隠している。ここへ来るのは危険だったが、仕事をくびになったのは生まれて初めてのことだった。それが気に入らない。

二十分ほど待たされて、彼がようやく中庭のドアから姿を現し、そばへやってきた。彼女が話しかけようとすると、悪意に満ちた視線がそれを制した。がっしりした手が二の腕をつかみ、家から遠ざけると、満開のツツジの陰にすっぽり隠れるまで引っぱり込んだ。

もう片方の腕もつかまれ、丈夫な格子垣に押しつけられる。背の高さは同じくらいだったが、ダイナは彼に圧倒されていた。「こんなふうにうちへ来るなんて、どういうことだ?」

ダイナの胸が早鐘を打った。こんなに怒った彼を見たことがない。いつも柔和《にゅうわ》で、洗練された男だと思っていたのに、これほど激昂《げきこう》するなんて。ここへ来たのは間違いだったのかもしれない。「つ……伝えたいことがあって。わたし、くびになったの」

深い茶色の瞳は、薄暗い闇の中で底知れぬように見えた。心臓が止まるような一瞬が過ぎ、彼は手を下ろした。「おまえをくびにしたって？　なぜだ？」

きっちりと整えた金髪が月光を浴び、頭の後ろに光輪を作っている。ダイナは自信を取り戻し、背筋を伸ばした。「知るもんですか。あの女が愚かで、ひどく変わり者だというのは、あなたの言った通りだわ。でも、連れがいたのよ」

「誰だ？」

ダイナは唇を舐めた。「ジョー・ウィンストン」名前を口にしただけで、甘美な震えが走る。まさに本物の男だった。なぜなら、わたしは不自由することがなかったから——性的な満足については、少し笑った——自分を拒む男などほとんどいない。なのに、ジョー・ウィンストンはわたしをさげすむように見た。でも、あきらめない。今のところは。「あの女の恋人だと思うわ。結婚はしていないけど。それはわかる」

彼が近づいてくると、ダイナは後ずさった。彼の息づかいは熱く、怒っていたが、声は冷静だった。「何をした、ダイナ？」

「何も」

「でたらめ言うな」彼はあざ笑うように唇を歪めた。「やつに色目を使ったのか？　その体を投げ出したのか？」

そんな辱《はずかし》めるような訊き方をされたくなかった。たいていの男はたやすく手に入るのに、ウィンストンはそうはいかなかった——あいにくと、そのことでますます彼が魅力的に思える。彼はノーと言い、それは本心だった。

この男と同じように。

ダイナはそれ以上目を合わせていられずに、顔をそむけた。「子供たちのことを正直に話したら、二人とも気を悪くしたみたい。あの子たちがどんなふうか、どんなトラブルを起してるかを説明したら、わたしをくびにしたの」

男は乱暴に、彼女の顔を元に向けさせた。ダイナの胸はドキドキし、子宮がぎゅっと緊張した。男は彼女の目を見つめ、相手に向かってというよりも自分に言い聞かせるように言った。「それは筋が通らない。あの子たちはトラブルでしかない」

「わかってるわ」彼はこれまでずっと気前がよかった。彼女に仕事を与え、つまらない情報にもさらに金を払ってくれた。町と、家族への責任という名目で、彼はどんなことでもやった。ダイナはもっとよく知っている。彼が大事なのは、自分だけなのだ。「これからどうすればいいの？　仕事が必要なのよ」

彼は暗い瞳をすぼめ、一歩離れた。「一週間待て。そうすれば、あいつらもどんな子供を相手にしているかがわかるだろう。そうなったら、おまえの家までやってきて、子供たちのしつけをしに戻ってきてくれと頼み込むさ。あるいは、あきらめて立ち去るかだ。時間の問題だ」

「わかってる。パトリシアも、あの間抜けが現れてプロポーズしなかったら、子供たちを連れて引っ越していくつもりだったもの」

「うらやましいのか？」

彼はただそこに立っていた。落ち着き払って、無関心で、たぶんおもしろがっている。彼のこんな面を知っている人は少ない。けれど、時にはこれほど冷たくなれるのだ。

ダイナは胸を突き出し、ささやくように声を低めた。「欲しい男は必ず手に入れるわ」

彼は静かに笑った。「わたしはそうはいかないぞ。それに、ジョー・ウィンストンとかいう男もな」

怒りが体じゅうを駆けめぐった。「一週間以内に、ベッドに引っぱり込んでみせるわ」

「一週間もかけることはないだろう？」彼の微笑みは、悪意に満ちていた。「まる一日もいらないはずだ」

彼と争ってもしかたがない。最初から、女性に特別な敬意を払うような男ではないとわかっていた。欲しいものを手に入れるためなら、男でも、女でも、子供でさえも踏みつけにする。「ええ、そうよ。それに、今は仕事もないわ。ルナ・クラークの気が変わるまで、どうしていればいいの？　それに、結局そうならなかったら？　ここが気に入ってしまったらどうするの？」彼女は口を尖らせた――けれど、効果はなかった。「生きていくためにはお金が必要なのよ」

彼は財布を出し、二十ドル札を何枚か探ると、ダイナに渡した。「ミスター・ウィンストンと話してみる。そいつを説得し、結果を見ようじゃないか」

ダイナはお札を握りしめた。「考えているより厄介だと思うわ。ウィンストンは説得されるような男じゃない気がする」

彼は甘い笑みを浮かべた。「誰にでも弱点はある。彼の弱点がわかれば、どれほどたやすいかがわかるさ」

ダイナは去っていく彼を見送った。オパールのような月光が、今も金髪を彩《いろど》っている。彼女は鼻を鳴らした。後光が差すなんてお門《かど》違いだわ。金髪の下には角《つの》が隠れているに違いない。なぜなら、彼は人間の中で一番悪魔に近い存在だから。

ルナがリストを手にキッチンへ入ってきた。もう十時近くで、ジョーにおやすみを言った子供たちをベッドに寝かしつけてきたところだ。家の中でくつろぐのもいいものだと、ジョーは思った。

それは驚きだった。

湖で泳いだ後、オースティンはじゅうぶんきれいになったと言い張った。湖水で表面の汚れは落ちていたが、積もり積もった垢《あか》はまだ残っている。そこで、ルナは彼にもシャワーを浴びさせた。楽勝とはいかなかったが、ルナが勝ち、ついにオースティンは彼女にはかなわないとわかったようだ。

後になって、おやすみを言いにジョーにすり寄ってきたオースティンはいい匂いがした。石鹸と、少年らしさと、無邪気な子供の匂いだ。オースティンはジョーを抱きしめなかったが、はにかみながら、戸惑うように近くへ寄ってきた。ジョーはその背中をなで、とかしての髪をくしゃくしゃにし、肩をポンと叩いてベッドに送った。

次にウィローがやってきた。色あせたブルーの部屋着をガウンの上に着て、ブラシをかけたばかりの長い金髪を垂らしていた。とてもかわいらしくて、年齢よりはずっと賢そうに見える。ジョーは彼女がどうするかを待った。若い女性の髪をくしゃくしゃにしていいものかどうかわからなかった。

ウィローは長いこと彼をじっと見て、それから頭を下げた。「ありがとう」

真面目な口調に、ジョーは眉を上げた。読書用の眼鏡を外す。「何のことだ?」

「ここへ来てくれて」そう言って、彼女は立ち去った。ジョーは胸がつぶれ、彼女をきつく抱きしめたい衝動と戦った。子供たちは息苦しい思いをせず、自然に慣れていってほしい。

だが、それは簡単なことじゃない。

二人をそばへ引き寄せ、もう二度と、誰にも傷つけさせないと約束したかった。そして……。

くそっ。

ルナが隣に座った。彼女もシャワーを浴びたばかりで、欲望がひどくかき立てられる。彼女の匂いがした。柔らかく、女らしく、甘い匂い。その首筋に鼻をこすりつけたい。その胸に、腿に。下腹部がこわばった。

ルナは身を乗り出して、ジョーが広げていた書類をのぞき込んだ。「何してるの?」

彼女の頭にはいろんなことが詰まっていて、ジョーの欲望にはつき合ってくれそうになかった。ジョーはイヤリングを引っぱった。「湖の収支計算書だ」ジョーは自分の声がかすれているのに気づかないふりをした。「どんなにいい儲けだったかわかるか？　どうしてパトリシアが閉鎖したのかわからない。特に、子供たちに遺された現金はそう多くなかったというのに」

「家計簿を見ていたの？」

「関係あるような気がしたからさ。そうしかめ面するなよ。探ってるわけじゃないんだから。物事をちゃんとさせるために、ついて来てくれと言ったんだろ。生活を安定させるには金がいる。だが、金はあまりなさそうなんだ」

「家の支払いは済んでいるはずよ」

ゆっくりとうなずきながら、ジョーはあたりを見回した。キッチンは広くて美しく、そう古くはない。けれど、現代風とは言えなかった。「ルナ、きみは子供の世話をしたことがない。おれの母親は、アリックスとおれの洗濯物だけで、ブツブツこぼしてた」ジョーは彼女を見つめた。ルナは強いし、能力があるのはわかっている。だが、自分が直面している問題に少し神経質になっているようだ。「給湯費、ガス代、電気代、税金、保険料……食費だけでも、毎月かなりの額になる。自分ひとりの生活費を考えて、それを四倍してみるといい。子供たちを育てるにはそれだけかかるんだ。そして、それに終わりはない」

彼女はエキゾチックな目を細めた。「わたしが投げ出すと思ってるの？」

「とんでもない」椅子に深く腰かけ、腹の前で手を組んだ。「だけど、何らかの形で収入を得なきゃならない。銀行に預けてある金には利子がつくけど、その金を、もっと利幅の大きいものに使ったほうがいいと思うんだ。会計士に相談してみるのもいいだろう」

「株とか？」

「あるいは投資信託か、そんなものだ。だが一方で、湖が解決策になるかもしれない。あそこは金になっていたんだ。きみのいとこのクロエは、湖でかなり稼いでいた。なのに、なぜパトリシアはあそこを閉めたんだろう？」

ルナは肩をすくめた。「たぶん、わずらわしいことをしたくなかったんじゃないかしら。わたしの目には、なまけ者で、甘やかされるのが大好きな女に映ったわ」

「ああ。あまりいい人間には見えないな」ジョーは膝に置かれた足のことを思い出し、かぶりを振った。いまだにパトリシアかダイナかわからなかったが、それはどうでもいい。どっちにしても耐えがたかった。

今はそのことをルナに話す理由はない。ふたたびテーブルに向かい、片方のこぶしで頭を支えて、書類を取り上げた。「きみさえよければ、これに目を通して、再開するのがどれくらい大変か調べてみるよ」

「ぜひお願い」テーブルの真上の明かりに照らされたルナのまつげは、長く、柔らかく、頬骨に影を落としていた。シャワーの後で着替えていて、今は肩紐《ひも》の付いた胸すれすれのコットンシャツに、透けるようなハーレムパンツを穿いている。メークは落とし、アクセサリーもすべて外されていた。こんなくつろいだ格好をしていても、華やかで、セクシーで、エキゾチックに見える。

セックスの翌朝には、こんな格好に違いない。

そう考えると、ジョーは温かい気持ちになった。一日の終わりに、こうして彼女と語り合うのは楽しかった。まるで家族のようだ。こういうのは苦手だと思っていたが、実際は……自然なことのように思える。

まったく。何を考えてるんだ？　そんなはずはない。首を振るジョーを、ルナが不思議そうに見た。ジョーはもう一枚の書類を前へ押しやった。「この地域で大きい湖といったらこしかないし、学校が休みになって、ますます暑くなれば、みんなこぞって会員に復活するだろう。かなりの儲けになるはずだ」

ルナは季節ごとの活動を書いたチラシを取り上げた。「泳げるだけじゃないのね？」

清潔な髪の香りと、何とも言いようのない芳香が、彼の心を満たした。ジョーは深く、荒い息をついた。早く彼女をものにしなければ、頭がおかしくなってしまう。「湖のそばの小屋では、いろいろなものを売っていた。大型冷蔵庫は、電気系統にちょっとした修理が必要だが、そのほかは問題なく使えそうだ。オースティンが言うには、母親は湖を訪れる人たちにアイスクリームやコーク、袋入りの氷、ポテトチップスやスナック類を売っていたそうだ。ほかに、釣り餌の自動販売機もある。餌をどこで仕入れるかは、まだ記録が見つかっていないけどね。浮き輪やカヌー、釣り具も貸していた。湖の上や周辺で使う、ありとあらゆるものが揃っていたようだ。今もここにしまってあると、オースティンは言っていた。ほとんどは小屋の中にあるが、屋根裏や地下室にもあるらしい」

「へえ」ルナが椅子の背にもたれると、シャツが引っぱられ、乳首がくっきりと浮かび上がった。「ウィローの部屋にコンピューターがあったでしょう。この時代だもの、ほとんどの記録はそこに残っているはずよ」

ジョーは無理やり彼女の顔に目を向けた。「いい考えだ」セックスのことでいっぱいの頭で、彼女の話に集中するのは難しかった。「じゃあ、おれがチェックするのに賛成でいいんだな？」

ルナの微笑みはとても甘く、頼りきっているようで、ジョーは全身の筋肉がこわばるのを感じた。「本当に熱心に考えてくれているのね」

熱心に考えているのはきみのことだ。だが、まだ口にするわけにはいかない。自分できちんと考える時間を取るまでは。それでも、ルナには感心した。ここへ着いてからというもの、次々に問題に見舞われながらも、目的を見失っていない――子供たちの面倒を見るという目的を。ウィローとオースティンを安心させ、守られている気持ちにさせるという、自由気ままな月の女神には骨の折れる仕事をやってのけた。

ジョーは彼女の手を取った。「今のところは、楽しんでいるからな」

ルナは笑った。その笑いさえも、ジョーに火をつける。頭を元に戻さなければ。彼女が手にしたリストを顎で指した。「それは何だ？」

ルナは眉を上げ、ため息をついた。「必要なものを全部洗い出したの。でも、リストがあまりにも長くて。オースティンの服はほとんど古着で、大きすぎるのもあれば小さすぎるのもあるという感じよ。新しい靴を買ったのは、もう何年も前になるんでしょうね。ウィローの服はそれほどひどくはないけど、成長は止まっているという話だから、何年か前の服でも着られるということみたい。長い間、新品を買ってもらったことはなさそうよ」

あんな少女なのに成長が止まったというのは信じがたい。ウィローの背はルナとほとんど同じだが、ずっと痩せていて、体の線も未熟だった。「男の子のほうが成長が遅いと聞いたことがある。それに、オースティンのほうがウィローよりずっと服を傷めるだろうからな」

「そうなの。ウィローに聞いたけど、パトリシアは、汚したり破いたりするのが落ちだから、新しいものは買ってやらないと言ったそうよ」ルナはこぶしを握りしめた。「それにパトリシアは、クロエが父親をはっきりさせて、養育費を払わせなかったのは愚かなことだと言ったらしいわ。自分から訴訟を起こそうと、父親の可能性のある人物をあれこれ考え、子供たちをずっと苦しめてきたのよ」

ジョーは同情したが、こう言った。「父親は金を出すべきだ、ルナ。それが責任というものだ」

「わかってる。相手が誰にせよ、許すつもりはないわ。でも、子供たちをそれに巻き込む権利がどこにあるの？　特に、今みたいな状態で。それにクロエには、父親をかかわらせたくなかった理由があったんだと思うわ。ただ……もっと早く知っていればよかった」

ジョーはそのことを考え、顔を曇らせた。彼女が最初から子供たちのことを知っていたら、いとこのゼーンを訪ねるずっと前に、いなくなっていたに違いない。出会うこともなかっただろう。そう考えると、胸がつぶれるような気がした。「ほかのやつらも、パトリシアと同じくらいひどかったと思うか?」

「あの子たちを見捨てたのよ。立派な人間とは言えないわ」

ルナは子供たちの境遇に熱くなりすぎているようだったので、ジョーは彼女が手にしているリストを叩いて、注意を引いた。「それで、パーッと買い物を楽しもうというわけか?」

彼女はまたまつげを伏せ、もう一度リストに目をやった。「できれば今週末にもね。サマースクールが始まる前に、新品の服を着せてやりたいの。それに食料品も必要だわ。子供たちが食べたいようなものが、何ひとつないんだもの。今夜、ひき肉があったのは、運がよかったとしか言いようがないわ」

ジョーは自分を抑えきれず、彼女の手を取り、手の甲にキスした。腕から肘へ、それから喉を経て胸にまでキスしたい。うめき声を隠すために、彼は言った。「あのミートボールスパゲッティは最高だった」もう一度手の甲にキスをし、人差し指と中指の谷間に舌を這《は》わせる。ルナがはっと息をのむのを聞いて、ささやいた。「占い師の助手にしては、料理がうまい」

彼女が別の手に持っているリストが震えた。「ありがとう」

ジョーは身を乗り出し、リストを細かく眺めた。「これじゃ一日がかりになりそうだな」

「そのようね」ルナは震える息を吸い、下唇を噛んで、手を引っこめた。「一緒に来る?」

「行きたくはないんだが」そのつもりはなかったのに、思わず彼女を誘惑していた。数日の間は徐々に慣らしていって、それから迫るつもりだったのに。「買い物はあまり好きじゃないが、ベッドを買う予定があるから、ついていくことになるだろうな」

ルナは一瞬、その意味を見過ごしていた。リクエストを書き留めようとするペンを止め、彼をじっと見た。「ベッドがないの?」

「いいのがないんだ」それに、みんなから目を離したくなかった。ヴィジテーションに着くまでに、尾行をまいたと断言できない。誰かがつけてきたのを見てはいないし、簡単につけられないように特に注意してきたつもりだ。だが、可能性がないとは言いきれない。それに、ジェイミー・クリードも信用できなかった。やつはおれを驚かせた。それはたやすいことではないはずだ。

ルナを見て、彼女をベッドに誘うにはどれくらい時間がかかるだろうかと思った。「キングサイズのが欲しいんだが、あの窮屈な部屋には入りきらないだろうな。だから、ダブルでいい。それと分厚いマットレスも」

ルナがまだ驚いた顔をしているうちに、電話が鳴った。

ジョーは体をひねって、キッチンの壁にかかった受話器を取った。「こんな夜更けに電話をかけてくるなんて、どこのどいつだ」

ルナは目を丸くし、隠そうともしない皮肉な口調に耳を澄ませた。二人は今日一日、オーエンからの電話を待っていたのだ。

「もしもし」

沈黙が流れた。それから「わたしはクインシー・オーエンだ。そちらは何者かな?」

「クインシー? 何時だと思ってるんだ。もう寝ようと思っていたところだぞ」

「何だって?」

クインシー・オーエンがこんな夜更けに電話してくるほど配慮に欠けた人間だとしても、ジョーは驚かなかった。ジュリーによれば、クインシーは町のほとんどを支配している。つまり、たいていのことは許されるということだ。「クレイ・オーエンの父親か?」

「義理の父親だ。それで、おまえは誰だ?」

「ジョー・ウィンストンだ。何の用だ、クインス?」

「クインシーだ」いら立ったような声で、相手は答えた。「まずは、今日の午後、コールダー家で何があったのか聞かせてもらおうじゃないか」

ジョーは椅子の前の脚を浮かせて、ゆったりとくつろいだ。「クレイは礼儀を知らないし、鼻持ちならない、無礼なことをした。大人でも我慢ならないが、ましてや子供だ。だからここを出ていって、二度と来るなと言ったんだ」

またしても、張りつめた沈黙。「わたしのことを知らないようだな」

ルナが満足そうに目を輝かせているのに、ジョーは気づいた。「あんたの影響力については話を聞いているよ、クインス。ただ、おれはそんなことは気にしない。あんたが息子に礼儀を教えてやれば、またここへ来させてもいい」

「何だと」穏やかな口調が怒りに変わった。「あのコールダーのガキどもが、何をしたかを知らないんだろう。だが――」

ジョーは受話器を置いた。

ルナは目をパチパチさせた。「電話を切られたの？」

「いいや。まだしゃべってた」ジョーはにやりとした。「やつの口ぶりが気に食わなかっただけだ」

電話はすぐに鳴った。ジョーは受話器をひったくった。そして、相手が誰なのか知らないかのように言った。「もしもし？」

「電話の接続が悪かったようだな」

「どうとでも考えるがいい。だが、もう一度ウィローとオースティンを侮辱したら、また電話が切れるぞ」

数秒が経つ間、クインシーが爆発寸前の怒りを抑えているのがわかった。「ミスター・ウィンストン、わたしは議論をするために電話をしたのではない」

「それはよかった。どっちにしても、議論するようなことはないがね。おれは一部始終を見ていたが、率直に言って、クレイは礼儀を知らない」

「コールダー家の子供たちに挑発されたんだ。向こうが先に手を出した」

「それも考えたが、今回は明らかにそうじゃない。ウィローは彼らの車が見えたとたん、家に引っこんでしまった。それにオースティンは――ちなみにまだ九歳だが――クレイのおかげで目の周りにあざを作ってきた」ジョーは念を押すように言葉を切ってから、後から思いついたようにつけ足した。「これは、弱いものいじめってやつじゃないのか?」

受話器の向こうから、歯ぎしりする音が聞こえてきた。「クレイの話では、そっちの子供のほうが襲いかかってきたそうだ」

「なぜだか訊いたか? 訊いてないだろう。女の子に向かってクレイがどんな言葉を使ったかを知ったら、誰だって許せないはずだ。オースティンは、姉にひどいことをされた弟がするべきことをしたまでだ。もう一度クレイと話してみろ、クインス。そして、男とはどうあるべきかを教えてやれ」

「わたしに命令するのか?」

「役に立つアドバイスをしているだけだ。クレイの態度を見れば、このアドバイスを活用することを勧めるね」

「つまるところ、おまえは何者なんだ?」

「言っただろう」ジョーは音を立てて椅子の脚を床に戻した。その顔から、笑みが消えていた。「ジョー・ウィンストンだ」

「それで?」クインシーはあざけるように言った。「まるでその名が、わたしにとって何か意味があるみたいだが」

「ああ。これからは、おれがウィローとオースティンを守るということだ。おれはその責任を肝に銘じている。そのことを覚えておけ」

「なら、わたしも同じだ。わたしにも責任がある。そういうことなら、彼らを別の場所へ引っ越させることが、誰にとっても一番いいことだと思うがね」

「だめだ」

相手の声は、うなるように低くなった。「言っておくが、あの子たちにとって何が一番いいかを考えてのことなんだぞ。どこか別の場所で、新しいスタートを切ればいい。このヴィジテーションの町では、彼らは父親のいない孤児だということをみんなが知っている。ここにいたって何もない」

「おれがいる。彼らに必要なのは、新しいスタートだけだ」

「これまでの行動を考えたら、面倒を見るのは大変なことだぞ。あの子たちは不良で、しつけもなっていなければ、敬意も――」

「それはおれが心配することだ、クインス、わかったな?」ジョーはまた受話器を置いた。困ったことに、いい気分だった。

ルナのほうを向いて、口を開きかける――と、彼女が身を乗り出してきた。「ジョー」

「何――」ルナの体が投げ出されてきた衝撃で、息が止まり、痛みにあえいだ。けれど、ルナに全身を触られると、すぐに痛みは頭の隅に追いやられた。彼女に腕を回し、そばに引き寄せながら、苦労して二人の体を椅子に落ち着けた。

「おい、大丈夫か?」少し体を離して顔を見たいのに、ルナはしっかりと首にしがみついていた。

「ありがとう」ルナは音を立てて、耳に、口元に、顎にキスをしてきた。柔らかく、湿った唇が彼に火をつけ、じらす。ジョーは片手を彼女の髪にすべらせて、ようやく主導権を握った。彼女の唇をふさぎ、むさぼるような熱いキスをする。舌を滑り込ませると、ルナは小さく甘いうめき声とともに受け入れた。それから、ジョーの胸に伝わってくる速い心臓の鼓動のほかは、じっと動かなくなった。

「これが欲しかった」ジョーはささやいて、彼女の唇、柔らかい舌、吐息を味わった。腕に力を込め、彼女の胸をぴったりとくっつける。大きく広げた手を背中に当て、ジョーはさらに彼女を引き寄せた。このまま彼女の中に入ってもいいと思った。椅子の上で、彼女の両脚を絡ませながら。低いうめき声を上げて、もう一度貪欲に、飢えたように唇をむさぼった。時間をかけようという考えはすっかり消え失せていた。

ルナはほんの少しだけ体を引いてジョーを見上げた。荒く息をつき、喉を上下させながら、唇を舐めてささやく。「ジョー？」

「何だい、ベイビー？」

ルナはどぎまぎしてしまうほどの優しさで、彼の顎に触れた。「あなたって最高だわ」

「何をしたかは知らないが」ジョーはすっかり熱くなり、かすみのかかったような目で彼女を見ながら、低い声で言った。「お望みならもう一度やってやる」ルナの喉と、肩にキスをする。その体はとても柔らかくて、つるつるしたハーレムパンツ越しに、思わずお尻に手を伸ばした。指先を深い谷間に滑らせると、頭がおかしくなってしまいそうだ。「すごくいい尻だ」

ルナは身を固くし、それから笑い出した。またしても窒息しそうになるほどジョーを抱きしめ、愛情を込めて肩を叩く。それから体を離して、立ち上がった。両脇でこぶしを握っていたが、声は優しかった。「もう寝たほうがよさそうね」

ジョーは目を丸くした。「何だって?」キッチンに置き去りにする気なのか。ひとりきりで。勃起したものを抱えて。

「明日はやることがいっぱいあるし、今夜もまだ、考えることがあるから」背を向けようとして、立ち止まった。「ミスター・オーエンと、これからひと悶着《もんちゃく》あると思う?」

ジョーも立ち上がった。彼女にためらっているそぶりがないかどうか見る。「だろうな」うなずきながら、ルナは一歩下がり、ゆっくりとドアに向かった。「じゃあ、また明日ね」

そりゃない。「ルナ……」

「だめよ」

頭が爆発しそうだった。「すっかりその気になってたじゃないか」

「そう簡単にはいかないわ」ルナの視線が、彼の全身をさっと眺めた。ふたたびジョーの顔を見た彼女は、目を輝かせていた。「あなたはすごく、すごく魅力的だわ、ジョー・ウィンストン。自分でもそれを知ってるはずよ。でも、まだここへ来た初日だし、子供たちも起きているかもしれない。それに……」困ったように彼を見た。「だめよ」

それが正しいとわかっていても、納得するのは難しかった。欲望で張りつめたジョーは、うなるように言った。「だったら、おれの気が変わる前に行ってくれ。おれは戸締りをする」

ルナは動かなかった。

「行け」

ルナはきびすを返し、キッチンを出ていった。彼女もまた、欲望に屈したい気持ちと戦っているかのように。

ジョーは傷ついていた。何だってあの難しい、頭のいかれた女が欲しいと——必要だと——思うんだろう？　二階で彼女の足音がするのを聞いてから、ジョーは一階を見回った。部屋から部屋へ行き、すべての窓に掛け金が下り、ドアにしっかりと鍵がかかっていることを確認する。戸締りを確かめることで、燃え上がるような欲望をまぎらすことができた。だが、すっかり忘れることはできなかった。ルナの体に身をうずめ、長く、熱い、ゆっくりとしたセックスを交わすしかない。

大きな家だったので、すべてが終わるころには、性的な満足を求めるじりじりした欲望はおさまり、理性的に考えられるようになった。

鍵は古く、もろくなっていた。どんなにお粗末な泥棒でも、やすやすと入れるだろう。家は孤立していたので、社会のはみ出し者たちの格好のえじきになるに違いない。ルナと子供たちをここに置いていく前に、もっと防犯をしっかりしておかなければ。

家の中の明かりを全部消してから、自分の部屋に戻り、静かにドアを閉めた。小さくて狭いベッドに横になる気にはなれず、中庭に通じるドアから外を見る。半月が低い位置にかかり、一面の星に囲まれていた。明るい夜だった。ロマンチックな夜だ。

男の血を騒がせる夜だ。

ゆっくりとその場を離れ、うめき声とともにベッドに倒れ込んだ——そのとき、かすかな物音がした。ジョーがじっとしたまま聞き耳を立てていると、かすかにきしるような音が聞こえた。ベッドを離れ、ドアに近づいて外を見たが、何も見えない。それでも……わずかな疑惑にさいなまれ、ついにジョーは部屋を出て、階段へ向かった。そうだ、やっぱり聞こえる。みんなが寝静まったと思って、上で誰かが歩き回っているのだ。

ジョーは暗闇の中で階段を登り、物音ひとつ立てずに踊り場までやってきた。今は静まり返っていたが、ウィローの部屋のドアの下から明かりが漏れている。立ち止まって耳をそばだてた。ルナの声がしたので、そっと近寄ってみる。ドアはわずかに開いていて、ベッドの端に腰かけているルナと、机の前にいるウィローの姿がぼんやり見えた。

「眠れないの？」ルナが訊く。

ウィローが肩をすくめる。

「話をしてもいいのよ」

机の上のスタンドの明かりを除いて、部屋は暗かった。けれど、大きく見開いた悲しげなウィローの瞳は見えた。「邪魔したくないわ」

「あら、邪魔なんかじゃないわ。本当よ。力になりたいの。だから、ここにいるんじゃないの」

「あなたがここにいるのは、ほかに誰もいないからでしょう」ウィローはすまなそうに言った。ジョーは中に入っていって、きみのような子供がそんな心配をしなくていいと言ってやりたかった。けれど自分を抑え、ルナに任せることにした。

「いいえ」ルナは少女の手を取った。「ここに来たのは、家族だからよ。あなたとオースティンに心を開いてほしいし、わたしを好きになってほしい。わたしは本当の家族というものを知らないの。だからあなたと同じように、わたしにとっても大事なことなのよ」

ジョーは身を固くした。どういう意味だ？　当然、ルナにも家族がいるはずだ。誰にだって家族はいる。

ウィローも、ジョーと同じくらい驚いているようだった。

「本当よ」ルナは微笑んだ。「家族と触れ合ったことがないの。両親は寄ると触るとけんかしていたわ。それから別れたりくっついたりを繰り返して、とうとう離婚したの。わたしはパパに引き取られた。ママは再婚して、それからはめったに会っていないわ。父親の違う弟が二人いるけど、ほとんど見たこともないの」

「訪ねていかないの？」

「すごく遠いところに住んでるから。一度、行ったことがあるけれど、何だか気まずくて」

そういえば、家族は国じゅうに散らばっていると言っていた。思ってもみなかった……。

「パパはどうしてるの？」

「ママと別れてから、仕事に生きるようになったわ。わたしが高校を出たときに別の人と再婚して、腹違いの妹ができたの。でも、妹とはほとんど共通点はないし、今ではみんな遠くで暮らしてるわ」

ウィローは髪の毛を耳にかけた。「わたしには最初からパパはいないわ。会ったことがないっていう意味だけど」

ルナはただ、うなずいた。「わかってる」

「会ったこともないし、誰なのかも知らないから、恋しいなんて思ったことがない。ママを恋しいと思うようにはね。でも、あなたはパパのことがすごく恋しいでしょ」

肩をすくめてルナは言った。「あまり考えたことがないわ。ずっとそうだったから。でも、今はあなたとオースティンがいる。そのことを大事にしたいの。ここにいたいのよ」

「困ったことになってるのよ」ウィローが釘を刺した。

「わたしたちで何とかすると約束するわ。それはそうと、何かあったらいつでも来てちょうだい。すべてに応えられるかどうかは約束できないけど、できるだけのことはするし、話を聞くと約束するわ」

ウィローは少し考えて、吐き出すように言った。「パトリシアは、ここで暮らせるだけのお金はないと言ったわ。あの男にプロポーズされる前には、わたしたちをよそへやろうとしていたの」

ルナはため息をついた。「ウィロー、わたしはパトリシアじゃないわ。あなたを見捨てたりしない。約束する」

「でも、服を買うって言ってたでしょ」

ウィローの声に期待と不安が入り混じっているのを聞いて、ジョーは胸がつぶれそうになった。この子が前に新しいものを買ってもらってから、いったいどれくらいの時間が経っているのだろう？

「そうよ。新しい服が欲しくないの？」

「でも、そんなお金はないはずだわ」ウィローは机の上の紙をいら立たしげにいじった。

「いろいろと調べてみたんだけど、よくわからなくて……」

「シーッ。ウィロー、お金ならわたしが持ってるわ」

「自分のお金を使うことなんかないわ！」ぞっとしたように言うのを聞いて、ジョーは歯嚙みした。おれだって金は持っている。そして、これほど大事な使い道はない。

「どうして？」ルナが諭《さと》すように言った。「ここに住むことで、わたしは家賃が浮くのよ。わたしのものはあなたたちのもの。それに、買い物が楽しみでしかたがないの。女の子と一緒に買い物に行くなんて、本当に久しぶりなんだもの」

ウィローは肩から力を抜き、微笑みすら浮かべた。けれど、ルナが机に手を伸ばして、新聞記事の切り抜きを取り上げると、またしても体をこわばらせた。「何でもないわ」

「クレイ・オーエンの記事ね」ウィローに返す前に、ルナはぱらぱらと見た。「今年一番のスポーツ選手に選ばれたのね？」

ウィローは顔をしかめてうなずいた。「そう。成績もよかったし、フットボールのチームではクォーターバック、野球ではピッチャーよ。彼は完璧だって、みんな思ってるわ」

ルナは言葉を選んで言った。「なかなかすてきな子ね」

「そうかも」

「彼が好きなの、ウィロー？」

ウィローの目が怒りできらめき、声が低くなった。「ううん。大嫌い」

その答えを聞かなかったかのように、ルナは言った。「だって、好きになるのはわかるもの」

ウィローは激しくかぶりを振った。「前は友達だった。彼のほうが少し年上だけど、すごく仲がよかったわ。二年生のときからの友達なの」ウィローは顔を曇らせた。「でも今は、意地悪されてばかり」

「男の子っていうのは、わからないところがあるわ」ルナは母親のように、ウィローの髪を耳にかけてやった。「人に意地悪をするのは、どんな理由があってもよくないけれど、ジュリーが言うにはあなたの気を惹きたかったそうよ」

ウィローはまだ不満そうだった。「確かに、前はわたしを好きだったかもしれない。でも、変なうわさが立ってから、ひどいことをするようになったわ」

ルナは優しく訊いた。「でも、まだ好きなんでしょ？　いいじゃないの。間違った相手を好きになる気持ちは、わたしもよく知ってるわ。頭ではわかっていても、心は別なのよね」

ジョーの体と心が、ぎゅっと引き締まった。ルナが好きな相手というのは、どこのどいつなんだ？　もしも、ジェイミー・クリードのことを言ってるなら……。

ウィローが首をかしげた。「ジョーのこと？」

「そうよ」

何だって？　ジョーは壁に張りついた。ドキドキしていた心臓がゆっくりと静まる。いったいいつから、間違った相手になってしまったんだ？

だが、その答えはわかっていた。ふさわしい男であったためしはない。ルナのような女にとっては。

「彼はすてきな人よ」その言葉は、本心からのように聞こえた。「最高の男だわ。でも、ジョーはひとつの場所にとどまるような人ではないの」

ジョーの気持ちも知らずに、ルナは話しつづけていた。といっても、ジョーは自分でも何を求めているのかわからなかった。昔はわかっていた――だがそれは、ルナと出会って、彼女に夢中になる前のことだ。

「あなたは違うの？」

ルナはうなずいた。「そんな経験はあまりないし、これまでは、そういう生活を知らなかったかもしれない。でも今は、あなたとオースティンと、ずっとここで暮らしたいと思いはじめているの。そしてジョーは、すぐにも家に帰らなきゃならない。だから、これ以上続かない――続けることができない――とわかっているのに、好きになってもしかたがないわ」

「じゃあ、わたしたちのためじゃなくて……」

「ええ」彼女は自嘲《じちょう》するように、静かに笑った。「あなたたちのことを知る前から、ジョーにはノーと言い続けてきたわ」

ジョーはそのことを、わかりすぎるくらいわかっていた。

ウィローはその告白に驚いたようだった。「でも、どうして？」

ルナは長いため息をついた。あまりに芝居がかっていたので、ジョーはまるでばかにされたように感じた。「世の中には、女を泣かせる男というものがいるのよ。ジョーはまさし く、女泣かせだわ。独身生活を謳歌《おうか》している彼が、結婚するとは思えない。ジョーは間違いなくには結婚しているいとこが四人いるのよ。ジョーは彼らと親しいし、一緒にいて楽しそうだけど、ひとりの女性に縛られるような考えは笑い飛ばすに違いないわ」

「彼、本当に人気があるの？」

「女性に？」ルナは無理に笑った。「ええ、とてもね。でも、ジョーは気晴らしにデートして、いい友達になれるような人じゃない。積極的すぎるから、あまり近づかないほうがいいの」

ウィローが横目でルナを見る姿は、すっかり大人びていた。「もう、かなり近づいているみたいに見えるけど」

「ええ、そうかもしれない」白状したルナは、あきらめたようにも、悲しんでいるようにも見えた。「でも、ジョーに知られない限りは大丈夫よ」

ジョーは満足げな笑みを漏らした。すると、彼女は距離を置きたいというわけか？　へえ！　今では彼女の気持ちを知ったし、たやすく忘れられそうにない。どうにかして進展させてやる。そして、使える情報は、何であろうと使ってやる。

「わたしのクレイへの気持ちも、それに似てるかも。いつでも彼のことを考えてしまうの。そばにいるときは無視しようと思うんだけど、とても難しくて」彼女は膝の上でこぶしを握った。「もう一度オースティンに怪我させたら、こてんぱんにやっつけてやるってクレイに言ったの」

ジョーはにやりとした。ウィローのように小さくて繊細な少女が、他人を傷つけるところなど想像できない。

「あれで彼があなたを困らせないようになるといいけど」

「どうかしら。また来ると思うわ。わたしにはわかるの」

ルナは同情するような温かな目をして、ウィローの顎を手で包んだ。「それで、心ならずもうれしくなってしまうわけね？」

ウィローはつぶやいた。「ええ。うれしいわ」

「これからは、あなたに意地悪するのは難しくなるはずよ」ルナは言った。「ひとりで、歩いて町へ行くことはなくなるわ。クレイがあなたに会いたければ、ここへ来るしかない。そして、ここへ来るなら礼儀をわきまえていなければならない」

ウィローはそれについては何も言わなかった。ルナはようやく立ち上がった。「そろそろ寝たら？　朝になれば、いろんなことがはっきりするわよ」ルナは明るく笑った。「明日は買い物リストをもう少し練り上げましょう。必要なものを全部洗い出して、土曜日に町へ行くの。一日かけて買い物をして、どこかでランチを食べましょう。映画を観てもいいわね」

「映画って、本当？」

ルナとのことに気を取られていても、ジョーはウィローが興奮しているのがわかった。映画が好きなら、買い物リストにビデオデッキを加えて、一日一本ビデオを借りてやろう。彼女は楽しんでもいいはずだ。楽しんでいるところが見たかった。

ウィローは新しい目的を持って、立ち上がった。「この家はお掃除も必要だわ。ピアノのレッスンに歩いていかなきゃならなかったから、その暇がなかったの。ダイナとパトリシアは、お構いなしという感じだったし」

「でも、ダイナは家政婦だったんじゃないの？」

「そうよ」ウィローは鼻で笑った。「ときたま料理をするけど、あとはコソコソ嗅ぎ回ってばかり」

何を嗅ぎ回っていたんだ？　ジョーはいぶかった。

「彼女が好きじゃないのね？」

ウィローは肩をすくめた。「ただ、かかわり合いになりたくないだけよ。すごく嫌な人になるときがあるから」

ジョーは胸が張り裂けそうになった。ルナが口を開いたとき、その声もやはり張りつめていた。

「わたしは決して嫌な人間にはならないわ、わかった？　それと、お掃除は一緒にやりましょう。ジョーとオースティンに手伝わせればいいわ」

「オースティンに掃除をさせるの？」ウィローはベッドカバーをめくりながら、首を振った。「せいぜい頑張って。オースティンは散らかすほうが得意だから」

「男の子だから、どうしていいかわからないだけよ。それに、ジョーは手伝うと言い張るだろうから、オースティンもやりたがるはずよ」

ウィローは微笑みながら、枕をポンポンと叩き、それから胸に抱えた。「ジョーは違うってわけね？」

「彼みたいな男は見たことがないわ」

「ママがよく言ってた。男は見た目で判断できないって。一見、礼儀正しくて、親切で、スマートな男でも、よく知り合ってみたら、自分勝手なずるい男だということもあるって」

ジョーは眉をひそめた。クロエの話は経験から来ているのだろうか？　オースティンとウィローの父親のことを言っているのか？　二人の子供を抱えた彼女を捨てる男なら、それも納得できる。

「ジョーがずるい男だと思う？」ルナは驚いたように訊いた。

「ううん」ウィローは笑顔のまま言った。「その反対よ。初めて会ったときは、何だか……どう言ったらいいかしら。大きくて、色黒で、釘でもおいしそうに食べてしまいそうな感じだった。少し……怖かったわ。特に、オースティンがあんなお行儀の悪い言葉や態度を見せたから。でも、彼がオースティンにどう接したかを見て、いい人だって思ったの」

ジョーが怖いというところを、ルナは肯定も否定もしなかった。「今でもジョーがちょっぴり怖い?」

「いいえ」ウィローは唇を嚙み、それから、思い切って大人のように言った。「でも、あなたは怖がってるみたい」

「わたしはジョーを誰より信頼してるわ」

「自分を傷つけるんじゃないかって思ってる」ウィローが指摘した。「でも、ママが言った通り、わからないものよ」

ルナは作り笑いを顔に貼りつけていた。「その話は明日にしましょう、いいわね? そろそろ本当に寝たほうがいいわ」

「わかった」ウィローは話題が変わったことに少しもごまかされず、ため息をついてベッドにもぐりこんだ。「ルナ? ありがとう」

「こちらこそ。話ができて楽しかったわ」ルナは彼女の頰にキスして、明かりを消し、ドアへ向かった。

ジョーは廊下へ引っこみ、近くの洗面所に逃げ込んだ。くそっ。どうしてウィローは、普通の十四歳の女の子みたいになれないんだ? 哲学者にでもならなきゃならなかったのか?

ルナがおれを怖がってるって? 本当だとしたら、それを隠すのがすごく上手だったに違いない。

ドアのあたりをうかがった。ルナが廊下に出て、ウィローの部屋のドアを静かに閉め、自分の部屋に向かった。部屋の明かりが瞬きながら消える。

ジョーは息を吐いた。部屋を訪ねて、ウィローを安心させることもできるだろう。少なくとも、おやすみのキスをしてもいい。どんなに彼女を誇りに思うか、どれほど力になりたいかを伝えてもいい。

他人のためだという理由に自信をつけて、隠れ場所を出ようとしたところで、背中に息がかかるのを感じた。ショックで目を見開き、くるりと振り返る。小さくて尖った肘が、あばらの傷の上をつついた。

「くそっ」

「ぼくより言葉づかいが悪いね」ささやき声でオースティンが言った。

ジョーは身をすくめた。ルナに関する計画――完全に自分のためだけのもの――が、あたりに発散していたようだ。「いったい何だ？」手を伸ばし、オースティンの二の腕をつかむ。

「シーッ。ここで何をしてる？」

「散歩しようと思ってさ」

ジョーの首の後ろの毛が、すっかり逆立った。「散歩って、どこへ？」

「湖のほとり」

心臓が止まりかけた。額に汗が噴き出すのを感じる。「かんべんしてくれ」

オースティンが両手を腰に当てると、貧弱な腕の筋肉が盛り上がった。「ぼくのことを言いつけたら、そっちのことも言うからね」

「何のことだ？　おれのことって？」

「ルナをのぞき見してたこと」

一瞬、ルナを起こしてこの事態をおさめるのを手伝ってもらおうと思ったが、やめにした。彼女はもう手一杯だし、自分ひとりでも、この厄介な少年を扱えるはずだ。

それに、廊下に潜んで個人的な会話を盗み聞きしていたことを知られたくない。彼女は戸惑うだろう。自分がものすごく卑劣な男になった気になるに違いない。

そして、決して泣かせたりしないと証明したくても、彼女はそれを疑うだろう。

ジョーはドアから顔を出し、このひそひそ話を誰も聞いていなかったのを確かめた。「来い」そう言って、長い指でオースティンの腕をつかんだまま、少年の部屋へ連れていった。

「入れ」

二人して部屋に入り、ジョーはそっとドアを閉めた。プライバシーが保たれると、少し大きな声で言った。「ナイトスタンドは？」

「ナイトスタンドなんて、弱虫が使うものさ」

「弱虫って言葉に敏感なんだな？　わかった、もういい。月明かりでじゅうぶんだ」オースティンの部屋のカーテンを開けると、青白い光があたりを満たした。「さて、話し合おうじゃないか」

「怒ってる？」オースティンは少し怯えているようだった。

「いいや」ジョーはオースティンの体を持ち上げ、ベッドの足のほうに座らせた。「心配してるんだ。怒ってるのとは全然違う」

「どう違うの？」

ジョーはそれには答えなかった。「オースティン、夜ひとりで歩いちゃいけないことくらい、わかってるよな」

「いつもやってるよ」

ジョーの頭がズキズキした。パトリシアと、いまいましい耳栓め。「わかった、これからは禁止だ」彼は慎重に、オースティンの隣に腰を下ろした。あの肘に突かれたせいで、せっかくよくなってきた怪我がまた痛みはじめている。「最初に言っておくが、おれはルナに隠し事をする気はない。断じてだ。だから、おれを脅そうとしたって無駄だ」

「立ち聞きしてたじゃないか」

「ああ」ジョーは認めた。「だが、心配だからそうしたまでだ。堂々と入っていかなかったのは、邪魔をしたくなかったからだ」いいぞ。すごくもっともらしい。

「ルナに、立ち聞きしてたことを話すの？」

くそっ、こうなったらそうしないわけにはいかない。「朝になったらな。それと、おまえが月夜の散歩をしようとしていたことも話す」

オースティンはがっかりしたのと不安とで、眉をひそめた。「ルナは怒るかな？」

「いいや、おれと同じく、心配するだろう。おまえをベッドに入れた以上は、そこでおとなしく寝てると思っているだろうからな」

「トイレに行きたくなったらどうするの？」

「そのときは起きていい」

「喉が渇いたときは？」

「それもいいだろう」

「もしも——」

「家を出ちゃだめだ、オースティン。わかったか？」

オースティンは脚を踏み鳴らし、咳払いをして、口ごもり、ようやく嫌々ながら言った。

「わかった」

「ありがとう。協力に感謝するよ」ジョーはできる限り真面目に言った。彼は立ち上がった。「さあ、もうベッドに入れ」

オースティンは背を向け、ベッドによじ登り、シーツの下に滑り込んだ。ジョーはシーツを上からかけてやった。「カーテンを閉めようか？」

「うん。月明かりなんて——」

「弱虫のものだ。わかってる」自分でも抑えきれず、ジョーは笑っていた。「おまえは好きにしていいが、おれはカーテンを開けて寝る。星を見ながら眠るのが好きなんだ。それでも、弱虫とは言えないだろ」

「言わないよ」沈黙が流れた。「ぼくも、星を見るのは好きだ」

「じゃあ、開けておこう」彼はオースティンの髪をくしゃくしゃにした。「おやすみ」

「おやすみ、ジョー」

ジョーは自分のベッドに横になるまで、笑みを浮かべていた。ボクサーショーツ一枚で、両手を頭の後ろに組み、実際に星を眺めた。考えることは山ほどあった。事実、薄っぺらでゴツゴツしたマットレスも、ベッドから足がはみ出ていることも、気にならなかった。ルナの話を立ち聞きしたことで、事態はさらに複雑になっていた。彼女の言葉には混乱させられたし、少しも納得できなかった。混乱は、ためらいにつながった――これまで、こんなことはありえなかった。

仕事柄、それに危ない橋を渡るような生き方から、いつの間にか一瞬で判断をくだす習慣がついていた。彼女をベッドに引き込んでちょっとした楽しみにふけるか、あるいは家庭が欲しいという彼女を理解して、物事が――今みたいに――ややこしくなる前に立ち去るか。一瞬の判断……これまでは、それに頼って生きてきた。最初に会ったときから、ルナを自分のものにしようと決めていた。けれど、こんなことになるとは誰が予想しただろう？　今ではすべてを考え直す必要があったが、とてもそんなことはしたくない。二階へ行って彼女のベッドに忍び込み、めちゃめちゃに愛したかった。彼女が心の枷《かせ》を外し、彼に泣かされるなんてばかげてると思うまで。

ジョーは嫌悪のため息をつき、目を閉じた。いずれにせよ、オースティンをベッドに入れておくことはできた。

少なくとも、彼はそう思っていた。

# 9

半分寝ぼけたままのルナがシンクに向かい、いれ立てのコーヒーをカップに注いでいると、ジョーの部屋のドアが開いた。かすんだ目でそれを見上げ、ゆっくりと、ドアの枠にもたれた彼に焦点を合わせる。これから一生、毎日こんな格好の彼を見るのも悪くない。コーヒーカップを手にしたまま、インクのように黒い乱れた髪と眠たげなブルーの瞳、険しい顔に影を落とす黒々としたひげを見た。胸はむき出しだ。ルナの見ている前で、ジョーはけだるげに広くなめらかな肩に手をやり、ちょっともんで、さらにちょっとかいた――ルナを挑発するように。

彼は大きなあくびをした。「今何時だ？」

ルナは視界がさらにぼやけ、カウンターに手をついて体を支えた。ジョーはボクサーショーツ一枚だ。そんな格好の彼は見慣れていない。見慣れることがあるかどうかもわからない。彼はまさに……男だった。信じられないくらい男らしい。

を火傷した。


「十時近いわ」ルナは、喉から手が出るほど欲しいコーヒーを口に運び、がぶりと飲んで舌を火傷した。

ゆうべウィローと話したことで、ジョーへの気持ちが前面に出てきてしまった。彼のことを思い、あらゆる感覚がうずいて、とても眠れなかった。これまで会った誰よりも魅力的な男なのに、彼は本気でルナにかかわろうとはしていない。ましてや、二人の子供には。

彼の前で裸になって、広く厚い胸を押しつけられ、唇を秘められた場所に受けることもないまま立ち去らせるのは、賢いことなのか愚かなのかわからない。

自分の中に彼を感じ、二人の男女に可能な限り近づくことは？　考えただけで、欲望に体が震えた。

長い夜を過ごしても、その答えはわからなかった。今では頭がズキズキし、目は充血している。ばか、ばか、ばか。背筋をしゃんとさせて、無理やり彼を見た。「コーヒーは？」

ジョーはうめき声を上げようとしたが、ルナをまともに見ると息をのみ、欲望をむき出しにした目でもう一度見た。「何て格好だ」

ルナは戸惑いながら、自分を見下ろした。寝るときに着ていたシャツは、今はくしゃくしゃになっている。ハーレムパンツは、明け方の暑さのせいでショートパンツに着替えていた。ブラはつけていないけれど、ジョーは前にもブラなしの姿を見ているはずだ。そして髪は……ひと晩じゅう寝返りを打っていたせいでひどくもつれ、取り乱した魔女のように見えるだろう。

片手でコーヒーカップを持ち、別の手で髪に触れた。「コーヒーが飲みたくてたまらなかったから……」ジョーの目に炎が宿っているのを見て、言葉が途切れた。欲望をあらわに近づいてくる。ああ、どうしよう。今では眠気もすっかり吹き飛んでいるみたい。

「ジョー」抵抗してみたものの、その言葉は自分でも弱々しく聞こえた。

「朝は頭がはっきりしなくて」彼は低い声で言った。「というか、今までは平気だったんだ。だが、ゆうべはきみのことを考えながら眠りについたものだから」彼の手がウェストに伸び、さらに体を包んだ。片手は背中を伝ってうなじへ、もう片方の手は、お尻のすぐ上にある。「きみとこうすることをね。目が覚めても欲しかった。しかも、目の前にいるのがこんなにもセクシーで、柔らかくて、かわいらしいときては」最後のほうはうめくような声になり、唇が喉に押し当てられた。近くに引き寄せられると、ボクサーショーツとTシャツ越しに、彼の固いものがお腹に当たった。

ルナはよろめきそうになって、とっさにコーヒーをカウンターに置き、両手でがっしりとした広い肩をつかんだ。彼を押しやったりはしなかった。なめらかで熱い肌に、うっとりと酔いしれる。ルナは爪を立て、たくましい筋肉に跡をつけた。

ジョーは喜びと痛みにうめき声を上げた。「もう我慢できない」彼女の喉に、肩にキスをする。温かな吐息が敏感になった神経をなで、彼女をぞくぞくさせた。ひげが頬と喉をかすめる。そして手は……愛撫し、誘い、じらしつづけている。「いいことかどうかはわからない。ただ、きみが欲しい」

ルナは首を振った。拒んでいるのではなく、混乱して。彼の胸に手をすべらせ、シルクのような巻き毛の手触りに夢中になった。「ジョー……」

「おれが欲しいと言ってくれ」下唇を軽く嚙む。「さあ」

ルナはためらいながら両目を閉じた。あんなに悶々とした翌朝に、こんなふうに不意打ちされるなんて。「欲しいわ」

それに応えるように、たくましい腕に力がこもり、ルナは吐息を漏らした。唇が近づいてくる。暖かい朝とムスクの味がした。息づかいが荒くなり、手の動きが速くなる。大きく広げた手のひらがお尻を包み、体を持ち上げられてルナはつま先立ちになった。そして、勃起したものの上に降ろされた。二人の息が、切羽詰まったように荒くなる。

「うわー、やらしい」

ジョーがいきなり手を離したので、ルナはもう少しで倒れるところだった。ほとんど同時に振り向くと、オースティンが冷蔵庫を開けて、二リットル入りのコークを出そうとしているところだった。ブロンドの髪は逆立ち、ブカブカの半ズボンは、今にもずり落ちそうになっている。

最初のひとことの後は、二人には少しも注意を払っていない様子だった。

ジョーが言った。「ええと……」

ルナは戸棚へグラスを取りにいくオースティンから、ジョーに目をやった——まだ勃起したままだ。目を飛び出させそうにしながら、彼の手を払う。「ジョー」やぶれかぶれになって、小声で言った。「服を着ていらっしゃい」

ルナのほうを向いたジョーの顔は、おかしいくらい呆然としていた――だが、ウィローが階段を下りてくる足音を聞いてわれに返った。そして、これほどの巨体にしては信じられない速さで逃げ出した。部屋のドアがバタンと閉まる。

ルナはまだ半分ショックを受けたまま、一瞬そこに立ち尽くした。それから、愉快な気分に襲われ、思わず吹き出していた。オースティンがそれを見て目をくるりとさせると、彼女はますます笑った。体を折らずにはいられない。さすがのジョーも、九歳の少年に誘惑の邪魔をされたことはないに違いない。心底びっくりしたようで、どうしていいかわからないみたいだった。ルナはまたクスクス笑った。

キッチンに入ってきたウィローは、オースティンがコークを持っているのを見て、まっすぐそっちへ行った。「何がそんなにおかしいの?」ルナに訊きながらも、弟が口に運ぶ前に背の高いグラスをひったくる。

オースティンが顔をしかめた。「ジョーがルナにチューして、それから逃げていったんだ」

ウィローが女だけにわかる視線をルナに投げかけ、微笑んだ。「本当?」グラスをシンクに置く。

「ねえ! グラスを返してよ」

「朝食にコークはだめよ、オースティン。もっといい子にならなきゃ」

ルナはウィローをチラッと見た。朝食にコークはだめ? どうして? 聞いたことがないけれど、母親はそう言うのかしら？　オースティンはシンクのグラスに手を伸ばしたが、ウィローはその手を叩いた。

ルナははっとわれに返った。今はわたしが保護者なんだわ。ウィローが背負っていた重荷を軽くするためにここに来たのよ。「オースティン、オースティン、オースティン」歌うように言いながら、部屋を横切って彼らの前に来る。自分はすべてわかっているかのように言った。「ウィローの言う通りよ。朝食にコークはよくないわ。ジュースはどう？」

「ジュースはないんだ」それから、オースティンは続けた。「パトリシアは、ぼくが何を飲もうと気にしなかった」

ルナもそうだった。実際、冷たいコークは悪くない。でも……。「わたしはパトリシアじゃないわ。ミルクは？」

「ミルクは嫌いだ」

ウィローが、構わずミルクを注いだ。「これを飲みなさい」

「やだ。気持ちが悪くなる」それから、天井を向いて言った。「ジョーがルナの顔にキスしてるのを見るのと同じくらい、気持ちが悪くなるよ」

ウィローが弟の体を突いた。「お行儀の悪いこと言わないの、ばか」

けんかが始まり、ルナはかやの外に放り出された。こんな事態は、ジョーにとっても、ルナにとっても初めてだ。ルナは朝が苦手だった。頭がはっきりするまでしばらくかかる。なのに、目の前でいきなり言い合い押し合いのけんかになり、ミルクがこぼれている。

二人の子供をかわるがわる見たけれど、実際はジョーの顔に張りついた恐怖の表情しか目に浮かばなかった。また笑いがこみ上げてくる。

部屋の中から、ジョーが呼びかけた。「くそっ、笑いごとじゃないぞ」

オースティンは姉との口げんかをやめて、うれしそうに、歌うようにジョーに言った。「また汚い言葉を使ってる」

ジョーがブツブツ言うのが聞こえてきて、ルナは懸命に笑いをこらえた。子供たちに向き直り、殴り合いになる前にけんかをやめさせようとした。「パンケーキ食べない？」言い争う二人に向かって、彼女は言った。

二人はけんかをやめ、彼女を見た。オースティンはいつもの疑うような表情を浮かべていた。「作ってくれるの？」

「朝ごはんを？」ウィローが念を押した。

ルナは目をくるりとさせた。そんなに役立たずに見えるのかしら？「そうよ、アメリカが誇る料理だわ。パンケーキと、たぶんベーコンも」子供たちに聞かせると言うよりは自分に言い聞かせるように、考えながら言った。「確か、冷蔵庫にベーコンがあったと思ったけど」

オースティンはぴくりとも動かなかった。さっきまで姉に向かってひどい文句を浴びせていたくせに、どこかかわいらしく、胸が痛くなるほど繊細に見えた。「日曜日には、ママはよくパンケーキを焼いてくれた」

ウィローが、うなずきながら続けた。「ときどきは平日でも、シリアルじゃなくてパンケーキを作ってくれたわ」優しい、懐かしむような声で言う。「パトリシアは料理をあまりしたがらなかった。特に朝は」

部屋の空気が急に変わって、ルナはどうしていいかわからなくなった。子供たちはすっかり沈んでしまい、悲しげだった。とても見ていられない。「わたしは料理が好きよ。でも、お腹がすいている人がいればの話だけど」

ジョーが大声で言った。「おれは腹ぺこだ」それで、ルナはまたクスクス笑った。

ウィローはもう一度彼女を見て、それから冷蔵庫に向かった。ドアを開け、中をごそごそ探って、包みを出す。「ええ、ベーコンはあるわ」

「よかった。じゃあ、作るわよ、いいわね？」

オースティンが様子をうかがうように言った。「パンケーキと一緒に、コークを飲んでもいい？」

ルナとウィローが同時に言った。「だめ」

オースティンはまたしても、姉を攻撃した。「お姉ちゃんはぼくのボスじゃねえだろ」

「ボスじゃない、でしょ」ルナは訂正し、それから自分でも混乱して眉をひそめた。どうか母親らしく聞こえていますように。ほとんどささやくような声で、彼女は言った。「少なくとも、正しい言葉づかいをしなさい」

「え？」

ルナはあきらめた。「待ってて。すぐに用意するから」ジョーの部屋へ行き、ドアをほんの少し開ける。ジョーは中をうろうろしていた。今はジーンズを穿き、両手を頭の後ろで組んでいる。髪はますます乱れ、動きは固く、ぎこちなかった。痛みをこらえているようだ。

ルナは一瞬、うっとりとため息をついた。ジョーはその姿勢のせいで大きな力こぶができ、深く息を吸うたびに、広い胸が上下する。脇の下から黒いシルクのような毛がのぞき、これまで以上にたくましく、男らしく見えた。

ルナはため息をついて中に入り、背後でドアを閉めた。「大丈夫？」

ジョーは足を止めて、彼女をにらみつけた。まだジーンズの前を突き上げているものを顎で指し、どう思うと目で訊いた。

ルナは微笑んだ。「ごめんなさい」

「少しもすまながっているようには見えないぞ、ルナ。だから、しおらしいことを言うのはやめろ」彼は胸を膨らませて、もう一度彼女の体をじっくり見た。「何てこった。そんな格好じゃ何の助けにもならない」

それはルナにもわかった。髪はくしゃくしゃだし、化粧はしていないし、服はだらしないしで、みっともないにもほどがある。

その心を読んだように、ジョーが言った。「ベッドで眠れない夜を過ごした後みたいに見えるぞ」

ルナはうなずいた。「その通りよ」

ジョーはごくりと唾を飲んだ。「おれもだ」

ルナは体を揺すって、髪を直そうとした。「ひどい頭」

しばらく間があって、ジョーは手を下ろし、深呼吸した。耳を引っぱり、小さなイヤリングをつける。「お互いこんな格好を見るのは、この先何度でもあるだろう。だから、おれの朝勃ちを許してくれるなら、そっちの乱れ髪も見て見ぬふりをするよ」

ルナは横目で彼の膝を見た。「どうかしら。見て見ぬふりはできそうにないわ」

「やめろ」ジョーはぎゅっと目をつぶった。「その話になると、またよみがえってくる」

ルナは笑いながら、後ろ向きにドアに向かった。「わかったわ。あと五分、時間をあげる……何をしていてもいいけど、その後はキッチンに来てね」

ジョーはルナの顔をチラッと見た。ひげにこすられた跡はどこにもない。「十分にしてくれ。そうしたら、ひげを剃って行く」

「いいわ」

キッチンに戻ると、子供たちは二人とも、おとなしい天使のようにテーブルについていた。彼女は足を止めた。「どうしたの?」

オースティンが椅子の中でもじもじした。「テーブルの用意とか、してほしくない?」

「わたしは料理を手伝うわ」ウィローが言った。「それとも面倒なら、いつものようにシリアルでもいいけど」

真面目で神妙な顔をした子供たちを、ルナは順番に見た。「わかったわ」両手を腰に当て、裸足を一歩前に出す。「何があったの？」

ウィローが肩をすくめた。「何もないわ」

けれど、オースティンはいつまでも黙っていられなかった。「ぼくたちのことでルナとジョーがけんかしてるんだってウィローが言うから。怒って出ていかれたら嫌だから、いい子にするって約束する。家のことも手伝う。朝食にコークも飲まない。ジョーとチューしてるところを見ても嫌な顔はしない。ウィローとけんかもしない――あれこれ指図されない限りはね――あと、夜こっそり出かけたりもしない」それだけ言うと、疲れきったように長々と息を吸った。

ルナは驚いた。「すばらしい演説だったわ、オースティン」

彼はにっこりした。

「でも、わたしはどこへも行かないわ」ぼんやりと、オースティンの言ったことを思い返す。それから、目を見開いた。「夜こっそり出かけないって？ いったいどういうこと？」

ウィローが顔をしかめて、弟の腕を殴った。オースティンは体をすくめたが、顔をくしゃくしゃにして、腕をさするまいとした。

ルナは自分の髪をむしりたい気分になった。「ウィロー、頼むから弟を叩かないで」

「だって、おしゃべりなんだもの」

「まだ九歳なのよ。頭に浮かんだことは何でも口にしてしまうわ。それでいいのよ。だけどオースティン、こっそり出かけるってどういうこと？」

ジョーの部屋のドアが開き、彼がキッチンへ入ってきた。足取りは少しぎこちなく、まだひげも剃っていない。「おれが説明しよう」

ジョーが自分のコーヒーを注いでいる間、ルナは待った。「何を説明するっていうの？」

彼はオースティンの横に座った。「フーディーニの得意技さ」

「フーディーニって？」オースティンが訊く。

「あんたよりも脱出がうまい人よ」ウィローが説明すると、オースティンは舌を出した。

「ジョー、どういうことなの？」

ジョーは脚を伸ばし、ゆっくりとコーヒーを飲んで、息をついた。「ゆうべ、オースティンが部屋を抜け出そうとしていたのを見つけた」

「どこへ行こうとしてたの？」

ジョーが眉を上げると、オースティンは顔を真っ赤にしてテーブルに目を落とし、もぐもぐと言った。「ただ、外に」

「湖へ行くのよ」ウィローが言った。「音が聞こえるときには、後をつけていくんだけど。こっそりやるのがうまいの」

「そううまくはない」ジョーが言った。「ゆうべは三度つかまえた」

目の前の仕事がいかに途方もないものか、ルナにはようやくわかった。固唾《かたず》をのみ、二人の子供を見て、いったい自分の手に負えるだろうかと思った。子供たちのことは何ひとつ知らない。何に興味があるのか、何を考えているのか。しかもこの二人は、手のかからない子供じゃない。オースティンを見つめ、彼の心に届かせるためにはどう言えばいいだろうかと思いを巡らせた。

オースティンの小さな肩がこわばり、顔は赤くなっている。困っているというよりも、固い意志を感じた。ルナは今、自分が何をすべきか、何を言うべきかがわかった。

「オースティン――」

彼はジョーのほうに身をよじり、責めるように指さした。「この人、ゆうべルナが話してるのを立ち聞きしてたよ」

ルナは二の句が継げなかった。すっかり混乱して、ジョーを見た。「何ですって？」

息を吸って続きを言おうとするオースティンを、ジョーが手を上げて黙らせた。ルナの目をじっと見る。レーザーのようなまなざしは真剣で、無言のうちにメッセージを送ろうとしているようだった。「ゆうべ、オースティンが歩き回る足音を聞いて、調べにいったんだ」探るようにルナの顔を見て、信用しろというように眉を上下させる。「きみはウィローの部屋でしゃべっていた。邪魔をしたくなかったから、声をかけなかったんだ」

「聞き耳を立ててたよ！」

ルナの頭に会話の内容と場面が次々によみがえった。胸が痛み、屈辱に顔が赤くなる。

「その通りだ」ジョーは彼女を見つめたまま、認めた。「確かに最初は、ウィローのことが心配で立ち聞きしていた。それからオースティンを見かけて、ベッドへ連れていった。だが、この子はおとなしくしてはいなかった。しまいには二、三度ベッドに戻さなくてはならなかった。今朝、お仕置きしようと思っていたところだ」

オースティンはしょげかえって、注意をよそに向けようと、ルナを見た。「ジョーが盗み聞きしたと聞いて、怒らないの？」

ルナは身を固くした。怒る？　それよりも、恥ずかしかったし、傷ついていた。彼が女泣かせだとかいうばかげた話を、全部聞かれてしまったなんて。ひどい。ウィローに素直になってもらおうと打ち明けた秘密を、思い出すことすら嫌だった。

顔から火の出る思いだった。けれど、子供たちがこっちを見ていたし、ジョーも一挙一動を見守っているので、傷ついた気持ちをのみ込んで一番大事な問題に目を向けた。「確かに怒っているかもしれないけれど、オースティン、あなたのしたことに変わりはないのよ。わたしがベッドに入ってからは、どんな理由があろうとこの家を出てはいけないわ」

「でも——」玄関にノックの音がした。子供たちは飛び上がり、まるで猛犬が入ってきたかのように顔を見合わせた。

ジョーはその奇妙な反応に気づいた。「おれが出る」

「部屋に行ってる」オースティンがだしぬけに言って、席を立とうとした。

「おまえたちは、話が済むまでここにいるんだ」

オースティンはゆっくりと椅子に戻った。目は大きく見開き、落ち着かなげだ。ルナは見ていられなかった。お仕置きを受けるのを怖がっているのかしら？　後ろに立ち、肩に手を置いた。「大丈夫よ、オースティン。何もかもうまくいくわ」

けれど、まもなくジョーがキッチンに保安官代理を連れて入ってくると、それも疑わしく思えた。

「コーヒーは？」ジョーが男に勧めた。

「いただくよ」彼は大きな、仕事柄ゴツゴツした手をルナに差し出した。「保安官代理のスコット・ロイヤルです。朝早くからすみません」

「保安官代理」ルナは握手した――そして、彼が子供たちに、とがめるような目を向けているのに気づいた。「ルナ・クラークです」

「新しい保護者ですね。ジョーから聞きました。初めまして、ミズ・クラーク」

「ルナと呼んでください」テーブルを身ぶりで示した。「どうぞおくつろぎください、保安官代理」

ジョーがスコットにコーヒーを手渡した。「ルナ、ウェルカム郡に顔見知りの警官がいると、前に話しただろう？　おれが犯人を引き渡した後、ここへ招待してくれたのがスコットなんだ」

スコットは椅子を引き、腰を下ろした。帽子を取って膝に置く。ルナはひと目で彼を気に入った。砂色の髪に優しげなブルーの瞳、少し歪んだ笑み。「もう少しで」スコットはそう言って、親指と人差し指を近づけた。「つかまえそうになったことは何度となくあったが、そのたびにうまく逃げられた。あきらめようとしたところで、ある日ジョーが連絡してきた。〝やあ、このあたりで取り逃がした犯人がいるかい？〟ってね。あまりに軽いから、最初は信じられなかった」

　オースティンは目を丸くしてジョーを見た。「悪者をつかまえたの?」

　スコットがうなずいた。「何十人とね。ジョーはこの国最高の賞金稼ぎのひとりなんだ」

「今は違う」ジョーが訂正した。「もうやめたんだ」

　今度はルナが目をパチクリさせる番だった。「賞金稼ぎだとは知ってたけど、まさか……」

「そんなにすごいとは知らなかった? そう、クソみたいに優秀ですよ。警官の間にも犯罪者の間にも、その名は知られています。といっても、抱く感情はそれぞれですが」

　オースティンは保安官代理の言葉づかいを非難しようと口を開いたが、ジョーに「オースティン」と言われて、しぶしぶ椅子の背にもたれた。

　スコットが少年のほうを向いた。「それでだ、ジョー、きみらは全員、ゆうべは家にいたのか?」

「うん」オースティンは用心深く言った。スコットの質問の意味を知るまでは、答えを渋っているようだ。

「それはよかったな、オースティン。というのも、何人かの住民が、おまえに家を壊されたと訴えてきているんだ」

　オースティンはただちに背筋を伸ばした。「やってないよ! ジョーに家から出してもらえなかったんだ。出かけようとしたけど、ジョーがついてきて、ベッドに入れと言ったんだ」彼は興奮してジョーを見た。「そうだよね?」

スコットは笑い出しそうになったが、ぐっとこらえて顔をしかめた。「それを聞いて安心したよ。今度つかまえたら、警察へ引っぱっていかなきゃならないからな」

今度？　ようやく、早朝の客に子供たちがあれほど怯えて顔を見合わせた理由がわかった。地元の警官がここへ来るのは、いつものことなの？　時間が経つにつれ、ルナはますます気分が落ちこんでいた。「何があったんです？」

スコットは手帳を取り出した。「いろいろなことですよ。花壇が踏み荒らされ、車の窓が割られ、玄関先に犬の糞《ふん》が置かれていた」オースティンをちらっと見た。「どれもこれも、オースティンのしわざとしか思えないようなやり方で」

「ぼくじゃない」

スコットは手帳を閉じた。「その場で何度かつかまえたこともあるから、おまえの言葉は鵜《う》呑《の》みにできない。トラブルというのは、そこが厄介なんだ。一度やってしまったら、もう一度やったのを否定するのは難しい。だが、ジョーのことはよく知っているから、彼の言うことは信じられる。おまえがベッドに入っていたと彼が言うなら、それを信じるよ」

オースティンはほっとするあまり骨抜きになったようだ。それを見たジョーが手を伸ばし、大きな手のひらを肩に置いた。

けれど、ウィローの口調は冷ややかだった。「保安官代理、確かにどれもこれも、オースティンのしわざのように見えるわ」

スコットはうなずいた。「そのようだ」

「つまり、オースティンがやったように、誰かが見せかけたってことでしょう」

ルナは思いもつかなかった。けれど、ジョーとスコットを見ると、二人とも同じことを考えていたようだ。

「かもしれない」スコットが言った。「だが、これらはときどき目にするいたずらの典型ともいえる」

ジョーは意味ありげにルナを見た。無言のメッセージを送ろうとしているのはわかったけれど、何を伝えたいのかわからない。彼は咳払いした。「今後、可動灯や探知機、ひょっとしたら防犯カメラも取りつけようと思っている。それに、この家はどう見ても、新しい鍵が必要だ」

「悪くない考えだ」スコットはコーヒーを飲みながら、二人をかわるがわる見た。「そうすれば、中にいるべき人間が外に出ないことも、外にいるべき人間が中へ入ってこないことも確実にできる。安心して眠れるというわけだ」乾杯するように、ジョーに向かってコーヒーカップを持ち上げた。「遠慮なく言わせてもらうが、ひどいざまだな」

ジョーは笑った。「ああ、その通りだ。ここのところ、ごたごたがあってね」

「その話は今度、ゆっくり聞かせてもらうよ」スコットはテーブルに肘をついて、身を乗り出した。「その前に、まずはオースティンに修理代を払わせろと言ってる連中をなだめなくちゃいけない。この子がやったのでないと知ったら、がっかりするだろうな。もっとも、納得させられればの話だが」

「きっと真犯人が見つかるわ」ルナはしょんぼりしているオースティンがかわいそうになって、きっぱりと言った。

スコットは疑わしそうだったが、肩をすくめただけだった。「必要なものがあれば、町まで車で行かなきゃならないだろう。いい店を教えるよ。二時間ほどかかるが、それだけの価値はある」

「ありがとう」

「きみたちは、これまで以上に気をつけたほうがいい。計画的な犯行ということがあるからな。それとオースティン、事態は深刻だということを肝に銘じておいてくれよ。ジョーがアリバイを証明してくれたからいいものの、そうでなければ、今すぐパトカーに乗せられていたところだぞ」

それが本気なのか、オースティンに対する脅しとして言っているのか、ルナにはわからなかった。神妙な顔のオースティンを見て、ちょうどいいタイミングで来てくれた保安官代理の足元にキスしたくなった。「ありがとうございます、保安官代理」

「スコットと呼んでください。ジョーの友人です」彼はコーヒーを飲み終え、腰を上げた。

ジョーはまたしても意味ありげな目つきでルナの手を握ると、スコットを見送りに戸口へ行った。スコットがいなくなっても子供たちはしゅんとしたままで、ルナは困ってしまった。オースティンのために叱り、同時になだめるという、途方もない役目を果たさなければならない。

ベーコンをフライパンに乗せる間、ずっと考えていた。とうとうカウンターに身を乗り出し、オースティンを見た。「どうして家を出ていこうとするの、オースティン？」

彼はうなだれ、怯えたような声で言った。「ただ散歩しながら、いろんなことを考えてるんだ」

ルナは自分が九歳の頃を思い出した。オースティンと同じように、歩きながら考えていた。両親はいつでもけんかばかりして、互いに口汚くののしり合っていた。離れていると、少し気分がよくなったものだ。

一ブロックほど歩くと、がらんとした野球用の野原に出る。ルナは背中を太陽に焼かれ、顔にはほこりを受けながら、暇つぶしにそこをぐるぐると回った。長い散歩をしているときは、自分の悩みを考えなかった。その代わりに、普通の、幸せな家庭を想像した。

オースティンも同じなの？　自分が太陽を楽しんだように、この子は月を楽しんでいるのかもしれない。ルナはパンケーキミックスの上に卵を三個割り、ミルクを注いで、それから、思わず言った。「ねえ、オースティン、今度そうしたくなったら、わたしを起こして、一緒に散歩しない？」

ジョーが戻ってきた。「誰だろうと、夜は出かけちゃだめだ」

ルナは目をくるりとさせた。「もちろんよ。オースティンにそんな危険なまねはさせないわ」

「だったら、昼間に散歩するんだな」

ジョーの横柄な言い方に、ルナはかっとなった。「オースティンは昼に散歩はしたくないのよ。そうでしょ？」

「うん、夜がいい」

ジョーは両手を腰に当てて、オースティンを見下ろした。「なぜだ？」

「静かだから。みんな寝てるし、ぼくをはやし立てるやつもいない」

ジョーが態度をやわらげたのは驚きだった。ルナは微笑んだ。「夜、外出するのが危険なのは、ジョーの言う通りよ。特に今は、誰かがいたずらをしているかもしれないんだから。でも、家の周りなら大丈夫でしょう。おしゃべりもできるし、ついていてあげられる。黙っているほうがよければそうするわ。そうすれば、わたしがそこにいることも忘れちゃうでしょ。どう？」

オースティンは、茶色の目でしばらくルナを見た。「うん。いいかも」

その言葉には、また疑っているような響きがあった。彼に信頼され、身構えずにいてもらうには、少し時間がかかりそうだ。けれど、この子がどんな境遇をくぐり抜けてきたかを思うと胸が痛み、その心配を取り除きたくてたまらなくなる。「よかったわ。じゃあ、これからそうしましょう」

ウィローがテーブルに肘をついた。「じゃあ、昔は賞金稼ぎだったの？」

二人の子供が見ている前なので、ジョーはルナの首筋に軽くキスをした。ルナは身を固くしたが、彼は背中を叩いてささやいた。「大丈夫」それから、テーブルに向かった。「一年くらい前にやめたんだ」

「どうして？」

「理由はいろいろある。だけど、旅から旅の生活が嫌になったというのが一番大きい。賞金稼ぎは一度に十から十五の事件を抱えていて、どこにでも行くんだ。つまり、ほとんど路上にいるというわけさ」

「追跡ってやつ？」オースティンが目を見開いて訊いた。

「そうだ。それに仕事中は、定時なんて言葉はない。電話もポケベルも切っておくことはできないし、そこに――タレコミの――連絡が来るのは真夜中かもしれない。よさそうな情報だったら、追いかけていかなきゃならない。たとえ二時間しか寝ていなくても、ベッドを出なきゃらならないんだ。おれは自分の時間が欲しかった。だから、やめたんだ」

ルナはそれを聞きながら、フライパンにバターで完璧な円を描いた。ジョーは自分の時間が欲しかったの？　ひとりきりになる時間が？　なのにわたしは、こうしてヴィジテーションまで引っぱってきて、二人の厄介な子供たちとトラブルに巻き込んでいる。もっと悪いことに、彼は怪我をしていて、元の体調には戻っていないのだ。信じられないくらい自分勝手だわ。胃がきりきりしてきた。

「今は何をしてるの？」ウィローが訊いた。

「ボディガードだ。幸い、闇討ちを食う前に仕事は終えていた。それからルナがやってきて、一緒に来てくれと言うので、このヴィジテーションにいるってわけだ」

「ボディガードって、銃を持ってるの？」オースティンが訊いた。

「ああ。けれど、使うのは依頼人を守るためだけだ。おれは素手でじゅうぶんだ」ジョーは自慢げに両手を上げ、指を動かした。こぶしは驚くほど大きく、腕には力がみなぎっている。オースティンの目が、ますます大きくなった。

「力こぶを作ってよ」オースティンがせがむと、ジョーはにやりとして、その通りにした。オースティンが両手を広げても、ジョーの力こぶを囲むことはできなかった。「うわあ」

ルナの反応はもう少し違い、もっと女性らしかった。アパートメントの侵入者を、ジョーがどうやってやっつけたかを思い出す。彼が腕の力を抜いたのを見て、ルナは畏敬の念を込めてため息をついた。ジョー・ウィンストンは有能な男だった。そして、女だったら彼を無視することはできない。

「強く、体調の整っていることが大事なんだ」ジョーは言った。「なぜならできる限り、人を死に至らしめるようなものは使いたくないからだ」

「銃で撃つとかいうこと？」

「必要もないのに、人に怪我をさせるのすら嫌いだ。だが、必要なら……」肩をすくめる。

「最後の仕事は、夫に不利な証言をしようとした女性を守ることだった」

ウィローが首をかしげた。「不利な証言って、どういう意味？」

「彼女の夫は本当にひどい人間で、彼女や周りの人々を傷つけた」ジョーの口調は明らかに険しくなっていた。ルナはチラッと彼を見た——真剣すぎる目つきで、こっちを見ている。

「やつを刑務所に送るには、彼女が法廷で証言しなければならない。やつはそうさせたくなかった。だから、脅そうとしたんだ」

ウィローは話に引き込まれて身を乗り出した。「どうやって？」

「脅迫し、肉体的に脅かし、傷つけることでだ」ジョーの声がかすれた。ルナから目を離し、子供たちに戻す。「ある晩、やつは彼女の家に忍び込んできた」言葉を切り、手の関節を曲げ伸ばししながら、期待が高まるのを待った。それから、満足げに言った。「おれはやつをつかまえた」

オースティンが感心してまばたきし、声は尊敬するように低くなった。「何をしたの？」

ルナ自身も興味があった。パンケーキを引っくり返すまで朝食のことは忘れ、耳を傾ける。

ジョーは歯をむき出しにして、親しげな、勝ち誇ったような笑顔を見せた。だが、子供に聞かせるには言葉を選ばなくてはならないことも心得ていた。「つまり……警察が来るまで、引き止めておいたってわけさ」

ウィローが鼻を鳴らした。「彼に何をしたの？」

「おれに言わせりゃ、やつは最低の男だった。自分より弱いやつは、女性だろうと何だろうと傷つけた」

「あなたはその男より強かったんでしょ？」

ジョーはまんざらでもなさそうに言った。「ずっと強いさ。おれはやつに手錠と足かせ、ベリーチェーンをかけた」ジョーは質問される前に、ベリーチェーンとは手足をつなぐ鎖だと説明した。「やつにできるのは、床を転げ回って哀れっぽく泣くことだけだった。そんなふうにして、警察に引き渡したのさ。やつは刑務所に入れられた。その後、裁判はスムーズに進み、やつは懲役八年を食らった」

「すげえ」

ジョーは笑った。「さて、おもしろい職業の話が聞きたければ、ルナに頼むといい。彼女の仕事を知ってるか？」

二人は首を振った。

ジョーはにやりとして、椅子の背にもたれ、両手を頭の後ろで組んだ。見事な筋肉が盛り上がり、ルナはまたため息をついた。こんなにそそられる男には、ここ何年も出会っていない。

「じゃあ、月の女神ルナのことを教えてやろう」彼はルナにウィンクし、指を動かしながらばかばかしいほど芝居がかった声を出した。「ルナは何でも知っている、何でもお見通し」

このことは見通せなかったわ。ジョーの悪ふざけを楽しみ、子供たちの扱いに舌を巻きながら、ルナは思った。自分よりも彼のほうが、子供たちとうまくやれるなんて思ってもみなかった。大家族で育った彼のほうが子供に慣れていることのほかに理由があるとすれば。けれど、ジョーがその役割をやすやすとこなしているだけでなく、これほど楽しんでいるとは予期していなかった。独身主義者で、並外れた賞金稼ぎにしては、子供たちの相手がさうだろう。わたしでさえ、彼は変わり者の元占い師助手の夫と、困窮《こんきゅう》した子供たちの父親を演じるのを楽しんでいると思ったかもしれない。

彼のことをよく知らなければ、ジョー・ウィンストンはままごと遊びを楽しんでいると思

まになっている。

けれど、ルナはもっと多くを知っていた。

胸が詰まり、ジョーがオースティンとウィローに聞かせている話もあまり耳に入ってこなかった。彼は、ルナが人気の占い店で働いていた話をして、子供たちを楽しませた。話には、すてきないとこのゼーンと、彼の妻で、店のオーナーでもある占い師のタマラも出てきた。一言一句に夢中になるオースティンとウィローに、ジョーはさらに、店に出入りするさまざまな人物のことを語った。それに、自由な精神の持ち主だと口を揃えて言い張るタマラ・の親類も。

パンケーキとベーコンを食べながら、二人の子供はまたしても質問の嵐を浴びせた。ルナは手相を見て、占星術の説明をし、占いの仕事に関する職業上の秘密を少し明かした。スタートは大変だったけれど、朝食は楽しく、友情にあふれていた。

食べ終えるころ、オースティンが驚くような質問をした。「ジェイミーのことは好き?」

ジョーはぎょっとした。「ジェイミー・クリードのことを知ってるのか?」

「もちろんよ。ときどきうちへ来るわ」ウィローが説明した。「パトリシアは彼がお気に入りで、いつも引き止めようとしてたわ。ほかの男の人と同じようにね」

ジョーとルナは、不安げに眉をひそめた。

「でも、ジェイミーはたまに立ち寄るくらいで、決して長居しなかったわ」ウィローは唇を嚙み、ためらっているようだった。やがて、肩をすくめて言った。「あなたは何か知ってるんでしょう、ルナ」

何やら深刻そうだ。ルナはウィローに向かって首をかしげ、先を促した。「何のこと？」

「ジェイミーが……彼が、あなたに電話するようわたしに言ったの」

# 10

ルナはフォークを取り落とした。「でも……わたしは彼のことを知らないわ」

「ジェイミーは何でも知ってるよ」信じられないという顔をするジョーとルナに向かって、オースティンは激しくうなずいた。「そうさ。それに、このあたりの人たちはみんなジェイジェイミーを知っている。怖がってる人もいる。物静かで、みんなと同じことをしないからさ」

「でも、たいがいは彼が好きだわ」ウィローはジョーに笑顔を見せた。「女はみんな彼に色目を使うから、男はときどき焼きもちを焼くの。すごく謎めいていて、物静かな彼にはぞくぞくするって、パトリシアが言ってたことがある」

ジョーは、まるでルナが色目を使っているのを見とがめたかのように、彼女をにらみつけた。

「おもしろい人だと思うけど」ルナはできるだけ無関心を装って言った。本当は、ジェイミーはおもしろいというだけにとどまらない青年だった。

「ある日、パトリシアとミスター・オーエンが話し合っているときに、彼がやってきたの。パトリシアはわたしたちを湖へ行かせたわ。邪魔にならないようにってね。わたしたち、カヌーに乗って、カメや何かを探していたの。そこへ突然、ジェイミーが現れた。岸辺に立ってたの。わたしたちが戻ると、桟橋のところで身をかがめて、とても静かに言ったわ。パトリシアはまもなくここを出ていくけれど、心配ない。ママのいとこに電話すればいいって。誰のことかわからなかったけど、親戚に聞いてみれば、誰かが名前を思い出すだろうって」

オースティンがうなずいた。「確かに、パトリシアは出ていくと言ったんだ。これ以上ここにはいられないから、ぼくたちは里親のところかどこかへ行かなきゃならないって言われた」

「町の人はわたしたちが嫌いだから、それが一番いいって」ウィローは両手を見下ろした。「動揺せずにはいられなかった。特に、オースティンはひどく怯えていたから」

「そんなことない！」

「でも、ジェイミーに言われた通りにしたの。思い出せる限りの親類に電話して、ここで暮らしてくれないかと頼んだわ。でも、みんなに断られた」ウィローは深く息を吸って、ルナを見た。大きな目は悲しげで、真剣そのもので、ルナは喉を詰まらせた。「みんなはほかの親類の連絡先を教えてくれた。そして最後に、誰かがあなたのことを知らせてくれて……それでジェイミーの言った通り、あなたはここへ来てくれた」

ルナは涙もろいほうではなかった。強く、断固として、仕事を持っていることを誇りに思っている。タマラの親類と同じく、自由な精神の持ち主だと思っていた。ふざけたり、笑ったりするのが好きで、変えることのできない運命をくよくよ考えて時間を無駄にするのは嫌いだった。

それなのに、涙をこらえるのに時間がかかってしかたがない。もっと早く、オースティンとウィローのところへ来ていれば。この子たちが、もっと思いやりをかけられていれば……。

ジョーが指を絡ませ、ぎゅっと握ったので、ルナはびくっとした。ルナを霊能者とからかったくせに、今はその心を読んで、どんなに触れてほしかったかがわかったかのようだ。彼に触れられたことで、ルナは力を取り戻し、平静な声を保った。「ジェイミーは、わたしのことを言ったとは限らないわ」

「間違いないよ」オースティンがうなずいた。「ジェイミーは何でも知ってるんだ」

「彼はあなたがここへ来ると言ったし、実際、その通りになったわ」ウィローが達観したように言った。

子供たちが譲ろうとしないので、ルナは話題を変えることにした。「パトリシアは男好きなの？」

「誰とでもいちゃいちゃしてたわ。男と見れば好きになるみたい」

「いつもベタベタしてた」オースティンが大げさに嫌悪感をあらわにして、口を挟んだ。

「ジョーがルナにベタベタしてたみたいに」

「ベタベタなんかしていない」ジョーが言った。

あまりにも怒った口調だったので、ルナは笑った。

ウィローは弟を、椅子から落ちそうになるほど強く押した。オースティンはすぐに姿勢を戻した。ウィローは怖い顔で弟をにらみつけながら続けた。「相手のほうも、たいていパトリシアを気に入ってたみたい。よくここへ来てたもの。でもジェイミーは違ったわ」

「それと、保安官代理も」オースティンは顔をしかめた。「一度、パトリシアに耳を舐められたけど、あの人は押しやってた。パトリシアは本当に好き者なんだ」

ジョーは目を細めた。「クインシー・オーエンは？　パトリシアは彼にキスするのか？」

ルナは息をのんだ。オーエンはどう見ても結婚している。でもパトリシアのような女には、そんなことは関係ないのだろう。

クレイ・オーエンの父親の名が出たことで、ウィローは黙りこくってしまった。オーステインは姉を見て、さほど同情していないように肩をすくめ、言葉を継いだ。「ここへはよく来てたよ。ぼくやウィローの文句を言いに来ることもあったし、ぼくらが何もしなくても来ることがあった。二人がチューしてるのを見たことないけど、たぶんやってるよ。パトリシアは誰にでもチューするんだ」

ウィローはため息をついた。「それで、パトリシアが男にちょっかいを出していないときは、ダイナが出してたわ」

ジョーは顎をさすった。「おもしろいな」

「ううん。気分が悪いわ」

ジョーは物思いをやめ、オースティンを見た。「それで、ルナ、オースティンがゆうべベッドを抜け出したお仕置きはどうする？」

オースティンは背筋をぴんと伸ばした。怯えているようでも、反抗しているようでもあった。

ウィローが席を離れ、弟の後ろに立った。さっきは椅子から落とそうとしたくせに、今は弟の肩に手を置いて、味方になっている。

ルナは驚いた。これほど感情的に無視されてきたのに、今もこんなに深い絆で結ばれているなんて。いとこのクロエが死ぬ前に、彼らに愛情をかけて育てたからだろう。

ルナはオースティンを見ながら、ジョーに言った。「ロイヤル保安官代理が来たことで、たぶんオースティンは自分の間違いに気づいたと思うわ。また外に出て、破壊行為が起こったら……。スコットが言った通り、たとえオースティンがやっていなくても真っ先に疑われるでしょう。でも、ジョー、犯罪者を扱うのはあなたのほうが慣れているはずよ。どう思う？」

オースティンは怯えた顔でジョーを見た。ルナは、ジョーがそれに抵抗できないのを知っていた。ジョーみたいに大きくて強い男でも、小さい子供が無言で懇願しているのを無視できない――それはますます、彼を魅力的に見せた。

ジョーは険しい顔をした。「男は自分の言葉に責任を持たなきゃならない。オースティンが二度とあたりをうろつかないと言うなら、大目に見ることにしよう。オースティン？」

彼は首をすくめ、何も言わずに身を縮めた。

ジョーはその顎を上げ、自分のほうを見させた。「オースティン、今後どんなことがあっても、おれやルナを心配させるな。いいか？」

「お仕置きはしないの？」

「ああ、するとしても庭仕事か、外出禁止だ」オースティンは戸惑っているようだった。

「何だと思ったんだ？」

「よそへやるとか。保安官代理に引き渡すとか」

ルナはショックを受けた。「ああ、オースティン、そんなことしないわ。絶対に、どこへも行かせないと約束する」

オースティンはますます顔をくしゃくしゃにした。ジョーはため息をついた。「いいか、まず最初に、保安官代理はおまえのような子供を逮捕する気はない。そうなったらしょっちゅう、自分の椅子に犬の糞がないか確かめなきゃならなくなる」

オースティンはそれを聞いて口元を歪めたが、まだ何も言わなかった。

「彼がつかまえるのは犯罪者だけだ。それにルナが言ったように、おれは彼のことをよく知っている。だから、おまえは犯人じゃないと言えるんだ」

オースティンはまだ少し疑っているように、ジョーを盗み見た。

「スコットはおまえのことが好きだ。ウィローのこともだ。クレイやほかの連中の話をしたとき、彼は目を光らせておくと約束した。やつらが二度とおまえやウィローを困らせないようにな」

「本当？」

「もちろんだ。スコットは警察官だ。つまり、おれと同じくらい、弱いものいじめをする連中が嫌いなんだ」

ルナはウィローの体に腕を回した。「オースティン、わたしはここで暮らし、あなたたちの面倒を見るために来たのよ。それがわかってる？」

オースティンはルナをチラッと見て、肩をすくめた。「と思うけど」

ジョーは彼の目の前で身をかがめた。「用心深いのはいいことだ。おれも用心深いたちだ。そのうち、ルナを信頼できるようになるだろう。おれが彼女を信頼しているようにな。だがそれまでは、ロイヤル保安官代理が遊び以外でここへ来る用事を作らないほうが、誰にとってもいいことだと思う。わかったか？」

「うん」

「じゃあ、おれたちに断りなく家を出ないと約束してくれるか？」

ようやく、彼はうなずいた。「約束する」

「いいぞ」ジョーは体を起こした。「シャワーを浴びて、出かける支度をしてくる。後で、また泳ぎにいくか？」

オースティンはクリスマスの明かりのように顔を輝かせた。「湖の底からイガイを取るやり方を教えるよ」

「本当か？　待ちきれないな」

ルナは胸がいっぱいになった。「二人とも、上で顔を洗って、着替えていらっしゃい。今日はやることがいろいろあるわ」

二人は笑顔を浮かべ、軽やかな足取りで出ていった。ルナは希望でいっぱいになった。時間をかければ、いつかうまくいくようになる。

ジョーはルナの手を取り、体を引き寄せた。「怒ってるか？」

「何に？」

「立ち聞きしてたこと」

ああ、そうだった。でも、ほかのことにまぎれて忘れていた。「盗み聞きはよくないわ、ジョー」

ジョーの手が、髪の毛の下のうなじを包んだ。温かく、固い指になでられるのを感じる。熱を帯びたまなざしで見つめられて、ルナはぞくぞくした。

ジョーは彼女の唇を自分の唇に近づけた。「謝ったら許してくれるかな？」

「たぶんね」まだキスもしていないのに、すでに息が止まりそうだ。「二度としないと約束するなら」

皮肉な笑いが、彼のセクシーな口元に浮かんだ。「それはできない。きみのことを知るには、個人的な話を聞くしか方法がなさそうだから」声を低くして、唇を合わせる。「傷つけるつもりはなかったんだ、ハニー」

顔が熱くなった。彼を押しやりたかったけれど、激しい心臓の音が胸に伝わり、優しく抱かれているのを感じる。「わざとかどうかに関係なく、傷つくのは確かなのよ、ジョー」

彼は手をうなじから顎に移し、親指で顔を支えたまま、短くてとろけるようなキスをした。「たぶん」唇を合わせて、彼は言った。「きみを驚かせることになるだろう」

彼がどんなふうにウィローとオースティンの相手をしたかを思い出して、ルナは同意するようにうめいた。「もう驚いてるわ」

「へえ?」彼は体をそらせ、満足そうに笑い返した。「それっていいことかな?」

「いいえ」ルナはゆっくりと、彼の腕を離れた。「ちっともよくないわ。わたしを混乱させるなんて」

「どういう意味だ?」

「時間をちょうだい、ジョー。いいわね?」戸惑ったように眉をひそめるジョーをよそに、彼女は少し距離を置こうとした。あまり効果はなかった。すでにどっぷりとはまってしまったのだから。

理性とは裏腹に、ひどく愚かなことをしてしまった。

ジョー・ウィンストンと恋に落ちてしまったのだ。

ジョーはトラックで家を離れると、携帯電話を開いて妹に電話した。

三度目のコールでアリックスが出た。眠そうな、機嫌の悪い声だ。「何?」

ジョーはかぶりを振った。「おい、アリックス、もう昼だってのにまだ寝てたのか?」

「ジョー? ひさしぶりね。ママが心配してるわよ」

「おまえは心配してないってわけか? 傷つくね」

ジョーの耳に、ベッドがきしむ音ときぬずれの音、それとあくびが聞こえてきた。「ええ、頭の中が傷ついたんでしょ」自分のジョークにクスクス笑う。「それで、どうしたの? ちゃんと落ち着いた?」

「着いたよ。ペンと紙はあるか?」彼は家の電話番号を告げた。緊急のときのためだ。ほとんどは、携帯にかけてくることになっている。

番号をメモし、まだ寝ぼけてよく目が見えないとこぼした後、アリックスは訊いた。「奥さんは、まだ一緒にいるの?」

放っておけばアリックスがいつまでも冗談を言うのはわかっていた。嚙みつかれたくないので、簡単に言う。「もちろんだ。ここにいるのは彼女の親類で、おれのじゃない」

「あら、奥さんっていうのを否定しないのね。変なの。もう飽き飽きしてるのかと思ってた。兄さんにしては記録じゃない?」

「ばか言え。そばにいたら殴ってるところだぞ」

「ふん。やってみなさいよ」

ジョーはにやりとした。まるでウィローとオースティンだと、愉快に思った。アリックスが冗談で言ってるのを知りながら、ジョーはこう言わずにはいられなかった。「ルナはほかの女とは違うんだ」

「へえ、どんなふうに?」アリックスの声に別の用心深さが忍び込んでいた。

「ひとつには、彼女はおれを信用しない」

「頭のいい人ね。もう好きになっちゃった」

ジョーは一瞬だけ口ごもり、それから認めた。「それと、おれとかかわり合いになりたくないらしい」

アリックスは口笛を吹いた。「本当に結婚しちゃったほうがいいかも。そんな人、ちょっといないわよ」

「わかったようなことを言うな」ジョーは携帯を握りしめた。「かかわり合いになりたがらないと言ったばかりだろう」

「セックスだけの関係に? でも、それとこれとは関係ないわ。女はね、ひとりの男に恋をしたら、不特定多数とのセックスはやめるものよ。危険すぎるもの」

ジョーは目を細めて言った。「不特定多数とのセックスについて、やけに詳しそうだな」

彼女は笑った。「もう二十八なのよ、ジョー。わかってるでしょ」

二十八で、美人で、頭がよくて頑固だ。彼女に男を見る目があるのは間違いないが、それでもジョーの保護本能は納得しなかった。「そんな話は聞きたくない」

「いいわ。だったら、ルナの話をしましょう」またきぬずれの音がした。ベッドを出て、歩き回っているのだろう。考えごとをしているときは、アリックスはいつも歩き回る。あのオースティンよりもエネルギーがあり余っていて、いつでも動いていないといられないのだ。

「そんなに頭がいいくせに、何が正しいのかわからないの？　彼女はアパートメントにやってきて、ほかの女を追い出したんでしょ。わたしも追い払われそうになった。彼女が何と言おうと、それは嫉妬だと思うわ。それから手当てをしてくれた。兄さんが怪我をしているのを見るのが耐えられなくて、面倒を見た。それに、一緒に来てほしがったのは、兄さんを信用しているからよ。違う？」

ジョーは電話を耳から離して一瞬見つめ、また戻した。「おいおい、アリックス。ぐっすり眠っているところを起こされたとたん、分析を始めるのか。驚いたな」

「でも、間違ってないでしょ？」

ジョーは笑った。「オーケー、おまえは何でも知ってるようだから訊くが、彼女に拒まれ続けるのをどうしたらいい？」

「ばかね。本当に結婚してくれと言えばいいのよ」

ジョーは声を詰まらせ、ほんの一瞬、トラックが道をそれた。気を取り直して悪態をつく。「アリックス、おれは結婚なんかしたくないんだ」

「確かにいつもデートしているような、頭の空っぽなチャラチャラした女とはしたくないでしょうね。でもルナは違うって、自分で言ってたじゃない」

自信たっぷりの言い方に、ジョーはブツブツ言った。「おまえにはわかってないんだ」

「彼女が兄さんを混乱させているってことはわかるわ。だから、わたしの意見では彼女なら大丈夫」

「切るぞ」もちろん、切りはしなかった。

「臆病なのね」妹も切らないことを知っていた。

「やめろ、アリックス。おれは結婚するような男じゃない。おまえも知ってるはずだ」

「誰がそう言った？」

ルナだ。だが、妹にそれを認めたくなかった。自分に対しても。「誰だって知ってるさ」

不満げに言った。大人になってからというもの、自分が結婚についてどんな立場を取っているかを周りに吹聴していた。

「ええ、みんなはわたしほど、兄さんのことを知らないものね。本当は、すごく軟弱なんだから。自分のことを掘り下げてみたら……」ジョーがうなると彼女は笑い出したが、すぐにこうつけ加えた。「わかった、待って。まだ切らないで。結婚で思い出したけど、別の女たちがひっきりなしにあなたに電話をしてくるのに、何と答えたらいいかママが知りたがってるわ」

「別の女たちって？」

「嫌だ、思い出すこともできないなんて、そうとう重症ね」

「アリックス」

彼女は長々とため息をついた。「たいていはアメリアよ」

何てこった。てっきりルナが追い払ったと思っていた。「アメリアは、おれが結婚したのを信じないのか？」

アリックスは鼻で笑った。「彼女はあきらめのいいほうじゃないわ、ジョー。ばかじゃないもの。それに、兄さんは絶対に結婚しないと聞いているって言ってたわ」

「ああ、確かに言った」ジョーはほとんどすべての女性にそう言っていた。「だが、それでもいいと言われたんだ」

「それを信じたの？　ばかねえ。兄さんは頭がいいと思ってたけど」アリックスは非難するように、いら立たしげに舌打ちした。「彼女は、最後には押し切れると思ってるのよ」

「だったら、おあいにくさまだな」ジョーは本物の悪党になったような気がした。ただ、アメリアにはいつも正直に接してきた。嘘をついたことは一度もないし、一瞬だって、彼女が本気だとは思わなかった。

「ママは彼女に、兄さんは町を出たと言ったわ。そうしたら、どこへ行ったか知りたいって」

ジョーは固まった。おいおい、ほかの女の登場だけはかんべんしてくれ……。

「心配しないで。ママは言わなかったから――どっちにしたって、兄さんの居場所は正確にわからなかったもの。でもアメリアは、兄さんが怪我をしていたから心配だと言ってたわ」

「おれが襲われた夜、一緒だったんだ」ジョーは説明したが、頭はぐるぐる回っていた。

「大丈夫よ、ジョー。わたしが何とかするわ」

ジョーは大きなため息をついた。妹に守られるなんてぞっとする。「彼女を巻き込むな、アリックス。おれは結婚して、出ていったとだけ言ってくれ」

「そう言い続ければ、結局は誰もが信じると思ってるの？　ルナに訊きもしないで？　そうやって偽るだけで――」

「今度こそ切るぞ」

「待って。具合がどうなのか聞かせてよ。ゼーンが言うには、ボコボコにやられてたそうじゃない」

「よくなったよ。ずっとよくなった」ジョーはそれが本当だと気づいた。今朝はほとんど顔をしかめていない。ルナに迫っているところを見られたとき以外は。

思い出すと、顔が赤くなった。子供ってやつは、最悪のタイミングで顔を出す。つまり、これまで以上に注意しなければならないということだ。ルナをベッドに引き入れるのは、最初に思ったよりもたいへんそうだ。彼女をその気にさせるだけでなく、タイミングを考えなくてはならない。そのタイミングだって、そこらを走り回ってる子供たちに邪魔されるかもしれないのだ。

がっかりするような想像から、アリックスが現実に引き戻した。「冗談は抜きにして、それを聞いて安心したわ、ジョー。痛めつけられてる兄さんなんて想像したくないもの」その声が厳しくなり、家族同志の気安さで意地悪くなった。「誰かがそんなふうに兄さんを不意打ちしたなんて、本当に腹が立つ。もし犯人がわかったら、絶対に――」

ジョーは、アリックスが五歳のときから身につけている、独特の口調を聞き分けていた。十三歳の頃から、ジョーはアリックスが近くにいるときには、年上の少年とけんかできなくなっていた。そんなことをすれば、彼女はその中に飛び込んで、ジョーを守ろうとするからだ。ただふざけていただけとしてもお構いなしだ。

当時は、彼女が怪我をするんじゃないかとはらはらした。今だってそうだ。ブルーノ・コールドウェルが家族に——かわいい妹に——手出しすると思っただけで、怒りが全身を駆けめぐる。決してそんなことはさせない。おれが許さない。

アリックスの恐ろしげな、実現しそうもない脅しの言葉をさえぎって、ジョーは言った。「おれのアパートメントのものは、全部預かってくれたか？」

拍子抜けした彼女は口調を変え、頼んでもいないのに攻撃的に言った。「もちろんよ。どうして今頃まで寝てたと思ってるの？　ゼーンと二人して、夜中まであそこにいたんだから。大事なものは全部、わたしのところにあるわ」

「ありがとう」

「ひとつ貸しよ。ほかに用件は？」

「ある」ジョーは相手の反応を想像してにやりとし、それから言った。「愛してるよ」

アリックスは少しの間、黙り込んだ。「本当に大丈夫？」

普段なら、アドバイスや助けを求めてくるのはアリックスのほうで、ジョーは喜んで力になっていた。だが今回は、彼女に助けてもらうのがうれしかった。妹はすばらしい頭脳を持っている――ジョーの保護者になろうとしないときは。「ああ、大丈夫だ」

「そう、ならいいけど」まだ疑っているようだった。「それだけ？」

ジョーは受話器を置こうとして、ためらった。「あとひとつ」

妹はいら立たしげに、大げさなため息をついた。「何？」

ジョーはごくりと唾を飲んだ。自己反省というのは本当に厄介だ。「おれのような男に惚れるなよ、いいな？」

アリックスのかすれた、からかうような笑いが、耳にこだました。「約束するわ、兄さん」それから、ひどく優しく言った。「女性にとって幸いなことに、兄さんのような男はほかにいないもの」

アリックスは電話を切った。ジョーは悔しがったが、その顔は満面の笑みを浮かべていた。

アリックスと話しているうちに、小さな町の外れまで来ていた。急カーブを曲がり、丘を登って今度は右折する。すぐ先に、ヴィジテーションの標識が見える。隣には〝ヴィジテーションにまたのお越しを〟と書いてあった。

初めてジェイミー・クリードと出会った場所にさしかかっていた。あの謎めいた男のことを思い出したとたん、本人が道端に立っているのが目に入った。胸の前で腕を組み、片方の肩を大きな石壁にもたせかけている。まるでジョーが来るのを待っているように見えたが、それでは少しも筋が通らない。とはいえ、ジョーは彼のそばまで行き、トラックを停めた。

窓を開けて話しかけようとしたが、気づくとジェイミーは車を回り込み、助手席のドアを開けて乗り込んでいた。

ジェイミーのジーンズは穿き古されて、膝が破れそうになっていた。グレーのTシャツはブカブカだったが、引き締まった、固い筋肉を隠しきれていない。たぶんスポーツジムではなく、肉体労働で身に着けたのだろう。黒髪をポニーテールに結っているので、ますますひげが目立った。剃っても罰《ばち》は当たらないだろうに。

ジョーは片方の眉を上げて、彼を見た。「何か用か?」

ジェイミーはものうげにトラックの中を見回した。「一緒に乗せてってくれ。おれも防犯用品の店に用事があるんだ。テープと、特殊なバッテリーと、動物に壊されたらしいレンズの替えがいる」そう言って、シートベルトを締めた。

怒りがこみ上げてきた。「防犯用品の店に行くなんて、誰が言った?」

ジェイミーはチラッと見上げた。「ロイヤル保安官代理さ」

「ああ」すると、予知能力というわけじゃないんだな? ジョーは自分に向かってかぶりを振った。どっちにしたって、そんなばかげたことは信じない。「自分の車で行ったらどうだ?」

「車はないんだ」

車はないって……。「何でだ?」

「車じゃ山に登れない」

ジョーはそのことを考えた——そして、ジェイミー・クリードは確かに気味の悪い男だと思った。大の大人が、車ひとつ持っていないのか？　しかも、山にひとりで暮らしてる？「インターネットで買えばいいだろう」

謎めいた黒い瞳がジョーを見た。「そんなことしたら、あんたと一緒に行けないだろ。おれたちは、少し話をしたほうがいいと思わないか？」

ジョーはハンドルを握り直して、言った。「ああ、そうだな。話をしたほうがいい」こいつにしておきたい大事な話はいくつかある。特に、ルナのことで。

ジェイミーはゆっくりとうなずいた。「腑《ふ》に落ちないんだ」

ジョーはしかたなく車を車道に戻し、走り出した。「何が腑に落ちない？」

「何もかもさ」ジョーが仕事用に使っている、折りたたみ式の物入れを開ける。中にしまってあったノートパソコンやＣＤを見ながら、ジェイミーが言った。「女のことで困ってるんだろ」

ジョーは顔をしかめた。おせっかいな野郎だ。肘掛けを元に戻し、うめくように言った。「そうだ」ルナとの仲は完璧とは言えないが、そのうち何とかしてやる。どうにかしてルナをベッドに引き込む。心を痛めることはなく、喜びだけがあるはずだ。そう信じなければ、頭がおかしくなってしまいそうだ。もしもジェイミーが、おれたちの間に忍び込み、邪魔することができると思っているなら……。

「いいや、ルナのことじゃない。だが危険はある。複雑に絡み合っていて、簡単には解けない」彼は指で触れるとスイッチが入るライトを、何度もつけたり消したりしながら、それに魅入られているようだった。「はっきりしないんだ」

ジョーは深呼吸したが、何の役にも立たなかった。「おまえを叩き出すべきかもしれないな、ジェイミー」

「いいや、そんなことはしないだろう」

ジョーはそれを聞いて眉を吊り上げた。挑戦的な言葉に、男として刺激される。「おれにできないと思ってるのか？」

ジョーの嚙みつくような口調にも動じず、ジェイミーは肩をすくめた。「かもしれない」それから、黒い瞳が横目でじっと見た。「おれ自身、無能というわけじゃないから、そう簡単にいくとは思わないほうがいい。あんたはおれを理由なく攻撃したりはしないだろうし、その理由もない。ゆえに、殴られることはない」

ゆえに、殴られることはないだと。ジョーは心の中でそれをまねた。「ルナには近づくな」

ジェイミーはにこりともしなかったが、おもしろがっているようだった。どこか見下したような目つきだ。「おれは張り合うつもりはない」

「そうだろうとも」

「ひとつ、大事な質問があるんだ」ジェイミーはジョーの怒りをよそに、自分の考えに没頭しながら言った。「あんたをつけているのは、いったい誰なんだ？」

ジョーの視線が、自動的にバックミラーとサイドミラーに注がれた。長く、がらんとした道には、ほかに誰ひとり見えない。「誰もいないじゃないか」ヴィジテーションの町に入る前に、尾行はまいたはずだ。

ひげをなでながら、ジェイミーは何を見るともなしにフロントガラスを見ていた。「頭の中が混乱している」

「ああ、だろうな」頭のいかれた放浪者にはつきものだ。

ジョーの皮肉は無視された。「誰かがあんたを見張ってる。だけど……」ジェイミーは首を振った。「ひとりなのか、二人なのか、それとも一ダースか。おれにはわからない。さまざまな陰謀、歪んだ意思を感じる……」

うさん臭いと思う気持ちとは裏腹に、ジョーは自分から訊いていた。「ブルーノ・コールドウェルか？」

「名前はわからない。そいつはあんたにも、ルナにも、ときには子供たちにさえ危害を加えようとしている」ジェイミーはぎゅっと目をつぶり、自分が心から子供たちを心配していることを伝えた。「わからない。だが、気に入らない」

ジョーはほとんどわけがわからず、頭がガンガンしてきた。「いったいおまえは何者なんだ、ジェイミー・クリード？」

ジェイミーは目を開けたが、相変わらず何も見ていなかった。遠く、たったひとりで、ジョーからもほかの何者からも切り離されているみたいだ。そんな荒涼とした視線に、ジョーはぞっとした。「おれは何者でもない。存在していないんだ」

ジェイミーはうなだれ、目を細めて、ジョーには見えない内面を見つめているようだった。とても低く、不気味な声で言った。「つまり、おれの正体をさらけ出せということだろうが、それはおれにとって危険なことだ。だが子供たちは……あんたの周囲は複雑になってきているぞ、ジョー・ウィンストン。おれは何年も世捨て人として暮らしてきた。しかし、できることがあれば力になろう」

ジョーは歯を食いしばった。

「だが、それには信じなくちゃならない」ジェイミーは顔を上げ、危険な目でジョーを見た。「それに、聞く耳を持たなければ」

気に入らなかったが、ジョーは最後にうなずいた。「ああ、いいとも。聞こうじゃないか」

ルナはジョーの足元に立ち、梯子《はしご》を支えていた。「彼が言ったのはそれだけ?」

「わけのわからないたわごとばかり言うから、顔を殴りつけてやりたくなった。だけど、いまいましいことに……」ジョーはPIRカメラのねじを締めた。「ジェイミーは自信たっぷりだったし、おれを驚かせた。やつのことなど少しも信用していないが、自分の本能は信用している。その本能が、何かが起こっていると知らせてきているんだ。たぶん、ジェイミーも少しはかかわっていると思う。そして、おれに知らせることで何かのゲームを楽しんでいるんだ」

PIRと呼ばれる静止赤外線探知機の後ろには、高解像度の白黒ビデオカメラが隠されていた。動いているものを感知すると、継時露出撮影のビデオが撮影を始める。夜間や家に誰もいないときには、これを作動させておくのだ。

ルナはこれらの装置にジョーがかなりのお金をかけたに違いないと思ったが、こういうものがどれくらいの値段なのか、正確にはわからなかった。お金を返そうとしたけれど、ジョーは肩をすくめて、これくらいの余裕はあると言っただけだった。

「いいえ、ジェイミーは悪い人じゃないわ」

ジョーはうんざりしたような声をあげた。「ルナは何でもお見通しか?」

「からかわないで。あなたに勘があるように、わたしにだって勘があるのよ。わたしの勘では、彼は悪い人じゃない」

「ああ、きみの勘じゃ、ある女がおれに迫っていることになってたよな。覚えていればの話だけど。きみの勘ってのは、少しひねくれているみたいだ」

すてきだと思う一方、ジョーはときどきひどく腹立たしい男になる。「どうしてそんなに彼のことが嫌いなの?」

「ジェイミーが? 嫌うほど深く知っているわけじゃないが、やつは少しも信用できないね」ジョーはカメラが家の正面を向くよう調整した。カメラは九十度上下することができ、視界は七十度だ――じゅうぶんではないが、ないよりましだとジョーは言った。「やつはいろいろと謎めいたことを言ってたし、買い込んだハイテク機器を見る限り、やつの住んでる山は要塞だ。結局、あそこに何を隠しているんだ?」

「訊かなかったの？」

ジョーは鼻で笑った。「訊いたさ。ますます謎めいた言葉を聞かされたよ。誰の心にもある暗黒とかね」

ルナが支えている梯子を降りて、ジョーは手のほこりを払った。その顔と、むき出しの肩に汗がきらめき、ブルーブラックの髪の根元が太陽の光に映える。力強い腕で勢いよく目をこすり、それから両手を腰に当てて、カメラを見上げた。

彼はとても背が高く、背筋は伸びていて、強く、頼りがいがあるように見えた。それとは対照的に、彼のそばにいるとルナはひどくか弱くなったように感じた。ジョーを見上げると、心臓がドキドキ音を立てる。

かなり重症だわ。

ジョーが視線に気づいたので、ルナは思わず言っていた。「ジェイミーには考えがあるのよ」

ジョーはあざ笑った。「言わせてもらえば、あいつは頭がおかしい」

「でも、あなたはカメラを買ったわ」

「ああ」いら立たしげに、ジョーは包みを取り上げた。「家の前後につけるカメラ、動体感知器、新しい鍵、ドアと窓の警報機……前にも言った通り、やつはおれを驚かせた。長時間一緒のトラックに乗ったのは、確かにいい経験だった」

ルナはため息をついた。「一緒に行けばよかった」

ジョーはくるりと振り向き、雷雲のように暗い、荒れた顔で怒鳴った。「絶対に」と、はっきりと言い聞かせる。「あいつに近づくな」

ルナは目をくるりとさせた。「焼きもちを焼かないでよ、ジョー。おもしろい人だと思っただけよ」

「焼きもちだって?」ジョーは驚いて、目を怒らせた。「そんなふうに思ってるのか? おれが嫉妬してると?」

ウィローがぶらぶらとやってきた。「その怒鳴り声を聞けば、ヴィジテーションの誰もがそう思うに違いないわ。少なくとも、町の住民の半分に聞こえてるわよ」

ジョーは野獣のように怒鳴った。髪の毛が逆立っていたとしても、ルナは驚かなかっただろう。「きみとオースティンも、ジェイミー・クリードには近づかないほうがいい。あの男は頭が変だ」

ウィローはジョーのそばへ来ると、彼を抱きしめた。ジョーは一瞬驚いたように両手をこわばらせたが、やがてウィローを優しく引き寄せた。がっしりとした、黒く日焼けした腕がウィローを優しく包んでいるのを見て、ルナは心を打たれた。

「わかったろう」ウィローの頭越しに、ルナに自慢げに言った。「おれの心配に感謝してるのさ」

ウィローは体を離して、笑い出した。「ううん。ただ、もういっぺんビデオデッキとテープのお礼を言いたかっただけ。オースティンなんか有頂天よ」彼女はさり気ない愛情を込めて、ジョーの胸を叩いた。

ウィローこそ有頂天になっているみたいとルナは思った。さっきジョーが贈り物を見せたとき、彼女は喜びを隠そうともせずに目を見開いた。オースティンはうれしそうに周りを飛び回ったけれど、ウィローは大はしゃぎするような年ではないと思ったのか、控えめにジョーにお礼を言うと、ブレンダン・フレイザー主演の『ハムナプトラ』のビデオを抱きしめた。すぐにオースティンと一緒にビデオデッキを設置し、テープを再生する。ジョーはほかにも、エディ・マーフィの『ドクター・ドリトル』と、ディズニーのアニメを二本買ってきていた。

まるで何年も前からそうしてきたみたいに、ジョーはウィローの額にキスした。「喜んでくれてうれしいよ。帰りにレンタルビデオ店を見つけたから、そこでもっと映画が借りられる。きみやオースティンが、どんなものが好きなのかよくわからなくて」

「最高よ。オースティンなんか、立て続けに見るつもりだわ」

ジョーとウィローのやり取りを見て、ルナは言葉を失った。ジョーはすばらしかった。意外なことだけれど、彼を愛さない人はいないだろう。ウィローもそれを感じている。すでにジョーに夢中になっていて、オースティンは二の次だ——ただし、ジョーも『ハムナプトラ』にはかなわないようだけど。

一緒に来てほしいとジョーに言ったとき、性的に惹かれるかもしれないのはわかっていた。でも、心まで奪われるとは思ってもみなかった。彼のそばにいると、さまざまな感情が交錯して、その魅力に抗えなくなる。

ルナは気をしっかり持とうと、かぶりを振った。ここへ来たのは子供たちの面倒を見るためで、ジョーにうつつを抜かすためじゃない。「オースティンは、一日一本なら観てもいいわ。カウチポテト族になったら困るでしょう」

「オースティンが？」ジョーは鼻で笑った。「ありえないね。あいつは妹のアリックスを思い出させる。いつだって跳ね回ってる。それに、おれがそうさせるさ」

その言葉通りになった。ジョーはオースティンに手伝わせて、ドアと窓に新しい鍵を取りつけた。その後は、芝刈りと草むしり。最初、ルナはジョーが働きすぎではないかとやきもきした。けれどジョーが、肉体労働は痛む筋肉にいいのだと言うので、彼女とウィローも参加し、家族総出でやることになった。

最後には、全員で家の中を片づけた。それが終わる頃には、どこもかしこもきれいになり、ずっとましになった。ペンキを塗り直し、屋根を修理しなければならなかったが、それはもう少し先でもいい。

ステーキとポテトという簡単な夕食の後、ウィローとルナは買い物に備えて、持っている服をチェックすることにした。女たちがメモを取るために出ていってしまうと、ジョーとオースティンは湖へ向かった。何時間も泳いで、家へ帰ってきたときにはくたくたに疲れていた。

ルナはジョーの狙いがわかっていた。オースティンをくたびれさせて、すぐに寝かせようという計算だ。あいにく、それはジョーのほうに効果が出てしまった。十時になる頃には立ったまま寝ているありさまで、同じくらい疲れているはずのオースティンは、次々と言い訳を見つけてはベッドに行きたがらなかった。

大丈夫だと言うジョーに、ルナは眠るよう勧めた。「あなたがよくなってるのはわかってるわ、ジョー。目に見えてわかる。でも、あばらにはまだあざがあるし、休めばもっとよくなるわよ」

子供たちが二階へ行ってしまうと、ジョーはシンクにルナを押しつけた。腰をひねり、彼女の体を動かないようにする。「きみが横で寝てくれたら、もっとぐっすり眠れる」

低くかすれた声が歓喜の波となってルナを襲い、膝と理性を鈍らせた。いつまでも抵抗を続けられないのはわかっている。自分の限界は知っていた。ジョーにノーと言うのは自然なことじゃない。時が経つにつれて、それは難しくなってきた。そこで、自分のやり方で屈することにした。つまり、自分が優位に立つということだ。

ジョー・ウィンストンを自分のものにすると決めることと、彼にそう告げることとは、まったく別物だ。深呼吸して、決意を固める。

両手を彼の胸に置き、さすった。力の強さを物語る固い筋肉を感じ、さえぎられるものなく触れたらどんなにいいだろうと思った。「月曜日には、子供たちはサマースクールで三時間ほど過ごすことになってるわ」

ジョーは身を固くした。その手が背中を下り、腰で止まる。耳を嚙むのをやめ、だしぬけに体を引いて彼女の顔を見た。ブルーの目がたちまち熱を帯び、かすれた声で言う。「きみが言ってるのは、おれの考えてることと同じかな?」

あまりにも驚いているみたいだったので、ルナは顔を赤らめ、言葉がとげとげしくなった。「そう驚くことないじゃないの。それが望みだったんでしょ?」

「それだけじゃない」

どういうこと? 尋ねようとしたけれど、ジョーはうつむいて顔をそむけてしまった。

「おれが欲しいのか?」

ルナはまっすぐに彼を見ようとしながら、うなずいた。「いつだって欲しかったわ、ジョー。わかってたくせに」

ジョーは指を彼女の髪に絡ませて、額と額を合わせた。「だとしたら、隠すのがすごくうまかったんだな」

ノーと言わなければならなかった事情には踏み込みたくない。今もその事情は変わらないけれど、さほど重要に思えなくなっていた。「月曜まで待てる?」

「ああ、待つさ」その目がますます輝き、かすかにセクシーな笑みが浮かんだ。「死にそうなくらい辛いが、それでも待つ。月曜だって?」そう言って、喉元に顔を押しつける。「あと三日か。七十二時間。分にしたら数えきれない……」

「ジョー」

彼は唇を重ね、かすれた低い声で言った。「キスで乗りきらせてくれ」

熱い言葉は、体を愛撫されたのと同じ効果があった。「ええ」ルナはゆっくりと息を吸い、つま先で立った。キスは甘く、おずおずしたものだった——ジョーが横ざまに唇を奪うまでは。彼はうめきながら、腰を彼女のお腹に押し当てた。舌が深く、むさぼるように入ってくる。吐息が波のように熱く頬をなでる。両手が背中からお尻へと伸び、彼女をつかんで引き寄せた。

ルナは一瞬、息もつけなかったが、相手はジョーなのだ。彼にキスされていると、いろいろなことが伝わってくる。彼の体温、匂い、加減した両手の力、ものすごく固い体。

彼の心からのうめきが、二人の間に響いた。「ルナ、ずっと前から欲しかった」

「まだ、会って数カ月よ」荒い息の間から、ルナは訂正した。

「永遠に思える」ジョーはまた、貪欲な、飢えたようなキスをした。胸から膝までが密着し、ルナは彼の体が震え、心臓がドキドキしているのを感じた。「ああ、たまらない」長い指が彼女のお尻をぎゅっとつかみ、それからまた、しぶしぶ離した。「きみのあらゆるところに触りたい」うめくように言う。「だけど、オースティンが顔を出すに決まってる」

ルナは顔をそらせて彼を見た。興奮しているのが見て取れる。重たげなまぶたの下の、鮮やかなブルーの瞳、上気した頬、開いた鼻孔。見ているうちに、彼の興奮が自分にもうつっていた。「どこに触りたいの？」

ジョーは燃えるような瞳でルナを見た。「きみの胸と、お腹に。それととりわけ、その脚の間の、とてもすばらしく濡れた場所に」まるで苦痛を耐えるように、目を閉じた。

ルナは震える息を吐いてから、言った。「わたしも触ってほしいわ、ジョー」

彼はこらえるような表情を浮かべ、うめいた。「くそっ」両手をルナの体に回し、しっかりと抱きしめる。「おれにそんなことを言うな、ベイビー」

「自分で言ったんじゃないの」

「きみのせいだ」彼は笑って耳たぶを嚙み、耳の中を舌先でくすぐった。それから、しわがれた声でささやいた。「そろそろ寝ろと言いたいんだろ？　おれはひと晩じゅう起きている。ああ、絶対に起きているからな」

ルナはうなずいた。「わたしだって、そう簡単に眠れないわ」

ジョーの顔つきは性的な興奮で険しくなっていた。頰骨《ほおぼね》が浮き出し、口元が引き締まる。彼女に向かって身をかがめようとしたところで、二人の耳に階段を下りる足音が聞こえた。

ジョーはうめき声とともに身を起こした。「わかったか？　子供にはレーダーがあるんだ。観客に見せられるほどの体調じゃないし、部屋に引っこむとするよ」ルナの顎を上げた。「オースティンの相手で、自分がくたくたになるなよ？　おれが必要なら知らせてくれ」

オースティンを寝かしつけて、知らんぷりをしろとは言わなかった。お仕置きすると脅かせとも言わなかった。ルナと同じように、オースティンが夜更けにうろつくのは、単なる子供のいたずらではないとわかっているようだ。

ルナは胸がいっぱいで、痛いほどだった。もう一度、彼にすばやく軽いキスをした。「心配ないわ、ジョー。少し寝てちょうだい」

オースティンが近づいてくる音を聞いて、ジョーは後ずさりした。「必要なときには起こすと約束してくれ」

「大丈夫よ」

ジョーは寝室の戸口に立ち、片手をドアノブに、もう片方の手をドアの枠に当てた。「約束してくれ、ルナ。でないとベッドに入らないぞ」

オースティンがキッチンに顔を出し、二人が離れているのを見て、ほっとしたようにため息をついた。「お腹すいちゃった」

ルナは笑った。「約束するわ、ジョー。だからおやすみなさい」

彼はルナに敬礼し、オースティンにウィンクすると、ドアを閉めた。


それから一時間後、ジョーはまだ起きていた。ルナとオースティンが、またキッチンに戻ってくる気配がする。これで四度目だ。オースティンが静かな声で、切実に話しつづけているのが聞こえた。ジョーの心臓が、喉元までせり上がってくる。自分の中の何もかもが混乱し、居心地が悪く、場違いな気がした――ルナのせいだ。

こんなふうに女性に惹かれたことはないし、自分でもそれがうれしいのかどうかわからない。だが、それを言ったら、小さくて無力な二人の子供の保護者になったことだってない。

ジョーは起き上がり、オースティンとルナがキッチンを出ていくまで耳を澄ませて、それからこっそりベッドを抜け出した。ルナがこう言うのが聞こえた。「誰だって怖い夢は見るわ、オースティン。目を覚ましていても悩まされるときがある。そうでしょう?」

「うん。特に本物っぽいときにはね」

「いつも見ているウィローの夢みたいに?」

ジョーは二人の後をつけていった。またしても立ち聞きすることになるが、構うものか。明かりはほとんど消えていたが、玄関ポーチの明かりが窓から差していたし、薄暗い階段の明かりもついていた。

オースティンは小さな手でルナの手をつかみ、二人は裸足で食堂の外を歩いていた。足取りは速くはなく、顔は下を向いていた。

オースティンがうなずいた。「そう。ウィローがどこにもいない夢さ。誰かがやってきて、ウィローはどこかへ行ってしまったと言うんだ。ママが行ってしまったのと同じように……」

小さな声は最後にはかすれ、黙りこくった。ジョーは心を痛め、目をつぶった。この小さな子供がどんなに辛い思いをしたかを考えると、打ちのめされる気分だった。

オースティンは唾を飲み、少し荒く息をついた。ルナは待っていた。ようやく、こわばった声で彼は言った。「あんな夢、大っ嫌いだ」

「わたしもよ」

「ママに会いたいよ」彼はこぶしで乱暴に目をこすった。「あんなふうに、ウィローと離れたくない」

ルナは階段のところで立ち止まり、一段目に腰を下ろした。オースティンと顔を見合わせ、肩をすくめる。「あなたが男らしいのはよくわかってる、オースティン。だけど、あなたを抱きしめたくてたまらないの。許してくれる？」

オースティンはためらい、もじもじした。それからジョーが驚いたことに、まっすぐルナの膝に乗り、痩せた両手を首に回した。ルナがきつく抱きしめると、その肩が少しだけびくっとした。ジョーの耳にしゃくりあげる声が聞こえたが、ルナのものなのか、オースティンのものなのかはわからない。その抱擁に加わりたかった。なぜなら、自分にもそれが必要だったからだ。

「ママはいつも、こうして抱いてくれた」オースティンが小声で言った。「抱っこするのが好きだった」

ジョーの目に涙がこみ上げ、聞こえないように反対側の壁に引っこまなくてはならなかった。顔を仰向かせ、目をぎゅっとつぶって、喉元まで来ている心臓の鼓動を静めようとする。胸が詰まりそうだ。

感情を揺さぶられることが多すぎる。最初はウィローに戸惑い、次にルナが、ようやく自分を欲しいと言ってくれた。そして今度はこれだ。おれみたいなごろつきが、こんな状況にどうやって耐えればいい？

「わたしはあなたのママじゃないわ」ルナが言った。「でも、あなたさえよければ、何度だって抱きしめたい」

オースティンは泣いているような、不安そうな声でつぶやいた。「ここにいてくれる?」

「野生の馬が何頭かかったって、わたしをここから追い出せはしないわ」

「ジョーも? ここにいてくれるかな?」ルナが答える前に、オースティンは言った。「ジョーにいてほしいんだ」

ジョーは歯を食いしばり、唾を飲んだが、何の役にも立たなかった。胸が締めつけられ、目が潤んでくる。最後に泣いたのはいつだろう……思い出せない。小学校に上がる前のことだ。

ルナは鼻をくすんと言わせた。「ジョーのことはわからないけど、彼はあなたたちのことを、とても気に入ってるわ。ここを離れても、きっとまた訪ねてくれるでしょう」

もちろんだ、とジョーは思った。

「湖が好きなんだよね?」

「ええ、湖が好きよ。でも、あなたとウィローのことはもっと好きだわ」

しばらくして、オースティンがあくびをしながら言った。「疲れちゃった。もう寝るよ」

二人が立ち上がると、階段がきしんだ。「よければ、お布団をかけてあげるわ」

「女みたいに?」

「そうよ。それと、また夢を見たら、わたしのところへ来るのよ。いいわね?」

「うん、わかった」

二人が二階へ行くのを聞いて、ジョーは階段の下に向かった。両手を腰に当て、さまざまに考えを巡らせる。決断しなければ。早ければ早いほどいい。

ひとつだけはっきりしたことがある——すぐにはここを出ていかない。ルナが言ったように、野生の馬が何頭かかっても、ここを離れるものか。ルナが気持ちを変えるまで待とう。反対されるかもしれないが、それは彼女のためにならない。オースティンはおれにここにいてほしいと言った。たぶん、ウィローも同じ思いだろう。最後にはルナを説得してみせる。

自分が家庭的な男だなんて、思ってもみなかった。だが今は……試しにやってみる気になっている。彼らの人生を変えたい。そう——やってみたいことは山ほどある。だからここにいる。それだけだ。

そう決めると、心がすっと軽くなった。きっとうまくいく。ジョーにはわかっていた。

# 11

ルナとオースティンの真夜中の話し合いは、全員にとっての転換のときとなったようだ。それからの数日間、みんなは一緒に作業し、遊び、話をした。ロイヤル保安官代理が訪ねてくることもなく、生活は落ち着き、子供たちもリラックスしてきた。ウィローはまだ打ち解けなかったが、それは持って生まれた性格なのだろう。ジョーがオースティンと床でレスリングをしたときには、そばに座って笑い、もっとやれとけしかけた。

ルナは自分でも加わった。一度か二度、ジョーは床に仰向けに転がり、ルナとオースティンがそれを攻撃した。あばらの傷はまだ癒《い》えていなかったが、ルナに叩かれると、肉体的な痛みというよりは性的な興奮を感じる。

ルナが欲しい。

日が経つごとに、月曜日が待ちきれなくなる。ついに彼女とベッドで二人きりになり、この惨めな状態を抜けるときが。その間、何もせずに過ごす気はなかった。あらゆるチャンスをとらえて、彼女に心の準備をさせようとした。

彼女がひとりでいるところを見つけると、さりげなく体に触った。首や耳にキスをし、胸を包み、最初のトラブルの原因となった、あのすばらしいお尻に触れた。

ただし、今回は彼女も文句を言わなかった。

彼女が誘惑を受け入れるのを大いに楽しむべきなのに、ジョーは気が変になりそうだった。ぎりぎりのところで我慢していても、二人のひそかな触れ合いは、前戯と同じだ。コケティッシュなルナは、わざと彼をじらしていた。

部屋の中にいても、彼にエキゾチックな流し目を送り、こっちへ来てと挑発する。セクシーな服を着て、気取って歩き回る。ショートパンツはジョーの血をたぎらせ、ベアトップは豊かな胸を強調し、かろうじてお尻に引っかかっているスカートを穿いたりする。それにあの靴。ジョーは首を振った。

ここは田舎だというのに、ルナはスニーカーもブーツも履こうとしなかった。ハイヒールやセクシーなウェッジソールは、ヴィジテーションではルナ本人と同じくらい異彩を放っていた。

ジョーは一度ならず、冷たい湖に飛び込んで、冷静さを取り戻さなくてはならなかった。

また、彼はその間、湖を再開する計画を練っていた。ルナが言った通り、ウィローのコンピューターには取引に関するデータが山ほど詰まっていた。あとは許可を得るだけだ。計画通りに進めば、湖は四週間以内に開業できる——夏場の客から利益を得るには、じゅうぶん間に合う。

子供たちはその案に心から惹かれたようで、できることは何でもしようとした。彼らが覚えている限り、湖は一年じゅう開業していて、さまざまなイベントに対応していたようだ。母親が亡くなってから湖は閉鎖され、子供たちはかつての見慣れた光景を懐かしんでいた。湖のことを話し合うと、決まってクロエの話題になった。ときには笑い話もあったし、涙を流すこともあった。けれど、子供たちは母親の話をするのを楽しんでいたし、ルナもジョーも、いつも耳を傾けた。ほかに聞いてくれる人がいなかったのだろう。ジョーはそう思った。

土曜日の夜、彼はキッチンのテーブルで最終的な詰めをしていた。ルナとオースティンは、いつもの夜の散歩で家の周りを巡っていた。低い話し声と、床板がきしむ音がする。二人の散歩は、今では寝る前のお話と同じような習慣となっていたが、その会話は胸が痛むものではなくなっていた。事実、二人は歩くことを遊びにしていた。おしゃべりをしていたかと思ったら、競走が始まる。

今では、ルナがオースティンをベッドに寝かしつけるときには、枕投げが始まるほどだった。

そのうち、オースティンは寝る前にお話を聞かなくてもいいくらい大人になるだろうか。ルナは苦にしていないようだった。ルナがこの習慣をオースティンと同じくらい楽しんでいることを、ジョーは知っていた。ひょっとしたら、オースティンよりも楽しんでいるかもしれない。その生い立ちからして、たぶん彼女にも、オースティンと同じなぐさめが必要なのだ。

ルナは今、彼女がずっと欲しがっていた家族を手に入れたように見える——ジョーは、その一員になりたかった。

彼女がジョーのいとことその妻たちを気に入っているのはわかっている――ウィンストン家の男と結婚した女性は、たちまち家族に溶け込んだ。ルナはまた、ジョーの困った妹のことも気に入っていた。アリックスはかわいくない妹だが、どこかルナに似たところがある。

その考えに、ジョーはにやりとした。

ルナとオースティンが二階へ行く足音を聞き届け、テーブルを立った。彼らが散歩を習慣としているように、ジョーは全部の鍵がかかっているかを再確認してから眠ることにしていた。

二階の明かりからして、ジョーが玄関の差し錠を確認しているときには、ルナはまだオースティンの部屋にいるようだった。問題がないことに満足すると、ジョーは部屋へ戻ろうとした――そのとき、中庭で物音がした。

神経を尖らせて窓のところへ行き、カーテンを開けて見回した。車が停めてあるあたりで、影が動いた。どうとでも取れる影だ――大きな枝が揺れたか、あるいは動物か。

だが、ジョーはもっと多くを知っていた。

背筋を電流が走るように、本能が大声で警告していた。全身で身構える。

「くそったれめ」ジョーは低い声で言った。こんな闇の中に潜んでいる理由はひとつしかない。何者だろうと、いい目的でないに違いない。

裸足で、シャツも着ず、この家が事実上町から孤立していることにも構わなかった。スコット・ロイヤルが訪ねてきた日から、ジョーは夜の見回りのときにはバリソンナイフをポケットに忍ばせていた。武器はそれだけでいい。だがオースティンに言ったように、すばらしい両手も持っていた。

ジョーは激怒し、静かに鍵を開けた。

「何かあったの？」階段のてっぺんにルナが立っていた。手すりをぎゅっとつかんでいる。その隣には、怯えた表情のオースティンがいた。「ジョー？」

くそっ、誰にも知られずに片づけるつもりだったのに。「中にいろ、ルナ」ふざけたところなどみじんもない、火傷しそうな視線で、ルナをその場に釘づけにした。「本気で言ってるんだぞ」

ルナは急いで階段を降りてきた。「もちろん、中にいるわ。何があったの？　どうするつもり？」

ぐずぐずしている暇はない。ジョーは質問を無視して、体がすり抜けられるだけドアを開け、深い闇の中へ駆け込んだ。呼吸は低く、平静に保ち、筋肉はいつでも使えるように緊張させて、車のほうへ向かう。そこで、待ち構えた。

その辛抱はすぐに報われた。闇に包まれた中庭に、背の高い人影が浮かび上がっている。

人影は動き、形を取って、やがてジョーのトラックのそばにかがみ込んだ。月光がブロンドの髪を照らしているほかは、黒い服に身を包んだ男は誰ともわからなかった。

ブロンド。怒りがこみ上げてきた。ヴィジテーションまでの道中、自分とルナを見張っていた男のことはよく覚えている。ジェイミー・クリードが言ったように、そいつは明らかにつけてきていた。

ジョーは信じがたいスピードでポーチを横切り、階段を降りて、固い地面に着地すると、全速力で走り出した。

膝が悲鳴を上げてこわばり、腿と尻から痛みが破片のように広がった。だがその痛みにも、今では慣れっこになっていた。常にそれに悩まされていたからだ――ブルーノ・コールドウェルのおかげで。この男がやつの手下なら、少しくらい痛くたって追い払ってやる。

ジョーが猛烈に追ってきた音を聞きつけ、男ははっと顔を上げた。一瞬、ショックで動きを止めたが、あわてふためいたように悲鳴を上げ、ジョーの追跡を逃れて家の隣の林へ逃げ込んだ。そこには木や藪に隠れて、本道に続く道がある。

そこに車を隠しているに違いない。ジョーは自分を励まし、追いかけた。音もなく、懸命に集中して、長い脚でどんどん近づいていく。血管を血が駆け巡るのを感じ、自分の心臓の音が聞こえた。靴を履いていない足は、地面に転がる小石や破片をものともしない。追っている男の激しい息づかいは、二人の足音をまねているようだった。

彼らは真っ暗な森へたどり着いた。そこは影と木の葉に覆われていた。くねくねした道や落ちた枝、鋭いイバラやちくちくする雑草が罠を仕掛けている。ジョーは自分に悪態をつき、手を伸ばした。あと少しで指が届きそうだ。前へ飛び出し――黒いシャツの背中をつかんだ。

男は妙に甲高い悲鳴を上げて、体をひねり、手や足を出そうとした。不器用なこぶしがジョーの顎に当たったが、ほとんど威力はなかった。片足が、痛むあばらを蹴った。

ジョーは手を離さなかった。

激しくもつれ合って、二人は鋭く尖った小枝のベッドに倒れ込んだ。ジョーは侵入者の上にのしかかっていた。男は腕で顔をかばい、足をバタバタさせた。怒りで視界に赤くかすみがかったような状態で、ジョーはこぶしを引き、男の鼻を殴りつけようとした。最後の最後で男が顔をそむけたので、こぶしはこめかみに当たった。男はウッと声を上げ、両手をだらんと垂らして、うめきながらぐったりした。ジョーはすばやくその機をとらえ、とどめの一撃を繰り出そうとした。

背後で、ウィローの悲鳴が聞こえた。

その声にはまぎれもなく恐怖の響きがあった。計算を間違えたか？　賊は二人いたのか？とらえた男のシャツの前をつかんだまま、瞬時に立ち上がった。家のほうを振り向いた拍子に、ジョーはぞっとした――トラックの横から、小さな火が出ている。

気を取られたのはほんの一瞬だったが、そのすきに男は逃げ出した。ジョーは悪態をつき、またも男を追って、落ちていた木の枝を踏んだ。怪我をした膝をひねり、歯を食いしばって痛みをこらえなくてはならなかった。「ちくしょう」不満が押し寄せ、怒りがさらに増した。一瞬で立ち直ったが、すでに男は視界から消え、夜の闇にまぎれてしまった。森の奥深くで、すばやく逃げていく足音がしたが、姿は見えなかった。一瞬、どうするか決めかねたが、もはや相手をつかまえることができないのはわかっていた。裸足で、明かりもない状態では無理だ。男を取り逃がしてしまったことに、ジョーはいら立ちを感じた。二度までも……。

ルナがそばに来ていた。ふわふわした白いナイトシャツが、夜風に吹かれて波打っている。

「ジョー？」彼女は無我夢中で彼に手を伸ばした。彼の顔を、胸をなでる。その声も、手も震えていた。「大丈夫？　ねえ、ジョー、答えてちょうだい」

「おれは大丈夫だ」まだ怒りに燃えていたが、彼女を安心させようと体に手を回し、引き寄せた。その向こうに炎が見えた。「くそっ」

足を引きずりながら、ジョーは前へ進もうとした。ルナは彼の腕を肩にかけて支え、わずかながらも助けようとした。「大丈夫じゃないじゃないの！　ばか」ルナは怒っていた。「どうする気だったの？　武器も持たずに、暗がりに駆けていこうとするなんて――」

ジョーは腹を立てて言った。「おれに必要なのは靴で、武器じゃない。それに、ナイフは持っている。ただ、今夜は人を刺したくなかったんだ。特に、相手が誰かわからないうちは」

ルナがにらみつけた。「いいこと、ジョー、わたしがここに来たのは子供たちの面倒を見るためで、子供たちが第一なのよ。それが前提なの」

ありがたい。少なくとも、子供たちのことが心配なら、ルナが後を追ってくることはないだろう。

「でも、あなたが危険と思ったものを追いかけてる間、待っているのは好きじゃない。実際、そういうのはすごく嫌なのよ。今回は、男が逃げていくまで待ったけど、これからは――」

「これからも、同じようにするんだ」ポーチに通じる開いた窓のひとつから、寄り添っているウィローとオースティンの、青ざめて引きつった顔が見えた。誰かがあの子たちを怖がらせた。それは絶対に我慢ならない。

「ロイヤル保安官代理に電話したわ」ルナはとがめるような、無愛想な声で言った。「知能のかけらもない自警団みたいに出ていく前に、あなたがそうすべきだったのよ――」

「妻ってのは、そんなに口うるさいものなのかな」ジョーは炎から目を離さなかった。火は小さかったが、トラックのすぐ近くだ。足をさらに速めた。石油缶がそばに置いてあったのを見て、すばやく遠ざける。もしも止めなかったら、トラックはたいまつと化していたかもしれない。

隣では、ルナが憤慨していた。「燃え広がる前に、古い毛布を取ってくるわ」彼女は走り去った。

ウィローが玄関のドアを開けてルナを入れると、外に出てきた。両腕で自分の体を抱え、長い髪を湿った夜気になぶらせている。「家の脇にホースがあるけど、ジョー。取ってくる？」

彼はかぶりを振った。「燃えているのはガソリンだ。水だと燃え広がってしまう」

鋭い雑草が生い茂る野原での追跡劇で、ジョーの素足はずたずたになっていた。膝がズキズキ傷む。転んだときにできた血のにじむ擦り傷が、むき出しの胸と腕をめちゃめちゃにし、怒りは胃の中を酸のように焼いていた。だが、まだそれに反応する気はない。こんな近くで、子供たちが見ているうちは。

ルナがぼろぼろの毛布を二枚手にして戻ってきた。ジョーは火を消しにかかった。煙だけになると、ジョーはトラックをニュートラルにし、数メートル移動させて、家とポーチの明かりの近くへ持っていった。トラックを降りたとき、車の横腹に深く刻まれたメッセージが目に入った。

〝痛い目に遭う前に、ここを出ていけ〟

ジョーは目を細め、歯ぎしりした。

二の腕に小さな手が触れる。振り返って見ると、ウィローが大きな茶色の目でその言葉を見ていた。「わたしに言ってるんだわ」

「そうかしら」ルナがその横で言った。「わたしという可能性もあるわ」

「あなたに？」

ルナは肩をすくめながらも、目はトラックから離さなかった。「ダイナがくびになったことを誰かに話したのかもしれない」オースティンの手を握り、三人はこの卑劣なメッセージに魅入られたように立っていた。

ジョーはその前に立ち、文字を隠した。「みんな、聞いてくれ」三人の目が、ジョーの顔に釘づけになる。彼らの表情は期待しているようでもあったけれど、怒りと恐怖で曇っていた。守ってやりたい気持ちがほとばしり、ジョーは叫び出したいくらいだった。息を吸い、もう一度吸ったが、何の助けにもならなかった。

「きみたちは、今はおれのものだ」そう言った自分の声は、説得しようとしてかすれ、震えていた。こんなふうにルナに迫るつもりはなかった。心の内をこんなに早く告白するとは。自分にも、ルナや子供たちにも、時間が必要だと思っていた。けれど、これ以上耐えられない。「きみたちみんなだ。おれは、自分のものは守る。誰にも傷つけさせないし、誰にも追い出されはしない。絶対に犯人をつかまえてみせる。そして、そのときには償《つぐな》いをさせる」

さっきまで怒りに細めていたルナの目は、今は心配するようにやわらいでいた。しぶしぶうなずき、落ち着いた声で言う。「わかったわ、ジョー」

それは彼の言ったことを信頼しているというよりも、なだめようとしているみたいに聞こえた。

ウィローは固唾をのんでうなずき、不安そうに微笑んだ。「わかったわ」ルナにならって言ったのも、やはりジョーをなだめようとしているみたいだ。

女ってやつは。

オースティンは身を乗り出し、ジョーの膝にぎゅっとしがみついた。ジョーは危うく倒れそうになった。身も、心も、奥深くにある感情も、すでに踏みにじられたような気がする。自分の中に、感情があるなんて知らなかった。子供たちとルナが、暗くて空っぽな場所から拾い上げてくれたのだ。

まだちゃんと歩けないところへ、オースティンが小さな戦車のような勢いで突進してきた。だが、脚に感じた衝撃よりも、心に感じたもののほうが大きくて、ジョーはバランスを崩した。

ジョーはもつれたモップのようなブロンドの髪に触れた。「オースティン？」

オースティンはぎゅっとしがみついたまま、ジョーの膝に向かって言った。「オーケー」ようやく顔を上げて、唇を曲げ、賞賛するような笑みをジョーに向けた。「礼儀正しくないときのほうが好きだよ」

おどけたせりふに、ジョーは気持ちが明るくなって笑った。「ネズミめ」

月明かりの下、涼しい夜気にきつい煙の匂いが立ちこめる中で、彼らは立ち尽くしていた。引退した賞金稼ぎ、占い師の助手、そして、二人の不遇な子供たち——不釣合いな家族だったが、それでも家族だった。あっという間の出来事に思えるが、ジョーはそれを受け入れた。彼らが自分を必要としている以上ではないにせよ、同じくらい彼もみんなを必要としていた。誰にも傷つけさせない。おれが許さない。

ジョーはルナとウィローに手を伸ばし、二人を引き寄せた。温かさと愛情、いつしか忘れていた安心感に浸る。ルナの温かい吐息がむき出しの肩にかかり、涙に濡れたウィローの頬が胸に押し当てられた。そしてオースティンは、痩せた猿のように脚にかじりついている。心の奥底で、何かが膨らんでいた――今度は何の疑問も、ためらいもない。それは正しい感情だった。ジョーは満足な気持ちでそれを感じた。

結局、自分は結婚に向いているらしい。あとは、ルナを信用させるだけだ。

しばらくすると、まぶしいライトと甲高いサイレンが夜の闇を切り裂いた。ジョーが顔を上げると、スコット・ロイヤルが派手な音を立てて中庭に入ってきたところだった。寝巻きのままで外に固まっている四人を見て、彼はサイレンを止め、車を降りた。

その顔は憂鬱《ゆううつ》そうだった。

賞賛と驚きを込めて、彼は暗視ゴーグルを外した。これのおかげで、昼間のようにはっきりと、さっきのドラマを見ることができた。

ウィンストンの活躍を見るのは、本当に愉快だった。スピードと機敏さ、ひそかな動きが絶妙に組み合わさっている。感心しない理由はどこにもない。

またゴーグルをかけると、逃げた男が森を離れ、路肩に停めてある車に向かうのが見えた。男は七面鳥のように一目散に逃げている。怯えた七面鳥のように。ウィンストンはたくましい大男で、もしつかまったら、こてんぱんにやられるに違いない。それが見られないのは残念だ。ひどく退屈な今は、どんな娯楽でも大歓迎だった。

ヴィジテーションが嫌いなわけではない。この小さな町が、だんだん好きになってきた。夜になると空は澄みきって、降るような星々に息をのむ――今まで自分のことを、星空に心を動かされることなどない皮肉屋だと思っていた。彼はフッと笑った。これが終わったら、土地を買って小さな家でも建てようか。ヴィジテーションは住むにはよさそうだ。少なくとも、くだらない仕事にうんざりしたときに、訪ねてくるのにいい。

ウィンストンはおれが隣人になったら喜ぶだろうかと考えて、にやりとした。

だが、まずは仕事をしなければ。とはいえ、事態がこれほど複雑になってしまっては難しかった。たぶん、ウィンストンを助け、少しすっきりさせたほうがいいだろう。

これだけ離れていると、逃げていく車のナンバープレートは見えなかった。暗視ゴーグルはそこまで性能がよくない。だが、古いハッチバックというのはわかった。そのことを教えたら、ウィンストンはどうするだろう？　機が熟したら彼に伝え、あとは高見の見物といこう。

そうだ、それがいい。

機が熟したら。

月曜日の朝、ルナはひどく神経質になっていた。今日はジョーと二人きりになれる。それだけで手が震え、期待で体がほてってくる。彼を求めるだけでなく、愛するのは、とても強烈な感覚だった。

けれど、ジョーが変わってしまったことも気になる。わずかな変化は、視線や触れ方に見て取れた。キスや愛撫には、まだ独占したい感じがあったものの、じっと見つめる瞳や抱きしめる腕には、新たな優しさが加わっていた。それはぞくぞくするようなことだったけれど、同時に戸惑いもした。

そのほかの変化は、もっとはっきりしていた。

放火され、トラックに傷をつけられた夜から、ジョーは前にも増して危険な男になっていた。それに、前よりも大きく、堂々として見える。しかも、近寄りがたい雰囲気をまとうようになった。

監視カメラのテープには、男の頭のてっぺんと黒っぽい服しか写っていなかった。テープの量はじゅうぶんあったけれど、顔は一瞬たりとも写っていない。物陰にぴったりくっついているので、身長や体重を特定するのは難しかった。

ロイヤル保安官代理は石油缶の指紋を調べたものの、古くて錆びているので、あまり成果は期待できなかった。男がブロンドで、ジョーの話では女のような悲鳴を上げたというほかに、進展は見られない。

ジョーは翌日の買い物を中止するだろうとルナは思っていた。けれど彼は、子供たちの出かける楽しみを奪いたくないと言った。代わりにぴったりとくっついて、あらゆる人間に注意深く目を配った。ルナが子供たちを車に乗せて町へ行き、ジョーは自分のトラックで後をついてきた。修理工場に、横腹の傷を直すには一週間かかると言われたので、ジョーは不透明なビニールテープを上から貼り、ウィローとオースティンの目に触れさせないようにした。

ジョーの警戒心が一番発揮されたのは、買い物中だった。人々は怯えた目で彼を見て、大きく道を空けた。ルナに言わせれば、それは無理もなかった。ショッピングセンターという比較的安全な場所でも、ジョーは燃えるようなブルーの目で、あらゆる人や物を鋭く見ていた。近寄りがたい表情を少しも気にしないのは、ウィローとオースティンだけだ。

ルナの見たところ、ウィローはショッピングに大はしゃぎだった。けれど、ジョーとオースティンは退屈な責め苦と感じているらしかった。三十分もかけずにジョーはベッドを選び出し、翌日配送してもらう手はずを終えていた。その巨体に耐えられる、大きくて寝心地のよさそうなベッドだ。

それから数時間かけて、子供たちの服や靴、下着などをあれこれ買った。シャツやショートパンツ、ジーンズを手にするたびに、ウィローは顔を輝かせた。新しい靴下を買うときでさえ、喜びのため息を漏らした――ルナはうれしかった。一日中でも買い物をしていたいくらいだ。

けれどオースティンはブツブツ文句を言いはじめ、わざと脚を引きずって歩いた。ウィローは少しも気の毒がらず、ジョーは明らかにおもしろがっていた。服を試着させるのは不可能に近かったので、ルナは結局、合いそうな服を適当に買って、これ以上オースティンをいじめるのをやめた。オースティンの文句はみんなの気に障ったし、しばらく前から続いていたので、脚を引きずるのをやめろとジョーが叱るのではないかと思った。けれど、ウィローがあまりにもうれしそうなので、ジョーは文句を引っこめ、山のように持たされた包みを器用にさばいて、ウィローにもっと買い物をするよう勧めていた。

何ていい人なんだろう。

ジョーの辛抱強さのおかげで、サマースクールの初日には、子供たちは新しい服と靴で着飾ることができた。ルナは運転するジョーをチラッと見たけれど、彼は道の前をまっすぐ見ていて、彼女にはほとんど目を向けなかった。

無視されたのが気に入らない。わざわざ新しい服を着てきたのに。黄褐色のワンピースは、体にぴったりとしたものだ。ワンピースそのものはあっさりしているけれど、たくさんの輪をつけた大きなイヤリングと、シルバーとゴールドのブレスレットをつけ、腰の低いところに編みベルトを巻いている。似合っていると思ったのに、ジョーはおもしろそうに目をやっただけだ。

子供たちはコントゥアの後部座席に座り、学校を楽しみにおとなしくしている。ところが、ひっきりなしに怖い目であたりを見回しているジョーは不機嫌だった。

ルナは後部座席を見て、子供たちがこんなに短時間に手に負えなくなってしまうことに改めて驚いた。朝にはきちんとブラシをかけてあったオースティンの髪は、開いた窓のおかげでどうにもならないほどもつれている。ウィローは新しいブレスレットを神経質にいじり、彼女だけのやり方でひそかに内省しているようだ。ウィローはとても繊細に、オースティンは九歳にしてはいかつく見えるけれど、二人が似ているのは間違いない。

「ジョーの携帯の番号はわかるわね？」

もう何度も訊いているのに、子供たちは二人とも、声を揃えて「はい」と言った。

「わたし、口うるさくない？　そうならないようにと、いつも心がけているんだけど」

「そんなことはない」ジョーは彼女のほうを見ずに、低い声で言った。

オースティンは傷ついたように目をくるりとさせたが、ウィローはにっこりした。「ママはもっとすごかったわ。いちいち気をもんで」

ルナが訊いた。「それで慣れっこになってるの？」

「そう。でも、大丈夫。ミズ・ローズがちゃんと見ていてくれるわ」

オースティンが顎を突き出した。「誰かが手を出そうとしたら、ぼくが――」

ジョーがすかさず口を挟んだ。「おれに電話するんだ。わかったな？」

その口調には議論の余地はなかったので、オースティンは、イエスともノーともつかない言葉をつぶやいた。

「本気で言ってるんだぞ、オースティン」

オースティンはジョーの後頭部をにらみつけて、うなずいた。「わかった。電話する」

小さな校舎の正面に車を停めると、ジュリー・ローズが笑みを浮かべて、入口のところで待っていた。淡い緑色のかっちりしたサマースーツを着て、茶色いパンプスを履いている。

ジョーは特に感情を表さなかったが、ルナは笑顔で手を振った。子供たちの面倒を見てくれる彼女を尊敬していた。

車を停め、入口まで子供たちを送っていった。ルナがジュリーにあいさつしようとしたとき、オースティンが道の向こうを指差した。「クレイがいる」

ウィローはすぐに反応した。喜びに頬を赤く染めたかと思うと、すぐに大嫌いというように顔をしかめた。「見ちゃだめよ」オースティンは弟の二の腕をつかみ、引っぱっていく。学校の入口に差しかかると、通りすがりに「おはようございます、ミズ・ローズ」と言って、さっさと中に入ってしまった。

ジュリーは首を振った。「安心して、ミスター・ウィンストン。子供たちから目を離さないと約束するから」

ジョーはクレイのほうへ顎をしゃくった。「彼もサマースクールに来るのか?」

「いいえ。昼間はいつも、友達とこの辺をうろついてるの。わたしの意見じゃ、あの子たちは夏休みのアルバイトでもするべきよ。一日じゅう湖で遊んでいたと聞いたわ。もっとも、パトリシアが閉鎖する前のことだけど」

「わたしたち、あそこを再開させるつもりなの」ルナが言った。「ジョーが調べているところよ。今週中には、郡政委員にどんな許可が必要か訊くつもり」

ジュリーは眉を上げた。「クインシー・オーエンにも訊かないと。彼は理事会に名を連ねているし、彼が湖を閉鎖させたとパトリシアに聞いたわ」

ジョーがぱっと顔を上げた。「なぜだ？」

「どんな理由があるのかは知らないけれど、パトリシアによれば、経営は骨が折れるからということよ。もちろん、ついでの話に出ただけだけど。彼女との話し合いは、大部分が子供を学校に行かせることに絞られていたから」

「なるほど」ジョーが手をこすり合わせた。「ここまで来たんだから、すぐにも彼と話してみよう」

それは誰にとってもいいことではないとルナは思った。それに、ジョーが町でぐずぐずしようとするのは、ある意味で侮辱だった。家に着いたら、二人で特別な時間を過ごすことになっているのだから。

ジョーがまだ自分を欲しがっているのはわかっていた――それは変わっていない。彼に見られ、触れられるたびに、それを感じた。まだ一緒に寝てもいないのに、恋人のような熱烈な目でこっちを見る。視線も熱ければ、触れ方はもっと熱かった。あらゆる機会をとらえては、二人の間の緊張を高めようとする。部屋で二人きりになったと思えば、うなじにキスをし、お尻をなで、意味ありげなほめ言葉をささやき、たいていの場合、ルナを夢中にさせた。

けれど、あの火事騒ぎ以来、彼は上の空で、暗く、もの思いに沈んでいるように見える。内なる怒りを抑えきれず、気性の荒さが表われていた。けれど、爆発寸前の対決がすぐ目の前に迫っているのに、オースティンとウィローには優しく、我慢強く接していた。

子供たちを迎えに来る時間をジュリーと打ち合わせてから、ルナはジョーの後を追って道を渡った。そこではクレイが、ジープの正面に寄りかかっていた。ジョーが近づいていくと、背筋を伸ばし、探るような目をした。

ルナがジョーの前に出て、すかさず言った。「おはよう、クレイ」

クレイは明るいあいさつに驚いたようだが、ジョーから目を離さなかった。ルナは咳払いした。「また会えてうれしいわ」

クレイはネズミ捕りにでもつかまったかのような用心深さをあらわにして、ようやく唾を飲み込み、つぶやくように言った。「ミズ・クラーク」

今日のクレイはだぶだぶのジーンズに長袖のTシャツ、野球帽という格好だった——帽子は後ろ前でなく、きちんとかぶっている。

ジョーはルナの肩に優しく、力強く手を置き、自分のほうへ引き寄せた。「この間、うちでトラブルがあった」

「聞いたよ」クレイは身構えるように、挑戦的に身じろぎした。「誰も怪我しなくてよかった」

「そのことについて何か知ってるか?」

クレイはあからさまに抵抗するように眉をひそめた。「町のうわさ程度だけど」

ルナはジョーを乱暴に肘で突き、ジョーはうめき声を上げて顔をしかめた。ジョーの無礼さをカバーするように、ルナはにっこり笑った。「クレイ、あなたのお義父《とう》さんに話があるの。どこへ行ったら会えるかしら？」

　どっちが主導権を握っているのか決めかねるように、クレイは二人の間を見て、最後にルナに目を止めた。「いつもはショッピングセンターのオフィスにいるよ。でも今日は、具合が悪くて家にいる」

「大したことないといいけど？」

　クレイは肩をすくめた。「ぼくが出かけるときには、家にいた」

　ジョーが言った。「ウィローを待ち伏せしてるんじゃないだろうな」

　沈黙が流れた。

　ルナはまたジョーを肘で突こうとしたけれど、その前に彼に腕を取られた。

「もしそうなら」ジョーが続けた。「礼儀をわきまえることだ。それと、おまえの友達もな」

　ルナはほっとした。結局、自分も同じことを考えていたからだ。ジョーはクレイに、彼女に近づくなと言わなかった。ウィローが自分で何とかするだろう。頭のいい子だから大丈夫だ。

　クレイは勇気を振り絞り、もう一度野球帽を直して、彼の年齢でありったけのプライドを込めてジョーと向き合った。「彼女に謝ろうと思うんだけど」

　ジョーの浅黒い顔が晴れ晴れした。「本当か？」

「ああ」頬を赤くして、ルナを見た。「今度、ウィローに会いにいってもいいかな？」

「それはウィロー次第よ」ルナはそう言ったけれど、本心では声を上げて笑いたい気持ちだった。ウィローはクレイに謝らせるだろうし、そうするべきだった。「でも、彼女がいいと言えば、何の問題もないわ」

「彼女はデートするには早すぎる」

ジョーの有無を言わさぬ言葉になごやかな雰囲気が破られ、クレイは息をのみ、ルナは腹を立てた。彼女は食いしばった歯の間から言った。「あの子はもうすぐ十五歳よ。デートしてもいい年頃だわ、ジョー」それから、さっきよりも優しくクレイに言った。「つまり、たまにはっていう意味よ。わかった？」

クレイはほっとしたようにうなずいた。「ありがとう」

ジョーが少年に向かって怒鳴り散らす前に、ルナはさよならと言ってジョーを引きずっていった。文字通り引きずっていた。ジョーはまだ油断ない目つきであたりを見回していて、急いで帰る気はなさそうだったからだ。

つまり、早く二人きりになりたいという気はないらしい。うぬぼれをくじかれたルナは、車に戻ると彼のがっしりした肩を殴りつけた。

ジョーは彼女をにらみつけた。「おれが何をしたっていうんだ？」

ルナは腕組みをして、にらみ返した。「あちこち目を光らせてるのはわかるわ、ジョー。そのために連れてきたんだもの。用心棒としてね」

ジョーは縁石から車を出した。「へえ。そのために連れてきたんだ」

その言い方に、ルナは動きを止めた。「ジョー、あなたの……情熱には感謝してるわ」

「情熱？」

ルナは手を振った。「容赦なくて、怖そうで、用心深いところよ。今にも爆発しそうなほど張りつめてる」

「そうとも」

「ええ……それはいいわ。つまり、あなたの経験を生かして、子供たちの安全を守ってほしいの。でも……」その先は続かなかった。欲望にわれを忘れてほしいなんて、どうやって言えばいいの？　わたしに夢中になってほしいなんて？

ジョーはおもしろがっているように、不作法に言った。「おれは張りつめてるよ、ルナ」

「わかってるわ」何てばかだったのだろうと、ルナはため息をついた。子供たちが第一だ。あの子たちが幸せで、安心して暮らせるように、ジョーが手助けしてくれる。それが何より大事なことだった。「あんなひどいことをされて、犯人が誰かもわからないんじゃ――」

「おれは張りつめてる」ジョーがさえぎった。「きみのせいで興奮して、息もできないほどに」

ルナは目を丸くして彼を見た。

「おれがまだ怒ってると思ってたか？　とんでもない。戦いに備えるのに一番いいやり方は、力を抜き、余裕を持って、心の準備をしておくことだ。それに、信じてほしいが、おれは戦い方を知っている」シート越しに手を伸ばし、むき出しの腿に手を置いた。指がほんの少し、ワンピースのすそに入ってくる。「だけど、きみをまともに見ていられないほど欲しくてたまらない気持ちを、どうすればいいのかわからない。きみを組み敷くまでは、ずっと張りつめたままだ。だから、ついにその気になってくれたのがうれしいんだ。一、二時間かけてシーツの上で燃え上がったら、おれたちを悩ませている件について考えよう。そのときにはちゃんと対処する。それは約束する」

手がさらに上に伸び、パンティーの端をもてあそぶと、ルナは息をのんだ。ジョーの声は低く、くぐもっていた。「だが、まずはやらなきゃならないことがある」

ルナは唾を飲み込み、二度深呼吸をして、うなずいた。「ええ、わかったわ。でもね、ジョー」チラッとこっちを見た彼に、ルナはささやいた。「もっとスピードを上げて」

# 12

二人は記録的な速さで家に帰りついた。幸い道は混んでいなかったし、謎のジェイミーが現れることもなかったし、信号にもさほど引っかからなかった。ジョーがトラックを駐車する前に、ルナは車を降りて、セクシーなお尻を振りながらポーチへ向かっていた。彼女が急いでいるのを知ると、欲望が倍になる。

彼女よりほんの少し早く、ドアに手を伸ばした。鍵を開け、思っていたよりやや強引にルナを引っぱり込む。ルナは文句を言わなかった。家に入ると、彼女はジョーの腕の中にすっぽりとおさまり、両手を首に回し、髪に指を入れた。

「ルナ」呼びかけると、彼女は顔を上げた。初めて会った瞬間から、性的な欲望をかき立てられていた。コントロールを失うのは大嫌いだったが、ルナのそばにいるとそんなことは言っていられない。

ジョーは激しく、せっかちに唇を奪った。彼女もそれを受け入れ、同じくらい情熱的だった。落ち着くなんて無理だ。

ルナを壁に押しつけ、片方の手で胸を覆う。体にぴったりしたワンピースとブラは、何の邪魔にもならなかった。手のひらに乳首を感じ、さらに火がついた。

ルナは息をしようと唇を離し、体をそらせてあえいだ。目を閉じて、顔をあお向けている。

その反応を楽しみながら、ジョーはうめくように言った。「きみの乳首がわかるよ、ルナ。もう固く尖ってる。こうされるのは好きか？」柔らかい喉にキスをしながら、親指を前後に動かす。それでは物足りなくなって、身をかがめ、唇で包むと、ワンピースとブラジャーの上から吸った。

「ジョー」彼女の手が、髪をつかんだ。

「その色っぽい服は、おれのため？」

ルナはかぶりを振りながら、ささやいた。「知らないわ」

今朝、キッチンへ入ったジョーは、朝勃ちを抱えながらもまだ寝ぼけていた。けれど、ルナをひと目見て、完全に打ちのめされた。

セクシーなマーサ・スチュアートのように、彼女はすでにコーヒーをいれ、子供たちのためにいい匂いのするワッフルを焼き、身支度も化粧も完璧だった。その眺めにあらゆるレベルで反応し、ジョーはとても手に負えないとわかった。こんな朝早く、コーヒーも飲んでいないのに。

「おはよう」としか言えずに二階のバスルームへ逃げ込むと、冷たいシャワーを延々と浴びた。それは欲望を鎮めはしたが、消し去りはしなかった。それからというもの、彼女を欲しい気持ちがどんどん膨らみ、まるで拷問だった。

ジョーは片脚を彼女の脚の間に入れ、ワンピースのすそを持ち上げた。白い腿が、ジーンズを穿いたジョーの脚を挟み、まるで上に乗っているようだ。彼女がすでに裸になっていて、何も邪魔されずに腿に触れられればいいのにと思った。手を大きく広げてお尻をつかむと、ジョーは彼女をそばに引き寄せ、勃起したものを当てた。固くなったものを押しつけながら、誘うようなリズムで動かす。

ルナの喉から、うめき声が漏れた。ジョーはその唇を奪い、舌を挿し込んでその声を消した。彼女はとても甘く、ジョーはやっとのことで唇を離して言った。「厚着しすぎじゃないか」

彼女の手が、ジョーのTシャツに伸びる。「あなたもね」

視線が絡み合った。ジョーは大胆で強い意志を持って、ルナは優しく欲しがるように。ジョーは膝をつき、彼女の体を持ち上げた。

「あばら骨が！」

「それがどうした？」彼はルナを抱えて階段へ向かった。

ルナは首に腕を回して、訊いた。「どこへ行くの？」

「きみのベッドだ。そっちのほうが大きい」ダブルベッドは簡易ベッドよりは快適だったけれど、ルナのはクイーンサイズだ。これからやろうとしていることを考えたら、広ければ広いほどいい。

両手にルナを抱えて階段を駆け上がると、彼女がささやいた。「ロマンチックね」

「からかうな」ドアを蹴り開け、彼女をベッドに投げ出した。ルナはすぐに肘をついて身を起こし、ジョーが片手を背中に回してシャツをつかみ、首から抜くのを見ていた。それを床に投げ捨て、足で靴を脱ぐ。

ルナが胸をじっと見ているのがわかる。火事のあった夜につけた新しい傷、暴漢に襲われてまだ癒えていない傷、それに、数えきれないほどの古傷を。

「ジョー」その声は悲しげで、気づかっているようだった。だが今は、そんな心配をしてほしくない。

ルナのお尻の両側を膝で挟み、その上にのしかかって、すぐさまワンピースのすそをつかんで持ち上げた。胸まであらわになると、その眺めに動きが止まった。

ジョーは胸を激しくとどろかせ、筋肉を震わせながら、柔らかいレースのパンティーを見た。とても小さくて、ほとんど隠していない。何てこった。その下の三角形の巻き毛を見て、恋の手管《てくだ》などどこかへ行ってしまった。

ジョーはうめき声とともに、身をかがめておへそにキスをし、下腹に顔をすり寄せ、お尻を軽く嚙んだ。「ルナ」彼女の匂いがする。温かく、女らしく、そしておれのものだ。服をたくし上げ、脚を大きく広げさせた。

「ジョー、待って」ルナがあらがい、腿を閉じようとする。

大きな手で彼女を動けなくして、ジョーはじっと見た。「だめだ。今はおれにノーと言うな、ルナ」

ルナは長々と、震える息を吸った。「言わないわ。とても言えない。でも――」

ジョーが唇を触れると、彼女の体が弓なりになった。官能的な香りを深く吸い込み、痛いほどの欲望を感じた。ほんの少しだけ舌を押しつけ、湿ったレース越しに彼女を味わう。これだけじゃ物足りない。

低くうめいて身を起こし、彼女の脚を動かしてパンティーを脱がせると、もう一度開かせた。すべてが見えるように、大きく。ジョーはじっくりと彼女を見た。くるぶしで留める、セクシーなサンダルを履いている。ジョーはそのままにしておいた。このほうがいい。ワンピースは胸の下あたりにからまり、脚は目の前で開いている。ルナの顔を見ながら、絡まった巻き毛に指を伸ばし、軽く挿し入れる。

ルナの両手がシーツをつかんだ。目はとろんとして、うつろになっている。ジョーは息をするのも骨が折れた。彼女を見ながら、中指をなめらかな、膨らみきったひだの間に置く――そして、挿し込んだ。

すごく濡れている。それに、すごく熱い。

ルナは目を閉じ、唇からあえぎ声を漏らした。腿が引き締まり、柔らかくてなめらかな下腹部がへこむ。大きく息を吸うと、胸が膨らんだ。

彼女のすべてが見たい。

指を抜き、二の腕をつかんで、ベッドの上に体を起こした。彼女は驚いた顔をしたが、ジョーはすでにワンピースを脱がせていた。それをフットボードの上に投げ、ブラのフロントホックと格闘した。これも伸縮性のあるレースだったが、ふちにはセクシーな小さい薔薇模様が刺繍してある。

ブラを外すと、ジョーはそれを投げ捨てた。

尖った乳首は淡い茶色で、彼の唇を誘っていた。ジョーはうめき、脇の下に手を入れて彼女の体を引き上げ、左の乳首を軽く噛んだ。

ルナは叫び声を上げ、両手でジョーの頭を抱えた。まだルナの脚の間にいたので、自然と彼女の腿が彼の体に絡みつき、バランスを取った。片手で彼女の体を固定したまま、ジョーはもう片方の手をきれいな背骨に沿って下ろし、柔らかいお尻の上に置いた。それからさらに下へ行き、温かくしなやかなお尻の片方を包む。すばらしい女性の肉体をこね回しながら、舌で円を描いたり、はじいたりして乳首をもてあそんだ。

ルナはあえぎ、彼の耳にキスをして、熱くささやいた。「ジョー……」

ジョーはものうげに楽しむように乳首を舐めながら、言った。「どうしてほしいか言ってごらん、ベイビー」

「じらすのをやめて」

「じらしてなんかいない」けれど、そうでないことを知っていた。彼女を夢中にさせなくては。そうするには、喜びを高め、欲望をつのらせるのが一番だった。

「ジョー」声に不満の響きが混じり、腿がきつく彼を挟んだ。それから、彼女はねだった。

「吸って」

みだらな命令に、ジョーの血がたぎった。片方の腕を背中に回して動きを封じ、もう片方の手でお尻を支えて、彼女を激しく吸った。彼女の濡れたひだが、腹部に押しつけられるのを感じる。

ジョーはかすれた声を上げて、彼女の体をベッドに横たえた。背中に添えた手で彼女の胸を持ち上げ、愛撫しやすくする。最初は片方の胸、次に別の胸を責めると、ルナは身をよじり、こわばらせ、信じられないような甘い声で哀願した。もうすぐだな、とジョーは思った。だが、もっと欲しかった。何もかもが欲しい。

さらに下へ移動し、ジョーは彼女のあばら、おへそ、柔らかな下腹にキスした。今は何も言われなくても両脚を完全に開いている。ジョーは腿の下に手を入れ、動かないようにして彼女を見た。

その部分は膨らみ、暗いピンク色に光っていた。心臓が胸の中で騒ぎ、筋肉が欲望にざわめく。彼女を存分に味わいたくて、顔を近づけ、舌を這わせた。ゆっくりと、熱く、小刻みな舌使いでクリトリスを舐めてから、舌を深く挿し入れた。

ルナが悲鳴を上げた。もっとほしいとお尻を動かす。だがジョーは、まずは軽くじらすだけで満足だった。そこで、いたずらっぽくもう一度舐めただけで、クリトリスを離れた――

けれど、彼女の指がまたしても髪をつかみ、強く引っぱった。

「ひどいわ、ジョー」

ジョーは笑みを浮かべそうになった。「わかったよ、ベイビー」唇を当て、ゆっくりと、とてもゆっくりと吸いはじめた。

彼女はたちまちうっとりした。そして激しく、熱い絶頂を迎えた。体を震わせ、すすり泣きの声を上げる。喜びに身を任せた本物の声だった。ジョーは動きを止めず、それをさらに長引かせ、やがてルナはかすれ声になり、身をよじって離れようとした。

一瞬、ジョーはその上にのしかかり、弱々しい抵抗を無視して唇を奪った。激しく、長いキスで、彼女の味を分け合う。両方の乳房を手で包み、すでに敏感になっている乳首をつまんだ。

ルナはあえぎ、うめいた。「ああ、もうだめ」

ジョーは体を起こした。「もう我慢できない。だけど、後でその埋め合わせはきっとする」

ルナは目をとろんとさせ、唇を腫らして微笑むと、こわばった顎にけだるく触れた。「いいわ」

あっさり許可されたことで、ジョーはますます差し迫ってきた。何カ月も前から、彼女とひとつになる日を待ち続け、ジョーは自制心をなくしていた。身を起こし、記録的な速さでジーンズを脱ぐ。脇に放る前にポケットから携帯電話を出して、ナイトスタンドの上に置いた。それからコンドームの包みをちぎり、中身をつけた。

ルナの金茶色の目はきらめき、顔は上気している。ほとんど聞き取れないほどのささやきで、彼女は言った。「あなたが見たいわ、ジョー」

ジョーはうめいた。裸でベッドに横たわる彼女は、まるでみだらな天使のようだ。豊かなお尻と薔薇色の胸、まだ尖ったままの乳首の眺めはすばらしかった。「いいや、今はだめだ」彼女の上にのしかかり、顔を包んで優しくキスをする。「きみの中に入らなきゃならない、ルナ」その声は震えていた。「今すぐに」

ルナは膝を曲げ、脚を彼のお尻と平行になるようにした。かすかな笑みを浮かべ、うなずく。「いつでもいいわ」

ジョーはそのまなざしをとらえた。そこに表われている抑えた反応をいとしく思いながら、指先で性器をなでる。さっき絶頂を迎えたばかりなのに、ルナのまぶたは重くなり、脈が速くなっていた。彼女は顔をそむけなかった。二人の呼吸が激しく、速くなった。中指を使って彼女に触れ、濡れた部分をかき分けて挿入しやすくしてから、腰を進めて先端を中に入れた。内側の筋肉が、たちまち彼を包んだ。

ルナは目を閉じていた。ジョーは歯を食いしばった。

「目を開けるんだ、スイートハート」ジョーはかすれた声で言った。「きみが見たい」

ルナは二度、深く息を吸い、唾を飲み込んでから、もう一度目を開けた。

「そうだ」ジョーの筋肉がぴくぴくした。「どんなに気持ちがいいか、わかるか？」前後に体を動かしながら、ペニスをほんの少し中へ進めた。まだ深く入れないことで、彼女を安心させ、同時にじらす。

ルナはもっと体を近づけたがったが、ジョーはその手首をつかみ、枕の横に押しつけた。「こうすることを何度も考えていた。どんな感じがするだろう、きみがどう感じるだろうと。会って二分と経たないうちに、きみとセックスしたいと思った」

ルナは唇を開き、胸に汗の玉を浮かべていた。「わ……わたしもよ」

ジョーの瞳が燃え上がった。彼女がそう認めたことで、自制心が吹き飛んだ。「これはただのセックスじゃない」

ルナが彼を見る。だけど、単なる肉体関係じゃないことをわかってほしかった。ほんの少し激しく動き、進むことで、それをわからせようとした。

彼女の体が弓なりになる――喜び、受け入れるように。うめき声が漏れた。

ジョーはしっかりと中に入ると、両手で彼女の膝を抱えた。ルナが不安そうに目を丸くする。「ジョー……」

「シーッ。きみのすべてがほしいんだ、ルナ」脚を大きく、高く開き、彼女を無防備にさせた。

ルナの瞳孔《どうこう》が広がり、目がとろんとした。呼吸は浅かったが、ジョーがすっかり中へ入り、彼女を満たし、子宮に届くとはっと息をのんだ。自分の下でルナが身もだえすると、ジョーはうめいた。彼女は下唇をきつく嚙み、こぶしを押しつけるように体を密着させ、彼の欲望をしぼり出し、促した。

ジョーは腰を引き、ベッドを揺らすほどの力強さでまた進めた。彼女は胸を揺らし、あえぎ、大声を上げた。顔をそらせ、自分を支えるように彼の力こぶをつかむ。目もくらむような快感の赤いもやが、ジョーの体を満たした。痛いほど張りつめた乳首を見て、濃い毛に覆われた胸で軽くこする。新たな体位になったことで、彼女のお尻がさらに浮き、ありえないほど深く彼を飲み込んだ。

ルナはうめいた――そして、ジョーが驚き、満足したことに、またしても絶頂に達していた。

もうじゅうぶんだ。じゅうぶんすぎる。ジョーは彼女の喉に顔をうずめ、何度も突き立てた。力強い脚が、彼の腕の中でピンと伸びる。爪が肩に食い込み、三日月形の跡を残した。ルナは絶叫しながら頂点に達した――ジョーもそれに合わせて発射した。開いた唇を肩に押し当てたが、柔らかい肌はうめき声をほとんど抑えてくれなかった。

時が流れ、荒い息づかいのほかに、部屋はしんとしていた。ジョーは仰向けになり、片手をぐったりと下腹に置いて、もう片方の手を、自分のものだというように彼女の腿に回していた。脚はまだズキズキし、心臓は雷のように打っていて、頭はふにゃふにゃになってしまったような気がする。

麝香《じゃこう》のようなセックスの匂いをあたりに撒き散らしながら、二人は汗だくで横たわっていた。

少し骨が折れたが、ジョーは体を起こし、コンドームを外して、ルナのナイトテーブルからティッシュを二枚取って包んだ。こわばった腕で体を支え、彼女のほうを向く。ルナは目を閉じ、髪を乱し、わずかに脚を開いていた。乳首は今は柔らかくなっていたが、胸はまだ、深く呼吸するたびに上下した。目の前にいる女への感情は計り知れず、言葉にもできなかった。ジョーの目には、この上なく美しく見える――その体も、心も、思いやりも。

「準備はできたか?」

ルナは息をのみ、目を半開きにした。かすれた声で訊いた。「準備?」

「これでおしまいだと思ったか?」

ルナは目を見開き、息を詰まらせた。「でも……」

ジョーは彼女の上にのしかかった。柔らかいクッションのような胸を感じ、あっというまに血が沸き立つ。「とんでもない。あれだけ拒まれた後で、こんなに早く終われるものか。たぶん、一週間やりまくって、ようやく一日一回か二回に落ち着くかもしれない。だけど、あと二時間は子供たちの面倒を見なくていいし、ゴムはたっぷりある。それにきみは本当においしそうだ。もう一度」

彼女の目が黒々とし、激しく唾を飲み込んだ。「ええ……それなら」

その週の残りは、決まった日課に沿って過ごし、ルナはそれに満足していた。毎朝、子供たちを学校へ送り、帰ってきてセックスする。そのたびに、ジョーはますます情熱的になり、時間をかけ、親密になった。彼は貪欲で、とても抵抗できない。これまで思ってもみなかった方法で彼女をほしいままにしながら、必ず喜びの悲鳴を上げさせた。ルナは彼の匂い、見事な体、情熱的な触れ方の中毒になった。彼といる時間が長くなるほど、彼を愛し、ずっとここにいてほしいと願った。

それは無理な相談だとわかっていた。ジョーはいつか自分のアパートメントに帰り、家族と大勢のセクシーな恋人のいる生活に戻るのだ。けれど、家に帰れば危険が待っている。だから、ブルーノ・コールドウェルが逮捕され、塀の中に押し込まれるまで彼がここにいてくれることを祈った。今のところ、彼が家に帰りたがっている気配はない。

夕方は雑用をこなし、おかげで中庭はずっと見栄えがよくなった。夕食は家族の時間と決まっていて、たくさんのおしゃべりをし、冗談を交わし、お決まりのウィローとオースティンのけんかが始まる。それから子供たちが寝るまで、みんなで映画を観る。オースティンは遠慮なくジョーにくっついて、映画の半分はおしゃべりをしていたけれど、ウィローがブツブツ言うくらいで、みんなそれを許した。

子供たちがベッドに入ると、ジョーはキッチンのテーブルで湖を再開する計画を練った。何時間もかけて数字を出し、戦略を立てる。すでに許可は下りていて、計画は進行中だった。

また、ルナと一緒に家計を決め、家の外側を修理し、維持するのにいくら必要かを計算するときもあった。ルナはこれまで、ひとり——自分のことだ——以上の生活を考えたことがなかったので、ジョーの助けがありがたかった。これほど力になってくれるとは驚きだっ

かった。

誰かが家を離れるときは、ジョーは必ずついていくと言った。あれから何も事件はなかったけれど、本能が気をつけろと告げているというのだ。二人はとてもうまくいっていたし、ルナは彼を信用していた。用心しすぎるからといって波風を立てようとは思わなかった。

実際、彼の気持ちはよくわかる。今では自分の中にも、保護本能が芽生えていた――オースティンやウィロー……そしてジョーのために。ジョーにはそれを気づかれたくない。甘やかされるのが大嫌いな男だから。自分の身は守れるという自信があるから、赤の他人を守るために危険に飛び込むのだ。今までそうしてきたし、そういう男だった。

そして今は、みんなを守るという責任を感じているようだった。ルナはそうさせるつもりはなかった。自分がするべき心配を、彼に負わせるつもりはない。ジョーが喜んで危険を冒すことを考えると、夜も眠れなかった。怪我はようやく治ったけれど、それと入れ替わるように、イバラの上で格闘したときにできた細かくて深い引っかき傷が、首や腕を覆っていた。

どれも大怪我ではなかったし、もう消えかけているけれど、今もあのときの恐ろしさは忘れていない。ジョーが無鉄砲にも闇の中へ飛び出し、見知らぬ脅迫者と対決したときのことは。自己防衛本能なんて、これっぽっちも持っていない。あんなに自分を怖がらせた彼を、思いきり叱りつけてやりたかった。でも子供たちはあの行動に驚き、自分たちが守られ、愛されていることを確信したようだ。

オースティンの夜の散歩は次第に短くなっていた。ジョーを追いかけて、子供らしくめいっぱい遊び、楽しんでいるおかげで、くたくたになってしまうのだ。

ウィローは前よりも笑うようになった。特に、クレイが電話してきたときには――しかも、クレイはたびたび電話してきた。ウィローが出ないのを、彼はきっと薄情に思っているだろう。ルナは気の毒になった。そう簡単でないことをルナは知っていた。なぜなら、ウィローはクレイが好きだから。けれど自尊心の高いウィローは、すぐにクレイの意地悪を許そうとしなかった。そんな彼女をルナは誇りに思い、日ごとに好きになっていった。

保護者としての役割にも慣れ、子供たちが学校に行きはじめて四日目の朝、オースティンが湖の小屋に書かれたメッセージを見つけた。窓のところに立っていたオースティンがジョーを呼び、全員が憎しみのこもった言葉を目にした。

小屋の脇に書きなぐられた真っ赤なペンキは、まるで血のようにしたたり落ちて、静かな湖と鮮やかな対象をなしていた。朝日が穏やかな湖面に反射し、さまざまな色を放っている。小鳥が、新しい一日の始まりを楽しむようにさえずっている。アヒルが湖を泳いでいく。木の葉が温かい風にそよいでいる。

けれど、そんな自然の優しさも、強烈なメッセージをやわらげはしなかった。〝ここから出ていけ〟

「どうして?」ウィローが叫び、自分の体を抱えて、窓から後ずさった。大粒の涙が湧いてくる。「どうしてわたしたちをそっとしておいてくれないの?」

いつもは冷静なウィローが取り乱したことに不安を覚え、ルナはその体に腕を回し、そばに引き寄せた。

オースティンは姉の涙を見ると、背筋を伸ばして叫んだ。「泥の中に沈めてやる!」

「誰を?」ルナにしがみつきながら、ウィローが言った。「誰がやったかも知らないくせに」

ジョーはまだ窓の外を見ていたが、静かな声でみんなを安心させた。「そいつは卑怯者《ひきょう》に決まっている。そんなやつのためにウィローが泣くことも、オースティンが怒ることもない」

ルナはウィローの背中をさすりながら、コンロに手を伸ばしてスクランブルエッグの火を止めた。怒りのあまり、唾を吐きたいほどだ。「ジョーの言う通りよ。暗闇をいいことにメッセージを残すなんて、鼻をたらした卑怯者だけだわ。あなたたちを動揺させようとしているの。そうなったら思う壺よ。そんなやつに負けちゃだめ。あなたたちのほうがずっと立派だわ」

ウィローはルナを押しやった。「そんなことない」唇は震え、大きな茶色の瞳は、まだ涙に濡れていた。「わたしたちに父親がいないことはみんな知ってるわ。ママが結婚していないことを」

オースティンは怒りの矛先《ほこさき》を姉に向けた。「やめろよ、ウィロー!」

「本当のことだわ」彼女はすぐに言い返した。「だから、わたしたちを追い出したがってる。嫌われるのはそのせいよ。父親にとっては、いらない子供だったのよ」

ジョーがオースティンの体をつかみ、椅子に座らせた。「もういい」

「言っておくけど」ルナはしっかりとした声で、涙で台無しになったウィローの顔をまっすぐに見て言った。「人は親によって判断されるものじゃないわ、ウィロー。わたしはそのことに感謝してる。だって、うちの両親はお互いのことも、わたしのことも、少しも気にかけなかったから」

ジョーが鋭く彼女を見た。熱心に見つめられて、ルナは肌がむずむずした。この数日間で体が親密になると同時に、心の親密さも増していた。いったんセックスに満足したら、ジョーは自分に飽きて、遠ざかってしまうのではないかと思っていた。それを恐れていたと言ってもいい。ところが、それとは正反対だった。

彼はますます貪欲になり、セックスの回数を重ねるたびに、会話をしたがり、彼女のことを知りたがった。それでも、ルナはまだ壁を作り、自分のことを明かそうとしなかった。二人はあまりにも違っていたし、ウィローのように生い立ちで自分を判断してほしくない。ジョーも含め誰にでも、強い女と思ってほしかった。傷ついた女じゃなく。

「わたしの両親はいい親じゃなかったわ、ウィロー。だから家族らしいところなんてほとんどなかった。オースティンくらいの年頃のときは、すごく寂しかった。でも、あなたのママは、多くの両親よりも立派だったわ。あなたとオースティンを愛し、父親がいてもいなくても、最高の家族にした。もし母親を見て判断するなら、あなたもオースティンもすばらしい人間だとわかるはずよ」

ウィローは弟を見ると、急いで涙を拭い、うなずいた。「ママは本当に、わたしたちを愛してくれたわ」

「わかってる。あなたとオースティンがどんなにすてきな子供かを見れば、一目瞭然だわ」ウィローは長い間ルナを見て、それからつぶやいた。「ママはいつも、あなたみたいなことをしたわ。いきなり話しかけたり、抱きしめたり」

オースティンがうなずいた。「そう、ママみたいだ。パトリシアはそんなことしてくれなかった。どっちにしてもあの人は嫌いだから、そのほうがありがたいけど」

ルナは大声をあげて泣き出しそうになっている自分に気づいた。ジョーを見たらその通りになってしまいそうだったから、コンロのほうに顔を向けた。「それはパトリシアが損をしたわね。あなたたちの父親もね。こんなにいい子たちから離れるなんて」

「今頃は、ほかに子供がいるわ。ルナのお父さんがほかに子供を作ったのと同じように」

オースティンが顔をくしゃくしゃにした。「そう思う？　いつかパパと会う日が来るかな？」

ルナは胸がつぶれそうになったが、何とか自信たっぷりに肩をすくめてみせた。「どうかしら。パパに会いたい？」

ウィローがすぐに言った。「ううん。ママのそばにいなかった父親なんて、たとえ会ったって何とも思わないわ」

オースティンもしかめ面で言った。「ぼくも」

二人が嘘をついているのはわかった。それほど深く傷ついていると知って、ルナは振り返り、さっき文句を言われたように、いきなり二人を抱きしめた。「いつか気が変わるときが来るわ。でも今は、母親が結婚していないというだけであなたたちを判断するばかがいても気にすることはない。いいわね？」

ジョーはオースティンの肩に手をかけたまま、片方の手でルナの頭をなでた。優しいしぐさで髪を耳にかける。ルナがチラッと見ると、彼は微笑んだ。その意味を考える前に、彼はウィローに向き直った。

「おれたちを悩ます犯人は、きっとつかまえると約束する。いたずらもやむだろう。だがその間、くよくよしているところを見せちゃだめだ。きみもオースティンも、自分のすべきことだけを考え、頭を堂々と上げて、傷ついていないところを見せつけるんだ。そいつのことなど気にもかけていないと。いいか？　それができるか？」

「できるよ」オースティンがしっかりとうなずき、得意げに言った。

ウィローはため息をついた。「わたしも」それから、小声で続けた。「でも、こんなことは終わりにしてほしいけど」

「終わらせる」ジョーは彼女の顎を上げさせた。「おれを信じろ」

それでもだめだったら、子供たちを連れてここを離れたほうがいいのかもしれない。ルナは心の中で思った。

ジョーと目が合うと、同じことを考えているのがわかった。この家は大好きだけれど、大事なのはしっかりした、安心できる家だった。「早く朝食を作らないと、学校に遅れちゃうわね」

「スコットに電話して、状況を説明する。それから湖へ下りてペンキを落とす」ジョーは部屋に行きかけたが、オースティンが飛び上がって引き止めた。

「ぼくも手伝う」

ウィローはしばらくの間、ジョーとオースティンが湖へ向かうのを見ていた。何も言わずに物思いに沈み、まだ傷ついた目をしている。それから首を振って、心を決めたような痛々しい笑顔をルナに向けた。「朝食を作るのを手伝うわ」

二人とも、本当に特別な子供たちだ。どうしてこんなに幸せなんだろうと、ルナは不思議に思った。もうひとりじゃない。ウィローとオースティンがいる。最後にもう一度窓の外を見ると、オースティンがジョーと手をつなぎ、草に覆われた道を苦労して歩いている。ジョーもいると言っていいのかしら。それとも、それは今だけのこと？ けれど、それは大した問題じゃなかった。彼が一緒にいたいと思っている間は、手に入れられるだけのものを楽しもう。

# 13

ぺちゃくちゃとおしゃべりしながら、周りを飛び回るオースティンが一緒では、証拠を見つけるのは難しかった。ジョーはたくさんの子供を知っていたが、彼らが持っている強さは知らなかった。小さくて複雑な存在で、その性格のさまざまな面を見つけ出すのはおもしろかった。

長いことかかって、ようやくわかった。オースティンが威勢のいい言葉を吐くのは、脅されたと感じたときだ。強がりは、すごく怖がっている気持ちを隠すため。たとえばウィローがいなくなって、ひとりぼっちになることとか。いらいらするとけんか早くなり、不安なときには大声になり、誰にでも、何に対してでも、質問を浴びせるようになる。

プライドの高いオースティンは、不安を感じているのを認めたがらないのだ。

ウィローは、まったく反対のやり方で不安に反応した。考え、感じたままのことを言い、そうしたくないときには、貝のように口をつぐんで自分の内側にためてしまう。

この二年間、彼女はその細い肩に全世界の重荷を背負ってきた。けれど、騎兵のように勇敢にやってのけ、優先すべきものを優先させている。そんな環境のおかげで、彼女は五、六歳は大人に見えたが、それでも思春期のもろさを抱えていた。

今朝、ウィローは取り乱していた――それを見て、ジョーの胸はつぶれた。なぜ、こんな少女をわざと傷つけることができるのか理解できなかった。オースティンと同じように、今ではウィローも特別な存在になっている。彼女は家族だ。家族は守らなければならない。

キッチンでのルナの言葉を思い出した――自分が豚のように浅ましい人間に思える。ベッドに引きずり込むことばかりを考えて、彼女の人生について、一度でも本気で訊こうとしなかった。家族が誰もそばにいなかったら、休日はどうやって過ごしていたのだろう？　ひとりで冷凍食品を食べていた？　そう考えただけで胃がキリキリと痛み、心配で息苦しくなる。誕生日にだって、特別なことをしてもらったことがないに違いない――何てこった、ルナの誕生日がいつかも知らなかった。だが、それは聞き出そう。数えきれないほどのやり方で、これまでの埋め合わせをしてやる。彼女は家族の責任を知った。今度は、家族であることの喜びを教えてやろう。

小屋のペンキを消しながら、ジョーは油断なくあたりに目を配った。ローム質の、露に濡れた地面に、足跡が残っていた。大きな、大人の足だ。驚いたことに、足跡はスニーカーや運動靴のものではなく、もっと底の平らなドレスシューズのものだった。

足跡は新しく、ジョーのものではなかった。

草を倒し、野の花を踏み散らして、足跡はくっきりと続いている。汚い言葉を書きつけた男は、この前の事件でジョーが引っかかれたイバラの茂みからやってきたのだ。車を停めて、家に近づくにはもってこいの場所だ。

道に隠しカメラを取りつけるのは、いい考えかもしれない。今日は一番にそれをやろう。そう思った瞬間、ジョーは首を振っていた。

防犯用品の店へ行くのは二番目だ。まずは、ルナだった。彼女と愛を交わし、彼女を自分のものにする毎日のキャンペーンを実行しなくては。ルナはまだ気づいていないが、彼はすでに自分のものだと宣言していた。一時的なものじゃない。ルナはおれのもので、この先もずっとそうだ。

ここを離れたくないと言えば、ルナにもその意味がすぐにわかるだろう。

ウィローは外をぶらつきながら、クレイのほうを見まいとした。見るものですか。でもミズ・ローズは、オースティンと虫の観察をしている間、休憩しているようにウィローに言った。ひどい。あんな気持ち悪い生き物と同じ部屋にいるのも嫌だった。そこでミズ・ローズは、フェンスから外に出なければ運動場に出てもいいと言ってくれた。

サマースクールの初日から、クレイが近くをうろついている姿を見ていた。ウィローはわざと無視した。友達はいなくて、クレイはいつもひとりで立っていた。誰かを待っているみたいに。わたしを？

校舎を出て見回すと、彼はそこにいた。彼女が来るのを知っていたかのように、運動場を囲む鎖でつながれたフェンスに寄りかかっている。大嫌い。

なのに、彼がいるのがとてもうれしかった。

クレイがこっちに気づくと、ウィローはツンと鼻を上げて背を向けた。わざと冷たい態度を取って、自分が傷つけられたのと同じくらい彼を傷つけたかった。

クレイは待たされるのはうんざりだとばかりに、フェンスを飛び越え、彼女のほうへやってきた。「ウィロー！」

振り向いた彼女は、追ってきた彼に驚いた――そして、小声で言った。「どこかへ行って、クレイ。話なんかないわ」

「じゃあ、おれの話を聞いてくれ」長い脚が、みるみる二人の距離を縮めた。

「聞きたくもない」

クレイは一瞬、不満げに、戸惑った様子で足を止めた。「待てよ、ウィロー。電話にも出ないし、口もきいてくれないじゃないか」顔が赤くなったが、意を決したように続けた。

「おれ……謝りたいんだ」

ウィローはショックを受けたが、懸命にそれを隠した。腕を組み、にらみつける。「何を謝りたいの？」

彼はまたしかめ面に戻り、両手を腰に当てて、まっすぐに彼女を見た。「何もかもさ……意地悪したり、ひどいことを言ったり」

心臓をドキドキさせ、激しく動揺しながら、ウィローは鼻で笑った。「どうしてあんなことをしたの？」

「わからない」ウィローの目をじっと見据えた。怒りに理性を失っている彼女を見て困っている。クレイはどうすることもできず、混乱したまま肩をすくめて、慎重に二歩、前に出た。「きみがあの男と出かけて――」

「それで、彼はわたしのことで嘘を言った」彼女も受けて立つように、二歩前に出た。もう一度侮辱されたら、その鼻を殴りつけてやる。「あなたはそれを信じたのよ、クレイ・オーエン」それから、悲しみに喉を詰まらせて続けた。「あなたなんて大嫌い」

クレイは肩を落とした。それから、とても優しく言った。「いいや、そんなことはないさ」彼はほんの少し進み出て、彼女の目の前に立った。両手をズボンのポケットに入れ、首をうなだれる。彼が唾を飲み込むのが聞こえた。「ごめんよ、ウィロー」

ウィローは背を向けた。「いいわ。謝罪は受け入れるわ」涙がこみ上げるのをいまいましく思いながら、ウィローは鼻をくすんと言わせた。これまで、泣いたことなんかほとんどない。泣いたからといって母親が生き返り、元の暮らしに戻れるわけじゃないんだから。もう長いこと、新しい一日が来るのをしかたなく受け入れ、ただやり過ごしていた。心から楽しむことはなかった。パトリシアのことは嫌いだったけれど、それを口にするのは怖かった。ダイナがよくこう言っていた。彼女やオースティンがいい子にしていなかったら、二人を引き離し、里親のところへ行かせると。パトリシアにいじめられることはなかった。ほとんど無視されていたのだ。そしてウィローは、ほかのことに比べたらそのほうがましだと思った。

けれど、そこには愛がなかった。ウィローはうつろな気持ちを抱え、悩んでいた。それにクレイ……彼女の生活をさらにみじめなものにして、その理由もわからないなんて。涙がこみ上げて喉が詰まり、彼から目をそむけて離れようとした。

その腕をクレイがつかんだ。「ウィロー」

彼もまた、泣き出しそうな声をしていたけれど、ウィローは気にしなかった。「離して」

いまいましいことに、その声は少しも本気でなく、震えていた。

「嫌だ」クレイはそっと彼女を引き寄せた。顔を見ようとするが、ウィローはうつむいたままだ。「おれ、本当にばかだった、ウィロー。口もききたくないと言われてもしかたがない。嫉妬でどうしようもなかったんだ。すごく好きだから……誰よりも好きなんだ」

ウィローはおもしろくなさそうに笑った。「嫌いじゃなかったとは上出来ね？」

「嫌いになったことなんかないさ」ウィローの長い髪を、耳にかけた。「もう一度やり直せないかな、ウィロー？　お願いだ」

疑わしい気持ちでいっぱいになりながら、やっとのことで顔を上げた。「なぜ？」

「なぜって、どういうことだ？」

「今になって、そんなにしおらしくなったのはなぜなの？」彼が急に心変わりした理由がわからず、ウィローは信用できなかった。

クレイの唇が、皮肉な笑いに歪んだ。「そうでもしなけりゃ、きみの家にいたあのでかい男が、きみに近づかせてくれないだろうと思ったからさ」

「ジョーのこと？　わたしに優しくするのは、ジョーのためなの？」

「違う」クレイはあわてて、つかえながら言い訳した。「行っちまえって言われたときには、本気で怒ったさ。それで、あいつに知られずにきみに会う方法がないかと考えた。そのときに、あいつとひと悶着あると知っていながら、どうしてこんなにきみに会いたいのかって思ったんだ」クレイは咳払いをした。「見た目、けっこう怖いだろ」

「わかるわ。でも、本当はいい人よ。少なくともわたしとオースティンには」それから、彼を安心させるにはまだ早いと、悪意を込めてつけ加えた。「あなたのことをどう思っているかはわからないけど」

クレイがごくりと唾を飲み、喉仏が動いた。「知ってるだろ。きみのママが亡くなってから、みんながきみやオースティンの悪口を言い出したことを。何もかもが変わっちまった。それが嫌だった」下唇を噛み、じっと考えた。「たぶん、その、きみに八つ当たりをしたんだと思う」

クレイは、自分の人生で数少ない打ち解けた存在だった。それを彼は、いとも簡単に壊してしまった。「それはよかったわ、クレイ。ありがとう」

彼は頭をそらせ、うめくように言った。「なあ、悪かったよ、ウィロー。本当だ」両手を組み合わせた。「もう一度チャンスをくれ」

「何のチャンス？」まだ信じられずに、彼女は言った。「友達になろう――きみがよければ」

その口調から、彼がもっと先へ進みたがっているのがわかったけれど、ウィローはそんなに早く許す気はなかった。それでも、何よりも欲しいのは、必要なのは友達だった。胸が痛んだが、ウィローは言った。「ええ、わかったわ。でも、オースティンにも優しくするのよ」

クレイがにやりと笑うと、心臓がドキドキし、胸が詰まった。すごく魅力的だ。「おれをぶたないように言ってくれるか？」

「あなたが行儀よくしていれば、オースティンだってそうするわ。少なくとも、わたしはそう思ってる。ジョーよりはあの子のほうが、ずっとあなたを好きだから」

笑顔のまま、クレイが言った。「オースティンを味方にするよ」

「あなたの友達は？」

「くそくらえだ。きみに変なことをしたら、追い払ってやる。おれはちっとも構わない」

幸せが湧き上がってきた。口元に笑みが浮かんだけれど、唇を嚙んで隠した。「お義父さんは？」

クレイは急に、十六歳という年よりも老けたように見えた。肩をそびやかせ、真剣な顔になる。「残念だけど、親父はきみたちのことが好きじゃないんだ。どうしてかわからない。ただ、町に対する義務をまじめに考えすぎて、きみとオースティンに父親がいないことが悪影響を与えると思っているみたいだ。だけど、親父はきみのことを誤解してる、ウィロー、そしてこれからは、親父が何を言おうと構わない」

「きっとかんかんに怒るでしょうね。わたしたちが……友達だと知ったら」

クレイはかぶりを振った。「知られることはないさ。知られたって関係ない」彼はウィローを引き寄せ、額をくっつけた。「ずっと友達だったんだ、ウィロー。大事なのはきみだ」

クレイはキスしようとしたけれど、ウィローが顔をそむけたので、唇は頰をかすめた。それだけでも顔が赤くなり、サンダルの中でつま先が丸まる。これまで男の子にキスされたことはほとんどない。けれど、試してみてもいいと思った。ただし、クレイが本気だとわかってからだ。「もう戻らなきゃ」

クレイは手を離した。「わかった」深く息を吸う。「後で電話したら、出てくれる？」

「もちろんよ」ウィローは学校へ戻ろうとした。笑いをこらえるので、ほっぺたが痛かった。世界が一変してしまったみたい。上向きで、楽しみになってきた。

そのとき、クレイの腕の引っかき傷が目に入った。気持ちが急に冷え、動揺する。

「ウィロー？」クレイが小走りに近寄ってきた。「どうした？」

クレイが手を伸ばしたが、ウィローは疑惑の嵐にさいなまれ、後ずさった。「その腕」

彼は腕を見下ろした。「腕がどうした？」

「その傷はどこで作ったの？」新たな苦悩とともに、責めるような目で彼を見た。「どうやって、クレイ？」

「何でもないさ」クレイはどうでもよさそうに傷を見た。「クインシーが野良猫を拾ってきたんで、居場所を作っているところなんだ。割と気が荒くて――言わせてもらえば、オースティンを思い出させる」からかうような笑顔も、ますます不誠実に思えた。

「猫？」信じられない。クインシー・オーエンはペットが好きなタイプじゃない。なぜだかわからないけれど、ウィローはそれを知っていた。「父親が猫を拾ってきたなんて話を信じろというの？」

今度はクレイが眉をひそめる番だった。「どうして嘘をつかなきゃならないんだ？」それから、まだ怖い顔をしているウィローを見て、肩をすくめた。「うちに来て、自分の目で見てみろよ。土間にすごくいい寝床を作ってやったんだ。明日は獣医に連れていって、注射とかいろいろしてもらうんだ」

ささやき声に懇願するような響きが混じるのを聞いて、ウィローは腹を立てた。「わたしに嘘をつかないで、クレイ」

「嘘じゃない」クレイは心配そうに彼女の表情を探った。「嘘なんかつかないさ。誓うよ、ウィロー」

彼女は長い間クレイを見つめ、結局は彼を信じた。「わかったわ」胸はまだドキドキしていたけれど、不安と希望が半々だった。ジョーに言ったほうがいいだろうか？　どうすればいいかわからず、不安で気分が悪くなった。「わたし……もう行かなくちゃ」

「待って」クレイが手を差し出したが、ウィローはさっと身を引いた。「ウィロー、なぜそんなことを訊くんだ――？」

その先は言わせなかった。ウィローはきびすを返し、学校へ駆け戻った。たしかに彼のことは信じてる。でも……クレイが嘘をついていたら？　あの引っかき傷は、ジョーの傷と怖いくらいよく似ていた。わたしの家にあんなひどいことをしたのがクレイだったら？　わたしたちを追い出そうとしているのが？　彼の義父はわたしを嫌ってる。町じゅうの人がそれを知っている。

体をぶるぶると震わせながら、ウィローはこっそり校舎に入り、壁に寄りかかった。どうかクレイじゃありませんように。お願い。それでも、ジョーに言わなければならないのはわかっていた。犯人が誰かはわからないけれど、そいつはウィローだけでなく、オースティンも傷つけようとしている。そんなことは絶対に許さない。

犯人がクレイだったら、それを確かめなければ。

けれど、たぶん違うだろう。そうすれば、彼女の人生のほんの一部分が、元に戻ることになる。

ジョーの横で丸くなったルナは、すっかり満足し、ぐったりして、狂ったような愛におぼれていた。くやしいけれど、ジョーは最高だった。手も、唇も、体も。歓喜の余韻に小さく震え、彼の胸にキスをする。

ジョーはマットレスから顔を上げ、ルナを見た。「今度は何だ？」

「何のこと？」

「今、震えただろ」

「ああ」ルナは微笑んで、ジョーの黒っぽい胸毛をなでた。筋肉は汗で光り、息はまだ荒い。こんなに注目されていたら、わけもなく鼻を鳴らすこともできない。これほどこまやかに女性を見ている人は初めてだ。全神経が自分に向いていると思うと、うれしいと同時に居心地が悪くなる。「信じられない才能だと思って」

「ベッドでのこと？」

ルナはうなずいた。

彼はにやりとして、うめき声とともにまたあお向けになった。「気づいてもらえてよかった。それと、言っておくが、これからますます良くなるからな」

それを聞いてルナは笑い、同時に少し物悲しくなった。これから先を試すことはないだろう。その頃には彼はここを去り、ほかのたくさんの女性を誘惑しているに違いない。ひどい男。

「でしょうね。おじいちゃんになっても、気の毒な女性の後をよたよた追っかけて、お尻を触るんだわ」

ジョーは目を閉じ、穏やかな顔でささやいた。「ああ、きみのお尻は最高だからな。それは間違いない」

今度はルナが跳ね起き、彼を見つめる番だった。まるで、一緒に年を取るつもりみたい。

ジョーがゆっくりと目を開くと、そこにはまだ興奮と性的な熱意がくすぶっていた。その目がルナの胸に止まる。

「おいで」まじめな、低い声を聞いて、物思いが途切れた。ジョーが自分を求めるときには、自分も彼を求めていた。

「だめ、待って」ルナは彼を制した。ジョーは自分が思わせぶりなことを言ったのに気づいていないに違いない。将来のことを初めて口にしたくせに、まるで何事もなかったかのように続けるつもり？「さっき言ったのは――」

「またノーと言ったな」ルナの努力とは裏腹に、ジョーは笑い話にして、胸の近くへ唇が来るように引き寄せた。「話は後でしよう」

「でも、ジョー……ああ、もう」彼の唇が、熱く、優しく刺激し、彼女を興奮へいざなった。ルナは目を閉じて、その喜びをむさぼった。

ジョーは物憂げに舌を使い、それからもう一方の胸に移った。「きみの味が好きだ、スイートハート。どこもかしこも」彼女のお尻をつかんで、上に乗らせる。「上になって。そうしたら、話をしながらそのすてきなお尻をなでていられる」

「わたしじゃなくて、あなたが話を始めたのよ」けれど、ルナは自分から彼の上に覆いかぶさった。広げた脚で彼を挟むと、貪欲な唇がまた乳首に戻ってきた。両手はお尻をつかみ、なでる。ジョーは早くも固くなっていて、その意味がルナにもわかった。一度許してからというもの、ジョーは飽くことを知らなかった。

数日が経った今でも、ジョーは圧倒的な喜びを彼女に与え、お返しをするチャンスをくれなかった。だけど、こんなにすばらしい肉体に、自分も何かしてあげたい。身をよじって自由になると、彼の胸から割れた腹筋へかがみ込んだ。指を大きく広げ、縮れた胸毛の手触りと、固い骨とがっしりした筋肉を覆うなめらかな肌の手触りを楽しむ。

その手があまり下に行かないうちに、ジョーの手が抵抗するようにつかんだ。「戻って」ルナはこわばった腕をついて体を起こした。「おとなしくしてなさい、ジョー」そう言いながら、彼の体を目でなぞる。赤銅色の小さな乳首が、胸毛の間からわずかにのぞいている。肩は汗に濡れ、漆黒の髪はくしゃくしゃにもつれていた。

ルナは彼の胸から寛骨《かんこつ》をなぞり、微笑んだ。思いきり解き放たれ、さっきまで柔らかかったペニスは、またしても長く、固くなり、かまってほしいと動いていた。「今度はそこに寝たまま、楽しむのよ。いいわね？」

ジョーの鼻腔が膨らんだ。ブルーの瞳が燃えるように輝く。セクシーな、興味を引かれたようなかすれ声で、彼は訊いた。「何をするんだ？」

「わたしにしてくれたこと全部よ」

長くかすれたうめき声を漏らし、ジョーは目をつぶった。「おいおい、かんべんしてくれよ」

ルナは力と主導権を握って、笑った。「あなたみたいな大きくて強い男なら、耐えられるはずよね？」

ジョーは首をひねって時計を見た。「子供たちを迎えに出かけるまで、あと二時間ある。

そのうち少なくとも一時間は、回復のために欲しい。いいな?」

ジョーの真面目で率直なユーモアのセンスに、ルナは笑いが止まらなかった。「覚えておくわ」

彼の横に移動し、片方の手を太く毛深い腿に置いた。「どこから始める?」

「おれが指示しなくちゃいけないのか?」詰まったような声でジョーが訊いた。

ルナは指先を使ってペニスをなぞった。「ここ?」

「ああ、そうだ」

ルナは笑いながら彼を叩いた。「うつぶせになって」

「うつぶせ?」ジョーは疑うような、用心深い目で見た。

「オースティンみたいに不安そうな顔ね」
・ジョーはブツブツ言いながら、腹ばいになった。「ベッドで不安になったことなんかないさ」顔の下で手を組み、リラックスしているところを見せたが、広い肩は緊張し、脚はこわばっている。ジョー・ウィンストンは、リラックスとは程遠いみたいだわ。「始めてくれよ、かわいい人」
「言ったかしら? どんなばかげた理由でも、かわいい人と言われるのは好きだって」

一瞬気をそらされて、彼は言った。「え?」

「そういうことよ」ルナは指先を背骨に沿って下ろした。彼の背中は広く、シルクのようになめらかで、ピンと張っていた。背骨の両側の美しい筋肉が深くくぼんでいるのが、果てしなく男らしくて魅力的だ。「このお尻も好き。だって、このばかげたタトゥー……」もう一度、それを読んだ。〝アイ・ラブ・ルー〟そして、戸惑いとともにかぶりを振った。

「そいつは消すよ」

「痛いって言ってなかった?」ルナは引き締まったお尻に刻まれた派手な模様をなぞり、息をのんだ。「別に気にしてないわ」

ジョーは身をよじって、またあお向けになった。「ああ、だが、おれは気になってきた」

ルナは驚いた。「どうして?」

彼は目をくるりとさせて、うなるように言った。「このままそうやってからかうのか、それとも先を続けるのか?」

彼がじれったがっているのを知って、ルナはこみ上げた笑いを隠し、手を下へ持っていって睾丸を包んだ。それはぎゅっと縮んだ。「すごく熱いわ」

「きみが裸で、同じベッドに寝てるんだぞ」かすれ声でジョーは言った。「ほかにどうしろと言うんだ?」

ルナは愛撫を続けた。とても優しい声で、彼女は訊いた。「こうしてほしいの?」

「ああ」

予告もなく、ルナは勃起したペニスの根元を指で包み、しっかりとつかんだ。身をかがめ、大きくて敏感な先端を口に含む。ジョーは身を固くして、長く、震えるうめき声を上げた。

こんなに大きくて手ごわいジョー・ウィンストンに、自制心を失わせるのは興奮することだった。深く吸うと、それに答えるように、もう一度かすれたうめき声が漏れる。とてもいい匂い。興奮した男の肌と、ジョー独特の匂いだ。性器に近づくと、その匂いはうっとりするほどだった。舌で彼を包み、一番敏感な亀頭の下をじらし、それからゆっくりと戻った。

ルナが舌を引っこめるのに合わせて、ジョーはベッドの上で腰を浮かせた。

「力を抜いて、ジョー」

彼はうめき、両手を頭の後ろで組んだ。上腕が膨らみ、伸縮して、見るからに緊張している様子だ。

ルナはその努力に喜んで、長く、ゆっくりと舌を這わせた。「苦しそうね、ジョー」

「ああ」かすれた声で言いながら、彼は目をぎゅっと閉じ、歯を食いしばった。「気持ちよすぎて我慢できない」

「最高よ」ルナは喉を鳴らし、もう一度吸いながら睾丸を持ち、優しくなで回した。満足げなリズムを感じながら、深く、ゆっくりと吸って、亀頭に舌を這わせながらもう一度深く吸う。

またしても、ジョーは促すように低くうめきながら、震えはじめた。三分後、彼は今にも爆発しそうなほど緊張していた。「もう我慢できない」全身の筋肉が、固く張りつめた。「ルナ?」

これほど必死に名前を呼ばれて、ルナはうれしかった。

ジョーはののしりながら、本気でないしぐさで、彼女を引き離そうとした。ルナの髪をつかみ、そっと引っぱったが、彼女はジョーのすべてを味わい尽くすつもりだった。ついに、降参したように長いうめき声を上げながら、ジョーは果てた。彼女の頭をつかんだまま、どうしてほしいかを示すように導く。鍛えられた強さに、胸が高鳴った。

ルナは彼がふたたびマットレスにぐったり横たわるまで待った。苦労して息をし、まだ低く、堪能したようなうめき声を上げている。それから、もう一度彼の横に身を起こした。ジョーは力ない手を彼女の体に回し、それ以上動かなかった。

「ジョー？」胸に触れ、巻き毛をなで、早鐘を打つ心臓の上に手のひらを乗せる。

「何だ？」

愛してる。いいえ、それを言ってはだめ。彼がそばにいてくれる間は、戸惑わせるようなことを言ってはいけない。ひとつのところに落ち着くことを、ジョーがどう思っているかはわかっていた。感情が高ぶり、右の胸にキスをする。「これまでしてくれたことや、今してくれていることにお礼が言いたかったの。みんな感謝してるわ」

彼は一瞬息をのみ、それから肩をすくめた。「大したことないさ」

今も息切れしている声に、ルナはクスクス笑った。「子供たちはあなたを尊敬しているわ。それに、感動してる」

ルナの体に回した腕に、少し力が入った。「おれも同じだ。あの子たちはすばらしい。頭がいいし、とてもかわいい」彼は首を振ると、目を開けてルナを見た。「それに、きみもだ」

彼女の額にキスをする。「自由人の割には、おれがこれまで見たこともないほどすばらしい母性本能を持っている。子供たちはおれが好きかもしれないが、信頼しているのはきみだ。これほど短い時間に子供たちを安心させ、あれだけ変わらせるなんて」

ルナはため息をつき、彼に寄り添った。「あんなばかげたいたずらがなければ、もっと前進したはずよ。終わったと思ったら、また次が始まってしまうんだもの」

ジョーは首を振った。「なぜあの二人にひどいことをするのかわからない。それに、父親が子供たちを……捨てたことを考えると……」ジョーは体を起こし、ルナを見た。

「何ですって?」ルナも身を起こした。「どういうこと?」

「二人の父親が誰だか、考えたことがあるか?」

「いいえ」歯車が回るのを感じ、ジョーが頭の中でいろいろと思いをめぐらせていたのがわかった。「誰も知らないみたいよ。わたしが知っている限り、このあたりの人じゃないようだわ」

ジョーはベッドから脚を下ろし、立ち上がった。「確かめたいことがある」

部屋を出ていく彼を、ルナは小走りに追った。彼はキッチンに入り、電子レンジの上に載っていた書類を取り上げた。それはクロエが死ぬ前に湖を経営していた記録だった。彼は毎晩のようにそれを見て、もう一度利益を上げるには何が必要かを考えていたのだ。

ジョーは書類をパラパラとめくり、最初の記録を見つけた。裸で、眼鏡をかけていないので、書類をめいっぱい遠ざけて目を細めた。「なあ、これなんだが」

「何？」ルナは肩越しにのぞき込もうとしたが、相手の背が高すぎた。

彼は考え込むような表情でルナを見下ろした。「きみのいとこが湖やこの家を手に入れたのは、十四年前だって知ってたか？」

それが重大なことだとしても、ルナにはわからなかった。「それがどうしたの？」

「つまり、ウィローが生まれた年だ。未婚の、妊娠した女性のどこにそんな余裕がある？場所柄、そう高値ではないにしても、かなりの額になるだろう。家だけでも相当金がかかるだろうし、しかも小さな家じゃない。母ひとり子ひとりで、どうしてこんな家が必要なんだ？」

ルナは首を振った。「何が言いたいのかわからないわ」

「たぶん、ウィローの父親がこれを与えたんだと思う。そいつは、彼女が妊娠しているのを知って、家と引き換えに厄介払いしたんだ」

「でも、どうして？ 妊娠させた相手と結婚しない男なんてごまんといるわ。時代は進んでるのよ――シングルマザーなんてどこにでもいるじゃない。それに、オースティンのことはどうなるの？ 五歳年が離れているけれど、あの二人はそっくりよ、ジョー」

「クロエに似たんじゃないか？」

「かもしれない。オースティンが言ってたけど、ウィローは母親そっくりだって。それに、あの大きな茶色い目と金髪は、姉を小さい男の子にしたようなものだわ。こんな組み合わせは珍しいでしょ。普通なら、金髪には青い目、茶色い瞳なら茶色の髪と決まってるわ」

「たしかに。あの子たちの容貌はすごく珍しい」

「でも、父親が違えば容姿に影響するんじゃない？　それに、もし父親が同じなら、その人はクロエを厄介払いしていながら、二人目の子供を妊娠させるほど親密だったっていうの？」

ジョーはがっしりした肩をすくめた。「わからないな。たぶん既婚者で、養育費を払っていたらばれてしまうということかもしれない。援助をしながら誰にも知られない方法としては、こっちのほうが簡単なんだろう。クロエとの関係を楽しみ、家を与えて楽をさせながら、何もかも秘密にしていられる。毎週養育費を払うより、土地を買ってやったほうがずっと楽だろうからな」

「たぶんクロエは相手を愛していたから、彼に結婚する気がなくても嫌と言えなかったのね」

「たぶんね。クロエが以前働いていたところを調べてみようと思う。そうすれば、何か手がかりが――」背後でキッチンのドアにノックの音がして、二人はぎょっとした。ジョーがはっと目を上げ、ののしった。ルナは彼の後ろに隠れようとした。

見知らぬ女性がそこに立っていた。彼女はドアののぞき窓に顔を近づけ、中を見て、びっくりしたように悲鳴を上げた。ルナはジョーのベッドルームに駆け込み、ジョーもすぐ後に続いた。

ドアのこちら側に立った二人は、目を丸くして顔を見合わせた。ジョーが吹き出した。

「見つかったな」

ルナはその肩を叩いた。「笑いごとじゃないわ。あの人誰?」

「おれが知るか」ドアの外を見ると、中をのぞいていた女性がはっと身を引いた。「あの人誰?」

「くそっ、見られた」

ルナがうめき声を上げた。「何か着なさいよ。あなたが応対してる間に、そっと二階に上がって服を着てくるわ」

「どうでもいいが」ジョーは壊れそうなドレッサーに向かい、引き出しを開けた。ジーンズを引っぱり出して脚を入れる。「そう後ろめたい顔をするなよ。おれたちは大人だ。昼間の情事にふけってもいいはずだ」

ルナは頭を抱えた。「見られたわ。わかるのよ」

ジョーが彼女の顎を上げさせた。「それがどうした? 見たくなければ、窓からのぞいたりしなけりゃいい」額にキスして、むき出しのお尻を叩いて向こうを向かせた。「いいか?」

ルナはひりひりするお尻をさすりながら、ブツブツ言った。「後で見てらっしゃい、ジョー・ウィンストン」

ジョーはそんな脅しは少しも気にせず、ドアを開け、自分の体を盾にしてルナを逃がした。ジョーの笑い声を聞きながらキッチンを出て、急いで階段へ向かう。

ルナは着替えをしながらも、頭ではまだ思いがけない訪問客のことより、クロエがどうやってこの家を手に入れたかを考えていた。どうせ近所の人が訪ねてきたか、オースティンのことで苦情を言いに来たのだろう。でも、誰にも文句は言わせない。オースティンはとてもいい子にしてるもの。パトリシアと違って、学校以外では子供たちから目を離したことがない。それに、学校にいる間はジュリーがきちんと見ていてくれると信じてる。そのほかの時間はずっと目の届くところにいるから、彼らに社会の秩序を乱すようなことができるはずがない。

けれど、ルナがブルーと水色が混じり合った光沢のある長い木綿のサマードレスを着て、部屋に戻ってみると、人生最大の衝撃が待ち受けていた。

ジョーがカウンターのところで、上半身裸で靴も履かずに、コーヒーをいれている。すばやくルナを見ると、真面目そのものの口調で言った。「ルナ、こちらはミズ・グラディだ——児童保護局の」

大あわてで入ってきたルナが口もきけずに戸口で立ち尽くしていると、女性が立ち上がった。ものごしは気持ちよかった。彼女は手を差し出した。

「ドアをノックしたのだけれど、どなたもお出にならないから、庭にいるんじゃないかと思って裏に回ってみたの」

「ええ。わたしたち……」ルナははっとして、言葉をにごした。二階でセックスにふけり、ジョーの体に夢中になるあまり、何も気がつかなかった。だけど、それをミズ・グラディに言うわけにはいかない。

女性はルナに言われなくてもわかっているというように、愉快そうにうなずいた。「児童保護局の要請で、家庭環境の抜き打ち調査をしているの」ルナの手を握ったまま、ジョーに目をやり、微笑んだ。「どうやら驚かせてしまったようね」

# 14

ジョーはミズ・グラディにコーヒーを手渡し、腰を下ろした。「子供たちは出かけてます」

「あら？」ミズ・グラディは、細長いグレイの三つ編みを肩の後ろに払い、コーヒーを飲んだ。「おいしいわ。それで、子供たちは出かけてると言ったかしら？」

ルナは自分のカップをいじり回した。「サマースクールに行っているんです。教師のジュリー・ローズが言うには、あの子たちはとても頭がいいけれど、残念ながら少し勉強が遅れているらしくて。それで、それが一番いいということで――」

どぎまぎしているルナを見かねて、ジョーが口を挟んだ。「あと一時間半くらいで、迎えに行く時間なのですが」

「そう、では、手短にやりましょう」優しそうな茶色の目が、最初にルナ、続いてジョーを見た。笑いをこらえ、咳払いをして、真面目な声で言う。「あなたがたが不法な行いをしていて、感じやすい子供たちに害を与えているという、匿名《とくめい》の通報があったの」

ジョーは歯を食いしばり、動揺を見せないようミズ・グラディから顔をそむけて、ルナの絶望したようなうめきを無視しようとした。「通報者が誰であれ、その人は誤解しています」

相手はまたコーヒーを飲んだ。「ここでのあなたがたの立場は?」

ルナは口を開きかけたが、ジョーは先回りして言った。「ルナはすばらしい保護者です。子供たちは彼女を愛し、彼女も子供たちを愛しています」

「あなたは、ミスター・ウィンストン?」

「ジョーは——」

「愛さないはずがありますか?」ジョーは言った。「さっきも言いましたが、あの子たちはすばらしい子供です」

またしても先を越されて、ルナは彼をにらみつけた。

ミズ・グラディは笑った。「それで、あなたはここで暮らすつもり?」

ジョーがカップを置いて立つと、ルナもつられて立ち上がった。ひどく混乱しているようで、警告するようにジョーの名を呼んだ。ジョーは首を振った。「ミズ・グラディ、通報者が誰かは知りませんが——」

「不思議なことに、わたしたちも通報者を知らないのよ。でも、彼女はあなたがたが結婚していないから、よくないと思っているようよ」

ジョーは身を固くした。そんな事態は予測していなかったが、ルナに先を越されたくない。「ルナが子供を引き取るためには、結婚していなくちゃならないということですか?」

ルナは目を丸くして、また椅子に座った。「結婚?」

吐き捨てるように言う彼女に気を悪くして、ジョーはテーブルに身を乗り出し、ミズ・グラディと向き合った。「というのは、もしそうなら、おれは――」

ミズ・グラディはまた笑って、ジョーの犠牲的な発言をさえぎった。「どうやら二人とも、わたしたちがどんな仕事をしているかご存じないようね。それを言ったら、匿名の通報者も同じだけど。もし知っていたら、そんなことで時間を無駄にはしないでしょう。どうか座って、落ち着いてちょうだい。芝居がかる必要はどこにもないのよ」それから、ルナに向かって言った。「コーヒーと一緒につまめるような、クッキーか何かはないの?」

ちょうど椅子の背にもたれようとしたルナは、彼女のリクエストでまた立ち上がった。

「ええ。オートミールとレーズンのが。ウィローと昨日作ったんです。オースティンがレーズンを入れて。つまり、つまみ食いしなかった分を入れたってことですけど……」

「すてきだわ。二ついただこうかしら」

ジョーはこんなに真っ赤になったルナを見たことがなかった。以前、彼女はジョーに食べ物を投げつけ、これまで誰もやらなかったやり方で怒らせた。ダイナとパトリシアを向こうに回し、まばたきひとつせずににらみ合った。あたかもこの世で何より正しいことのように、心に不安を抱えた二人の子供を引き受けた。なのに今、こんなに口ごもり、赤面している。そんな彼女を見たくなかった。

ジョーは「失礼」と言って、部屋にシャツを取りにいった。何はともあれ、きちんとした格好で質問を受けたい。ルナが気まずい思いをしているのは、ひとつには自分のせいでもあった。男の保護者として、決してふさわしいとはいえない。どこから見てもいかついし、イヤリングも何の足しにもならなかった。

ありがたいことに、ミズ・グラディにお尻のタトゥーは見られていない。それを見られたら、失格は決定的だ。

上半身に服を着て戻ってくると、ミズ・グラディは微笑んだ。「すると、あなたはここで寝泊りしているわけね？」

審問官にしては、彼女はひどく穏やかだった。「そうです。それと、ルナは二階で寝ています」ジョーは左の目がピクピクするのを感じた。言い訳するような年じゃない。「子供たちの前では、きちんとしています」

「たとえ通報者がそれを気にしても、わたしには関係ないことよ……どうやら、ちょうどいいタイミングで来たようね。あなたたちが恋人同士だからということじゃないわ。最近では、ありとあらゆる家族の形がありますからね。それに、言っておきますけど、一番大事なのは子供たちがきちんと世話をされているかどうかということなの」

「それは心配ありません」ジョーが断言した。「何もかも完璧とは言えないかもしれませんが、努力しています」

「それで、何かトラブルがあるとか？　匿名の通報者も、そのことを言っていたけれど」

間が悪いことに、ルナがガタンと音を立ててテーブルの真ん中にクッキーの皿を置き、話に加わった。「ウィローとオースティンは、まだ母親を亡くした悲しみを乗り越えていないんです。当然だと思います。これまで保護者が何度も替わったり、近所とのトラブルがあったりして、思いきり悲しみに沈むことはできなかったんですもの」

ミズ・グラディはクッキーをつまんで、訊いた。「近所?」

ジョーは椅子に深く腰かけ、ルナに説明させた。彼女はさっきよりも落ち着き、簡潔で印象づけるように説明した。オースティンの困難な状況を説明しながら、その間ずっと彼をかばい、いいところを語った。ウィローは大人だと何度も言い、それから、女の子らしい時間を過ごせなかったことを心配していると打ち明けた。

それに、湖を再開し、最終的には家を修理する計画だということも話した。永続的な事業をすることで、自分たちが将来のことも考えていると子供たちに知らせたい。感情的に守られていることをわからせ、子供が心配すべきことではないことでくよくよさせたくないと。

ジョーは彼女を誇りに思った。変わり者のルナは、自分で思っているよりもずっと子供のことをわかっている。もう一度ミズ・グラディを見たとき、彼女もそれに気づいているのがわかった。かわいい月の女神は、ありのままでいることで、ソーシャルワーカーを感心させている。

学校に行かなければならない時間になると、ミズ・グラディは立ち上がった。「子供たちに会えなかったのは残念だけど、何もかもちゃんとしているとわかってうれしいわ」お腹のところで手を組み、ジョーとルナをかわるがわる見た。「ただ、ひとつだけ心配があるの」

「町でのトラブルのことですか？」ジョーが思い切って訊いた。

「そうなの。わたしたちは、批判的な意見を軽く見ることはできないのよ。あなたがたを悪く言うために匿名で電話をかけてきた相手がいるという事実のほうが、通報の内容よりも重大なの。つまり、すでにこの町に、あなたがたのどちらかに敵対する人物がいて、それがウィローかオースティン、または二人に影響するかもしれないということを意味しているからよ」

「それについても努力しています」ジョーは言った。「ロイヤル保安官代理は、問題があることを知っています。それに防犯カメラを取り付けて、この家に忍び込もうとする人間は撮影できるようにしていますし、新しい警報装置と鍵も買いました。子供たちはいつも目の届くところに置いています。それにもうすぐ、この野蛮な行為の犯人を突き止めてみせます」

ミズ・グラディはジョーの案内で玄関へ向かった。「これからも様子を知らせてね」ルナに名刺を渡す。「状況が悪化して、子供たちがここにいては危ないということになったら、問題が解決するまでもっと安全なところに移さなければならなくなるかもしれないわ」

ルナは青くなった。「必要ならそうします。でも、わたしもついていきます」

目に見えて動揺しているルナに、ジョーはいらいらした。「そんな必要はない。おれが何とかする」

三人はミズ・グラディの車のところで立ち止まった。ミズ・グラディは首をかしげ、微笑んだ。「あなたならできると思うわ、ミスター・ウィンストン」二人と握手し、車に乗る。

エンジンをかけて、彼女は言った。「ああ、あとひとつ」

ルナが言った。「何でしょう？」

「家政婦のダイナ・ベルの姿が見えなかったけれど」

「ダイナはもういません」ルナの顔から傷ついた表情を取り除こうと、ジョーは手を取り、安心させるように握った。「辞めてもらったので」

「わかったわ」ミズ・グラディの顔に笑みが広がった。「わたしに言わせれば、懸命な判断ね。あの人の態度は感心できなかったわ。でも、これで想像がついたんじゃない？」

ルナは両方の眉を吊り上げた。

「匿名の通報者は女性だった」ミズ・グラディはうなずきながら言った。「敵が誰なのか、もうわかったでしょう」

ルナが十五秒ほど黙っている間に、ミズ・グラディの車は見えなくなっていた。ジョーはルナの考えを読んで、いら立った。

「いいか、ルナ、火事の夜におれが取っ組み合ったのはダイナじゃないぞ」

ルナは何も言わなかったが、それを疑っているのがわかった。長いこと彼を見つめ、それから横を回り込んで家に向かう。

ジョーはその後を追った。「あれは女じゃなかった。女だと思う理由がわからない。おれよりも足が速くて取っ組み合いのうまい女がいたら、尻を撃たれてもいい」

ルナはポーチで立ち止まり、哀れむような目を向けた。「タトゥーを入れられた上、撃たれるの？　かわいそうなお尻」

ジョーは歯嚙みした。「言っておくが、男と女の違いくらいわかる」

ゆっくりと笑みが浮かんだ。ルナはあからさまに性的な目で彼を見ると、ささやいた。「でしょうね」腕を組んで、怒った目を見つめる。「でも、女が絡んでいるかもしれないというのを、認めたくないんじゃないの」

「確かに、どこかでつながっているかもしれないさ」彼は手を振った。「あくまでひょっとしたらの話だが、計画したのは女かもしれない。だけど、アパートメントにいたのは女じゃない。そいつを殴ったからわかるが、女というのはありえない」

ルナはしかめ面で認めた。「そうかもしれないわね」

「それに」ようやく相手が冷静になったので、ジョーは続けた。「放火したのも女じゃない。何度かその体をつかんだが、骨格だけ取っても女じゃないのはわかる」息を吸い、まっすぐにルナを見た。「おれが、この嫌がらせをした相手を誰だと思っているかわかるか？」

ルナは興味を引かれた表情で、唇をほとんど動かさずに訊いた。「誰なの？」

「ウィローとオースティンの父親さ」

ルナは口をぽかんと開けた。「父親？」

詳しく説明しようとしたところで、携帯電話が鳴った。あいにく、ベッドルームに置きっぱなしにしてきた。子供たちから悪い知らせが来たのではないかと、二人は立ちすくんだ。先に動いたのはルナだった。家に駆け込み、全速力で階段を上がる。後ろから、ジョーの雷のような足音が聞こえてくる。四回鳴ったところで電話を取り上げ、ボタンを押した。

「もしもし？」

一瞬間があってから、女の声がした。「ルナ？」

「そうよ」息を切らしながら、ルナが尋ねた。「誰なの？」

「アリックスよ。ジョーの妹の。ねえ、何だか……息切れしてるみたいね。お邪魔しちゃったかしら？」

ルナは乱れたベッドの端にぐったりと腰を下ろした。それを見たジョーの眉が、心配そうに下がっている。ルナは彼に向かって首を振った。「こんにちは、アリックス。ううん、邪魔なんかじゃないわ。下にいたら、二階でジョーの電話が鳴ったので、走ってきたの……」

「ベッドに置きっぱなしだったんじゃない？」

ルナが「それは……」と言うと、クスクス笑う声がした。

ジョーがいつも見せるような無作法さで、アリックスが言った。「ええ、それでこそわが兄だわ。いろいろと、そうね、うまくいってるのがわかってうれしいわ」

たぶん、この一家には不遜《ふそん》な血が流れているんだわ。「彼に話があるなら、ここにいるわよ」

「またそこにヌーッと立ってるんでしょ？」アリックスは芝居がかったことが大好きらしい。ルナの耳に大げさなため息が聞こえた。「守ってあげなきゃと思うとき、ジョーはいつもそうするの。わたしにはよくわかるわ」

ルナは思わず吹き出していた。「でしょうね」

その横で、ジョーがいらいらした様子で腕組みしている。太い眉を吊り上げ、官能的な、責任感にあふれた表情が魅力的だった。ルナは肩をすくめた。アリックスは、急いで兄と話したがっている様子ではなかった。

「そう、あなたと話がしたいの、ルナ。だからジョーを追い払ってちょうだい」

「言うのは簡単だけど」

それを裏づけるように、ジョーがベッドの隣に座って、アリックスにも聞こえるように大声で言った。「何の用だ、アリックス？　おれたちは忙しいんだ」そう言いながら、靴と靴下を拾い上げ、身につけはじめた。

「忙しい？　本当に困った兄貴ね」

またしても、ルナは笑った。「いいえ、そういう意味じゃないの」

「当たり前だ」ジョーがブツブツ言うと、アリックスがまた笑い出した。

ルナは目を丸くした。この兄にしてこの妹ありだわ。「悪いけど、あと少ししか時間がないの。オースティンとウィローを迎えにいかなくちゃならなくて」

「ああ、やんちゃな子供たちね。ジョーの父親ぶりはどう？」

「あら、彼はそんなんじゃ……」ルナは彼をチラッと見て、ためらった。実際、ジョーはどんな父親よりもしっくりと溶け込み、愛情を注いでいた。「とてもよくやってくれてるわ。子供たちも彼が大好きよ」

「当然よ。ジョーを好きにならない人がいる？」

それは意味深な質問だった。ルナは困ったようにジョーを見て、肩をすくめた。確かに、彼を好きにならずにいることなんてできない。

アリックスはその沈黙を気の毒に思ったのか、咳払いをした。「ルナ？」

「え？」

「ジョーに、そっちへ行くと伝えて。実際、もう向かっているところなの。つまり、道案内をしてほしいのよ」

「何だって？」ジョーはにやりとして、アリックスにも聞こえるように携帯に身を乗り出した。「どういう風の吹き回しだ、それとも訊くだけ野暮かな？　その好奇心が、いつかトラブルにつながるぞ」

「あら、トラブルはわたしの十八番よ」

ルナは降参した。ジョーに電話を渡す。「妹さんが、道案内をしてほしいって」

ジョーは電話を取り、部屋を囲むポーチに通じる引き戸へ近づいていった。湖を眺めながら、妹をせっせとからかい、その合間に道を指示していた。

ジョーの家族に会う心の準備ができているかどうか、ルナにはまだわからなかった。それはもっときちんとした関係を意味することになる。けれど、ジョーはそんなことはひとことも言っていない。彼とは一時的な関係だと思っているし、これ以上感情的に巻き込まれたくなかった。

ジョーは電話を切り、ポケットにしまって、ルナを見た。「どうかしたか?」せつない目で彼を見ていたことに気づいて、ルナは笑顔を作り、首を振った。「何でもないわ」

「ルナ」彼はそばに来て、肩に手を置いた。「きみが思っているより、おれはきみのことをよく知っている。気になることがあるんだろう。あのおっちょこちょいの妹が、何か変なことを言ったか?」

「ううん、そんなことないわ」それから、話題を変えようとした。「アリックスは、とてもいい人みたいね」

ジョーはその手を取って、部屋から連れ出した。「悩みの種だが、かわいい妹だ。きみもきっと好きになる。約束するよ」

二人して階段を下りた。すでに何分か遅れていたので、それ以上何も言わずに車に乗った。時計を気にするルナに、ジョーが言った。「心配するな。少しくらい遅れたって、大したことはない」

「でも、無責任だわ」

「いいや、人間的だってことさ。それに慣れたほうがいい。少しくらいのごたごたは、いつでも起こるものだ。完璧になんかやれっこない」

ルナはむっとした。そして、不安に駆られて言った。「どうして?」

ジョーは笑った。「マニュアル通りにはいかないものさ。利口な人間は、自分がミスをするものだと知っている。特に、子供を相手にするときにはね」ルナがそっぽを向くと、ジョーが言った。「なあ、どうしてそんな浮かない顔をしてるんだ？　まだあのソーシャルワーカーのことが気になるのか？」

「わたしがうまくやれなかったらどうなるの、ジョー？」これまでの日々があまりにも常軌《じょうき》を逸していたので、ルナは心底打ちのめされていた。ミズ・グラディがルナの落ち度を見つけて、子供たちがまた根無し草のようになってしまったら？　「ジョー、わたしに子供の何がわかるっていうの？　何もわからない。何もよ」

ジョーは手を伸ばし、こぶしで彼女の頬をなでた。「経験があるかどうかは関係ない。きみは本当にすばらしいよ」

「ええ、そうよね」両手を上げ、謎めいたしぐさで指を動かした。「変わり者のルナ。ルナは何でも知っている。何でもお見通し」それから、うんざりしたように椅子の背にもたれ、顔を覆ってうめいた。こんな心細さを感じたのは、子供のとき以来だ。とっくにありのままの自分を受け入れ、普段なら自分を好きになれるのに。「言っておくけど、わたしは占い師の助手だったのよ。その前に何をしていたかわかる？」

ジョーは道路に視線を戻した。「いいや、何だったんだ？」

ルナはシートの中で向きを変え、ジョーのほうを見た。「皿洗いよ。その前は、ショッピングモールで下着を売ってた。その前は、小さな会社で下着のモデルをやっていた」

ジョーの表情が、興味を惹かれたように熱を帯びた。「本当に？　写真は残ってないのか？」

ルナは肩をすくめた。心配事があるというのに、気分が高揚する。「ないわ。あったとしても見せない。あの頃は今より痩せてたし、若かったもの」

「それに引き換え今は年を取り、それに……何だっけ？」憎らしい笑みに、ルナの胃がうずいた。「痩せていない？」

「ほどよく肉がついたってことよ、ウィンストン」

ジョーは笑って、太腿をぎゅっとつかんだ。「きみの体が好きだ、ルナ。そのことは言わなかったか？」

愛という言葉が一瞬浮かぶ。けれど、すぐに訂正した――それでも、心臓は喉元までせり上がってきていた。「ありがとう」嫌だ、まるでカエルが風邪を引いたみたいな声。「問題なのは、そのどれひとつとして、二人の子供を育てる役には立たないってことよ」

ジョーは手を離さず、指でまさぐり、じらし、なでた。その手がわずかに上へ移動し、腿を覆ったワンピースのすそをすくう。「資格だけは山ほど持っている子供の専門家の言うことなんか関係ない。きみの子育てを進歩させるのは、子供を育てることだけだ。それでも、自分を経験者と呼べるほどうまくやれたかどうかがわかるのは、その仕事を終えてからのことさ」

ルナはその言葉を半分しか聞いていなかった。セックスしてからそれほど時間が経っていないので、今もその喜びで、体が熱く、とろけそうになっている。

「それで」ジョーは、彼女が上の空なのに気づかず続けた。「きみは誰にも負けないくらいうまくやってる。きみは間違いなく、必要で大事なものを持っている」

ルナはその力強い、ざらざらした指の感触を、わざと気にすまいとした。「どんなもの？」

「共感、理解、思いやり、それから気づかい」

「オースティンやウィローに思いやりを持たない人がいる？　二人がどんな経験をしてきたかを考えてみてよ」

「その通り」ジョーは笑いかけた。「それに、誠実さと責任感もある。子供たちは、きみを信頼していいと思っているはずだ」

「もちろんだわ。家族なんだもの」

ジョーは微笑んだ。「気長にやることだ。時間をかけておれたちに慣れてもらい、オースティンがどんなに質問してこようと、二人がどんなに口げんかしようと、辛抱強く聞いてやるんだ」

「今は折り合いをつけているときなのね」ルナはそう言って、ジョーのほめ言葉をさえぎった。だって、そんなこと何でもないわ。口げんかは聞いていて疲れるけれど、子供なら誰だってするものだ。ジョーのいとこのウィンストン兄弟もそうだ。立派な大人なのに、いつでも互いをからかい合う。ジョーが一緒でも同じ。憎まれ口をたたくことで、荒っぽく楽しんでいる。九歳と十四歳の子供に、どんな違いがあるというの？

ジョーが腿をぎゅっと握り、ルナの注意を引き戻した。低く、熱っぽい声で続ける。「それに、きみは愛情にあふれてる」
　またしても、愛という言葉が出かかった。彼が何を言おうとしているのかわからないま
ま、慎重に訊いた。「そう思う？」
　ジョーはゆっくりとうなずいた。「おれが出会った女性の中で、誰よりも愛情深いよ」
　ルナはぽかんとした。混乱した頭に、返事は思い浮かばなかった。
「本当に必要なのはそれじゃないか？　安心と、愛情、それに理解」ジョーは腿を軽く叩い
て、手を離した。「きみはそれを、子供たちに十二分に与えている。すばらしいことをして
いるんだ」
　ジョーの口から出ると、その言葉はとりわけルナを満たし、求めていた安心を与えてくれ
た。「だといいけど」
「もちろんさ」彼は学校へ通じる道に車を走らせた。「途中で降ろしてもらって、トラック
を引き取ってもいいかな？　今日までには修理ができているはずだし、きみの車に文句はな
いんだが、おれの脚にはきゅうくつなんだ。それから防犯用品の店にもう一度行って、自分
のトラックで帰ってくる」
「いいわ」愛を語った後だけに、彼と離れて頭を冷やす時間が欲しかったところだ。
「ただし」彼は続けた。「まだ何か起こるんじゃないかと心配なんだ。まっすぐに家に帰っ
て、おれが戻るまで一歩も外に出ないと約束してくれ」
　彼の保護欲の強さに異存はないけれど、これは行きすぎだ。「ジョー、誰も昼間からわた

したちに手を出したりしないわ。人騒がせな犯人が現れるのは、夜だけでしょう？」

「夜だけなのは今のうちだ」

ジョーの意志が固そうなのを見て、ルナはあきらめた。「わかったわ、家にいる。どっちにしても夕食の支度をしなくちゃならないし、子供たちにも何か手伝ってもらうわ。そんなに遅くはならないでしょう？」家族を心配しているのはジョーだけじゃない。彼をひとりにしておくのは嫌だ。

「ああ、早く帰ると約束する」

ジョーの性格を知っているから、離れていればやきもきするに違いない。それで、ルナは彼を信用した。

学校に着くと、子供たちはジュリーと一緒に正面の階段に座っていた。ジョーは縁石の脇に車を停め、教師を見ながらルナにささやいた。「あの格好は何だ？」

ルナも同じことを考えていた。ジュリーの髪は半分逆立ち、半分はまっすぐで、乱れた、どこか魅力的な雰囲気を感じさせた。茶色の目は笑いにきらめき、明るくて感じのよい笑顔で、表情が明るくなっている。頬は紅潮し、肌はまだ汗に濡れていた。片手でウィローを抱きながら、目はオースティンに向けている。

「まるで……」ルナは言葉が出なかった。

「セクシーだ」ジョーは驚いたように言った。「考えてもみろよ」

ルナがすばやく見ると、ジョーはおもしろがっているというよりも驚いた様子で肩をすくめた。「ええ。彼女にあんなところがあるなんて、想像できなかったわ」

「誰も想像つかないだろうな。いつもはこれといった特徴がないのに」ジョーは車を降り、ボンネットを回り込んだ。「何事もなかったか？」

オースティンが飛び上がり、二人のほうへ駆けてきた。「見て。ジョーみたいなイヤリングだよ！」

ルナも縁石に立つジョーのそばへ行った。オースティンの耳たぶを伸ばしたペーパークリップが挟んでいるのを見て、クスクス笑う。「何のまね？」

「ミズ・ローズが、本物のピアスはだめだって言うんだ。今はペーパークリップでじゅうぶんだって」

ウィローの体に手を回したまま、ジュリーがやってきた。愛情のこもったまなざしでオースティンを見下ろす。「たいへんな一日だったわ」スーツの一番上のボタンは取れ、ブラウスの袖はまくられていた。

オースティンが二人の横でぴょんぴょん飛び上がった。「ジョーみたいに本物のイヤリングをしてもいい？」

ジョーはジュリーが眉を上げたのを見て、目立っているのだろうかと思いながら、イヤリングを引っぱった。彼はオースティンに言った。「いいとも。おまえが四十歳になったらな」

「ジョーは四十なの？」

「もう少しでね」

「でも、そんなに待てないよ」

ジュリーが天を仰いでため息をつき、もつれた茶色の髪を顔から払った。少し汗ばんで、ぐったりしている彼女は、とても人間味があって近づきやすかった。「オースティン、集めた虫を忘れてるわよ」

「あっ、そうだ」計り知れないエネルギーで、オースティンは校舎に駆け込んだ。ウィローは小声で文句を言うと、弟を怖い目でにらみつけた。

ジュリーが親しみを込めて笑った。「オースティンは何より、ミスター・ウィンストンと張り合うのが好きみたい。イヤリングのこととか、ナイフとか、格闘技の特訓とか……今日のあの子は手に負えなかったわ」

「悪ガキだったわ」ウィローが言い直した。

ルナはあせった。特に、ジュリーがウィローの言葉を否定しなかったから。どうしてオースティンはそんなに手に負えないのだろう？「ごめんなさい。わたしから言っておくわ」

ジュリーはうなずいた。「少々荒っぽいけど、全体としてはおもしろい子よ。最後は追いかけっこになったけど、あの子、脚が速いわ」

「追いかけなくちゃならないことでもあったの？」

「追いかけっこをしただけよ。ただの遊び。心配しないで。あの年齢の男の子はエネルギーをためておけないのよ。自分の中のオスの獣が、自由になりたいって騒ぐの」彼女は微笑んで、ルナに心配しすぎだと伝えた。「わたしも楽しかったわ。たまにはこうして遊ぶのもいいわね」

ジョーは喉を詰まらせ、すばやく咳払いして空と駐車場を見た。ジュリーを見ていられない。

「わたしはオースティンのいたずらを気にしないけれど、ウィローはいい気持ちがしないみたいね」

ようやくルナは、ウィローが両手でお腹を押さえているのに気づいた。「どうしたの、ウィロー？　気分が悪いの？」ウィローの額に手を当てたが、熱はなかった。

ウィローはジョーを見上げ、それから目をそらした。立ち上がり、自分の体をきつく抱きしめる。「ううん、大丈夫。ちょっとお腹が痛いだけ」

オースティンが虫のいっぱい詰まったボール箱を持って、校舎から走り出てきた。ルナはたちまち後ずさりし、ウィローは近づいたら殴るわよというしぐさをした――明らかに、オースティンは学校でいきなり彼女に近づいたに違いない。ジョーがよく見ようと近づき、その体がウィローの盾になった。

ルナは興味を惹かれてそれを見ていた。子供たちを守りたいという本能は、自分よりもジョーのほうが自然に身に着けているようだ。

「死んだ虫だけを集めたの」ジュリーが説明した。「だから、かなりつぶれているのもあるけど。でも、とても興味深い種類も見つかったわ」

ボール箱の一番上には、赤い目をした大きなバッタが乗っていて、ルナはぎょっとした。

「これはトランクに入れておきましょう」

「よかった」ウィローが実感を込めて言った。

ジョーは虫のコレクションを積み込み、オースティンをじゃがいもの袋のようにひょいと脇に抱えた。「この偉大なる昆虫学者とおれが途中で降りて、トラックを引き取りにいくってのはどうだ？　防犯用品の店に行った後、夕食のピザを買ってくる」

ウィローはゆっくりと、うれしそうに手を叩いたけれど、まだ顔は青ざめ、緊張しているようだった。オースティンがジョーの腕の中でひっくり返り、うれしそうに叫ぶのを見て、ルナはあわててそのプランに賛成した。

彼らはジュリーにあいさつした。彼女はすでによろよろと教室に戻っていくところで、力なく手を振って答えた。

修理工場までの間、オースティンはあきれるほどやんちゃで、うるさかった。ルナがひっきりなしに静かにしなさいと言っても、姉にちょっかいを出しつづける。ついにルナが、真面目な声で言った。「彼はわたしたちと一緒に帰ったほうがいいわね、ジョー。野生の動物のように暴れ回るんじゃ、お店に行ったりできないでしょう」

オースティンはそれで黙るどころか、懇願したり、文句を言ったり、珍しくいい子にしていると約束したりした。一度など、ルナのシートを後ろから蹴った。

ルナは目を丸くして彼を見た。オースティンの早口と大声に、少し閉口していた。これまで、こんな事態に直面したことがない。確かに、子供はうるさいものだ。彼らは子供なのだ。オースティンが思いきりだだをこねるのは、もうよそにやられる心配がないと思ったからなのかしら。自分を試そうとするほど、心を許しているのだろうか？

その答えがわかればいいのに。もっと経験があれば。またシートを蹴られて、ルナは思わず怒鳴っていた。「オースティン」

彼は黙り込み、目をパチクリさせてルナを見た。大声を上げたのは初めてのことだったから、ルナはオースティンと同じくらい驚いていた。戸惑い、あせって、手で髪をかきむしる。ジョーが安心させるように彼女の脚を叩いた。その顔には確かに、微笑みが浮かんでいた。

ルナは息を吸って、今度はもっと穏やかに言った。「おとなしく、いい子にしていたら、ひょっとしたらジョーと一緒に行けるかもしれないわよ」行かせなかったら、自分を責めることになるだろう。この作戦がうまくいくことを願った。

ありがたいことに、その通りになった。オースティンがおとなしく車を降りたとき、ルナはほっとするあまり、さっきのジュリーと同じくらいぐったりとしていた。驚いたことに、ボンネットを回り込んで運転席に乗り込もうとするルナを、ジョーが引き止めた。頭の後ろに手をやり、顔を上げさせて、まともに唇にキスをする。心臓が止まるようなひとときの後、ジョーは体を離した。

彼は息がかかるくらい近くで言った。「なるべく早く戻る」

ルナはこっそりとあたりをうかがった。オースティンはジョーの隣で、驚きのあまり固まっている。後部座席では、ウィローが車のウィンドウに顔をくっつけ、薄笑いを浮かべていた。

「ええ」ルナは咳払いし、ジョーの胸を叩いて言った。「気をつけてね」

いつでもジョーのまねをするオースティンは、彼女に向かって背伸びした。ルナが身をかがめると、首に手を回して、大きな音を立てて頬にキスをした。半ズボンをぐいっと上げ、男らしい声で言う。「気をつける。心配するな」

おかしなことに、涙がこみ上げてきた。ウィローが車を降りて、ジョーのところへ来た。何も言わずに彼を抱きしめ、それから助手席に乗ってシートベルトを締める。

ジョー自身も、すごくうれしそうだった。「行くぞ、オースティン。やることがいっぱいあるんだからな」

オースティンはスキップしながら、ジョーと並んで修理工場へ向かった。「女って心配性だよね。だから、別れるときにはキスしてやらなくちゃ」

「ああ、心配性だ」ジョーはオースティンの頭に手を置いた。「それに、キスをするにもいい」

「悪くないね」オースティンは同意したけれど、うれしそうな言い方ではなかった。

満ち足りたため息が、ルナの中から生まれていた。四人は一緒になって、家族を作っている――すばらしい、完璧な家族を。そして、ジョー・ウィンストンにその気があるかどうかはともかく、その中心となるのは彼だった。

オースティンは彼を尊敬しているし、ウィローは認めている。そしてルナは、思いもよらないほど強く愛していた。ジョーは認めないかもしれないけれど、ルナも子供たちと同じ思いだった。ひょっとしたら、彼も同じ思いを抱いてくれているかもしれない。すべては、それに気づかせる方法を見つけることだ。そう、フェアにやるのよ。どうにかして、彼に愛してもらわなければ。だって、彼をどこへも行かせたくない。

# 15

ヴィジテーションに戻る頃には、ジョーの頭は爆発しそうになっていた。オースティンは休みなくしゃべり、防犯用品の店では、三本目の手まで生やしていた――少なくとも、そう思えた。高価な装置をねだるオースティンを、ずっと押さえつけておかなければならなかった。とうとうジョーは、安い双眼鏡を買ってオースティンをおとなしくさせた。それからは、オースティンはいろいろな人をクローズアップで眺めていた。

町を出て引き返す間、ジョーは無意識のうちにジェイミー・クリードの姿を探していた。それに気づいて、自分を叱りつける。ジェイミーが登場するタイミングを心得ているなんて、一瞬だって信じない。あのうさん臭い男はルナの問題で、おれのじゃない。ジョーの信念はすべて、現実と経験に基づいていた。

ジョーがまだジェイミーのことを――そして当然、嫌なやつだと――考えていると、携帯電話が鳴った。流れる景色を双眼鏡でじっと見ていたオースティンが、座席の間に置いてあった電話を取ろうとした。だが、ジョーのほうが先だった。

「ジョーだ」

「ジョー？　もしもし。わたし、ウィローよ」

警戒心が湧き起こった。「何かあったのか？」

「ううん」彼女は口ごもり、それから言った。「あの……お願いがあるんだけど」

ちょうど町まで来たところだったので、ジョーは車を路肩に停め、オースティンのシャツの襟をつかまえたままシートベルトを外してドアを開けた。「何だ？」

ウィローは咳払いして、またためらった。

「ウィロー？」

「ドラッグストアに寄ってきてくれない？」

ますます心配だ。「そんなに具合が悪いのか？　医者に診せたほうがいいかもしれないな」

「違うの。ただ……必要なものがあって」

ほっとする気持ちが全身を駆け巡った。「お腹の薬？」

「ええと、お腹じゃないの」

「オーケー」まったくわからなかった。なぞなぞは得意じゃない。「だったら何が必要なんだ、ウィロー？　言ってごらん」

彼女は早口で言った。「ルナに電話してもらおうと思ったんだけど、わたしが横になったらシャワーを浴びにいってしまったから。それで、今電話しないと町を出ちゃうだろうと思って。また引き返してもらうのは悪いでしょ。こんなことお願いするのは、本当に嫌なんだけど……」

なだめるようにジョーは言った。「何だって買ってきてやるよ。言ってごらん」

「タンポンなの」

ジョーは途方に暮れた。タンポンだって。だけど、彼女はまだ……十四歳だ。こんな少女が、そんなものを使うとは思わなかった。「その……」

「わかってる」ウィローは泣きそうだった。「ごめんなさい。でも、ここにはひとつもないの。それに、あなたはまだ町にいるし」

「ああ、いいとも」オースティンをちらっと見た。「お安いご用だ」ごくりと唾を飲んだ。「欲しい銘柄はある？」

彼女は商品名を伝え、そそくさと電話を切った。

ジョーはしっかりしろと息を吸った。つき合った女はごまんといるが、こんな頼み事をされたことはない。生まれてこのかた、生理用品など買ったことがなかった。アリックスには何度か買ってこいと言われたことがあるが、断るか、代わりにガールフレンドに行かせて、彼女がドラッグストアにいる間は車で待っていた。もちろん、それは二十代の前半のことで、三十代も半ばを過ぎてからのことじゃない。くそっ。悪党どもを相手にし、ボディガードや賞金稼ぎもやってきたんだ。タンポンくらい買ってやろうじゃないか。

オースティンを見ると、双眼鏡でこちらをじっと眺めていた。ジョーはトラックのドアを開けた。「来るんだ。まずはピザを注文して、それからドラッグストアで姉さんに頼まれた買い物をする」かわいそうなウィロー。きっとみじめな思いでいることだろう。この期間に、不機嫌になったりいらいらしたりしない女性を見たことがない。少なくとも、最初の日にはそうなるものだ。聞き分けのないオースティンが、さぞかし気にさわっただろう。

ピザ店を出たとき、まだ双眼鏡をのぞいていたオースティンが、悪意のこもった声で言った。「ミスター・オーエンだ」

ジョーはオースティンを引き止めた。「どこにいる?」

オースティンが道の反対側を指差すと、その先には背の高い、痩せた男がいた。まだ暑さが残っているのに、完璧なスーツ姿だ。ジョーは二つのことに気づいた——クインシーのブロンドの髪と礼装用の靴に。

彼はすでに高価そうな黒のメルセデスに乗り込んでいたので、ジョーは見ているだけにした。ジョーの目は冷たく、胃は皮肉な思いに引き締まり、本能的な嫌悪感で知らず知らず口元が歪んでいた。クインシーが道路を確認し、車を出そうとしたところで、視線がジョーをかすめると、はっと見据えた。呆然とした表情が驚きに変わる。やがて、濃い茶色の瞳がオースティンをとらえると、目がすぼまり、またジョーを見た。彼は一度、ぶっきらぼうに短くうなずき、走り去った。

オースティンはジョーの手を握った。「あいつ、嫌いだ」

ジョーも嫌いだったが、そう言う代わりに尋ねた。「どうしてだ?」オースティンを連れて、ドラッグストアに向かう。

「いつもあんな目で見るからさ。嫌なやつだ」

「どんな目？」

オースティンは肩をすくめ、小石を蹴った。「汚いものを見るような目さ」

ひどい男だ。ジョーはオースティンの肩をつかみ、低い声で言った。「おれの言ったことを覚えているな？」

「顔を上げろってこと？」

「ああ。嫌なやつなんて、気にする価値もない」

「わかった」オースティンは双眼鏡も使えないほど顎を高く上げた。

ジョーの頭が働き、分析し、嫌な疑惑を形作った。ドラッグストアに入るとベルが鳴った。驚くほどふさふさとしたグレーの髪に、針金縁の眼鏡をかけたでっぷり太った男が、古めかしいカウンターの奥から現れる。「オースティン・コールダー。ずいぶん久しぶりだな」

薬剤師は眼鏡を取り、脇に置いた。「元気かい、ぼうず？　姉さんは？」

「ウィローは具合が悪いんだ」

薬剤師はジョーを見た。「そりゃあ気の毒に。かなり悪いのかい？」

自分でも驚いたことに、ジョーは首まで赤くなっていた。「あ、いいや。ちょっと気候のせいでね」

「何かお探しのものは？」

とんでもない。あのいまいましいものを買うにしても、人に手伝ってもらうつもりはない。「自分で探すよ、ありがとう」それから、遅ればせながらカウンター越しに手を差し出した。「ジョー・ウィンストンだ。オースティンのいとこのルナ・クラークと一緒に、ここへ来ている」

しっかりと握手しながら、老人は言った。「マーシャル・ピータースンだ」それから、にっこりしてささやいた。「あの子はもうキャンディーに目をつけてるよ。母親を亡くす前は、週に一度はここへ来ていた。クロエはいつも赤くて細長いリコリスのキャンディーを買ってやってた。だが、このところあの子を見かけなかったな」

マーシャルの親切な態度に、ジョーは少し驚いていた。これまで聞いた話から、町のほとんどの人間に嫌われているのだろうと思っていた。「ウィローのお気に入りもあるのかい？」

「チェリーの入ったチョコレートだね。覚えている限りじゃ、あの子はひとつ食べて、残りは取っとくんだ。これは特別だから、後の楽しみにするんだって」

ジョーはにやりと笑った。「ウィローらしいな。じゃあ、リコリスを二ドル分と、チェリー入りのチョコレートをひと箱もらおう」

マーシャルはうれしそうにうなずいた。「いいことだ」

薬剤師がお菓子を袋に入れている間に、ジョーは生理用品の棚へ向かった。すれ違う人たちは、嫌な顔もせずオースティンに声をかけていた。オースティンは大股で歩きながらそれを受け入れていたので、さして珍しいことでもないのだろう。ジョーは次から次へと愛想よく自己紹介しながら、とうとう目当ての品にたどり着いた。

タンポンだ。

こんなに種類があるとは思わなかった。顔をしかめ、眼鏡をかけていくつかのラベルを読み、あきらめて適当な箱をつかんだ。ほかに追加のコンドームも仕入れておこうと思ったのだが、これだけ人がいてはまずいだろう。防犯用品店の近くで買っておけばよかった――詮索するような目のないところで。

コンドームをつけずにルナとセックスすることを考えた。柔らかく締めつける体だけを感じることを想像すると、興奮がどっと押し寄せてきた。まったく腹が立つ。ひとりの女と身を固める気などなかったから、避妊具なしでセックスするなんて考えたこともなかった。赤ん坊の父親になることだってそうだ。

彼はオースティンを見下ろしてみた。金髪はいつでもくしゃくしゃで、小さな手で双眼鏡を握りしめながら、棚の間を行き来する客を見ている。小さな足を開いて立っているのを見ると、ほっそりした脚に比べてやけに膝が大きい。

ジョーは微笑んだ――オースティンが自分の子供だったらいいのに。

子供とか赤ん坊、コンドームなしのセックスにいったん思いをはせると、考えは危険なほど先走ってしまった。オースティンとウィローに、いきなり新しい赤ん坊のことを切り出すのはよくないだろう。それを言ったら、ルナにだって。保護者の役目を引き受けるのは、人生の一大事だ。だが、数年もすれば落ち着くに違いない。それに自分が四十歳になるのも、まだ何年か先のことだ。きっと、時間はじゅうぶんにある……。

そんな虫のいい考えを、ジョーはすぐさま否定した。まだ正式に家族として受け入れてもらえたわけでもないのに、さらに家族を増やすことを考えてるなんて。まずは、ルナとの間を確実なものにしなければ。だが、ミズ・グラディの前でジョーが結婚を口にしたときの反応を思うと、そうやすやすとはいきそうにない。まるで舌を飲み込んでしまいそうな態度だった。脈があるとはとうてい思えない。

日を追うごとに、いろいろなことが落ち着いてきていた。子供たちは立派にやっているし、あのいたずらを除けば、深刻な脅威は感じられなかった。ジョーは必要ないとルナが思う前に、どれだけ彼女に惹かれているかを見せつけなければ。彼女の何が欲しいのか、はっきりと知らせなければ。

レジへ向かおうとしたとき、ダイナ・ベルが目の前にやってきた。通路に立ちはだかり、ずいと迫ってくる。まだルナのことで頭がいっぱいだったので、ジョーはもう少しで彼女を押しのけるところだった。

今日の彼女は、ブロンドの髪をほどいて肩まで垂らし、厚化粧をして、ブラウスは立派な胸の谷間が見えるほど開いていた。彼女と会ったのはくびにして以来だ。さぞかし恨まれていることだろう。

だがその代わりに、ダイナは長らく会っていなかった恋人のように、親しげに声をかけてきた。「ジョー」

止める間もなく、彼女は身を投げ出し、両手を首に回した。豊満な胸が彼の胸に当たってつぶれる。丸いお腹が下腹部に押しつけられ、丸々した腿がすり寄せられた。

ジョーはすぐさま体を離したが、すでにほかの買い物客のひんしゅくを買っていた。身を守るため、ジョーは片手で彼女の二の腕をつかみ、距離を取った。タンポンの箱を持っていなかったら、両手でそうしていただろう。

「ダイナ」彼は感情を込めずに言った。すでにルナが恋しくて、早く帰りたいと思っていたところだ。ダイナにぴったりと体をすり寄せられるなんて、何よりうれしくないことだった。

ダイナは媚を売るように首をかしげ、とろんとした目つきで彼を見た。「もうどこかへ行ってしまったかと思ってた」

「なぜ行かなきゃならない？」彼女に迫られて店の奥へと後ずさったが、前へ出てたくさんの買い物客の見世物になるよりもましだった。

彼女はオースティンを見下ろした――オースティンはたちまち唇を尖らせ、ジョーに言われたように顎をツンと上げて、見下すような目つきをした。「あなたみたいな男は」――ダイナはゆっくりと続けながら、ジョーを上から下まで眺め回した――「判で押したような家庭生活に、すぐに飽きてしまうと思ったから」

「正直言って、おれは楽しんでるがね」オースティンは双眼鏡でダイナの顔を見ていた。いたずら坊主は大げさに顔をしかめ、オエッと言うふりをした。ジョーは吹き出しそうになった。その気持ちを伝えたかったが、オースティンを図に乗らせたくない。「行儀よくしていろ」小声でオースティンに言い、双眼鏡を取り上げた。

あいにく、それでダイナから手を離さなくてはならなくなった。彼女はすぐにぴったり寄り添ってきた。

「子供たちの力になろうとしているなんて、本当に優しいのね」自分の胸に手を当て、ジョーの気を惹こうとする。「ただ、あなたがごたごたに巻き込まれるのを見たくないの」

「ごたごたって？」ダイナはどれくらい状況を知っているのだろう。

オースティンの前をはばかって、少しだけ声を落とした。「トラブルのこと聞いたわ。みんな知ってるわよ。自分たちがやったことで、町から出ていくはめになるのは明らかよ。あれだけのトラブルを起こしたら、遅かれ早かれ里親のところか少年院へ送られるわ。そうなったら、あなたは――」

「どこへもやるものか」

彼の獰猛《どうもう》な口調に、ダイナは一歩退いた。「あら」神経質そうに笑った。「もちろん、わたしの知ったことじゃないけど」

「そうとも」ジョーは彼女の脇をすり抜けようとしたが、そのとき、あることが頭に浮かんだ。ジョーはだしぬけに彼女に訊いた。「きみを家政婦に雇ったのは誰なんだ、ダイナ？」

彼女はぽかんとして、それから真っ赤になった。「パトリシアに決まってるじゃないの」

ジョーは信用ならない目をのぞき込み、嘘だと見破った。それから、オースティンに言った。「前のほうへ行って待ってろ。薬剤師がリコリスをくれるから」

「わかった！」オースティンは、客や通路をよけて走っていった。

ジョーはダイナに近づいた。彼女が息をのみ、目を見開き、白い喉がヒクヒクと脈打つまで。彼女は驚き、警戒し、ひどく興味を惹かれているようだった。

ジョーはその興味に賭けた――それを利用して、必要なことを聞き出さなければならない。

近くに立つと、ジョーは彼女の肩にかかった髪をそっとつまんだ。左胸すれすれのところだ。低い声で彼は訊いた。「パトリシアのところで、何をしていたんだ？」

彼女は唇を二度開けて、ようやく声を出した。「どういう意味？」

息もつけないようだ。いいぞ。「おれのような男は、判で押したような家庭生活にすぐに飽きてしまうと言ったが、きみのような女も同じだと思ってね」震える口元を見て、ジョーは軽く笑った。「ダイナ・ベル、きみは家政婦にしておくにはもったいない」

彼女の目がなごみ、かすみがかかったようになった。「わ……わたしには、仕事が必要だったのよ」

言葉がつかえている。ますますいいぞ。自分と一緒にいて、ルナが言葉を詰まらせたことは一度もない。腕が鈍っていないのを確かめるのはいいことだ。「パトリシアにだって、きみが野暮ったい家政婦には見えなかったはずだ。彼女の目は節穴じゃない」

「ちゃんとした推薦状を持っていたのよ」

「へえ？　どこのばかが、きみの品位をおとしめるような仕事に推薦したんだ？」ジョーが手を下ろした拍子に、こぶしが膨らんだ胸をかすめた。

彼女の顔がほてり、目が細くなった。「クインシー・オーエンよ」

「ああ」ジョーは手を下ろし、彼女から一歩離れた。官能的な低い声は、すっかりなりをひそめていた。「二人は知り合いだったってわけか？」

ダイナは目をパチクリさせ、現実に戻った。今の出来事に混乱して、呆然とした表情になる。「違うわ。つまり、ただの顔見知りってだけよ」さらに、後からつけ加えた。「クインシーは幸せな結婚生活を送ってるわ」

「義理の息子も一緒にね」

「そうよ」利用されたのに気づいて、ダイナは腹を立てた。「彼はいい人よ」

「ああ、そうだろうな。それで、親切心できみをパトリシアに紹介したというわけか？」

ダイナは顔をしかめた。「ええ、力になろうとしてね。パトリシアが二人の子供を抱えて手一杯だと知っていたから。あの子たちは手に負えないし、きちんとしつけをする父親もいないしで――」

ジョーは彼女に背を向け、レジに向かった。タンポンとキャンディーの代金を払って外に出ると、ダイナもついてきた。それを無視して、ジョーは空を見上げた。黒い雲が動いている。空気の匂いが濃くなり、今の気分にぴったりの嵐が迫っているのがわかる。

雨が降り出す前に家に帰ろうと、トラックに向かったが、二歩歩いたところでサングラスと帽子の男がこっちを見ているのに気づいた。男は顔を伏せ、急いで逃げていった。帽子とシャツの襟《えり》の間から、髪の毛がのぞく。

ブロンドだ。

怒りと疑惑が入り混じっていた。

クインシーじゃない。やつにしては背が高すぎるし、肩幅も広いし、がっしりしている。

ジョーは男がすごい勢いで駐車場の角を曲がり、消えていくのを見た。

ジョーは本能に任せて、それを追いかけようとした。今度こそつかまえて、こてんぱんにやっつけてやる。アドレナリンが血管を駆け巡り、息づかいは速くなり、視界は獲物だけに絞られた。彼は駆け出そうとした——が、オースティンがその手を引っぱった。「今、リコリスを食べてもいい？」

くそっ、くそっ、くそっ。期待を込めて見上げるオースティンは無邪気そのものだった。頭のおかしい犯人を追いかける間、路上にひとりで置いておくには幼すぎる。ジョーは無力な自分を感じ、いら立った。

間の悪いことに、ダイナがジョーの注意を引いた。「どうするつもり？」

不満が高まり、ジョーは彼女をにらみつけて黙らせた。「何のことだ？」

とげとげしい言い方に、ダイナはぽかんとした。「さっき言ったことよ」通り過ぎる客を気にして小声になる。「クインシーのこと」

気をそらされたジョーが道に目を戻すと、ちょうど茶色のセダンが目に入った。町までつけてきた車だ。駐車場の、ジョーのトラックが停めてあるあたりから出てきて、走り去る。ブルーノ・コールドウェルが手下を送り込んできたのか？　類人猿のようなブルーノに、そんな気のきいたことができるとは思えない。いいや、やつは自分の手を汚す男だ。じゃあ、あのブロンドの男は誰なんだ？

オースティンが、少し怯えたように言った。「ジョー？」

ジョーは責任感に引き裂かれ、上の空で言った。「リコリスを食べてもいいぞ、オースティン」

二度言う必要はなかった。オースティンは袋を破りそうな勢いで開け、キャンディーを出した。

「ジョー？」ダイナの声は、さっきのオースティンよりもはるかに哀れっぽかった。

ジョーは怒りがおさまらないまま、彼女を見た。「クインシーに、もうたくさんだと伝えろ」

ダイナは目を丸くした。

ジョーはオースティンの手を引いて道を渡った。「おれが会いにいくと言っておけ」

そのことを考えただけで、彼女は動けなくなってしまったようだった。ジョーの名を二度呼んだが、フロントガラスにメモが挟まっているのを見つけた彼は、ダイナのことを気にかけている余裕はなかった。

ジョーが返事をする気がないのがわかって、ダイナは怒鳴った。「くたばるといいわ、ジヨー・ウィンストン！」それから、数人の野次馬が見ている前で車に乗り、キーッと音を立てて走っていった。

クインシーのところへ行くのだろうか？　今にわかるだろう。何となく、あの二人が親密だというのはわかった。

角《かど》の一カ所だけをつまむようにして、ジョーは小さな紙片をワイパーの下から取り、振って広げた。太い、男のものらしい殴り書きは、眼鏡をかけなくてもじゅうぶん読めた。〝放火魔はハッチバックの車に乗っていた。参考までに〟

ジョーははっと顔を上げた。ダイナの車がしるしばかりの一時停止をしたときに、テールライトが一瞬見えた。車はそれから、タイヤが焦げそうな勢いでまた発進した。

ハッチバックだ。あのばか女。


最初の呼び出し音でルナが出た。「もしもし？」

「やあ、ハニー。おれだ」

「ジョー？」

ジョーは目をくるりとさせ、道に開いた穴をよけた。空はどんどん暗くなり、風も強さを増している。ヒューヒューと音を立て、木を揺らしていた。「ほかに電話してくる男がいるか？　いるなら、そいつに失せろと言ってやれ」

ルナは笑った。笑い声を聞いただけで、優しさと欲望にわれを忘れてしまいそうになる。

「ごめんなさい。ちょっと驚いたものだから。もう家に着く？　嵐に遭わないといいけど」

家。聞けば聞くほど、その言葉が好きになる。これまでたくさんのアパートメントに住んできたが、それは寝るためだけの場所で、永遠に住むための場所ではなかった。家じゃない。「ピザが冷めないうちに帰るよ」

「何枚買ったの？」

「おれひとりで一枚は食べられるから、三枚買った」

「まあ」

「ちゃんと家にいるかどうか確かめたかっただけだ。さっきウィローと話をしたら、きみはシャワーを浴びていると言うから」

「ウィローは寝てるわ。わたしは自分の髪と格闘しているところ」

ジョーはうなり声を上げ、甘い笑みを浮かべた。「今度は何色？」

ルナは鼻を鳴らした。「染めたとは言ってないわ」

「いいじゃないか。こんなに長い間、色を変えずにいるなんて驚きだ」

ルナは一瞬黙り込んでから、肩をすくめているのがわかるような声で言った。「いいわ。今度は赤いメッシュを入れたの」

「赤？」

「真っ赤よ。ほとんど紫色って感じ。でも、すごくいいわ」

ジョーは笑った。「すぐにこの目で確かめるさ」たぶん、ルナがこんなに長いこと髪を染めなかったのは初めてだろう。心の奥底では、やはり最初に惹かれた通りの自由人なのだ。それがうれしかった。彼女に変わってほしくない。「ドアに鍵をかけて、おれ以外の人間は中に入れるなよ」

「ジョー？」新たな気づかいが、その声に感じられた。「何かあったの？」

ジョーはオースティンに言った。「ベタベタの手で革のシートに触るんじゃない。ほら」と、ナプキンを渡す。

ナプキンで手を拭っているオースティンは、ほとんど眠りかけていた。口から細長いリコリス・キャンディーを垂らしたまま、まぶたがふさがりそうだ。ジョーが笑ってキャンディーを取ってやると、オースティンはすぐにドアに寄りかかって、寝息を立てはじめた。

「オースティンに聞こえてる？」

「かもな。眠ったと思うが、わからない」オースティンは寝心地のいい姿勢を取ろうと身じろぎし、片手を頰の下に置いた。唇が指と同じ、サクランボのような赤に染まっている。

「じゃあ、教えて――何かあったの？」

「かもしれない。茶色のセダンを覚えてるか？　前の町で見かけた」

「まさか」

「いいか、落ち着け」何より彼女を怯えさせたくなかった。「すぐにスコットに電話する。彼が調べて、車を探してくれるだろう」二台の車だと、ジョーは自分に念を押した。ダイナのハッチバックも入れなければならない。「それと、偶然ダイナに会って、おもしろい話を聞いたよ。そのことは今夜話す」

「気をつけると約束して、ジョー。誰かを追いかけたりしないで。わかった？」

心配しているときのルナは、いつも高飛車になる。昔は、女が自分のことでやきもきするのは面倒だったたし、女に命令されるなんて許せなかった。だが、相手がルナだと、それがうれしかった。「オースティンが一緒だというのを忘れたか？　こいつを危険にさらすわけにはいかないだろう」

「ジョー？」ルナは優しく名前を呼んだ。女が感情に駆られたときのように。「わたし……」

ジョーはその先を待った。自分の中の男が、それに集中する。沈黙が続き、ジョーは先を促した。「何だ？」

けれど、彼女が言ったのはこれだけだった。「気をつけて」

「わかった。後でな」ぱっとしない答えにがっかりしたところを見せないようにした。結局、ルナは心の内を見せなかった。だが、いつかそうさせてやる。

彼は保安官事務所に電話をかけ、スコット・ロイヤルに取り次いでくれるよう頼んだ。すぐにスコットが電話に出て、開口一番こう言った。「これ以上トラブルが起きたと言ってくれるなよ」

「はっきりと起こったわけじゃない」ここは気をつけなければならないと、ジョーは知っていた。スコットとは親しい間柄だが、それでも相手は警察官だ。自分もそうだったから、よそ者が自分の縄張りに入ってきて、あれこれ仕切るのが気に食わないのはよくわかる。「いくつか質問があるんだ。それと、頼みがある」

「言ってみろ」

「頼みのひとつは、茶色のセダンに注意してほしいということだ」

「おまえたちをつけてきたという男が乗っていた車か?」

「今日、町でその車を見かけた。オースティンが一緒だったので追いかけられなかったが、そいつはおれのトラックのそばをうろちょろしていた。それで、メモを見つけた」

「メモ?」その声に、新たに興味を引かれたのが感じられた。「まだ手元にあるか?」

「ある。今夜、家に取りに来てくれてもいい。だが、脅し文句が書いてあったわけじゃない。ただ、放火魔はハッチバックの車に乗っているとだけあった」ジョーは言葉を切り、それから要点を言った。「そういう車に乗っている人物を知ってるだろう?」

受話器から聞こえてくる音から、スコットが椅子に深く座ったのがわかった。「誘導的な質問は、聞けばわかる」

「ダイナ・ベルだ。ドラッグストアでおれを追いつめ、通路で迫ってきた」ありがたいことに、オースティンは眠っていた。「彼女はぷりぷりして帰ったが、乗っていた車がハッチバックだった? これは偶然かな?」

「よく言うよ。おれの覚えている限りじゃ、おまえは偶然を信じなかったはずだ」

「それほど信じないってことさ」

「それに、そのメモってのも怪しいものだ。そいつが何か知らせたいなら、なぜ直接言わない?」

スコットには見えないと知りながら、ジョーは肩をすくめた。すでに自分でも、何度となく同じ疑問をぶつけていたのだ。「だが、なぜ嘘をつく必要がある?」

「まともに考えてみよう。おまえをつけてきた男がメモを残した。そしておまえは、ダイナが火をつけ、トラックに落書きを残したと思っている。そうだろう?」

「いいや、あれは絶対に男だった。だが、ダイナはクインシー・オーエンと、どれほど親しい間柄なんだ?」

ジョーの予想通りの反応が返ってきた。げんこつで叩く音と、くぐもった悪態。「おい、ジョー、クインシーがやったとでも言うのか?」

スコットの憂鬱そうな口調に、ジョーは笑った。「やつにはできないと思ってるのか?」

「おまえはそう思ってるんだな」またしてもうめき声。「そう思うには、それなりの理由があるんだろう。ぜひともそれを聞かせてほしいものだ。というのも、おまえにもらった監視テープには、何ひとつ写っていなかったからだ」

「ブロンドの髪が写っていたはずだ」そう言いながらも、ジョーは違った視点から可能性を考えていた。「そして今朝、小屋にペンキを塗られた後、地面に平らな靴底の跡が残っていた。その二つの証拠が、クインシーと一致している」

「それに一致する人間なんて、この町に百人はいる。知っての通り、彼はただのブロンドのビジネスマンじゃない。それに、おまえを家からつけてきた男もブロンドだったはずだ。そいつはこの町にいて、こそこそ動き回り、メモを残している。何らかのかかわりがあるのは間違いない」

「おれもそう思う。だが、火をつけたのはやつじゃない」

「誰がそう言った？」

「おれの考えさ。今日、やつを見た。火事があった日に格闘した男と比べると、やや背が高い。おれとほとんど同じくらいあった。だが、クインシーは……。今日、チラッと見かけただけだが、体格としてはぴったり合っている」

「断言はできないぞ。外は真っ暗だったし、二十秒ほど取っ組み合っただけで、あとは手を触れていないんだろう」

思い出すと、ジョーは歯ぎしりした。相手を取り逃がすことなんて、めったになかった。それを言うなら、近くに子供がいるのを気にしたのも初めてだった。「そいつはでくの坊みたいだった。パンチには力がなかったし、女みたいな悲鳴を上げていた。はっきり言って弱いやつだ。だが、トラックにメモを残した男はそうじゃない」

「くそっ」スコットはしばらく憮然《ぶぜん》としていたが、やがてブツブツ言った。「偶然を信じないにしちゃ、今回は妙にこだわっているな。二人のブロンドの男が、おまえを追いかけているというのはどうなんだ？」

「今回は直感でわかるんだ、スコット」

「いいかげんにしろ、ジョー。おまえだって元警官だろう。おまえの直感のために動くわけにはいかないんだ。それ以上のものがなければ」

「それは見つけるさ。だがそれまで、例の茶色のセダンに気をつけていてくれ。そいつに面と向かって話を聞きたいんだ」

「おれも同じさ。それに、おれは警察官だから、先にやらせてもらう。いいな?」

「わかってるさ、スコット。おれが警官だったのを忘れたか?」ジョーはハンドルを握り、微笑んだ。「両手を上げていい子にするなら、何も殴り倒す理由はない」

おとなしく引き下がるのはジョーらしくなかったので、スコットはあきらめた。「ほかに何かあるか?」

「ああ。クロエが湖を買う前に、どこで働いていたかわかるか?」

「それはおれがここへ赴任してくる前のことだ。だが、工場かショッピングモールあたりだろうな。ここの住人はほとんど、そのどっちかで働いているから」

そしてどっちも、クインシー・オーエンが経営している。

「調べてみよう。理由を聞かせてくれるか?」

スコットがあまりに心配そうだったので、ジョーは笑った。「わかったら教えてくれ。そうしたら説明する」スコットがそれに文句を言う前に、ジョーはつけ加えた。「ルナとウィローの待つ家に帰らなきゃならない。二人きりで置いておくのが嫌なんでね。降ってきたら、屋根が雨漏りするだろうから」

「ジョー、すっかり家庭的になっちまったな。しばらくここで暮らすのか?」

「ああ、そうだ」それから、思い直して言った。「だが、ルナにはまだ言ってない。だから彼女には何も言うな」

「驚かせたいってわけか？」

「少しずつ慣れてほしいのさ」彼女と子供たちの生活を安定させたら、一緒にいたい気持ちもわかってもらえるかもしれない。おれがそばにいれば安心だとわかれば、もう二度と、ノーとは言わないはずだ。

# 16

ジョーが家の前に車を停めた頃には、霧雨が降っていた。雷鳴からして、今にも激しい嵐になりそうだ。正面の窓のカーテンが降りて、ルナが見ていたのがわかった。誰かが自分を待っているなんて、めったにないことだ。うれしくないと言ったら嘘になる。

ルナはドアを開け、ポーチに出てきた。冷たい風に、両手で体を抱いている。ジョーはオースティンの小さな体を抱いていた。顔に雨がかかっているのに、起きる気配もない。ジョーは、もつれたブロンドの髪に軽く顎をこすりつけた。オースティンは子供らしい甘い匂いがして、午後のやんちゃぶりはすっかりなりをひそめていた。

ルナがドアを支えている間、ジョーは中庭を走り、ポーチのステップを駆け上がった。

「オースティンは大丈夫？」

「ただのガス欠さ」ジョーはルナの髪に明るい赤色の筋を見て、通りすがりに立ち止まって熱いキスをした。「やあ」柔らかな唇にささやいた。「会いたかったよ」

ルナは驚いて唇に触れ、言葉も出ない様子で立ち尽くした。

無防備なルナを見るのは楽しかった。「起こしたほうがいいかな?」

ルナは廊下の背の高い掛け時計に目をやった。「そうね。あまりお昼寝させると、今夜は眠らないでしょうから」

「そうだな」ジョーはオースティンをしっかりと抱いて居間へ行った。長椅子に横たえ、優しく揺り起こす。まだ五時だったが、空はすでに真夜中のように暗かった。オースティンが目を開けると同時に、嵐がやってきた。

オースティンははっとして身を起こした。

「ああ、ただの雨だよ」ジョーはそう言って、しばらく隣に座り、背中をさすってやった。

「あれだけキャンディーを食べて、まだ腹が減ってるか? トラックまでひとっ走りして、ピザを取ってきてやる」

オースティンはあくびと伸びをして、少しの間ジョーにしがみついた。

慣れてないんだとジョーは思った。それがひどくいとおしい。素直な愛情表現に胸を打たれて、オースティンの髪をなでていると、ルナが微笑みを浮かべて戸口に立っていた。

彼女もオースティンのように、簡単に自分を好きになってくれるといいのだが。

ルナは部屋に入ってきて、オースティンを立たせた。「ほら、お寝坊さん。顔と手を洗って、キッチンへいらっしゃい。それと、ウィローに食事ができるかどうか訊いてきて」

まだぐずぐずしながら、オースティンは部屋を出ていこうとした。振り返ってジョーを見る。「双眼鏡は？」

「ここにある」ジョーは首にかけていた紐を外し、双眼鏡をオースティンに渡した。オースティンはそれを握りしめ、顔を洗いにいった。

ジョーが玄関に向かうと、ルナがついてきた。雨は視界をさえぎるシーツのように降っている。「妹が車を離れているといいんだが。こんな雨の中を運転しているなんて、考えたくもない」

「もうすぐ着くわよ。心配しないで」雷鳴で、床がビリビリと震えた。「もう少し待てば、雨も上がるわ。今出ていったらずぶ濡れになるわよ」

「すぐにはやまないさ」激しく叩きつける雨を見て、悪態をつきたくなった。家に直接入れるガレージが必要だ。湖がオープンしたら、そのことも考えよう。「それに、おれは溶けたりしないよ」

「あら、それはどうかしら。ウィローに聞いたけど、彼女にお使いを頼まれたんですって」からかうような笑みを浮かべ、腕を取って自分のほうを向かせる。「とっても優しい《スィート》のね」

ばかげた言い方に文句を言おうとしたとき、ルナがつま先立ちして下唇を舐めた。「うーん」彼女は喉を鳴らした。「とっても甘い《スイート》わ」

意味ありげなしぐさに、全身が熱くなった。「からかうな」ルナのうなじをつかまえ、本格的なキスをする。今回は、彼女の舌に触れると、自分の口の中へ引き込んだ。ルナは小さく喜びの声を上げ、体を押しつけた。

ルナは豹《ひょう》柄のスパッツと長い黒のTシャツに着替えていた。すばやく、さりげなく、セクシーなお尻をつかむ。薄い生地は、しなやかな体を隠せなかった。われを忘れてしまう前に、ジョーはうめきながら体を離した。

見上げるルナの目は甘くとろけるようで、頬は上気していた。裸足で、足の爪は新しい髪の色に合わせて塗られている。つま先は床の上で丸まり、彼女もこのキスを何とも思っていないわけではないということを示していた。

「今、行かなかったら」ジョーはうめくように言った。「雨に当たったとたん蒸発しちまう」

ルナは彼の胸をなでた。「熱いの？」

「沸騰しそうだ」ルナの額にキスをし、雨の中へ駆け出した。

次に戻ってきたときには、シャツは背中に張りつき、ジーンズは腿にへばりついていた。体でできるだけピザをかばっていたが、それでも箱は湿っていた。ルナに手渡しながら、蹴るようにして靴を脱ぎ、シャツを脱ぐ。ルナが大胆に胸を見ているのがわかった。

ジョーはこぶしの先を使って、彼女の顎を上げさせた。「そんな目で見てると、今夜、部屋に忍び込むぞ」

一瞬、間があって、ルナは言った。「約束する？」

何てこった。まるでその気になってるみたいじゃないか。異議なしと言わんばかりだ。

「きみと寝たいんだ、ベイビー」一歩近づいた。そのことを考えるだけで、声がかすれ、興奮する。「ひと晩じゅう、きみを隣に感じていたい」

ルナはそわそわし、唇を舐めて、彼の顎を見た。「朝、一緒に目覚めたい？」

「ああ」

ルナが目を上げ、二人の視線が合った。「きっとすぐに飽きるわ、ジョー」

「ありえないさ」美しい金色の瞳に微笑みかけ、本気だと伝えようとした。「相手がきみなら」

ルナは迷っているみたいだったが、とうとう慎重に言った。「たぶん、そのことを話し合ったほうがいいと思うの」

「うん？」

ルナはうなずいた。「わたしたちの……ことをよ」

ジョーが説得しようとしたとき、オースティンがキッチンで大声を上げた。「ねえ、双眼鏡なら湖の魚も見えるよ。見てごらんよ、ジョー」

ルナに本心を打ち明けるなら、プライバシーが必要だった。女に向かって愛してると言ったことなどなかったし、言うならきちんとしたかった。

「今夜」ジョーが言うと、ルナはうなずいた。

ジョーは片手に包みを持って、もう片方の手をルナの体に回し、子供たちのいるキッチンに戻った。ルナはピザの箱をカウンターに置き、皿とグラスを出しはじめた。

ウィローはテーブルにいて、こぶしの上に顎を置き、ぼんやりと宙を見ていた。ひどく不機嫌そうだったので、ジョーは眉をひそめた。そんなに具合が悪いのか？　生理といえば、ひどくわずらわしいということしか知らなかった。だが、どんな理由であっても、ウィローに嫌な思いをさせたくない。

「ほら、買ってきたよ」薬局の袋に入ったままの箱を、ウィローに渡した。

ウィローは顔を赤らめた。「ありがとう、ジョー」

ジョーはその鼻先をつついた。「いつでも歓迎さ」それから、まじめな声で続けた。「本当にそう思っているんだぞ、ウィロー。何でもおれに相談してくれ。いいな?」少し戸惑ったようなしぐさをした。「こういう用事でもいいから」

ウィローは下唇を噛んで、うなずいた。オースティンを別にすれば、嵐のせいで誰もが湿っぽい気分になっていた。ルナは顔をしかめて皿を並べ、ウィローは落ち着かなげにもじもじしている。オースティンだけが張り切って、キッチンの窓から嵐を眺めていた。

「ジョー?」ウィローが座ったまま背筋を伸ばした。「話があるの」

乾いた服に着替えようとしていたジョーは、動きを止めた。「いいとも」ウィローがあまりにも不安そうだったので、ジョーは自分の服が床を濡らしているのも忘れた。

「今日、クレイを見たの。学校の庭にいて、話をしたわ」

ジョーは肩を怒らせた。「ひどいことを言われたのか?」

「違うの。彼は謝ったの。とてもきちんとした態度だったわ」オースティンをちらっと見たが、外をもっとよく見ようと椅子を引きずっていくのに夢中だった。この会話も聞こえていないようだ。「ただ、彼に引っかき傷があって」

ルナがピザカッターを持ったまま、カウンターから振り向いた。「引っかき傷？」

ウィローは立ち上がって、ジョーに近づいた。肩先と首にそっと手を触れる。「こんな傷よ」ごくりと唾を飲んだ。「これほど深くはないし、まだ治りかけていない感じだったけど……わからない」ジョーからルナに視線を移した。その目は暗く、悲しげで、あきらめているようだった。「火をつけたのはクレイだと思う？」

ウィローはその事実に打ちのめされているみたいだった。ジョーはその肩に手を置き、首を横に振った。「いいや。クレイじゃない」

彼女はその言葉にすがろうとしているようだった。「でも、どうしてわかるの？ 彼の引っかき傷は、あなたの傷にとてもよく似てたわ」

「ひとつには、放火の犯人はブロンドの髪だったのを覚えているか？ クレイの髪は茶色だ。それに、小屋に落書きされた後、湖の周りに足跡が残っていた。それは底の平らな靴だった。クレイは運動靴を履いているんじゃなかったか？」

希望を持ったように、ウィローはうなずいた。「それしか履いてるのを見たことないわ」

「どこで引っかき傷を作ったと言っていた？」

「父親が子猫を連れてきたからって。ただ……信じていいかわからない。クインシー・オーエンはペットを飼うような人じゃないわ。特に子猫なんて」

ジョーは目を細めた。「飼いっこないってことだな？」

稲妻が暗い空をまばゆく照らし、そのすぐ後に、家を揺らすほどの雷鳴が続いた。ちょうど、嵐が真上にさしかかっているのだ。

オースティンが驚いて悲鳴を上げ、はじかれたように窓を離れた。ルナがつかまえなかったら、転げ落ちたところだ。

「あいつだ！」オースティンは叫びながら指差し、ルナから離れようとじたばたした。「あいつがいる！」

ジョーが大股に窓に近づいた。「あいつって？」

「犯人だよ」オースティンは興奮して早口でしゃべり、手足を動かした。「見たんだ。外で！　雷が光ったとき、双眼鏡で見たんだ。湖のところにいた」

オースティンはまた窓に駆け寄ろうとしたが、ジョーがそれをつかまえた。「誰も、窓やドアに近づくな。ルナ、おれが出ていったら鍵をかけろ」

ウィローがはっと顔を上げてジョーを見た。「どうするの？」

驚いたことに、確信に満ちた声でルナが言った。「もちろん、そいつをつかまえるのよ」

ルナはひどく用心深そうに見えたので、ジョーは言った。「その通りだ」玄関のドアへ向かった。

「ウィロー、オースティン、ジョーの言った通り、窓から離れていなさい」ルナは急いで彼の後を追った。ドアを開けようとするジョーに、ルナが言った。「ジョー、わたし、気が変わったわ」

ジョーははっとした。気が変わったって、どういう意味だ？　おれを家に帰すつもりで、それを今夜話そうとしていたのなら、もう一度考え直させるまでだ。「もう遅い」ドアを開けた。雨がポーチを吹き抜け、家に入ってくる。

ルナが手を伸ばした。「ジョー？」

ジョーはいら立った。「ルナ、今度こそ逃がしたくないんだ」

「わたしもよ」ルナは怒鳴り返した。それから、肩越しにウィローに言った。「ロイヤル保安官代理に電話して」

ウィローは急いでその通りにした。オースティンは目を丸くし、戸惑ったように立ち尽くしている。ルナはジョーを見上げ、深く息を吸った。「わたし、自分自身とあなたに嘘をついてた。あなたをここに連れてきたのは、一緒にいたかったからよ」

ジョーは驚いて彼女を見つめた。「男を骨抜きにするのがうまいんだな」

「ごめんなさい」ごくりと唾を飲んだ。息づかいは速く、低かった。「あなたの腕を見くびっているわけじゃないの。誰にも負けないのはわかってる」

「その通りだ」

ルナは裸の胸を軽く叩いた。「行って、そいつをつかまえてきて。そしてわたしのために、一発殴ってちょうだい。ただ……気をつけて。それだけ言いたかったの。自分ではそう思いたくないでしょうけど、あなたは不死身じゃないんだから」

オースティンがこぶしを振り上げた。「ぼくの分も殴ってよ！」

ジョーはうなずいて、言った。「中にいろ」これ以上時間を無駄にするわけにはいかず、玄関を出て、ドアをバタンと閉めた。

むき出しの肩に雨を受けながら、物陰に隠れて家を回り込んだ。ありがたいことに、今は激しい雨が身を隠してくれる。湖に通じる野原を横切ると、たしかに男っぽい人影があった。小屋のドアノブにかがみ込み、金梃《かなてこ》で鍵をこじ開けようとしている。

ジョーは雨音に足音を紛らせながら、そっと近づき、侵入者から数十センチのところまでやってきた。怒りに満ちたジョーは、土砂降りの雨も、とどろく雷鳴もものともせず、体を起こして男を見た。ブロンドの、平底の靴を履いた男を。

今の感情と同じくらい悪意のこもった声で、ジョーは怒鳴った。「クインシー」

男は放火のあった夜と同じ悲鳴を上げた。あわてて動いた拍子に、濡れた地面に滑って思い切り転ぶ。金梃が手から落ちた。

「この鼻たらしの、卑劣漢め」ジョーは小声で言うと、襟元をつかんで立たせた。そして、激しく揺さぶった。「今度こそつかまえたぞ」

クインシー・オーエンは、立ち上がって自由になろうともがいた。「自分が何をしているのかわかってるのか」彼は怒鳴りつけた。「わたしに乱暴するなんて」

「乱暴？」激しい嵐に負けないように、二人は怒鳴り声でやり合わなければならなかった。湖の岸には、波が荒々しく打ち寄せている。ジョーはまたクインシーを揺さぶった。「真っ二つに裂かれないだけ運がいいと思え。命を助けたのは、スコット・ロイヤルに逮捕させるためだ」ジョーは目を細めてクインシーを見ると、手を離した。「観念するんだな。そうすれば、痛い目には遭わせない」

クインシーはたたらを踏んだ。「観念するって？　なぜだ？」彼はヒステリックになっていた。びしょ濡れのウィンドブレーカーが肩から垂れ下がり、礼装用のズボンには泥がこびりついている。「ここへはただ……ちょっと立ち寄っただけだ」

「ちょっと立ち寄って、小屋に忍び込もうとしたのか？」

クインシーは激しくかぶりを振った。「ばかなことを言うな。こんなものを、わたしが欲しがっているとでも言うのか？」

嫌悪感で、ジョーの喉が熱くなった。「逆に、欲しくないんだろう。パトリシアを説き伏せて、湖を閉鎖させた。さらに火をつけ、ペンキでいたずら書きをした」人間のくずを相手にしているときには決して冷静になることはできなかったが、こいつには特に腹が立った。

「子供たちを追い出したいんだな」

クインシーは警戒し、濃い茶色の目できょろきょろと逃げ道を探した。だが、前にはジョーが立ちはだかっていたし、後ろは湖で、どこへも逃げられない。「子供たち？　何のことかわからないな」

ジョーがゆっくりと近づくと、クインシーは円を描くように後ずさった。「おまえがここを、クロエに買い与えたんだろう？　そうすれば彼女も幸せになれるし、都合よく近くに置いておける。だが、それからどうなった、クインス？　子供たちが、だんだんと自分に似てきたんだろ？　そして、町の誰もが父親の正体に気づくのが怖かったんだな？　似ていることに気づかれれば、ご立派な評判は地に落ちる。それが真相なんだろう？」

「黙れ」

「妻がそれを知ったらおもしろくないだろうな。町の連中がどれほど幻滅することか。未婚の母から生まれた二人の子供の父親であるだけでなく、子供たちに対する責任を果たさなかったんだからな」

「その口を閉じろ」彼は怒鳴った。

「金色の髪に暗い茶色の瞳。かわいそうなクインス。あの子たちはおまえにそっくりだよな？」ジョーは相手を小屋の脇へ追いつめ、逃げられないようにした。「あの子たちはおまえの血と肉を受け継いでいる。なのに、おまえは自分の痕跡を消すことしか考えなかった。ひどいうわさを流し、あの子たちを苦しめた。ソーシャルワーカーに通報したのはダイナなんだろう？　そして、おまえが家に忍び込むときに使ったのは、彼女の車だ」

「嘘だ！　何もかもでたらめだ」

「おまえはどうしようもない、我慢ならない虫けらだ。そのことが知れれば、誰もおまえを相手にしなくなるだろう」

追い詰められたネズミのように、クインシーが殴りかかってきた。こぶしを引き、パンチを繰り出す。それはジョーの顎に当たった。今のむかついた気持ちに比べれば、こんな痛みは何でもなかった。「やったな、クインス」怒りとともに、笑みが広がった。「先に手を出したのはおまえだ——だから、好きなだけお返しさせてもらう」

ジョーのパンチがクインシーのみぞおちに当たった。彼は体を二つ折りにし、吐きそうになってあえいだ。両手で腹をかばい、膝をついて、懸命に息をしようとする。

「小屋で何をしようとしていた？」クインシーが動けなくなったのを見て、ウィンドブレーカーの中を探った。その指がやがて、濡れないように内ポケットにしまいこまれた発火装置を見つけた。「ああ、また放火か？　ばかのひとつ覚えだな。想像力ってものがない。だが、こんないたずらが続く限りは、人々を湖へ呼ぶことはできないってわけだな？　事実、おまえの広めたうわさで、誰もがオースティンを疑うと思っていたんだろう」

「黙れ」

「おれたちの計画をくじくつもりだったんだな、クインシー？　つまり、湖を再開してうまく行けば、ここを出ていく理由がなくなるからだ。そうだろ？」

「違う」

ジョーはウィンドブレーカーの襟を引っぱった。「おれのと同じ引っかき傷だ。ただし、この前取っ組み合ったときにはおまえが下になっていたから、おれよりひどいはずだ。義理の息子に聞いたが、子猫を拾ってきたそうだな。イバラや藪で作った傷の、うまい言い訳というわけか？　抜かりなく準備したものだな？　そんな哀れっぽい話を、奥さんは信じたのか？」ジョーはかぶりを振った。「心配するな。おまえが刑務所に入ったのを見届けたら、彼女にはすぐに本当のことを知らせてやるから」

クインシーはまだ片手で腹をかばいながら、慎重に体を起こした。「なぜ首を突っ込むんだ、このいまいましい若造め。パトリシアは引っ越す気になっていた。子供たちをここから連れ出し、何もかも丸く収まるところだった。なのに、きさまとあのあばずれ女が現れて」

ジョーはささやくように言った。「殺されたいのか、クインシー？　そうなのか？」

クインシーはあわてて言った。「出ていってくれないか？」次の一手を考えながら、意地悪く目を細める。「子供たちを連れていってもいい。出ていくなら金も払おう。どれくらい欲しいのか教えてくれ」

「おまえから欲しいものなど何もない、クインシー」子供たちを除いては。だが、ジョーはそのことを口にしなかった。そのとき、クインシーが横を見て、新たな驚きに目を丸くした。

ジョーはクインシーの喉をつかみ、動けなくしておいて、すばやくあたりを見回した。その目に新たな敵が飛び込んできた。ジョーは驚いた。自分たちと家との間、数メートルと離れていないところに、町で見かけた男が立っていた。

やはりブロンドの侵入者だ。だが、弱くはない。

ちくしょう。偶然ってやつには、まったく腹が立つ。

ジョーは一瞬で状況を読み取り、仕留められるだろうと踏んだ。体はジョーと同じくらい大きかったし、しなやかな構えからして、戦い方を知っているようだ。だが、ジョーはアドレナリンを爆発させていた。クインシーがいても、何とかなるだろう。

そう、それを待ち望んでさえいた。

だがそれも、ルナがシャベルを手に、もうひとりの男に近づくのを見るまでのことだった。

「ばか、やめろ！」ジョーが叫んだのと同時に、男が気配に気づいた。油断していた男は、無意識に反応した。別のときなら感心しただろうすばやさで振り返り、ルナの肩と肘を取って、文字通り真っ逆さまに地面に叩きつけた。シャベルが手から落ち、ルナが悲鳴を上げながら、背中から地面に倒れた。その音は、嵐の中でも聞こえるほどだった。

「ルナ」ジョーはその名を叫ぼうとしたが、弱々しいささやき声しか出てこなかった。ルナはぴくりとも動かず、息さえしていないように見えた。やがてその目が、途切れ途切れのうめき声とともに閉じた。

怒りがジョーの全身にみなぎり、原始人のような叫びとともに噴き出した。

男は悪態をつきながら鞄を肩から下ろし、ルナのそばに立った。まだ筋肉が盛り上がり、攻撃的な姿勢を取っている。彼は身をかがめようとした。

ジョーは考える間もなく行動した。クインシーともみ合いながら、手っ取り早い方法を使い、肘を勢いよく後ろへ放った。クインシーは、小屋に頭をしたたかにぶつけた。うめき声を上げる間もなく、気を失う。ジョーは彼が泥の中に倒れるに任せ、それ以上痛めつけるのは後回しにした。

ルナのそばにいた男は、体を起こし、背筋を伸ばした。「おい。落ち着け、ウィンストン。彼女は無事だ。ちょっとクラクラしただけだ」彼は両手を上げた。「おれは助けに来たんだ」

「殺してやる」

相手は怒りをあらわにし、うめくように言った。「ブルーノ・コールドウェルがここにいるんだぞ、このばか」

ジョーは手の届くところまで近づき、こぶしが見えないほどのすばやさで、相手の顎を殴りつけた。怒りの込もったこぶしを受け、男は尻もちをついた——だが、伸びたままではいない。すぐさま立ち上がり、頭を振って、後ずさった。ジョーは期待を込めてにやりとした。少なくとも、クインシーのように弱くない。少しは手ごたえがありそうだ。

ルナが頭を抱え、ゆっくりと起き上がった。「ジョー？」

「動くんじゃない」ジョーは男から目を離さずに命じた。それから、悪意を込めて言った。「一分で片がつく」声からして、ルナはめまいを起こしただけのようだったが、危険を冒すつもりはない。

相手は怒りで顔をどす黒くし、歯を食いしばって後ずさりしつづけた。「おまえと戦う気はない、ウィンストン」

ジョーは笑った。挑発し、近寄ってきたところへ、さらにダメージを与えるつもりだった。「おまえが決めることじゃない」ふたたびこぶしを振るう。あばらに当たり、男は体を二つ折りにした。同じすばやさで、顎を膝蹴りする。男は泥の中に崩れ落ち、今度は起き上がろうとしなかった。

地面に手をついて、男は口元の血を拭い、唾を吐いた。「聞こえなかったのか？」嵐に負けないよう声を張りあげる。「ブルーノがここにいるんだぞ」

「聞こえてるさ。だからこそ、ナイフの代わりにこぶしを使ってやってるんだ。答えが聞けるようにな」ジョーは彼を見下ろした。「ブルーノの手下なのか?」ジョーは蹴りを放った。怪我をした膝のことなど忘れ、頭にあるのはただ、この男がルナを地面に倒したということだけだった。ブーツを履いた足で腿を蹴ると、男は横倒しになって、痛みに悪態をついた。

ルナはやっとのことで膝立ちになった。「やめて、ジョー。彼を傷つけないで」立ち上がろうとする。

痛みによろめきながら、男は立ち上がり、脚を引きずってふたたびジョーと向き合った。「そういうことか。チャンスをくれてやったが、もう終わりだ。そんなにブルーノに殺されたいなら――」

銃弾が小屋に当たって跳ね上がり、ジョーと男は信じられないスピードで動いた。男は鞄をつかみ、小屋の後ろの、クインシーのそばに身を隠した。ジョーはルナの上に身を投げ出し、自分の体で彼女をかばった。

ルナは死にもの狂いで、彼の体を押しやろうとした。「ジョー!」

「じっとしてろ」彼は命じた。

「おれはブライアン・ケリーだ」男は早口で叫んだ。「ブルーノを追っている」

「なぜだ?」ジョーはルナに覆いかぶさり、両手で彼女の頭をかばった。ルナの怒りの叫びも、ほとんど抑えつけている。

「おれは賞金稼ぎだ」片方の尻を地面から浮かせ、ポケットを探って金バッジを取り出す。それは保釈手続きエージェントに雇われて、逃亡者を追っているという証明だった。

もう一発の銃弾が音を立てて宙を飛び、ジョーのすぐそばの泥を跳ね散らした。ルナの体を抱き上げ、身をかがめたまま、小屋の裏にいる二人のところまで走った。

ルナを抱いたジョーが隣にうずくまったときには、ブライアンはすでに裏打ちのあるジャケットを脱ぎ捨てていた。ルナの体は震え、髪の毛は泥だらけで、束になって顔にかかっていたが、それでも気丈に言った。「わたしは大丈夫よ」

ブライアンはそれを聞かなかったかのように、ジャケットを彼女の肩にかけた。「移動しなければ全員がやられる。ブルーノは臆病な小物かもしれないが、ライフルがうまい。おれの九ミリ口径をはじき飛ばしやがった」

「実戦は積んでいるかもしれないが、ブルーノの射撃の腕はそれほどでもない。おれたちを撃ちたければ、近づいてくるに違いない」ジョーはせっせとルナにジャケットを着せ、手を袖に通させた。「ところで、なぜそのことを知っているんだ？」

ブライアンは火器を扱い慣れたしぐさで、腰のベルトから銃を抜き、右手に握った。「丘の上から見ていたのさ」立ち上がり、小屋の端ににじり寄って、そこから顔を出した。すぐさま、銃弾が屋根のそばの木をかすめた。「くそっ」

「嘘だったら殺してやる」

ブライアンはジョーを見下ろし、ルナの身を守ろうとしているのを見て取ると、うなずいた。「おまえならやりかねないな」目の上にひさしを作って雨をよけながら、あたりをうかがった。「やつがこの道をやってくるのを見た。それから、おまえがもうひとりのばかを相手に時間を無駄にしているのをね」一瞬言葉を切って、いら立たしげに髪をかきむしる。「今回は、女や罪もない人間を巻き込むつもりじゃなかった。なのに、ここには二人の子供がいる。何か行動を起こさなければと決意するまで、いまいましい良心のかけらが、おれを苦しめていた」それから、気の毒そうにルナを見た。「特に、彼女が傷つくのを見たくなかった」

「よく言うよ」

ブライアンは肩をすくめて、ジョーの言葉をやり過ごした。「ブルーノは今頃、有利な場所にいるだろう。あとは、おれたちが射程距離に入るまで近づく気だ。くそっ、この雨のせいで、何ひとつ見えない」

ルナがまたうめき声を上げたが、それは痛みではなく、心配からだということがわかった。ジョーは彼女の体を抱き、額にキスした。それから、ブライアンが彼女にした仕打ちへの怒りがさめやらず、左手で彼のあばらを殴った。

ブライアンは恐ろしげな声で悪態をつき、悪意のこもった目でジョーをにらみつけた。「もういっぺんやってみろ。そのときには――」その目がルナに止まった。彼女はぐったりして、頭の後ろをさすりながら顔をしかめていた。ブライアンの凶暴な目が、同情でいっぱいになった。「悪かった」彼は嚙みつくように言った。「きみだとは思わなかったんだ。髪の色が違っていたし……アメリアかダイナだと思った。あの二人なら、投げ飛ばしたって少しもうしろめたくないからな」

　それを聞くと、ルナははっと顔を上げ、今度はジョーがうめいた。

「アメリア？　ダイナ？」ルナは言った。

　黒い目を細めてあたりをうかがいながら、ブライアンはうなずいた。「アメリアはブルーノの手先だ」横目でジョーを見た。「おまえが結婚してくれないのが気に入らなかったようだ。それで、ブルーノが現れたとき、ちょっとした復讐をしようとしたのさ。ひどい女だが、彼女のために言っておくと、ブルーノがおまえを殺そうとしているのは知らなかった。あと少し痛めつけられれば、看病してやれるとでも思ったんだろう」

「あの女！」ルナが身構えたが、ジョーはすぐにその顔を下げさせた。「じゃあ、あの襲撃に一枚嚙んでたのね」ジョーの胸に押しつけられて、ルナの声はくぐもっていた。けれど、そこにほくそ笑むような、別の響きが含まれているのはわかった。「なるほどね。でも、あの女はジョーの看病なんかしていなかったわ。ただお尻をなでてただけよ」

　ブライアンはその暴露話に興味を持ったようだった。

　ジョーは奥歯をギリギリ言わせた。ルナにあんなことを聞かせたブライアンを、もう一度殴りつけたい。ルナはその先は話さなかった。「どうしてそれがわかったの？」

　ブライアンは肩をすくめた。「ブルーノが駐車場でおまえを襲った夜、おれはやつをつけていたんだ。だが、またしても逃がしてしまった。そこへアメリアが現れた。少し都合がよすぎると思ったんだ――」

「そう言ったでしょ」ルナが指摘した。

「――それで、彼女を見張ったんだ。案の定、ブルーノから何回か電話があったので、おれは盗聴器を使った。やつらはおまえさんをつけようということになり、おれも後をつけた。ブルーノよりもずっと尾行しやすかったよ」

「じゃあ、ずっとおれを偵察してたのか？」

「いいこともあったじゃないか」ブライアンはクインシーをつついた。意識は完全に取り戻していたが、自分の身を守るためには、おとなしくじっとしているのが利口だと気づいたようだ。「こいつはダイナ・ベルと手を組んでいたんだ。といっても、それに気づいたのは今日のことだが。放火のあった夜、逃げていった車がハッチバックだったのは見ていた。ドラッグストアで彼女がハッチバックの車から降り、さらに通路でおまえといちゃついていたのを見て、彼女が絡んでいるとわかったんだ」

ルナはジョーの濡れた髪をつかみ、その顔を引き寄せた。どんな犯罪者にも勝るとも劣らない、低く恐ろしい声で言う。「いちゃついてた？」

「ブライアンは大げさなんだ」ジョーはきつくつかんだ指をそっと離し、ブライアンに向かって言った。「ドラッグストアでは、おまえを見かけなかった」

「当然だろ。見られるつもりはなかったんだから。それに」――ルナにウィンクする――

「おまえはダイナから身を守るので忙しかったからな」

「彼女とクインスがぐるだと知って、あのメモを残したのか？」

「それしか思いつかなかったんだ。ブルーノが近くにいるのは知っていたし。おれの正体を明かせば、おまえは自分でやつを追いかけただろう」彼は執念深い目でジョーを見た。「だが、やつはおれのものだ」

「でかい賞金がかかってるのか？」ジョーは皮肉っぽく言った。

ブライアンはかぶりを振った。「いいや、おれたちの関係は金よりも、もっと個人的なことだ」

「どんな？」

「おまえには関係ない」ブライアンは狙いを定め、木立の中へ発砲した。すぐに撃ち返され、全員があわてて小屋の反対側へ逃げる。

「もうひとり、女がかかわっているのは間違いないわ」ルナがささやき声にしては大きすぎる声で言った。

「今はどうだっていい」ブライアンが文句を言った。「あいつはこんなまねをして、すべてをややこしくしてるんだ。地元の警察は、おれがやつをつかまえるのを気に入らないだろう」

ジョーはしばらくそのことを考えた。もしも自分がブルーノを告訴せず、あの襲撃の目撃者がいなければ、ブライアンは問題なくやつを連行できる。ブルーノを相手にしなくてよければ、物事はずっと簡単になる。これ以上、子供たちの生活をおびやかしたくない。ごたごたはクインシーだけでじゅうぶんだ。

何とかすべてを整理し、最後に、唐突に決めた。自分が何をすべきかわかっていたし、同じくらい、ルナがどう反応するかもわかっていた。ルナを動揺させるのは嫌だったが、ほかに選択の余地はない。彼女の肩をしっかりとつかみ、息を吸い込んで言った。「やつをつかまえてくる」

ルナは身を起こした。「でも、銃を持ってるのよ」

「正確にはライフルだ」つぶやいたブライアンを、ジョーがつついた。「悪かった」

「ここにいたって、いつまでも安全じゃない」ジョーは彼女に言い聞かせた。「そうなったら、子供たちはどうなる？」

ブライアンが感心したように言った。「やつの後を追うっていうのか？」

「そのつもりだ」

ルナはジョーの胸を叩いた。「少なくとも、援護のためにブライアンを連れてって」

「きみとクインシーを二人きりにするのか？　だめだ」

「だったら、わたしが援護するわ。銃だって撃てるもの。どれほど手ごわいの？」

ブライアンは鼻を鳴らした。

「きみは」ジョーはしっかりと彼女の体を揺さぶりながら言った。「ブライアンの指示があるまで、そのセクシーなお尻を動かすな。わかったか？」

「ばかげた計画だわ、ジョー」

「おれに指図するな、ルナ」ルナは強気な言葉とは裏腹に、目に涙を浮かべていた。そんな彼女を見るのは、本当に嫌だった。危険なまでに気弱になり、迷いそうになる自分を、固い決意の下に埋める。「家を離れただけで、もうじゅうぶん足を突っ込んでるんだぞ」

ルナの苦しそうなあえぎが、ジョーの気持ちをくじいた。金色の瞳は、いら立ちから恐怖の表情に変わっている。「彼があなたをつけていくのを見たのよ！ あなたはクインシーのことで手一杯だった。わたしはどうすればよかったの？」

「おれを信じるか？」ジョーは目を細めた。卑劣な男と戦うにしても、彼女を巻き込みたくはない。「だけど、これまでそんなことはなかっただろう、ルナ？ おれを信用したためしがない。きみの安全を守ると言っても、心を守ると言っても」

ブライアンは顔をそむけて口笛を吹いた。クインシーは二人の間を、ただ見つめていた。その目があちこちに動いている。

「もちろん信用してるわ」

「だったら、じっとしてろ」ジョーは彼女を放し、ポケットからナイフを出した。静かなカチッという音を立てて、刃が開く。彼はブライアンに訊いた。「拘束具を持ってるか？」

「もちろん」ブライアンはポケットから使い捨ての手かせと足かせを取り出した。「これで足りるだろう」

ジョーは、編んだナイロン紐を受け取った。

「おれが背後の森に入る間、やつを引きつけておいてくれ。回り込んでやつを見つける」

「撃たれずにやる自信があるのか?」

「ああ」ジョーはルナを見つめた。「自信はある」

ルナは何も言わず、みじめな様子で立っていた。目を細め、唇をきっと結んでいる。雨はようやく小降りになってきたが、誰もがぐっしょりと濡れ、ジョーはシャツも着ていない。だが、氷のような外気もほとんど気にならなかった。彼はルナと子供たちを守ることだけに集中していた。

ブライアンが小屋の壁に寄りかかった。「おれは彼女を守るので手一杯だ」ブーツを履いた足で、クインシーを指す。「こいつが下手に動いたらどうする?」

ジョーはクインシーを見ると、ためらうことなく顎を殴りつけた。クインシーはまたしても、死んだように気を失ってしまった。「この臆病者は、まるでガラスのような顎をしてるな」

ブライアンが笑い、ルナはそれにかっとなった。

「二人とも、いかれてるわ」顎をツンと上げて怒鳴った。それからジョーに言った。「誓って言うけど、ジョー・ウィンストン、怪我をしたら絶対に許さないから」

「信用ないんだな」薄く笑いながら、ジョーは濡れてしずくを垂らしている冷たい頬を包み、すばやくキスした。それから、姿を消した。ブルーノをつかまえられるかどうかは五分五分だ。けれど、ほかに手がなければ、ルナに弾が当たらないようにするしかない。おれは撃たれても生きられる。だが、彼女が傷つくようなことがあったら、とても生きていけない。

雨が降り続いているおかげで足音は消え、少なくとも道が見えるのは幸いだった。ブルーノがこっちの物音に気づくときには、こっちも彼の物音に気づくはずだ。

ブライアンが周囲の森に発砲した。それを目くらましにして前に進み、撃ち返すブルーノの手がかりをつかむ。オスの象さながらに、ブルーノは居場所を隠そうともせず動き回っている。もちろん、やつは隠れているつもりだ。自分が優位に立っていると思い込んでいるのだ。

たっぷり五分間、ジョーはほとんど音も立てずに森の中を這い回った。湖を回り込みながら、ブライアンが発砲する角度を見る。

そして、ついに見つけた。

# 17

ルナはこれほど気の遠くなるような恐怖を味わったことがなかった。むかつくことに、ブライアン・ケリーはわれ関せずという態度だ。ときおりにやりと笑ったりしている。特に、銃を撃つときには。それとも、あれは顔をしかめてるのかしら。ルナにはわからなかった。命がけのゲームを楽しむ無謀さは、どこかジョーに似ている。

振り返ったブライアンは、辛そうなルナの顔を見て、かぶりを振った。「そうやきもきするな。ウィンストンは、自分のしていることがわかってる」

「もちろんよ」そう言ったけれど、いくらジョーでも銃にはかなわないとわかっていた。

クインシーがうめき、頭を抱えた。顔は怪我で腫れ上がり、鼻から顎にかけて血が流れている。恐ろしい形相だ。だけど、そもそもジョーが外に出ていったのは彼のせいなのだから、少しも同情する気になれない。ルナは彼を無視し、しみったれた文句にも耳を貸さなかった。ジョーが傷つくようなことがあったら、その派手な怪我の上にもう一発パンチを浴びせてやる。

ルナの見ている前で、ブライアンは腕で顔を拭い、濡れた髪を払った。クインシーと同じブロンドだったが、ブライアンのほうが色が濃く、長く、もつれていて、日に焼けて太い縞ができている。それに、目も茶色だ。けれどクインシーの目が、オースティンやウィローと同じ、底知れぬ深い茶色なのに比べて、ブライアンの瞳は蜂蜜のように淡く、雨に濡れて尖った、長い黒々としたまつげに縁取られていた。やはりジョーのおかげで怪我をしていたけれど、なぜだかそれは彼に似合っているように見えた。

「痛い目に遭わせて悪かった」ブライアンは気まずそうにつぶやきながら、ルナの顔を見た。「本能ってのは、ときどき厄介なことをする」彼は振り返り、ブルーノの様子をうかがった。「あんなふうに後ろから近づかれたから、別の女だと思ったんだ」

ルナはにらみつけた。「それで謝っているつもりなら、おあいにくさまよ」

「そうかな？」彼は笑わなかったが、はねつけられたのを楽しんでいるようだった。

「ジョーをひとりで行かせたじゃないの」

ブライアンはそれを聞いて笑った。「まさか、おれが止めるとでも思ってたのか？」

不意に、あたりが静まり返った。銃声はもう聞こえなかった。物音ひとつしない。ルナの心臓が喉元までせり上がり、そこにとどまった。すっくと立ち上がり、小屋を出ようとしたが、その腕をブライアンがつかみ、そばに引き寄せた。

二人は揃って外をのぞいた。

木の葉がカサカサ言い、藪が二つに分かれて、空き地があらわになった。その中から、ジョーが堂々と背筋を伸ばし、顔を上げて姿を現した。怪我をした膝をかばって少し脚を引きずっていたが、その肩からは、縛られた男がぶら下がっている。空いているほうの手には、黒いライフルを下げていた。長い脚でしっかりと進んでくる彼を、ルナは信じられない思いで見ていた。

「驚いたな」ブライアンはそうつぶやきながら、危なっかしい隠れ家から出てきた。

「ジョー」ルナは空き地へと駆けていった。ぬかるんだ地面の泥をはね散らしながら。

しつこい雷が、鉛色の空をストロボのようにドラマティックに照らした。遠くで雷鳴が、ジョーのゴツゴツした険しい顔に似つかわしく響いた。空気は重く、暗く、ひどく冷たかった。

ジョーは運んでいる男の重さをものともしなかった。事実、あの不吉な、恐ろしいオーラを取り戻している。ライオンの群れと戦っても、汗ひとつかかないように見えた。

ルナは彼の目の周りに黒あざができかけているのに気づいた。むき出しの胸と肩には、新しい擦り傷がついている。けれど、何より際立っているのは、美しいブルーの目に浮かんだ、勝ち誇った満足げな表情だ。彼は楽しんでいた。どんな理由よりも、そのせいでこらしめたくなる。

ルナはジョーのそばで足を止め、目を見開いて言った。「じゃあ、これがブルーノなの？」

ジョーは鋭く一度うなずいて、彼女のそばを過ぎ、家へ向かった。肩にかつがれた男は、見た目も声も、愛嬌のないブルドッグにそっくりだ。うなり声を上げ、うめいていたが、ジョーが裂いたシャツで猿ぐつわをしているため、ほとんどものがしゃべれなかった。

ルナはあわててジョーの後を追った。「彼をどうする気？」ジョーの膝が、すべての成り行きが、そして自分の心が心配だった。愚かにも、ジョーがヴィジテーションを気に入り、自分を愛してくれるのではないか――そして、ここにとどまってくれるのではないかという、かすかな期待を抱いていた。でも、これだけ危険を楽しんでいる人が、ヴィジテーションの暮らしに満足するだろうか？

「こいつをスコットに引き渡す」ジョーは驚くほど無関心に言った。確かに、ブルーノはすでに報復を受けているように見えたから、もはやジョーには関係ないのかもしれない。

「ブルーノはおれのものだ」

ジョーは立ち止まり、肩越しにブライアンを振り返った。満足げに肩をすくめ、太った男を濡れた地面に落とす。ブルーノは足をバタバタさせ、甲高い声を上げた。猿ぐつわをされていなかったら、悪口雑言があたりを満たしただろう。

「いいとも」ジョーは腰に手を当てた。「だったら、さっさとこの家から連れ出してくれ」

ルナは息をのんだ。「いいの？　それでいいの？　こんなふうにブライアンに渡して？　気にしてないの？　初めてブルーノの話をしたときから、彼をつかまえるのはおれだと言ってたじゃない」

「こいつはおれの獲物だ」ブライアンは激しい目つきで言った。「あの丘で毎晩おまえたちの家を見張っていたのは、ブルーノを刑務所にぶち込む満足感を、ほかの人間に味わわせるためじゃない」

ジョーはブライアンを無視した。「ブルーノがおれたちの生活に踏み込んでこない限り、どこでどうなろうと知ったことじゃない」とても優しく、ルナの首の後ろに手を当て、頭を軽く揺すった。「きみと子供たちが安全なら、それでいいんだ。今ではそれだけがおれの願いだ」

「それだけ？」ルナの声も、唇も震えていた。

「当分は、ブルーノが出られないようにすると約束するよ」ブライアンは倒れた男のそばにひざまずいて、足首を縛った紐を歩ける程度にまで緩めた。ブルーノの破れたシャツは血に染まり、顔はクインシーと同じく、ひどく殴られた跡があった。「刺したな」ブルーノの右肩にナイフの刺し傷を見て、ブライアンが言った。

「おれを撃とうとしたんだ。武器を使えなくするしかなかった」

ルナはよろめきながら後ずさった。危うく命を落としかけたことを、これほど気軽に口にする彼に唖然《あぜん》としていた。

ジョーはずっしりと重いブルーノを下ろすと、肩を揺すって凝りをほぐした。「命に別状はない。おれのナイフの腕は確かだ。殺さずに傷つけるやり方は心得ている」それからブライアンの向こうに目をやり、恐ろしい声で言った。「クインスで試してみようか？」危険な刃が、またしても手の中に現れた。

こっそり逃げ出そうとしていたクインシーが、恐ろしさに動きを止めた。さっと振り返り、ジョーの顔を見て、卒倒しそうになる。

ジョーは指を曲げて招いた。「行くぞ、クインス。スコットがおまえにも聞きたいことがあるそうだ」

クインシーはおとなしくついていくか、逃げ出すかを決めかねているようだった。ルナがジョーを見上げて言った。「どうして彼は、小屋に忍び込もうとしたの？」

ジョーは唇をへの字に曲げ、ふたたび湧いてきた怒りに目を曇らせた。その顔を見て、クインシーは心を決めたようだ。何も言わず、二人についてきた。

「こいつはウィローとオースティンの父親なんだ」ジョーはルナの腰に手を回し、引き寄せた。「子供たちが自分に似てきたものだから、追い出そうとしたのさ。似ているのに気づかれるのは、そう先のことじゃないだろう。そうなったらクインシーの評判は地に落ちる」

クインシーは両手で自分の体を抱え、顔をそむけた。「わたしには妻がいる。義理の息子もいる。ここでの暮らしがある。もし、人に知れたら……」

子供たちがどんな事実に直面しなければならないかを考えると、ルナの胸は痛んだ。なのに、父親のクインシーが、気づかおうとすらしないなんて。「あの子たちにだって、ここでの暮らしがあるのよ、この卑怯者」ルナがつかみかかる前に、ジョーが彼女を引き戻した。もっと言うことがあったのに、言わせてもらえなかった。

静まり返った中に、別の女性の明るい声が響いた。「兄さんったら、どうしてもトラブルに首を突っ込まなきゃ気が済まないのね？」

　ほとんど同時に、二人は家のほうを振り返った。そこでは背の高い、ほっそりとした女が、泥だらけの水たまりの両端に脚を開いて立っていた。雨に濡れ、ひどくもつれた長い黒髪が、風に吹かれて踊っている。泥だらけのブラックジーンズに、もとは白かったと思われるシャツ。けれど今は、びっしょりと濡れ、汚れ、破れていた。片方の肩と、ブラの一部がむき出しになっている。威張った態度で、ほっそりしたお尻に両手を当てていた。顔には満面の笑みを浮かべている。

　ブライアンは背筋を伸ばし、好奇心いっぱいの、男らしい賞賛のまなざしで彼女を眺めた。「で、彼女は？」

　ジョーはまるで痛むかのように鼻柱をもんだ。「おれの妹だ」

　アリックスは堂々と進み出ると、地面に丸くなって、声もなくじっとしているブルーノを見下ろした。ジョーにうなずきかける。「お見事。で、死んでるの？」

　ブライアンはぎょっとした。好奇心が、かすかな不信感に変わる。「血の気の多い女だな」

　ブルーノはうめき声を上げた。ブライアンが縄を緩めたおかげで、何とか身を起こそうともがいた。生きているのを見たアリックスは、がっかりしているみたいだった。

　ジョーはアリックスをにらみつけた。「いったいどうしたんだ？　大丈夫か？」彼女に詰め寄ろうとしたが、考え直して、ルナの手を引いて一緒に来させた。「交通事故にでも遭ったか？」

「まさか」アリックスはつま先立ちして、ジョーの頬にキスした。ルナが驚いて見ていると、アリックスは次に、彼女をぎゅっと抱きしめた。「この曲がりくねった道で、ジェイミー・クリードっていうおかしな男に出会ったの。まるで、わたしが来ることがわかっていたみたいに、どこからともなく現れて。言わせてもらうけど、すごく気味が悪かった」

ジョーは目を閉じた。「何てこった」

アリックスはルナを見て、眉を動かした。夢見るような声で言う。「彼、すごくそそらない？ 色が黒くて、謎めいてて――」

「アリックス」

彼女は兄に向かってため息をついた。「とにかく、彼がわたしに、ここでトラブルが起こっているから急げと言ったのよ。すごく説得力があったから、思わず信じちゃった」

ジョーの顎がピクピク動いた。「知らない男を車に乗せたのか？」その声は、険悪なまでに低かった。

「でも、ここでの出来事を考えたら、結局よかったじゃないの！ でもね、運転したのはジェイミーよ。それに言っておくけど、あの男は完全にいかれてるわ」

ジョーは怒鳴った。「ばかなこと言うな。そんな話があるか？」

アリックスは兄の胸を叩いた。「そう怒らないで、ジョー。わたしたちが来たとき、ちょうどアメリアが家の周りをうろついてたのよ。何をしているのと訊いたら殴りかかってきたから、先手を打って殴ってやったわ」うれしそうにこぶしをさするアリックスを見て、ルナは啞然とし、ブライアンは首を振った。「あなたに教わった通りにね、ジョー。鼻をボカッて殴ったの。彼女、石みたいにばったり倒れたわ」

アリックス・ウィンストンのような女性は見たことがなかった。当然、ルナは声も出なかった。

「何をする気だったのかはわからないけど、彼女が家の中に入れなかったのは確かよ」アリックスはにやりと笑った。

「家には鍵がかかっていたはずよ」ルナはようやく言葉を見つけた。「ウィローは、わたしかジョーかロイヤル保安官代理以外は入れないことになっているわ」

「ジェイミーは家に入れたわ」アリックスは不安そうに言った。「彼を知っていて、信頼しているみたいだったし、彼もすごく親しげだったから。それでよかったのよね？」

ルナが「ええ、いいわ」と言うのと同時に、ジョーが「いいや、よくない」と言った。

アリックスはルナの言葉だけを聞くことにしたようだ。「よかった。ところで、保安官代理も来てるわ。わたしが」――聞こえるように、コホンと咳払いをする――「アメリアを止めようとしているときにやってきたの。それで、間に入ってきたものだから、やっぱり殴っちゃって」ジョーに向かって、あわてて説明した。「保安官代理だなんて知らなかったのよ。知ってたら、アメリアほど強く殴らなかったわ。でも、あんな口汚い人はいないわよ。ひどい悪態をついて、恐ろしいことを言ったわ。耳鳴りがするくらい。残念ながら、アメリアを兄さんに教わったようにやっつける前に引き離されちゃった」

ジョーはほとほと困り果てたように見えた。「スコットはどこにいる？　あいつに怪我させたんじゃないだろうな？」

ルナはジョーを見た。まるでアリックスが、警察官としての訓練を受けた大人の男に怪我をさせることができるみたいな口ぶりだ。スコットは無能じゃない。ジョーほどではなかったけれど、ルナからみればじゅうぶん大きくて、強かった。

「スコットって、保安官代理のこと？」アリックスが笑った。「大丈夫。アメリアを車に押し込むので忙しいだけよ」それから、ルナだけに言った。「彼女、あまりいい女じゃないけど、これまでジョーがデートした女には、ひどいのがごまんといたのよ」

ちょうどそのとき、スコットがすごい勢いで家の脇を回り込んできた。怒り心頭という顔で、アリックスの倍は泥にまみれている。胸と、両脚のほとんどと、頭の片側が泥に覆われていた。

ジョーはあきらめたようなため息をつき、腕組みして待った。ルナがその横に寄り添う。彼の怪我がひどくないことにほっとして、震えが止まらず、触れずにはいられなかった。ジョーはたくましく、強かった。彼が傷ついていないという証が欲しかった。

スコットは固いブーツを履いた足でますます泥を蹴散らしながら、まっすぐにアリックスのほうへ走ってきた。「おまえ」指を突きつけ、怒りで顔を赤黒くしながら怒鳴る。「おまえの尻にだって、手錠をかけてもおかしくないんだぞ」

アリックスは彼をからかうように、片方のお尻を突き出した。「お尻に手錠がかけられるの？　器用なのね」

スコットはますます目を見開き、顔色は紫に近くなった。怒りのあまり獣のような声を上げ、泥だらけの髪に指を入れて引っぱる。怒りに満ちた目で、ジョーを見た。「この女がおれを殴ったんだ。泥の中に倒したんだぞ」

「邪魔するからよ」アリックスは驚くほど落ち着き払って説明した。「それに、保安官代理だなんて誰にわかるっていうの？」

ブライアンがブルーノを立たせ、アリックスとスコットを見て笑った。全員の注目を浴びながら、さらに笑う。「ここでぐずぐずしてる場合じゃないだろ、ウィンストン？」

スコットは歯が欠けてしまうのではないかと思うほどきつく食いしばった。アリックスをにらみつけ、大声で言う。「サイレンは？　車のライトは？　制服は？　それを見て、ボーイスカウトか何かだと思うか？」

アリックスは微笑み、大胆にも、泥がこびりついた制服のシャツをなでた。「制服に気づいたときには、格闘をやめたわ」

スコットは不満そうだった。彼女の手首をつかみ、手のひらを胸に押しつける。「その前に、おれの唇を切っただろ」顎を突き出し、腫れかけている唇を見せた。

アリックスはその口元を見た。「あら、かわいそうに、お怪我をしちゃったの？」

スコットは歯をむき出してうなりながら、彼女を胸に引き寄せた。キスしようとしているのか、窒息させようとしているのかわからない。

これ以上血が流れる前に、誰かがこの場をおさめなくては。自分がやるしかないとルナは思った。「スコット、口げんかの邪魔をするのは本当に申し訳ないけど、救援を呼んでくれない？ 子供たちの様子を確かめて、ジェイミーにお礼を言わなきゃならないんだけど、まずはこの悪党どもがジョーを傷つける前に、よそへやってほしいの」

誰もが口をつぐんだ。雨に濡れた木さえも、しずくを垂らすのをやめた。コオロギの声もやんだ。ジョーはスローモーションのように向きを変え、信じられないという顔でルナを見た。「おれを傷つけるって？」

ルナは彼を見上げた。怒りに満ちたブルーの目は、くすんだ日の光よりもギラギラと輝いていた。黒髪は額にかかり、わずかに曲がった鼻は、鼻柱のところに泥がついている。中身も外見も、これまで見たことがないほどすばらしい男だった。

言うつもりはなかった。今も心が痛み、これほど心が揺さぶられ、興奮していなければ、絶対に言わなかっただろう。けれど、自分でも知らないうちに、言葉が勝手に飛び出していた。「愛してるのよ、おばかさん。だから、運に任せるなんて嫌なの」

ジョーはさらに文句を言おうと口を開け、それから急に閉じた。眉を上げ、のけぞった。

「いったい、何の話だ？」

口をついて出た途方もない言葉と、ジョーの質問にどぎまぎして、ルナはかぶりを振った。

「ルナ?」ジョーの声は、いつもの官能的な低いささやきに変わっていた。彼がセクシーな気分になったときには、いつもこうなった。どうして今、そんな気分になるのか、ルナには理解できなかった。

「ううん」ルナは自分がとんでもない間抜けになったような気分で、もう一度かぶりを振った。「もう二度と言わないわ。だから忘れて」

アリックスが手を叩いた。「初めて素直な言葉を聞いたわ。兄さんを愛してるって。やったわ。ようやく義理の姉ができたってわけね。しかも、すてきな姉さんが」

ルナは自分が笑いものになっているのを感じた。一度だって、男に愛してるなんて言ったことがない。なのに今、理性をなくして、ジョーに向かって口走ってしまった。しかも、愛を告白するのにふさわしい二人きりの場所ではなく、友人や家族、犯罪者の見ている前で。顔が真っ赤になったけれど、やがて、自分が気にしなくてはならないのはジョーだけだと気づいた。

スコットとブライアンは、アリックスしか眼中にないようだ。美しいけれどもひどく危険な女を相手にするように、用心深い目で彼女を見ていた。

アリックスは笑いながら、二人に言った。「さあ、仕事よ。こんなところでおしゃべりしている暇はないわ。スコット、車を呼んでくれる? ジョーは今回二人の悪党をつかまえたので、車がいるわ。それにどっちも極悪人のようだから、アメリアと一緒に後部座席に乗せないほうがいいでしょう」大げさに肩をすくめた。「神様がお許しにならないわ」

「自分がすべきことぐらいわかってる」スコットがぴしゃりと言った。

アリックスはうなずいた。「よかった。ということは、もう一台こっちへ向かっているということね。ありがとう」

「自分の仕事をしたまでだ。礼を言われる筋合いはない」

「男って、動揺すると不機嫌になるものなの？」アリックスはブライアン・ケリーのほうを向いて、手を差し出した。「ブライアン？　初めまして。あら、あなたもずいぶん大男なのね？」それから、返事をする間も与えずに言った。「こいつらのひとりを、引っぱっていってくれない？　ありがとう。すぐに終わるわ」

アリックスがたちまち自分の命令に男を従わせるのに、ルナは見とれていた。「危険な女性ね」

ジョーはルナを引き寄せ、彼女の耳に鼻をこすりつけた。「きみだってそうだ、スイートハート。あんな告白をされて、心臓が止まるところだった」

ルナはますますぴったりとくっついて、彼の匂いと、温かさと、強さを楽しんだ。「告白って？」そう尋ねると、ジョーは笑った。今さら否定しても無駄だったけれど、少なくともジョーは、みんなの前で無理に言わせようとしなかった。

スコットが咳払いした。「ジョー、大虐殺のさなかの甘いひとときを邪魔したくないんだが、話がある」

アリックスが彼に腕を回した。「何の話？」

スコットはそれを無視したが、彼女の腕から逃れようとはしなかった。ただ、彼女がその場にいないふりをしていた。「クインシーはこてんぱんにやられてるし、別の男は縛り上げられてるし、泥だらけのメス猫がわめいてる」

「手短に言えば、クインシーが小屋に忍び込もうとしていたのをつかまえたんだ。やつが先に手を出したから、やり返したまでだ」

「嘘をつけ！」

「おれが証人になる」否定するクインシーをさえぎって、ブライアンが申し出た。「クインシーが小屋のドアをこじ開けようとしたのを見つけたウィンストンが、自己防衛のためにやったと誓うよ」

ルナがうなずいた。「わたしもよ」

クインシーは哀れっぽい声で言った。「救急車を呼んでくれ。鼻が折れているみたいなんだ」

スコットはうんざりしたように目をこすり、ベルトから手錠を取って、クインシーの手首にかけた。「救急車はこっちへ向かっている。刑務所に行く前に、病院で診てもらうんだな」

「ダイナ・ベルもつかまえなきゃならない。クインシーと一緒になって、いたずらや事件を起こしたんだ」

スコットは顔を上げ、うなるように言った。「わかった。そうしよう」ジョーに向かって、うんざりしたような、意味ありげな視線を送った。「今夜は、留置所が満員御礼になりそうだな」

ブルーノが猿ぐつわの下からくぐもった声をあげたが、ブライアンが言った。「こいつはおれに任せてくれ。傷は浅い。命に別状はないだろう——残念ながら」

スコットが顔をしかめた。「あれこれ訊きたくないが、おまえは何者だ?」

ブライアンはバッジを見せ、逮捕委任状をスコットに渡した。「こいつを痛めつけたのはジョーだ。おれじゃない」その笑みは、さわやかとは言いがたかった。「おれはルールにのっとってやっているから、不手際はない」

「だったら、その猿ぐつわを外したらどうなんだ」

「こいつと二人きりになったらそうするよ」ブライアンはそう約束すると、ブルーノを家の前へ追い立てた。まだ足首に紐が絡まっているため、大男はちょこちょこと歩かなければならなかった。「ブルーノを町へ連れていくために、おれの車まで乗せていってもらう必要がある。だが、その前にやることがある。こいつにいくつか訊きたいことがあるんでね」ブルーノはそれが気に入らないらしく、ブライアンに抵抗したが、結局は家の前まで連れてこられた。

「まるで悪夢だな」スコットがブツブツ言った。「あとは、メス猫の件だけだ」

アリックスはクスクス笑い、スコットの腕を胸に引き寄せて、彼を黙らせた。

ジョーは怒りのあまり、しゃがれ声で言った。「おい、アリックス、やつの手を離して、行儀よくしていろ。スコット、これがブルーノのライフルだ。それにクインシー、鼻をすするのはやめろ」彼はスコットをにらみつけた。「話を続ける前に、ルナの濡れた服を着替えさせる。それと、おれにもアスピリンと氷が必要だ。こんな仕事をするには、年を取りすぎた」

スコットは断ろうとするそぶりを見せたが、やがて両手を上げた。「ああ、いいとも」アリックスを長いこと見つめ、不機嫌そうに顔をしかめてつぶやく。「おれは別に急がない」

振り返ったジョーとルナは、もう少しでジェイミー・クリードにぶつかりそうになった。知性をたたえた深い茶色の瞳は、何を見ても動じないかのようだ。笑みを浮かべてもいなければ、表情らしい表情もない。

一陣の風がジェイミーの着古したフランネルのシャツを広げ、グレーのTシャツを固い腹筋にぴったりとくっつけた。髪はざんばらで、肩にかかっている。その両側に、ウィローとオースティンが何とも言えない表情で立っていた。

ジェイミーは二人の背中を押して、前へ出させた。「さあ、行くんだ。おれの言ったことを忘れるな」

子供たちはうなずいた。

ジェイミーは一瞬、ルナを見つめた。首をかしげ、賢者のように重々しく言う。「これからは、何もかもうまくいく」

「行くぞ」ジョーが小声で言った。

ルナはその後を追う前に、期待するような目でジェイミーを見た。今は、確かな後押しが欲しい。「本当にそう思う、ジェイミー？」それから、ジョーを見た。「何もかも？」

「ああ。もう心配ない」

アリックスがささやいた。「気が遠くなりそう」そう言って、スコットにもたれかかる。

ジョーは顔をしかめた。ルナの顎に手をかけ、こっちを向かせる。「おれは心配ないと言ったのに、それを聞いてたか？　聞いてないだろう」いら立った目で彼女を見下ろす。「なのに、山から下りてきた変人の言うことは、何でも信じるんだな」

「ジョー！」ジェイミーを侮辱したことに、ルナはやきもきした。

ジョーは何とも思っていないようだった。「言っておくが、ルナ、きみがジェイミーのたわごとを信じて、おれの言うことを信じないなら、おれは……」

ルナはその先を待ったけれど、脅しの言葉は出てこなかった。「おれは？」

ジョーはさらに彼女を見つめ、それから激しくキスした。「わからない。そのうち考える」

アリックスがクスクス笑いながら言った。「たぶん兄さんよりもジェイミーのほうが、女性に影響力があるってことね」

「ちくしょう」スコットが目をくるりと動かし、アリックスをひとりで立たせた。「きみまでが、そう考えるとは思わなかった。町の女の半分は、ジェイミー・クリードに惚れているる。やつを謎めいた、この世のものと思えないロマンチックな人物に仕立て上げているんだ。しかもいまいましいことに、ジェイミーはときおり町に出没して、その印象を強めてる」

「だからといって、彼が背が高くて、浅黒くて、ハンサムなことには変わりないわ」アリックスがからかった。けれど、直接ジェイミーに言う前に、彼は姿を消していた。「ねえ、どこへ行ったの？」ジェイミーの気配はどこにもない。

ウィローが後ろを振り向き、顔をしかめて肩をすくめた。「わからないわ。ついさっきまでここにいたのに」

ルナは不思議そうにあたりを見回した。「まあ、本当に消えるのがうまいのね」

「また現れるさ」スコットがブツブツ言い、ジョーが「あいにくとな」と言った。

「二人とも焼いてるのよ」ルナが言うと、二人はたちまちむっとした。

「たぶん、玄関に回ったのね」アリックスがそっちを見て、スコットを連れていった。彼は文句を言いながらもついていき、クインシーもそれを追わなくてはならなかった。手錠の鍵を持っているのはスコットだったからだ。

ウィローはルナに近づいた。大きく見開いた目は暗かった。「二人とも大丈夫？」

「大丈夫よ、ハニー」ルナは申し訳なく思った。「二人きりにしてごめんなさい。いいことじゃなかったわ。よく考えずに——」

「そうだ」ジョーはルナの体に手を回し、とがめる声をやわらげて、みんなを裏手のドアへ集めた。「中にいるべきだった」

ウィローはジョーを見て、それからルナを見た。「無理よ。ルナはあなたを愛してるから、ひとりで行かせることはできなかったのよ。ジェイミーがそう言ってたわ」

「へえ？」今度ばかりは、ジョーはジェイミーの洞察力に文句を言わなかった。

「ルナはウィローの長いブロンドの髪をなでた。「あなたとオースティンのことも愛してるわ。怖い思いをさせていなければいいけど」

驚いたことに、ウィローは微笑んだ。「へっちゃらよ。全部のドアに鍵がかかっているのを確かめてくれたし、ロイヤル保安官代理に電話してあったし。だから、安心してた」

ウィローが取り乱すどころか、なぐさめ、力づけてくれるのを知って、ルナは目をしばたたかせた。「愛してると言ったのを、信じてくれるの？」

「ええ。ジェイミーはあなたが愛情にあふれていると言ったわ。決してここを離れないし、わたしたちを捨てたりしないって」

ジョーはうめいたが、何も言わなかった。

オースティンがスキップをしながらジョーの前に来て、そのまま家へ向かった。「ジェイミーは、ジョーもここにいると言ったよ。ジョーのおかげですべてがよくなるし、今では出ていく気はなくなったって」

ジョーはうなずいた。「ルナと同じで、おれも二人が大好きだ。毎日顔を見なけりゃ、さびしくてしかたがない」

オースティンはにやりとした。「うん。ジェイミーは、ジョーがずっとここにいるって言ったよ」

ジョーはイヤリングを引っぱった。「ああ、そうだな。やつの言う通りだ」

ルナはキッチンの戸口で立ち止まり、驚いてジョーを見た。「本当?」

ジョーは彼女のすぐそばに来た。二人が立っているキッチンの床に、水たまりができる。

「今度は、ジェイミーの言葉を疑おうってのか? それとも、またおれを疑うのか?」ジョーはその考えがあまりおもしろくなさそうだった。「こうして一緒にいながら、おれが出ていくと本気で思ってるのか?」

「それは……」

ジョーは彼女の首の後ろをつかまえて、キスをした。オースティンがその脚にしがみついて、死にそうな声でうめくまで。ジョーはにやりと笑い、ルナの唇に向かって言った。「きみはおれを愛してるし、おれはきみを愛してる。子供たちも納得してる」言葉を切り、二人を見た。「おれがここにいてもいいか?」

オースティンが大声で言った。「ナイフの使い方を教えてくれる?」

ジョーは「ウーン」と言った。

「ぼくたちのパパになってくれる?」オースティンは小さな額にしわを寄せて、ジョーを見上げた。「クインシーは好きじゃない。あいつがパパになるのは嫌だ。ジョーのほうがいい」

思いがこみ上げ、ジョーは声が詰まりそうになった。「二人とも、知ってたのか?」

ウィローがうなずいた。「ええ、窓越しに聞いたわ。それからジェイミーが、そのことを教えてくれた」顔を上げ、ひどく大人びた表情でジョーを見る。「子供を作るのは誰にもできるけど、父親になれるのは特別な人間だけだって」

ジョーは打ちのめされたように見えた。二度、唾を飲み込む。「喜んで父親になるよ」

ウィローは涙を拭い、弟の体に腕を回した。表情は揺れているけれど、確かに微笑んでいる。安心し、受け入れた笑顔だ。小さく鼻をすすり、少し笑った。「もういいの。つまり、クインシーのことだけど」

ルナも泣きたくなった。十代にしては、ウィローは大人すぎる。

「少なくとも、あの人がなぜわたしたちをあんなに嫌っていたのかがわかったもの。わたしたちのせいじゃなかった。ただ、すごく浅はかな人だったというだけ。ある意味、気の毒だと思うわ。それと、クレイがとてもかわいそう」

ルナは深く息を吸い、涙を飲み込んだ。今泣いてしまったら、すぐに全員が泣き出してしまうだろう。「わたしには、クレイはとても頭がよくて、機転のきく子に見えるわ。彼は強いわ。きっと乗り越えられる」

オースティンがジョーにしがみついた。「たぶん、ジョーが力になってあげられるよね」

「やってみよう。じゃあ、みんなおれがここにいてもいいんだな」

ウィローが心から微笑んだ。「ルナと結婚しなきゃだめよ。ここに落ち着いて、家庭を作りたいんだから」

ルナは顔を赤くした。

「必要とあらば」ジョーはわざとまじめくさって言い、ルナに殴られると笑った。紳士らしく彼女の手を取り、甲にキスする。優しく、抗えない声で、ジョーは言った。「結婚してくれるか、ルナ？」

ルナの胃が、まったく別の意味で痛んだ。「本当に、わたしを愛してるの？」

彼はにやりとした。「ああ、本当だ。怖いほど愛してる」

オースティンがまぜっかえした。「怖いものなんてないくせに」二度、宙を殴りつける。

「強すぎるもの」

「女ってものを知らないんだな、ぼうず。女はみんな怖いんだぞ。だが、中でもルナが一番だ。出会ったときに、おれの独身生活は終わりだとわかったよ」

ルナがまだ事の成り行きに呆然として立っていると、ジョーは長いため息をついた。「オーケー、じゃあ、別の視点から考えてみよう。ゼーンがどれほど驚くか考えてみろ。見てみたいと思わないか？」

「ゼーンって？」ウィローが訊いた。

「おれのいとこで、すごくいいやつだ。結婚式で会えるだろう。ほかのウィンストン家の連中にもな。ただし、ルナがこのみじめな状況からおれを救い出し、イエスと言ってくれたらの話だが」ルナを見ると、まだぼんやりしているので、先を続けた。「知ってるだろ、ルナ、家族が欲しければ、おれにはたんまりいる。オースティンとウィローにはたくさんのいとこができるし、大がかりな休日とか、親戚の集まりを楽しむこともできる。湖がオープンすれば、みんながそこで休日を過ごしたがるだろう。だから、いつでも会えるし、アリックスは間違いなく、ここへ越してくる気になっている。湖の収益と、おれたちの預金を合わせれば、きっといい暮らしが――」

ルナは彼の胸に身を投げ出した。「いいわ」

ほっとして、大きなため息をつくと、ジョーは彼女の肩に顔を押しつけ、体に腕を回して、ぎゅっと抱きしめた。それからすぐに、何も見ずに手を伸ばし、ウィローとオースティンも一緒に抱いた。

困ったことに、結局ルナは泣いてしまった。頬を涙が伝うのがわかる。けれど今度は、うれし涙だった。

ジョーは彼女のこめかみにキスした。「なあ、大丈夫さ。ジェイミーがそう言っただろ」

ルナは笑って彼をつねり、言った。「あなたが言ったから信じるのよ」

「ああ。だったらおれたち、うまくいきそうだな」

その晩遅く、玄関のドアにノックの音がした。玄関に出るウィローに、ジョーがついてくる。数時間前にようやく騒ぎはおさまったけれど、ジョーはまだあたりを歩き回っていた。アリックスは習慣だと言った。心配事があると、ジョーは老婆のようにやきもきするのだと。ウィローは気にしていなかった。クインシーが自分とオースティンを侮辱した理由がわかった。そして、ようやく自分の居場所が見つかり、ずっと気分が楽になっていた。ジョーとルナはここにいて、もう一度家族ができるのだ。ありがたいことに、クインシーはその一員じゃない。

ドアを開ける前から、なぜだか彼とわかっていた。クレイがポケットに手を突っ込み、肩をすぼめて立っていた。

傷ついたまなざしを見て、ウィローは胸が痛んだ。自分の人生はようやくまともになったけれど、彼の人生はめちゃめちゃになったばかりだ。「ハイ」

クレイは深く息を吸った。「ハイ」ジョーをちらっと見る。「もしよければ……」

ウィローはスクリーンドアを開け、外に出た。「彼は気にしないわ」ジョーを見る目が、あっちへ行ってと告げていた。ジョーが、自分やオースティンと同じくらいクレイを気の毒に思っているのはわかっていた。怖い外見とは裏腹に、とてもいい人だ。

互いに何も言わないまま、二人はポーチを離れ、中庭へと歩いていった。クレイは緊張しているように、無言で地面を蹴った。

ウィローがその腕に触れた。「ごめんなさい」

彼は笑って、空を仰いだ。「おれも、きみにそう言おうと思ってた」ウィローに向き直った彼の目には、苦しげな表情が宿っていた。「誓って言うけど、ウィロー、知らなかったんだ。子猫のことを訊いたとき、すごく動揺してたよね。もし知ってたら……」

ウィローは彼の唇に指を当てた。「いいの。クインシーのしたことで、あなたに責任はないもの」

彼はウィローの手首をつかみ、彼女の手を引き寄せた。「怒ってないのか?」

「あなたのことはね」

クレイは頭を垂れた。「ありがとう」沈黙と緊張の後で、クレイはつぶやいた。「頭がすごく混乱してるんだ」

それがいいことなのかどうか、ウィローにはわからなかった。けれど彼女はクレイに近づき、ぎゅっと抱きしめた。クレイの肩幅は広く、胸はがっしりしていた。ただなぐさめたかっただけなのに、彼のそばにいるのは心地よかった。

クレイは身を固くしたけれど、それも一瞬のことだった。彼女を抱き、つま先が地面を離れるほど持ち上げた。クレイは震えていて、泣き出すんじゃないかと思った。けれど、彼は泣かなかった。

「ママはクインシーと別れるって」嫌気がさしているように、彼女の首筋に向かって言った。「実際にしたことよりも、大きなスキャンダルを起こしたのが気に食わないらしい。もうみんながうわさしてる。友達みんなが電話をかけてきた」

ウィローは彼の髪をなで、それから体を引いて、彼の顔を見た。もう両足は地面についている。「ここを離れたりはしないでしょう？」また何かを失うのは嫌だった。

「それはないと思う。今は、クインシーにつけを払わせるとしか言っていないから」

「よかった。あなたが友達じゃなくなるのは嫌だもの」

クレイは彼女を見下ろした。月の光が木々を透かして彼の顔に模様を作り、大人っぽい、かげりのある表情にしていた。身をかがめ、ウィローの頬に温かくて優しいキスをする。

「もうすぐ十五歳になるんだろ？」

「ええ。来月には」

「そうしたら……たぶん、もう一度すべてが落ち着いたら、ただの友達以上になれるよね」

ゆっくりと、ウィローは微笑みを浮かべた。「たぶんね」

ブライアン、スコット、ジェイミー、ジュリー・ローズは、それから三週間後の結婚式に出席していた。この特別な友人のほかには身内だけの、湖のほとりでの式だった。ジョーは堅苦しい式を挙げたくなかったたし、ルナに恐る恐るどうしたいかと訊いたとき、彼女は鼻にしわを寄せてこう答えた。「自分があのばかげた白いレースを着ているところなんて想像もできないわ。それよりも、楽しくやりましょうよ」白いレースの代わりに、彼女は髪の毛の赤いメッシュを、ごく淡いブロンドのハイライトに変えた。

ルナとジョーが五日間という短いハネムーンを過ごす間、アリックスが子供たちの面倒を買って出てくれた。二人は森の中の人里離れた小屋で、ひたすら愛し合うつもりだった。それはジョーの望みにぴったりだった。湖のオープニングに合わせて帰る予定だ。その皮切りは、子供たちの魚釣り大会だった。

ジョーはその夏、湖で行う特別なイベントを計画していたし、さらにその後も、季節ごとのイベントを用意していた。すでにたくさんの会員を取り戻していたし、ジョーは湖にブルーギル、ナマズ、ウォールアイ、スズキ、クラッピーなどを放流していた。近いうちに野原を整備して、先着順のキャンプ場にする予定だ。全体的に見て、自分の進歩には大いに満足だった。

ルナは彼の預金残高を見て目を丸くした。彼女のたくわえと合わせれば、家を改装し、多少の投資をするのにじゅうぶんな準備金となる。ジョーが最初に買ったのは、二人の部屋に置くキングサイズのベッドだった。

ルナが妹と夢中になって話し込んでいるのを見て、ジョーはブライアンに話しかけた。賞金稼ぎはがっしりとした木の幹にさりげなくもたれ、人とは違う魅力を発散していた。スーツを着ているとまるで別人だが、今も静かに目を光らせているところは相変わらずだ。鋭いまなざしで、野原にちりばめられたたくさんのテーブルを見張っている。テーブルの上は食べ物でいっぱいで、客たちがそれを囲んでいた。群衆の中で油断することのないブライアンに、ジョーは感心した。かつては自分もそうだった。

「そんなネクタイをしてると、哀れっぽく見えるな」

ブライアンはうなずいてジョーに答えた。「こんな格好は苦手だ」ジョーが手渡した飲み物を受け取りながらも、あらゆる人や物に目を配り続けている。「いい結婚式だな」

「天気が味方してくれたからな。うるさい家族は違うが」

ブライアンは苦笑した。「賑やかな人たちだ」

「ああ」ブライアンの張りつめた表情を見て、ジョーはため息をついた。「休暇が必要な顔をしてる。いつでも遊びに来てくれ。初めて会ったときには、あまり手厚くもてなしたとは言えないが――」

ブライアンはかぶりを振った。「いいんだ、ウィンストン。恋人を地面に投げ出したんだから。当然の反応さ。別に気にしていない」ブライアンは飲み物の残りを返し、静かに言った。「あの日、やり返さなかったことだけは覚えておいてくれ。ブルーノをつかまえるのにあんたを利用してるのがわかったから、やられるままにしてたんだ。だが、今度やるときは……」

ジョーは笑いながらブライアンの肩を叩き、もう少しで転ばせるところだった。「どっちかが退屈したら、その結果がどうなるか試してみようじゃないか。だけど今は幸せすぎて、またあざを作りたくない」

ブライアンは人ごみの中にルナを見つけ、微笑んだ。「わかるよ」一瞬口ごもり、目を細めた。「遊びにこいと言ってくれてうれしいよ。だが、その必要はなさそうだ。ブルーノの動きを待つうちに、この場所に親しみを感じるようになった」迷っているように、しばらくジョーを見つめたが、ようやく告白した。「土地を少しばかり買った。ここから南へほんの数マイル行ったところさ。たったの一エーカーだが、閑静な場所で、そばに小川も流れてる。静かでいいところだ」

ジョーは驚いた。「ここに住むのか?」

「まずは、片づけなくちゃならない仕事がある。その後で考えるよ」

「また、保釈中に逃げたやつをつかまえる仕事か?」

ブライアンは首を横に振った。「いいや、今度のは違う」こぶしを握り、また開いた。「兄弟が助けを必要としてるんだ」

ルナとアリックスが、ちょうど最後のせりふを聞きつけた。「兄弟がいるの?」ルナが訊いた。

「あなたに似てる?」アリックスが知りたがった。ブライアンに近づき、襟をなでる。「スーツを着てるとハンサムに見えるわ」

ジョーが妹の腕を取り、自分のほうへ引き寄せた。ブライアンは微笑んだだけだった。

「実際のところ、ブルースはおれにそっくりだ。一卵性双生児なんだ。だけど、似てるのは外見だけさ」

「へえ?」ジョーは笑って、ブライアンをからかうように訊いた。「だったら、さぞかしいいやつなんだろうな?」

「すごくいいやつさ。実を言うと、牧師なんだ」みんなが一瞬、言葉を失うと、ブライアンは木を離れた。「そう言えば、もう行かなきゃならない」ルナを抱きしめ、ジョーと握手をし、アリックスに言った。「スコットがこっちへ来るぞ。焼きもちを焼かせようっていう作戦が当たったたな」

アリックスは笑った。「どうしてわかったの?」

ブライアンは目を細くした。「そうでもなければ、あんたのような女王様が、おれみたいな男に声をかけたりはしない。もっと賢くやらなきゃ」スコットに敬礼しながら、裏口のドアへ向かった。

驚いた顔をしている妹に、ジョーは笑いかけた。「作戦は失敗だったな、アリックス」

彼女はたちまち元通りになった。「いいえ、そうじゃないわ。あれだけ怒っているスコットを見たら、大成功だってわかるはずよ」

ちょうどそのとき、スコットがやってきた。アリックスの前に立った彼は鼻を膨らませ、目をギラギラさせていた。

アリックスはがっかりしたような声で言った。「ブライアンは帰らなきゃならないんですって。そう言えば、ジェイミーは？ もう何時間も見ていないけど」

スコットは何も言わず、彼女の手首をつかみ、連れ去った。肩越しに振り返ったアリックスは、勝ち誇ったようにルナに小さく手を振り、いそいそとついていった。

「あなたの妹って、すごいのね」

ジョーはルナの後ろに立っていた。身をかがめ、うなじと耳にキスをする。「そのドレスもすごいよ。きみのセンスが大好きだ、ベイビー」彼女が選んだのは、クリーム色の長いタイトなドレスだった。肩紐はなく、肩は完全にむき出しになっていて、胸の谷間にほんの少しギャザーが寄っている。シンプルだが優雅なデザインで、ルナにしてはひどくおとなしい服だった。手には長いリボンで束ねたデイジー、カーネーション、カスミ草のブーケを持っている。

「愛してる？」

ジョーはうなるように言った。「ここを出たら、どれほど愛してるか見せてやる」

二人の耳に、オースティンの声が飛び込んできた。ジョーの物静かないとこ、チェイス・ウィンストンを、腕相撲で負かそうと頑張っている。派手に騒ぎながら、チェイスは勝ちを譲ってやった。ゼーンがオースティンを肩にかつぎ、チャンピオン宣言をする。

ジュリー・ローズはそばに座って、誰よりもはしゃいでいた。ゼーンの妻のタマラと意気投合したようだ。ジュリー・ローズには婚約者がいるという話だったが、結婚式にはひとりで来ていた。だが、寂しそうなそぶりはない。それどころか、あのお堅いジュリー・ローズが、大のパーティ好きのように振る舞っている。

「ジェイミーはどこへ行ったの?」ルナがそう言って、あたりを見回した。

「霧のように消えたか、魔法のようにどこかへ行っちまったんだろう。誰にわかる? というより、誰が気にする?」

ルナはからかうような目で彼を見た。「まだ嫉妬してるなんて、信じられない」

「嫉妬じゃない、きみを独占したいだけさ」ジョーは耳を軽く嚙みはじめた。

「ならいいわ。だって、ジェイミーはあなたのことが好きなのよ。いなくなる前に、あなたがわたしに、特別な結婚の贈り物をくれるって言ったわ」

ジョーはぎょっとした。ゆっくりと顔を上げ、ルナを見た。「何だって」

「違うの?」ルナは少しがっかりしたようだ。「その話をしてくれたとき、彼は確かに笑ってたわ。ほんの少し、口の端が上がっていたもの」

「あのクソ野……」抑えた叫びが、途中で切れた。「行こう。ここを出るんだ。二人きりになったら、贈り物を見せてやる」

「ますます気になるわ」

ジョーは彼女を抱き上げ、同時に言った。「興味のあるやつは聞いてくれ。これから彼女がブーケを投げて、おれたちは消えるからな」

アリックスがたちまち戻ってきた。髪は少しもつれ、生意気な笑みを浮かべている。ジュリー・ローズがその横に立ち、ウィロー、マックの娘のトリスタ、そのほかに何人か、大家族の中の独身者が並んだ。

ジョーはルナを二回転させ、彼女を笑わせてから言った。「投げろ」ルナはブーケを空に投げ上げた。それは女たちのほうへ行かず、反対側へ飛んでいった。

そこへ、ブライアンがひょっこり顔を出した。「おい、誰かのミニバンが、おれの車を通せんぼしてるんだが――」ブーケがその額にぶつかった。ジョーの思った通り、彼は戦闘機械さながらにさっと後ろへ下がり、体勢を整えて、ブーケをつかんだ。

たちまち彼は、その場にいた独身女性全員に追いかけられることになった。

ブライアンの災難を思ってまだクスクス笑いながら、ジョーは小屋の中へルナを運び、足でドアを閉めた。家からは二時間と離れていなかったが、何よりもここにはプライバシーがある。

「ようやくだな」ジョーはルナを腕に抱いたまま、贅沢なベッドルームへ直行した。彼女が

「誓います」と言った瞬間から、強い独占欲と誇りと愛情が押し寄せ、思いやりのある態度を保つだけで精一杯だった。

ジョーは彼女をマットレスに横たえ、その上に覆いかぶさると、彼女が何も言わないうちに唇をふさいだ。その顔を包み、口の中を味わい、満足のうめきを漏らす。

「ジョー」ドレスを下ろして胸をあらわにし、首筋にキスをしようとしたところで、ルナが言った。「贈り物は？」

「すぐに見せるよ」片方の乳首をそっと口に含みながら、彼女と朝を迎えるのはどんなにすばらしいだろうと思った。これまでは遠慮して、子供たちが学校へ行っている昼間に事を済ませていた。ルナは自由な精神の持ち主だが、子供たちへの責任を真剣に受け止めている。彼女は良い手本になろうとしていた。

ジョーは腿に手を這わせ、パンティーの中の温かなお尻を包み込んだ。「おれを愛してると言ってくれ」

「愛してるわ」すでに小刻みに体を動かしながら、ルナはうめくように言った。

「よかった。じゃあ、服を脱いで」ジョーは体を起こし、器用に服を脱がせた。裸になったら、あらゆるところに触れなくてはならないだろう。それだけでは物足りず、あらゆるところにキスをし、味わわなければ。

ルナはもう贈り物のことは訊かなかったが、ジョーにも裸になるように言った。「服を脱いで、ジョー。あなたが欲しいの。今すぐ」

ジョーはその言葉を予期していたかのように立ち上がった。ネクタイをむしり取り、ドレスシャツのボタンをすばやく外す。シャツを丸め、部屋の向こうに放り投げる。ルナは肘を突いて体を起こし、彼が靴を脱ぎ捨て、靴下を取り、笑いながら背中を向けてパンツを床に落とすのを見ていた。

一瞬、静まり返り、やがてルナが笑い出した。「それが」と言いながら、ジョーのお尻を叩く。「あなたの贈り物？」

「ああ」ジョーは振り返って、ベッドの横に這い上がった。「気に入ったか？」

「レーザーで消すのはすごく痛いって言ってたじゃないの」

「痛かったさ。だけど、きみのためなら少しくらい痛くてもいい。それに、ちょっと消すだけでよかったんだ」

「それと、ちょっと加えるだけで？」

ジョーはにやりとした。「〝ー〟を消して〝ナ〟にしたのさ」彼のタトゥーは、今では〝アイ・ラブ・ルナ〟になっていた。

ルナは彼の胸に這い上がった。「わたしのものだという印をつけちゃったわね、ジョー・ウィンストン。もう後戻りはできないわよ」

「いいさ」ジョーは彼女を引き寄せ、唇を味わいはじめた。「昼食を投げつけられたあの日から、おれはきみのものだ」

しばらく考え込むように胸毛をもてあそんでいたルナは、彼の目を見た。「退屈しないと約束できる？　刺激が恋しくならない？」

ジョーは目を見開き、それから笑った。ルナの上にかぶさり、柔らかい曲線を感じる。最高の寝心地だ。「正直言って、きみは何より刺激的だ、ルナ。昔の仕事に戻るとしたら、休暇が必要なときってことだ。それに、おれはもう若造じゃない。だけど、ハニー、それほど年寄りってわけでもない」キスをすると、ルナは笑ってキスを返した。「信じてくれるか？」

「ええ、ジョー」それから、微笑んで言った。「ジョー・ウィンストンにイエスと言うのは――人生で一番、賢いことに違いないわ」

ジョーはうめきながら、彼女の中に入っていった。「決してノーとは言わせないさ。それは間違いない」

# 訳者あとがき

本書『さざ波に寄せた願い』は、ヴィレッジブックスから二〇〇五年に刊行された『流浪のヴィーナス』の続篇です。前作『流浪のヴィーナス』は、ウィンストン家の三男ゼーンが主人公。コンピューター・ショップを経営する彼は、向かいの店で占い師をしているタマラに、ある日突然「あなたがほしいの」と告白されます。そこから始まるセクシーでロマンティックな物語についてはここでは詳しく触れませんが、この『流浪のヴィーナス』にも重要な役割で登場しているのが、本書の主人公ジョー・ウィンストンとルナ・クラークです。

すでに本書をお読みの方はご存じの通り、ジョー・ウィンストンはゼーンのいとこ。危険なことが大好きで、ガールフレンドは山ほどいますが、自由な生活を捨てるのが嫌で独身主義を貫いています。一方ルナは、タマラの店で働く助手。服装や髪型、髪の色（！）までも次々に変える、おしゃれでセクシーな女性です。しかも気の強さは天下一品。

この二人が出会ったいきさつは本書でも触れられていますが、やはり前作『流浪のヴィーナス』に詳しく出てきますので、未読の方はぜひ。ゼーンとタマラの結婚式でこっそりキスをしていた二人がその後どうなったか、読者のみなさんもきっと気になっていたかと思います。

ところが、本書でルナとジョーが再会するのは、何と三カ月後のこと。しかもジョーは数日前に襲撃を受けて満身創痍の状態で、ルナは悩みを抱えています。ルナはひょんなことから母親を亡くした二人の子供の保護者になることになったのですが、子供たちは町の人々とのトラブルに巻き込まれているようなのです。そこでルナは、ジョーについてきてほしいと頼みます。

待ちに待ったチャンスに、ジョーはルナをものにしようと張り切ります。しかし怪我だらけの体は言うことをきかず、しかもルナにその気はまったくなさそうです。

さらに、子供たちの住む町へ行く間にも、二人を尾行する男の影が……。

そんな二人がどのようにしてトラブルを解決し、恋を実らせるのか、それが本書の読みどころのひとつでしょう。

けれど、それだけではありません。『さざ波に寄せた願い』には、ほかにもさまざまな魅力が詰まっています。そのひとつが家族の温かさ。両親が離婚し、家庭に恵まれなかったルナは、二人の子供の保護者になります。不器用ながらも懸命に子供たちと接しようとする中で、徐々にルナ自身も、家族のすばらしさに目覚めていきます。本書でもルナがパンケーキを焼くシーンが出てきますが、作者のローリ・フォスターの描く家庭は、まさにパンケーキの匂いがしてきそうな温かさに満ちていて、読んでいるこちらまで幸せになります。
ローリ・フォスターは大胆でセクシーなラブシーンで有名ですが、本書でも、お楽しみいただけると思います。加えて子供たちとルナ、そしてジョーとルナの心の触れ合いがじっくりと描かれています。さらに、二人のセクシーな駆け引きがたっぷりと散りばめられていますので、ぜひお楽しみください。

そしてもうひとつ、魅力的な登場人物も本書のおもしろさにひと役買っています。謎めいた世捨て人のジェイミー・クリード、見た目と中味にギャップがありそうなジュリー・リード、賞金稼ぎのブライアン・ケリー、スコット・ロイヤル保安官代理、そしてジョーの強烈な妹アリックス。個性的な登場人物の生き生きとした活躍も、本書に楽しさを添えています。作者のローリ・フォスターは、ベストセラー作家として次々にロマンス小説を送り出していますが、スピンオフが多いことも彼女の特徴。本書もそのひとつですが、それだけ登場人物ひとりひとりに対する思い入れが深く、愛しているのでしょう。
この次に、ローリ・フォスターがどんな恋を生み出すのか、私もファンのひとりとして、とても楽しみにしています。

二〇〇六年十月

# さざ波に寄せた願い

著者　ローリ・フォスター

訳者　白須清美《しらすきよみ》

2006年11月20日 初版第1刷発行

発行人　鈴木徹也

発行元　株式会社ヴィレッジブックス
〒102-0074 東京都千代田区九段南2-1-30
電話 03-3221-3131(代表) 03-3221-3134(編集内容に関するお問い合わせ)
http://www.villagebooks.co.jp

発売元　株式会社ソニー・マガジンズ
〒102-8679 東京都千代田区五番町5-1
電話 03-3234-5811(販売に関するお問い合わせ)
03-3234-7375(乱丁、落丁本に関するお問い合わせ)

印刷所　中央精版印刷株式会社

ブックデザイン　鈴木成一デザイン室

## ヴィレッジブックスのローリ・フォスター好評既刊

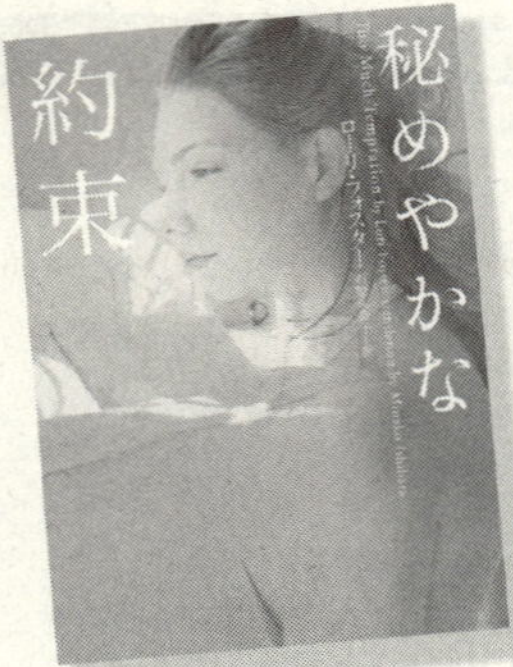


# 秘めやかな約束

石原未奈子＝訳

3年越しの片思いを知った彼が
彼女に提案したのは、
とても危険で官能的な契約だった……。
アメリカの人気作家が描くあまりにも
熱く甘いロマンスの世界。

定価：819円（税込）　ISBN4-7897-2245-7

# 一夜だけの約束

石原未奈子＝訳

出会ったばかりの二人は、激しい嵐に
襲われたために同じ部屋でひと晩過ごすことに。
そのときに二人が交わした約束とは？
限りなく刺激的なロマンス・ノベル。

定価：840円（税込）　ISBN4-7897-2479-4

# 流浪のヴィーナス

白須清美＝訳

男性経験のない24歳の流浪の占い師タマラと
逞しき青年。劇的な出会いは二人を翻弄し、
そして導く――。ベストセラー作家が
贈るエキゾチック・ロマンス。

定価：872円（税込）　ISBN4-7897-2691-6